『十三五』国家重点图书出版规划项目

国家社会科学基金重大项目

刘建军 ◎ 总主编

百年来欧美文学“中国化”进程研究

（第六卷）（编年索引：1840—2015）

袁先来 ◎ 主编

A SERIES OF INVESTIGATIONS ON THE PROCESS OF “SINICIZATION” OF EUROPEAN AND AMERICAN LITERATURE IN THE PAST HUNDRED YEARS

图书在版编目 (CIP) 数据

百年来欧美文学“中国化”进程研究 . 第六卷，编年索引：1840—2015/ 刘建军总主编；袁先来主编 . —北京：北京大学出版社，2020.10
ISBN 978-7-301-31765-5

Ⅰ . ①百… Ⅱ . ①刘… ②袁… Ⅲ . ①欧洲文学－文学研究 ②文学研究－美洲 Ⅳ . ① I106

中国版本图书馆 CIP 数据核字 (2020) 第 198949 号

书　　名	百年来欧美文学“中国化”进程研究（第六卷）（编年索引 : 1840—2015） BAINIANLAI OUMEI WENXUE “ZHONGGUOHUA” JINCHENG YANJIU (DI-LIU JUAN) (BIANNIAN SUOYIN：1840—2015)
著作责任者	刘建军　总主编　袁先来　主编
责 任 编 辑	朱房煦
标 准 书 号	ISBN 978-7-301-31765-5
出 版 发 行	北京大学出版社
地　　址	北京市海淀区成府路 205 号　100871
网　　址	http://www.pup.cn　　新浪微博 : @ 北京大学出版社
电 子 信 箱	zhufangxu@ yeah. net
电　　话	邮购部 010-62752015　发行部 010-62750672　编辑部 010-62754382
印 刷 者	北京虎彩文化传播有限公司
经 销 者	新华书店
	720 毫米 ×1020 毫米　16 开本　24.75 印张　470 千字
	2020 年 10 月第 1 版　2020 年 10 月第 1 次印刷
定　　价	109.00 元

总　序

一

“百年来欧美文学‘中国化’进程研究”(共六卷)是2011年国家社会科学基金重大项目的最终成果。这个项目确立的初衷,在于总结自1840年以来,尤其是“五四”新文化运动和中国共产党成立之后百多年间欧美文学进入中国进程中所起的作用,其移植后发展变化的基本规律以及中国化进程中的经验教训,从而为今后我们更为自觉地翻译引进、深入研究欧美文学和建设中国的欧美文学乃至外国文学话语提供理论的自觉。

外来文化中国化,是中国现当代社会文化发展中一个极为重要的现象。我们知道,中国社会主义先进文化的建设,离不开对外国文化和文学的借鉴。因此,我们首先要申明,欧美文学中国化研究的立脚点应该是中国文学而非外国文学。欧美文学进入中国的文化语境后,就成为中国文学的一部分,这是本课题研究的立脚点。“中国化”的核心内涵是外来文学在中国新文化语境下的变异、再造与重建。因此,欧美文学进入中国的过程就不仅仅只是一个外来文化对中国的影响过程,也不是一个单纯的借鉴和接受过程,而是欧美文学在新的历史语境下成为中华民族新民主主义和社会主义新文化重要因子并与我们的新文化建设相互融合的过程。

欧美文学的中国化进程是伴随着近现代中国社会历史进程以及文化转型发生并发展的。中国的现代价值观也是西方文化在中国渗透和传播的过程中逐步建立起来的。因此,作为西方文化重要载体之一的欧美文学从引进之日起就和中国人对现代化社会的渴望与现代价值观的需求相契合。当然,我们也要看到,不仅只是欧美文学给中国文学注入了新的思想文化资源,改造了中国文学的精神和艺术风貌,同时,中国强大的传统文化资源也改变了外来文化乃至欧美文学在中国的风貌,使其具有了中国特征。因此,在中国近现代的社会和文化土壤中,欧美文学与中国文学之间是一种双向影响的关系。例如,中国学者以其独特的中西世界划分的视角,将欧美视为一个整体,并进一步提出了“欧美文学”这一概念;还从整体性视角出发,对欧美一些经典文本进行了中国式的内容解读、艺术分析。而在实践中我们看到,这些新的解读,都与中国现代社会的独特发展进程和每个阶段的话语需求息息相关。这就改变了欧美文学作品在其产生地的存在顺序、特定地位、对象关系以及思想内涵、艺术特征的价值指向,从而成为适应中国人思想情感和审美追求的中国现代文化的一部分。换言之,欧美文学乃至外国文学进入中国后与中国的文化语境的关系其实是一种你中有我我中有你的关系。

所以说,本课题并不是中国文学与欧美文学的比较研究,也不是单纯地研究欧美文学在中国的传播史,我们研究的重点是在接受欧美文学乃至外国文学的过程中,中国如何创造了一个属于我们自己的新的欧美文学(或曰外国文学)的历史发展过程。

鸦片战争前后,帝国主义的坚船利炮迫使一部分志士仁人意识到,我们自己原有的思想资源解决不了当时中国面临的问题。于是,他们引进了“科学”“民主”“平等”“自由”“革命”“阶级”等观念。这些观念的引入,使得我们较为封闭的文化开始向现代文化转变。此后,无论是在新民主主义革命时期、社会主义建设时期,还是改革开放以来的社会发展实践,我们都能不断借鉴西方先进的文化思想,包括西方文学中所传递出来的文化思想观念,来为我们的富国强民服务。可以说,西方文化和欧美文学中的现代意识在中国化的进程中,总体上是适应中华民族发展,是为实现伟大的中国梦的实践助力的。因此,我们也可以说,所谓欧美文学的中国化进程,也就是外来文学适应中国梦需要的进程,就是与中国现当代文化和文学同步发展的进程。

总之,研究欧美文学中国化的进程,就是从一个特殊的角度研究中国新文化、新文学的建立和发展的过程,就是为我国实现社会主义现代化强国的伟大使命提供有益经验并建立文化自信的过程。

二

这里先要申明,本课题虽然名称为“百年来欧美文学‘中国化’进程研究”,但这里所说的“欧美文学”,其实是有特定所指的。我们这里使用的“欧美文学”概念是“西方文学”的同义语。我们知道,在国内学术界,外国文学的组成长期以来大致分为三个部分：一是欧美文学，主要指的是欧美大陆一些国家的文学，如欧洲的希腊、英国、法国、德国、意大利、西班牙、荷兰、挪威等国以及美洲的美国、加拿大、哥伦比亚、巴西等国家和民族自古至今所产生的文学。二是俄苏与东欧文学，包括俄罗斯—苏联文学以及东欧的波兰、捷克、匈牙利等国家的文学。三是亚非文学，也即我们今天经常说的“东方文学”。这种划分，在“五四”新文化运动之后已见雏形，在中华人民共和国成立初期的一段时期内得到广泛认可。当时很多高等学校开设外国文学课程都分为三部分，即俄苏文学、欧美文学和东方文学。当时一些教材的编写，也是这三个部分分别独立编撰。抛开“东方文学”不论，就是西方文学教材，都是分头编写“欧美文学”和“俄苏文学”。欧美文学部分不涉及俄苏文学，俄苏文学需要单独编写教材，单独讲授。这样，久而久之，就形成了我国学术界一个约定俗成的观念，即“欧美文学”不包括“俄苏文学”。更有甚者，在当时的情况下把“欧美文学”看成是“资本主义思想”为主导的文学，而把“俄苏文学”，尤其是“苏联文学”看成是“社会主义思想”所主导的文学。尽管这一区分没有明确出现在20世纪50年代的教科书中，但其影响是不可否认的。到了六七十年代，尤其是到了1978年改革开放之后，这一划分逐渐被国内学者们所抛弃。“西方文学”的概念，合并了原有的“欧美文学”与“俄苏文学”。（在杨周翰等先生主编的《欧洲文学史》中，就将俄苏文学并入了欧洲文学之中；朱维之等主编《外国文学简编》时，也将第一部标明为“欧美部分”，俄苏文学被放进了这一卷中。）此后，“西方文学”的概念渐渐流行开来，以至于我们今天一说到“西方文学”，就知道其是包括俄苏文学在内的欧美各国自古至今所产生的文学现象和作品的总称。

但是问题在于，现在我们所通用的“西方文学”概念，也存在着极大的弊端：首先，我们很难界定“西方”的范畴。在我们现有的教科书中，“西方”主要指地理意义上的欧洲和美洲。因此，欧美文学即为西方文学。这个地理上的定义虽然轮廓较为清晰，但若一细究，似乎又太牵强。应该指出，欧洲和美洲，地域广阔，国家民族众多。其中老牌的欧美国家和那些新兴的欧美国家无论是历史文化传统、社会发展道路、生活习惯乃至道德风俗等，都存在着巨大的差异。即使在全球化迅猛发展的今天，其社会的差异性、文化的异质性也是极为巨大的。把两者武断地并置，都看成是“西方”，无疑是说不清楚的。其实，从我们现有的外国文学史著作或教材来看，所谓欧美文学，占主导地位的仍然是那些欧美比较发达国家的文学。其次，我们很难说清楚“西方文学”的性质。既然地理学意义上的“西方”范畴划不清，那么，像某些现代西方学者主张的那样，按地缘政治划分是否可以呢?答案也是否定的。在当前西方很多政治家和政治学者的眼中,西方是富国或曰发达国家的代名词。第一次工业革命之后,欧美一些发达的资本主义国家,走在了物质文明发展的前列,在思想文化领域也提出了构成今天社会发展的一些基本的经济、政治、文化主张。而对那些发展缓慢的欧美国家和民族而言,这些主张根本不能代表他们的文化性质和需求。这样的现实其实导致了欧美一些发展较快的国家(如英、法、德、美等)开始以傲慢的态度来审视那些发展较慢的国家和民族及其文化。这样,"西方"其实只等于是发达国家和民族的称谓(这也是我们不愿意用"西方文学"来指代整个欧美文学的原因)。再者,从近百年来西方文学进入中国的进程来看,引进的主流还是欧美几个主要国家的文学。例如欧洲主要是古代希腊和罗马,以及英、法、德、俄、西班牙等,美洲在很长的时期内主要是美国的文学作品。而大量的其他西方国家的文学作品,在改革开放之前,我们或涉及很少,或根本没有涉及。即使在今天,这些发达欧美国家的文学仍然占据着主导性的地位。其实,我们所说的欧美文学"中国化"进程,主要还是这些发达国家(包括俄罗斯一苏联)文学进入中国文坛的过程。

有鉴于此,我们在进行本课题研究时,觉得还是用"欧美文学"的概念更符合百年来西方文学进入中国的实际。也可以说,我们这里所说的"欧美文学"是对中国影响较大的一些西方国家文学的特指。换言之,是指欧美那些对中国影响较大的一些国家的文学现象。从这个意义上也可以说,"欧美文学'中国化'进程"是和"西方文学'中国化'进程"的概念相一致的。

我们在此还要申明的是:由于本课题是"百年来欧美文学'中国化'进程研究",重点在于我们是以欧美文学进入中国的视角,来解说中国现代新文化和新文学的建设进程以及欧美文学在中国新的思想观念建设中的作用。所以,它的重点不在于谈论欧美文学在中国的翻译介绍规律(因为这方面已经有很多高水平的著作发表),也不是要进行欧美文学在中国的纯文学领域所取得的成就的考察(这方面也有大量的大部头的专著问世),我们要做的是以欧美文学进入中国的视角,来揭示百年来欧美文学进入中国的进程以及它对构建中国新文化和新文学所起的作用乃至经验教训。由于我们近百年来的新文化建设是在汲取人类一切优秀文化遗产的基础上进行创建的结果,这也就决定了我们在谈欧美文学中国化进程的时候,必然注重其中所包含的很多规律性的东西,这也决定了这一进程具有文学交流融合意义上的普遍性。因此,我们的课题在这个意义上也可以说是对欧美文学中国化进程基本规律的研究。

三

在我们看来，本项目的研究成果主要创新之处或者说主要特点体现在以下几个方面：

第一个创新点在于对“中国化”问题的理解。一是对“中国化”概念本身的认识更加深入。我们认为，“中国化”这一概念中的“化”的本质是扬弃意义上的“融化”；而“中国”则是指近百年来不断发展变化中的思想文化与精神意义上的“中国”。“中国化”作为一个特指的概念，其基本内涵包括：(1)任何外来文化被引进到中国来，都必须与现代中国的国情相结合。它既服务于独特的中国国情的需要，又不断创造了新的中国文化形态。例如，马克思主义进入中国，在服务于中国人民“站起来”“富起来”和“强起来”的百多年来的社会发展实际的同时，也改变了中国社会文化的发展形态，创造出了崭新的中国现代文化国情。作为具体领域的欧美文学(乃至外国文学)的中国化也是如此。一方面它适应了中国文化的转型和中国现代文化的出现，另一方面也为创造现当代中国文化的新形态贡献了新的文化因子，促进了中国社会主义现代文化的形成与发展。(2)“中国化”又是在马克思主义先进文化指导下的发展进程。我们知道，中国的现代化进程与欧美社会的现代化进程是在完全不同的基础上发生的。可以说，欧美一些主要资本主义国家，现代化进程是在其社会内部孕育发展起来的，根本原因在于欧洲几次工业革命的推动。正是这些国家内部先进生产力的发展，导致了新思想、新观念的产生，从而确立了现代资本主义制度。而中国的情形则完全不同。可以说，中国社会的现代化进程，是在中华民族积贫积弱和救亡图存的特定条件下展开的。由于百年前我们的生产力落后，我国还很难在传统社会结构内部和封建社会意识形态的基础上产生出新的现代文化。因此，这样的客观现实决定了我们必须要借助外来的先进文化来改造国民，创造出适应中国现代化进程的新的思想文化体系。在这种情况下，引进、吸收、消化外来文化从而改造我们的旧文化，就是唯一的途径了。加之外来文化纷繁驳杂，这就需要我们进行历史的选择。中国人民在自己的实践中，选择了马克思主义作为自己的指导思想，并在这一思想逐渐中国化的进程中，成为引领中国现代社会发展进步的指导思想。实践证明，正是在马克思主义的指导下，我国的社会主义革命和建设事业得到了巨大的发展，并在今天走向了全面建设社会主义现代化强国的伟大阶段。从这个意义上说,用马克思主义做指导,也是“中国化”的核心之意和必有之义。(3)“中国化”必须要在自己强大的文化传统的基础上才能发展起来。外来文化进入中国,说到底是我们要在汲取外来优秀文化的基础上,改造、补充乃至创新我们的传统文化,而不是取代或者割裂我们的文化传统。从这个意义上说,凡是想用外来文化取代或者割裂中国文化的,都不是“中国化”的真正含义。我们要清醒地看到,中华民族的文化传统一脉相传,今天的文化仍然处在传统的链条中。近现代以来,外来文化的中国化之所以能够取得巨大的成功,不仅是因为我们有着强大的传统文化资源,更重要的是我们还保有具有深厚中华传统文化学养并精通外来文化的卓越学者。他们怀着“位卑未敢忘忧国”的使命意识,坚信“文章合为时而著,歌诗合为事而作”的审美理想,代代耕耘,薪火相传,把外国文化与中国文化有机融合,创造出适应中国社会发展的社会主义新文化。因此,我们所说的“中国化”,又是在中国文化的思维方式、审美取向基础上,让欧美文学,乃至外国文学适应中国社会发展进步的产物。本课题在写作过程中,始终遵循对“中国化”概念的这种认识,并在此基础上总结百多年来欧美文学“中国化”进程。

二是我们尽可能对马克思主义中国化和具体文化领域的中国化之间的联系与区别,做出较为科学的解释。我们认为,如果说马克思主义中国化,指的是指导思想上的中国化,是总纲,总的规定,那么欧美文学乃至外国文学的中国化,则属于具体领域的范畴。就是说,我们既强调指导思想的中国化,也要强调具体领域的中国化。从这个意义上说,欧美文学“中国化”这一概念无疑是成立的。这正如我们经常说到“规律”这个概念。我们知道,“规律”包含着普遍规律和特殊规律。一个社会的发展要首先遵循普遍规律,普遍规律是根本性的规定,它规定一切具体事物发展的基本走向与方式。但不同事物的发展同时也有其特殊规律。我们既不能忽视普遍规律而只重视特殊规律,同样,也不能只重视特殊规律而忽视一般(普遍)规律。只有二者的辩证统一才能更好地认识和把握事物的发展进程。在“中国化”问题上我们必须要坚持普遍主义和特殊主义的辩证统一,这是因为,中国化不能不受普遍规律的制约,同时也必须要认识外国文学中国化的特殊规律。反过来说,如果我们只是坚持和强调马克思主义中国化的指导思想价值,而忽视文学艺术等具体领域中国化的实际,我们所说的“马克思主义中国化”也就成了一句空话。总之,“中国化”是一个体系,其中既包含着指导思想的中国化,又包含着具体学科领域的中国化,不同层面的中国化发挥着各自不同的重要作用。

基于对“中国化”问题的上述理解，我们发现，百年来我们在外来文化和文学的引进过程中，形成了独有的“中国化”理解。“中国化”已经成为我国现代以来引进外来文化的专有概念或特指名词。

第二个创新点在于，我们是在对中国百年来革命与建设发展的特定理解的基础上，来考察欧美文学“中国化”进程的特点的。我们认为，从1840年到1919年“五四”新文化运动兴起的七十多年是仁人志士提出“中国社会应该走什么路才能实现伟大的民族复兴”的时代之问形成的历史时期；从1921年中国共产党成立起，中国人民开始科学地回答和解决这个问题。在回答“如何走”的问题上，开始阶段（即“五四”运动前后）也是争论不休的，各种不同的党派和立场相左的文化派别都想把自己的意见强加在中国人民的头上。但“五四”新文化运动的深入发展，使人们看到了“三座大山”沉重压迫的现实，从而使中国共产党人所主张的革命斗争和民族解放之路成为当时的历史选择。马克思主义理论之所以能在中国大地上广泛传播，就是当时的人们看到，若人民不能解放、民族不能独立，什么“实业救国”“教育救国”和“科学民主”“民权民生”都不过是空洞的口号，都是走不通的道路。换言之，要实现中华民族的繁荣富强，首先要走“民主革命和民族解放之路”，让中国人民“站起来”。这样，从1919年“五四”运动开始，尤其是从1921年中国共产党成立到1949年中华人民共和国建立这28年，进行新民主主义革命成了中国现代化进程的第一步。这个历史阶段，中国人民在中国共产党和以毛泽东同志为核心的党的第一代中央领导集体的带领下，经过28年艰苦卓绝的斗争，打败了地主阶级、军阀等反动势力，战胜了日本法西斯强盗，赶跑了以蒋介石为代表的国民党反动派，建立了人民当家做主的中华人民共和国，“中国人民从此站起来了”。可以说，这一步，我们走得非常精彩，也极为成功。

从中华人民共和国成立到1978年改革开放，这三十年是第一步走和第二步走的交替阶段，即我们过去常说的进行社会主义革命和建设阶段。如果说前一个时期（1919—1949）中国现代化的主要任务是进行新民主主义革命的话，那么1949年到1979年这三十年间，我们面临的主要任务有两个：一是继续完成推翻旧世界经济基础及其上层建筑的革命任务，维护无产阶级政权和人民当家做主的地位；二是进行社会主义改造和建设现代化国家的任务。这两大任务的叠加，就形成了这三十年的革命与建设并重的局面。为此，我们既可以将中华人民共和国成立后的第一个三十年看成是新民主主义革命任务的延续时期，也可以将其看成是改革开放后三十年的前导阶段。

中国建设现代化国家的第二步走,是要走"发展经济、提高人民生活水平"的"以经济建设为中心"的道路。即当我们"站起来"后,还要"富起来"。如前所述,这一步应该说从中华人民共和国成立后就已经开始了,但明确提出将其作为主要任务则是在1978年召开的中国共产党的十一届三中全会上。这次会议是中国社会伟大转折的标志,也是我们进入第二步走的标志。如前所言,在中华人民共和国成立后的头三十年,我国已经开始了社会主义改造和社会主义建设的伟大实践,初步完成了从一个以农业为主的、贫穷落后的旧中国向现代工业化社会主义新中国的转变,并建立起我国工业化社会的基础。但这三十年毕竟是个过渡阶段。一方面,为了维护新生政权的需要,为了清除旧思想、旧文化的需要,革命还是重要的任务之一。另一方面,建设也是重要的任务。按一般逻辑,随着政权的不断巩固和社会主义建设事业的深入发展,我们应该逐渐减少革命的比重而加大建设的比重。但由于当时一些实际情况,只有到了1978年,建设任务才开始凸显。以邓小平同志为核心的党的第二代中央领导集体,提出了"以经济建设为中心"的历史任务,从此中国人民开始自觉地走向了现代化征程的"富起来"阶段。邓小平同志对此有着深刻的洞察,他指出,今后一段时期我们党和国家的主要任务是"以经济建设为中心","发展是硬道理"。也正是在以邓小平同志为核心的党的第二代中央领导集体的带领下,中国社会开始了改革开放、建设四个现代化强国的伟大进程。经过三十多年的改革开放,中国的物质文明和社会发展取得了巨大的进步,由一个贫穷落后的发展中国家,进入了经济社会发展较快国家行列。到了2009年,中国的经济体量和综合国力得到了极大的提升,在世界上的影响力极大增强。可以说,这一步,我们也走得极为精彩。正是这三十多年的努力奋斗,使得中国人民在"站起来"的基础上,开始"富起来"了。

2009年以后,中国成为世界第二大经济体;2012年,党的十八大报告首次正式提出了"全面建成小康社会",标志着第三步走的开始。换言之,以中国共产党第十八次全国代表大会的胜利召开为起点,中国现代化建设"强起来"的伟大历史征程开启了。十九大报告进一步提出了建设富强、民主、文明、和谐、美丽的社会主义现代化强国的奋斗目标。也可以说,"五四"时期提出的科学、民主、强国、富民的理想,只有在今天才真正有了实现的可能。

正是在对中国现代历史发展重新认识的基础上,我们重新阐释了欧美文学中国化进程中的具体流程和经验教训,并对很多问题做出了新的解说。因此,本课题不单单局限在欧美文学乃至外国文学领域,其中还包含着对不同时期中国社会重大政治文化问题的反思，如为什么在“五四”运动前后会出现大规模的欧美文学翻译引进热潮、如何处理好文学反映生活与马克思主义指导的关系等。我们认为，这样做的好处在于，我们可以发现文学现象中所隐含着的很多现代中国社会思想文化发展的本质性的东西。而本课题正是从对中国现代社会发展再认识的角度，对百年来欧美文学中国化问题进行阐释和解说。

第三个创新点在于，本课题抛开了以往同类著作那种偏重于欧美文学的翻译、引进和研究的学术史写作方式，强调欧美文学引进与近现代中国的先进文化的产生、发展和演进的关系、价值和作用。也就是说，在本课题研究中，我们不仅关注学术史的梳理和研究，更关注从欧美文学进入中国并成为中国现代思想文化资源主要组成部分的角度，结合中国革命和建设的实际，来审视外来文化与中国社会发展之间的紧密联系。进一步说，我们撰写的这套著作，侧重从思想史的角度来总结近百年来欧美文学的中国化进程，从而探讨欧美文化与文学与中国现当代社会文化发展之间的互动关系。近年来，国内的外国文学界出版了一系列相关主题的著作。仅近十年，就相继出版了陈众议主编的《当代中国外国文学研究(1949—2009)》(中国社会科学出版社 2011 年出版)，申丹、王邦维总主编的 6 卷本《新中国 60 年外国文学研究》(北京大学出版社 2015 年出版)，陈建华主编的 12 卷本《中国外国文学研究的学术历程》(重庆出版集团、重庆出版社 2016 年出版)等非常有代表性的学术著作。这些著作，或以年代顺序为经，以不同国别文学作品的翻译和研究为纬，或从体裁类型乃至语言分类为角度，对中华人民共和国成立以来中国学术界对外国文学的翻译和研究做了细致的梳理。应该说，这些大部头著作基本上都属于“学术史”的范畴。我们在汲取这些优秀著作成功写作经验的基础上，力图进行价值取向和研究侧重上的创新。为此，我们制定了偏重于“思想史”和“交流史”的写作原则，即我们要在百年来社会历史发展历程中，以中国社会现代化进程为依据，根据不同历史发展阶段中国现代文化的形成和发展流变，考察总结欧美文学中国化的艰难进程、时代贡献、经验教训乃至今后发展趋势，从而为今后中国文学话语的建设做出我们的努力。为此，本书采用了新的结构方式，即回答问题的方式来写作。我们一共梳理了百年来欧美文学中国化进程中五十多个较为重大的问题，进行了细致的辨析和深度的理论解说。我们不仅想要告诉读者，这百年来发生了什么，出现了哪些重大的事件和文学现象，更重要的是揭示这些事件背后的成因，为什么会做出这样的选择，其中有哪些经验和教训。这就突破了很多同类著作就文学谈文学，就现象谈现象的不足。

既然定位于要从思想史的角度来谈这个问题,因此,我们是把欧美文学中国化作为一个完整、不断发展变化、各种要素合力作用的中国社会文化现象来把握,努力揭示近代以来一大批先进知识分子在其中所起的重大作用。我们认为,既然我们谈的是欧美文学中国化的问题,我们就不能仅仅把欧美文学中国化看作是欧美文学作品在中国的翻译、研究和传播,而应把它看成是与不同历史时期中国社会的阶段性发展、马克思主义在中国的传播及其作为指导思想的确立、文艺界思想文化领域的斗争、无产阶级革命和社会主义建设道路的探索、中国现代文学流派的形成,各个时期的文艺政策和文学社团(组织)以及报纸杂志的创办、教材编写、高校教学等多个领域和多个方面相关联的重要问题。也可以说,这是一个全方位、动态研究欧美文学中国化问题的尝试。之所以这样书写,是因为我们认为,欧美文学中国化是一个动态的过程,是在动态中生成的。这个“动”,其实就是中国社会百年来的发展变化,尤其是中国共产党建立以来中国社会的发展变化。另外一方面,既然欧美文学中国化是“合力”作用的结果,那其中必然会有一个起核心或主导作用的力量。我们认为,这个核心的力量要素就是中国近代以来的进步知识分子,尤其是从事欧美文学引进的知识分子,他们以“天下兴亡,匹夫有责”的使命感,为百年来中国社会的观念更新和新文化建设,发挥了重要的作用。在“五四”运动之前,就有一大批忧国忧民的知识分子,通过翻译引进西方的先进思想文化和现代科学技术,在积贫积弱的近代中国社会,追求真理,追求富国强兵之道,通过文化与文学的引进,发出了“中国应该走什么样道路”的历史之问。在马克思主义传入中国,尤其是中国共产党成立之后,又有一大批先进的知识分子,依据不断发展中的国情,逐步将马克思主义与中国的实际相结合,创造性地把外来文化与中国实际相结合,造就了中华民族新的文化辉煌。

本项目成果,在一些具体问题上,也提出了我们自己的新看法和新见解。例如,如何理解“世界文学时代”与“世界文学”关系的问题;如何看待欧美文学进入中国后的“误读”问题;如何看待中华人民共和国成立后知识分子的改造问题;如何评价“文化大革命”前后特定时期出现的“黄(灰)皮书”现象;如何估价历次政治运动对欧美文学“中国化”正反两个方面的影响以及在今天如何构建欧美文学的“中国话语”等问题。在这些问题的阐述中,根据特定历史时期的社会政治文化形势要求,我们坚持具体问题具体分析的原则,坚持历史唯物主义和辩证法原则,做出了新的解说。例如,如何看待中华人民共和国成立后知识分子的改造问题,我们认为,面对建设一个社会主义新制度、新文化的艰巨任务,必须进行全社会的改造旧思想、旧观念和旧文化工作。所以,提出“改造”的问题,是没有错的,也是必需的。知识分子作为新社会的一个阶层,因其掌握知识和文化的特殊性,接受改造是责无旁贷的。所以我们在研究中肯定这些运动的历史价值和实践意义。但同时我们也实事求是地指出了中华人民共和国成立后历次“知识分子改造”运动出现的错误:一是当时社会的每一个人(每一个阶层的人)都需要改造,但在实践中却变成了“只有知识分子需要改造”,并把斗争矛头对准了知识分子,发展到后来甚至把知识分子推到了人民群众的对立面;二是把特定时期的“政治改造”“立场改造”发展到了绝对化的程度,成为对知识分子改造的唯一任务,从而忽略了对知识分子观念更新、方法创新等学术领域的改造。我们认为,只有这样看问题才更为科学和妥当。再如,“文化大革命”中极“左”思潮的泛滥,给社会主义文化建设事业造成了很大的破坏。但从某种意义上说,恰恰是这场运动给知识分子群体提供了更加深入认识社会复杂性以及深思文学真正价值所在的机缘(尽管其代价是巨大的,损害是严重的)。而“文化大革命”结束后井喷式爆发的欧美文学被引入文坛的现象以及对外国文学理解的加深,又不能不说是和“文化大革命”期间这些知识分子对社会发展和人类命运的深刻反思紧密联系在一起的。

凡此种种,都说明,我们在本课题的研究过程中,力图按照马克思主义的立场、观点和方法进行创新,在外来文化和欧美文学进入中国的背景下,结合欧美文学在“中国化”进程中的经验教训,尝试对一些重大问题和看法进行与时俱进的重新阐释。

四

“百年来欧美文学‘中国化’进程研究”的全部成果共包括六卷。其各卷所包括的大体内容如下。

第一卷为“理论卷”。这一卷主要是对欧美文学“中国化”进程中所涉及的理论性与全局性的重要问题,进行集中的理论意义上的解说。比如“我们为什么要研究欧美文学‘中国化’的问题?”“‘中国化’的概念有哪些内涵和特指?”“马克思主义‘中国化’(指导思想)与欧美文学‘中国化’(具体领域)的联系与区别?”“欧美文学能够被‘中国化’的要素是什么?”“百年来欧美文学‘中国化’的主要经验与遗憾有哪些?”这一卷可以说是全书的总纲部分。

从第二卷开始,我们基本上按照历史演进的大致进程,对不同历史阶段的欧美文学"中国化"遇到的重大问题,进行解说。

第二卷的时间范围大约从1840年起到1919年前后,这是欧美文化与文学进入中国的初期阶段。这一卷的核心词是"中国应该走什么道路"。换言之,在这一卷中,主要围绕着"中国走什么样的现代化道路"这个历史之问的形成,揭示欧美文学进入中国过程中最初的曲折经历和发展历程,并总结了当时欧美文学翻译和介绍的成败得失。

第三卷所涉及的时间段是从1919年到1949年这一历史时期,这一卷的核心词是"站起来",即围绕着中国人民"站起来"的历史选择,揭示欧美文学在当时所起的作用。本卷着重指出这段时期是中国人民在中国共产党的领导下,为自由解放而艰苦奋斗的时期,也是欧美文学"中国化"进程走向自觉的阶段。其中涉及马克思主义指导思想地位的形成以及毛泽东同志《在延安文艺座谈会上的讲话》的里程碑价值。总的来说,这是欧美文学中国化从自发的追求到自觉探索的形成时期。

第四卷主要反映1949年至1979年前后欧美文学"中国化"的基本情况。这一卷的核心词是"革命"和"建设",即这是我国"革命"和"建设"两大历史任务的叠加阶段。这段时期既是外国文学进入中国最好的时期之一,也是受"左"的思潮干涉影响,欧美文学"中国化"遭遇严重挫折的时期。其中涉及如何看待"文化大革命"前十七年外国文学翻译引进、研究和推广的成就以及"文化大革命"十年中国的外国文学界"沉寂"的状况。这个时期也可以看成欧美文学中国化全面探索并遭受重大挫折的时期。

第五卷是1979年到2015年这一阶段。此卷的核心词是"富起来"和"强起来"。这个时期,"以经济建设为中心""建设社会主义现代化强国"成为我国建设发展的主要任务。此时也是外国文学中国化大发展的时期。也就是说,随着四个现代化建设进程的到来,我国进入社会主义发展的新时期。这个时期也是各种新问题、新情况不断出现的历史发展阶段。这段时期,欧美文学中国化进入健康发展和全面深化的阶段。这一卷主要是对这一时期欧美文学中国化的经验教训进行初步总结。

第六卷是编年索引。这一卷主要把与欧美文学中国化相关的主要事件和成果以年表的形式列出,目的是为百年来欧美文学中国化的进程提供一个大致的历史发展线索,以弥补本套书史学线索的不足,同时也为这个课题今后的研究提供一个资料索引。

总的来说,这六卷本书稿既是一个完整的整体,各卷又相对独立。我们期望,通过这种结构方式,对百年来欧美文学"中国化"的大致进程有个清晰的把握,同时对每个阶段所遇到的重大理论问题做出史论结合的深度解说。

五

"百年来欧美文学'中国化'进程研究"是2011年作为国家社会科学基金重大项目立项的。在国家社会科学基金办公室的领导下,在吉林省社科规划办的指导下,尤其是在东北师范大学社会科学处的全力帮助下,我们课题组进行了紧张而周密的研究工作。在项目立项后,课题组于2012年3月18日在北京进行了开题。中国社会科学院荣誉学部委员吴元迈研究员,中国社会科学院外国文学研究所所长陈众议研究员、文学研究所所长陆建德研究员、外国文学研究所韩耀成研究员,北京大学刘意青教授、王一川教授、申丹教授、张冰教授,华东师范大学陈建华教授,北京师范大学刘洪涛教授,南开大学王立新教授等出席了开题报告会。来自南开大学、北京师范大学、大连大学及我校的项目组成员参加了开题报告会。会上,项目主持人刘建军教授就该项目的研究背景、学理构成、编写设想、编写原则、具体分工和工作日程等情况做了全面介绍。专家组肯定了项目组已有的研究基础和总体设计,并对以问题为导向、紧扣标志性事件、抓住主要话语、寻求重大问题给予回答和阐释的研究思路,给予了充分认可。专家们还围绕欧美文学进入中国历程中的若干重大问题进行了充分研讨。2012年4月、2013年6月以及2014年4月,课题组相继举行了3次项目研讨会。会上,课题组成员针对当时研究中遇到的关键问题进行了讨论。大家认为,第一,要抓住"中国现代文学的发展形态在外国文学的影响下,如何创造了一个属于我们自己的新文学"这一立脚点不放松,要明确研究对象是中国化的外国文学而不是原初意义上的外国文学。第二,要紧紧抓住课题的核心思想和基本脉络不放松。课题写作的基本脉络就是要依据近百年来中国人民"站起来""富起来"和"强起来"的伟大复兴历史进程来撰写,要强调中国化的马克思主义的指导作用,要突出欧美文学中国化与中国的新文化、新文学建设之间的联系。第三,要把总结欧美文学中国化的经验教训和建立欧美文学乃至外国文学的"中国话语"紧密结合起来。也就是说,我们总结以往的经验教训,目的是适应今天乃至今后一段时期内中国文化发展和社会进步的需要,要为建设欧美文学的“中国话语”服务。第四,课题组还明确要紧紧抓住以问题为导向的写作体例不放松;要围绕时代的主题、紧扣标志性事件、抓住主要话语,对不同历史条件下的重大问题给予科学的和实事求是的回答;对一些重大的文化事件和外国文学进入中国出现的问题,要放在具体的语境中实事求是地加以科学地辨析。

正是在这些基本写作原则的指导下,2015 年和 2016 年,课题组进入了艰难而又富有成效的写作阶段。其中对“中国化”概念内涵的确立、对马克思主义中国化与欧美文学(即具体领域)中国化关系的辨析,对翻译、研究、评论等问题在欧美文学中国化进程中的价值以及对建设欧美文学的“中国话语”等重大问题,进行了随时的研讨。同样,对一些重要的时间节点、一些重大事件的历史作用以及对一些特定时期(如“文化大革命”期间)欧美文学中国化出现的问题等,都进行了认真而严肃的讨论。可以说,这个课题研究写作的过程,也是我们课题组成员不断学习和提高自己认识水平的过程,更是不断深化对百年来中华民族伟大复兴发展规律的认识过程。

可以说,书稿的写作过程非常艰难,但也充满了研究的乐趣。现在所呈现在大家面前的这六部书稿,几乎都经过了几度成稿又几度被推翻重写的反复过程,其中有些卷写了五六稿之多。尽管如此,有些部分我们还是不太满意,需要在今后更加深化自己的认识。

六

本课题研究过程的参与人员众多。其中除了各卷的主要执笔人员如刘建军(东北师范大学)、袁先来(东北师范大学)、王钢(吉林师范大学)、高红梅(长春师范大学)、周桂君(东北师范大学)、王萍(吉林大学)、刘研(东北师范大学)、刘悦(东北师范大学)、刘一羽(东北师范大学)、邵一平(东北师范大学)、刘春芳(山东工商学院)、郭晓霞(浙江师范大学)、张连桥(江苏师范大学)等人之外,参与研究指导和讨论的人就更多了。首先要感谢中国社会科学院荣誉学部委员吴元迈研究员、中国社会科学院外国文学研究所所长陈众议研究员和前所长黄宝生研究员以及韩耀成研究员,北京大学刘意青教授、申丹教授、张冰教授,浙江大学吴笛教授,华东师范大学陈建华教授,吉林大学刘中树教授,浙江工商大学蒋承勇教授,中国人民大学耿幼壮教授、曾艳兵教授,南开大学王立新教授,华中师范大学聂珍钊教授、苏晖教授,大连大学杨丽娟教授等,在不同的场合所提出的宝贵意见。同时东北师范大学历史文化学院的荣誉教授朱寰先生、文学院的王确教授、高玉秋教授、刘研教授、王春雨教授、张树武教授、徐强副教授、韩晓芹副教授、裴丹莹副教授、王绍辉副教授以及我的博士研究生米睿、魏琳娜等，为本课题的研究提供了自己的智慧。东北师范大学社会科学处的王占仁处长、白冰副处长、关丰富副处长以及宋强同志等，对我们课题的研究工作给予了大力支持和各种帮助。吉林省社科规划办的毕秀梅主任等也时刻关注着项目的进展，并给予了很多工作上的具体指导。可以说，这部书稿是集体智慧聚合的产物。而众多学者的支持和期望，是我们不断前进的动力。在这里，我代表课题组的全体成员，对他们的帮助表示衷心的感谢。

在全部书稿完成后，我们还邀请了东北师范大学文学院和国内其他几所高校的几位从事现代文学研究和教学的专家通读书稿。对他们提出的宝贵意见，我们永远心怀感激之情。

2016年10月，在该项目结项以后，我们又对全部六卷书稿进行了新一轮完善，并结合新的形势要求对其中的一些提法和观点进行了斟酌与修改。

写好一部以思想性见长的学术研究著作，尤其是像这样一部跨度百余年中国近代、现代和当代社会发展演进的历史进程，涉及中国传统文化和外来文化，尤其是不同的欧美国家文学之间在引进过程中的特殊性以及与中国文学之间相互影响和改造的复杂关系的著作，研究者不仅需要具有本学科深厚的学养、专业知识的储备，还要具有开阔的社会历史发展眼光、正确的指导思想以及科学的方法论。从这个意义上来说，很多方面我们都有着很大的不足。因此，在书稿出版之际，忐忑不安可能是每个课题组成员最真实心态的反映。我们期望着专家和读者的批评！

刘建军

2017年7月

目　录

导言：

如何看待百年来欧美文学中国化进程资料索引中的脉络、焦点与问题？[①]

本索引采用编年体结构，收录了清末鸦片战争至2015年与欧美文学中国化进程有关的各种文学翻译、文学研究、中外文学影响与交流等现象，既考虑了中国化进程中宏观的大事件、大视野，也呈现出进程中的细微形态，力图还原欧美文学中国化进程发生发展的原初形态、历史脉络与主流特征，以及所伴生的复杂性、歧义性因素。

一、编纂欧美文学中国化进程的资料索引需要考虑哪些具体因素？

编纂欧美文学中国化进程的资料索引，显然应考虑与交代从哪些方面来进行搜集、整理与编纂，以利于我们对过去的进程予以反思并对之进行延续。单单就翻译文本而言，过去百年所涉及的数量就蔚然可观，樽本照雄《新编增补清末民初小说目录》收录了1840—1919年间翻译作品5364种(含重版)，《中国现代文学总书目》收录1917—1949年翻译书目约3894种；而中华人民共和国成立后十七年期间，翻译出版的作品涉及三大洲85个国家，1909位作家的5677种古典、现代文学作品。改革开放以来的数量更是远远超越历史上任何时期，一大批经典作家如莎士比亚、莫泊桑、巴尔扎克、托尔斯泰、塞万提斯等的主要文类的全集、文集也得以出版。可以说在短短的百余年时间里，我们的译介视野已经深入全世界大部分的角落，涉及大部分国家、地区与民族，使得中国文学乃至中国文化的建设有了世界性的视野与格局。然而庞大的数量也使得资料的筛选变得十分不易，值得欣慰的是，从阿英先生编纂《晚清小说史》与《晚清文

---

① 本文部分内容以《欧美文学中国化的百年经验与当代使命》为题，发表于《光明日报》(理论版)2017年11月29日。

学丛钞》以来,延续至今约半个多世纪的各种目录编纂工作一直得以延续;而2008年(改革开放三十年)以来学术界“回顾与梳理,反思与清理”的氛围使得这一相关研究领域新作频出,挖掘出了很多尘封的历史资料;尤其是一批著名学者共同参与的大型项目所编制的目录,为本资料的索引编纂提供了极大的筛选便利——有鉴于这些资料均已列入索引之中,恕不一一列出。

已有编目的编选,各有明显的优长,也各有侧重。本索引的编制,是希望能够在有限篇目里,不单单是偏重资料的编目,还试图勾勒出欧美文学作品在中国从翻译到接受的整体特征与细部表现,力图勾勒出与欧美文学中国化进程中有一定学术关联的各种历史因素与现象,以及以欧美文学为载体或传播基础的文化观念的吸纳历程、立场与态度。具体包括以下三个方面:

一是百年来与欧美文学中国化进程有关的能反映政治气候、人文气息、社会发展、话题焦点、国际国内环境变化的重要事件与历史事实。包括但不限于:(1)影响重大的历史、文化事件;(2)党和国家的重要文艺政策;(3)代表性的批评或言论;(4)与欧美文学有关的争论、热点;(5)倡导欧美文学译介与研究的文学团体、刊物的筹建与发展;(6)文化思潮热点;(7)重要的学术会议与部门会议;(8)标志性的中外文学、文化交流事件等。

二是接受视野中的文本引介情况,主要是翻译过来的文学文本,但也涉及在国内产生影响的列入国内文学史与批评史、纳入学术视野中但未翻译过来的文本情况。(1)以发表欧美文学为主的期(报)刊、人物以及出版社为基点,收入各个历史时期期刊上公开发表的有一定学术价值的作品、有一定影响的人物译介的作品,以及各重要出版机构所发行的单行本、丛书等;(2)兼顾小说、诗歌、戏剧、新诗等文类的扩充与演变;(3)兼顾不同时期翻译的水平、态度、影响等评述与评估;(4)兼顾罗列与筛选的平衡,民国前的翻译以流行性、通俗性作品为主,所以对数千种译本的筛选主要兼顾当时影响力与文学价值,民国期间、中华人民共和国成立后十七年期间的翻译基本收录所有主要刊物、主要人物、主要出版机构的译介情况,受本卷篇幅限制以及基于1979年以后学术视野与翻译视野的全面展开,除了重要作家的系列文集与全集外,原则上不再收录1990年之后单卷译作的翻译情况。

三是学术与学科体系建设情况。(1)与译介史和文学史有关的一般性批评文献的索引,包括以一些重要翻译家、批评家、研究者、刊物为中心来整理翻译作品的序跋、后记和一般作品的评论等;(2)不同历史时期中国学者所撰写的译介史、批评史与文学史情况;(3)不同历史时期与欧美文学有关的文学批评与文学理论的建构情况,包括从欧美、日俄译介过来的批评与理论著作,中国学人对这些批评与理论的阐释与接受,以及中国学者编撰的批评性论文与著作;(4)包括外国语言文学、世界文学与比较文学、欧美文学理论等相关学科体系的建设情况;(5)各协会团体的筹办、会议情况;(6)与欧美文学有关的国家奖励、政府资助等情况;(7)兼及外国文学对中国文学创作的影响;(8)原则上尽量收录重要著作、论文,但限于篇幅,1979 年之后原则上只酌情收录少量具有开拓性的论文。

二、百年来外国文学中国化进程的发展脉络与焦点是什么?

在资料编纂的基础上,我们不难发现前辈学者的丰功伟绩与历史使命之关联。

首先,从文学与社会发展的关系来看,百年来中国现代社会发展的“站起来”“富起来”和“强起来”三步走进程,以及与中国具体实践相结合的过程中不断形成指导中国革命、建设和民族伟大复兴事业的理论建构过程,使得中国对外国文学的使命、任务和自身性质的定位,有着相当多样的要求和理解,但又呈现明显的阶段性特征。从晚清到民国,从中华人民共和国成立到“文化大革命”时期,列强的有形侵略与无形压迫,冷战阵营的对立,国内的社会矛盾与阶级矛盾,不同时期内忧外患的交迫使得中国人一直被一种强烈而持续的焦虑所困扰。从梁启超 1897 年《论译书》提出“译书是强国之要义”,进而提出“小说界革命”的设想开始,即便是言情小说的翻译也被赋予“拾取当时时局,纬以美人壮士”(林纾语)的使命,晚清文学译介作品中的主人公多是(或至少被译介为)英雄豪杰、智谋侦探、有胆识的奇女子,成为进化论影响下的主要人格想象,从而取代传统礼治之下的“温良恭俭让”君子的人格理想。而到了新文化运动时期,胡适、陈独秀等“五四”干将所提出的“文学革命”,也绝不是表面上的语言的革命,即“国语的文学,文学的国语”,而是要借助译介外国文学来建立“国语的文学”,通过整合“他们”与“我们”而达到熔铸中国之“全国人民”的目的。随着马克思主义的传播和早期共产党人的提倡,“文学革命”进一步向“革命文学”过渡,20 世纪 30 年代苏联(部分间接通过日本)的革命文学对中国革命文学产生影响,沈泽民(沈雁冰之弟)《文学与革命的文学》、沈雁冰《论无产阶级艺术》以及蒋光慈《现代中国社会与革命文学》都是代表作,1931 年左翼作家联盟团结了更多革命作家,在马克思主义文学建设领域发挥了重要作用。

1942 年毛泽东《在延安文艺座谈会上的讲话》更是创造性地吸收了马列文论,建构了具有强烈政治色彩、民族意识和现实性的阶级分析话语系统,不仅在解放战争时期掀起了译介苏联卫国战争文学的新高潮,为中国人民提供了精神上的激励,成为战争中具有实践指导意义的军事教科书,而且也成为 1949 年以后新民主主义文化建设的重要指导方针,使得外国文学自觉地参与民族文学、共和国新文化精神资源建设,参与反对侵略、保卫和平,反帝、反封建、反殖民,争取独立、民主的进程,成为了解其他国家国情、加强与国际联系的桥梁和纽带。正是在这些历史使命、政治使命的意义上,"假如说'五四'是中国近代文学史上的第一次文学革命,那么《在延安文艺座谈会上的讲话》的发表及其所引起的在文学事业上的变革,可以说是继'五四'之后的第二次更伟大、更深刻的文学革命"[①],是"马克思主义文艺理论'中国化'的重要成果"[②]。文学与民族使命、政治使命的自觉关联,以及外国文学作为别具一格的文化持续启蒙的资源,使得我们重新审视过去的历史资料时,要持有尊重历史的态度。20 世纪中国对外国文学的特殊接受与理解,使得外国文学已经成为中国总体文学中的一个独特组成部分。如贾植芳先生所言,"中国现代文学历史……应由诗歌、散文、小说、戏剧和翻译文学五个单元组成"——这一说法也受到谢天振先生的支持;或者如杨义先生所言,翻译文学具有"混合型或混血型的双重文化基因"——这样的说法在国内并非没有争议,但是持反对意见的并不多。这意味着中国的外国文学,既是外国的,又是中国的,自身存在着两极之间的复杂张力,需要从对中国文学自身发展的内在文化机理的更替以及与民族精神思想史的互动、互斥、互化的角度,去理解和认识其"中国文学"的性质。

其次,百年来我们也完成了从士大夫出身的林纾式翻译、点评过渡到建立较为完备的现代译介、学术、学科体系的任务。我们从清末民初以"豪杰译"(如梁启超)、前言后记点评式感悟(如林纾)、模仿写作(如侦探小说与言情小说仿写)为特征的欧美文学中国化进程的开启,迅速过渡到"五四"前后自觉的"直译"(如鲁迅),文学史视野意识(如周作人《欧洲文学史》),学科体系的初步建立(如北京大学国文门、外语门课程体系的建立与争论),集学者、评论家、作家和

① 周扬:《坚决贯彻毛泽东文艺路线——一九五一年五月十二日在中央文学研究所的讲演》,北京师范大学中文系现代文学教学改革小组编:《中国现代文学史参考资料·社会主义革命和建设时期的文学(1949—1958)》(第三卷上册),北京:高等教育出版社,1959 年,第 21 页。

② 钱理群、温儒敏、吴福辉:《中国现代文学三十年》(修订本),北京:北京大学出版社,1998 年,第 458 页。

诗人以及翻译工作者于一身、学贯中外的作家群(如周氏兄弟、郭沫若、巴金、田汉、郁达夫、胡适,1949 年以后仍保持活跃的冯至、卞之琳、李健吾、罗大冈)的出现,以及海外留学归来的学者所作学术性文章的发表,再到中华人民共和国成立后十七年期间计划性文化建设政策的实施,使得外国文学中国化进程走向组织性、计划性发展的轨道。全国外国文学出版机构调整,合并为"两社一刊",亦即人民文学出版社、上海新文艺出版社、《译文》月刊(后更为《世界文学》),再加上出版总署翻译局的《翻译通报》,以及《人民日报》,成为外国文学翻译与研究能够公开出版发行的主要渠道;国家颁布了《关于公私合营出版翻译书籍的规定草案》和《关于机关团体编译机构翻译工作的规定草案》,成立了专家阵容强大的"三套丛书编委会",陆续完成了"马克思主义文艺理论丛书""外国古典文艺理论丛书""外国古典文学名著丛书"的编译出版;除了实施派出少量人员直赴苏联留学的举措之外,在有条件的北京高等学校举办苏联文学进修班、研究生班,俄苏文学作家专题进修班,文艺学进修班等,聘请苏联专家进行培训。

而改革开放后的四十年里,我们更是解放思想、锐意进取,在若干方面都能体现出学术与学科建设的崭新业绩。一是国家逐渐建立了较为完备的扶持哲学社会科学繁荣的政策体系,以学术团体、国家各部委的各种人文社科基金项目、留学基金项目等形式,在组织形式上、经济上、发展机制上都提供了更大的空间和便利条件。以学术团体、学术沙龙、跨校级的重大课题学术团队等形式,加强了学术交流与创新。自 1979 年成立"全国美国文学研究会""中国俄罗斯文学研究会""全国西班牙、葡萄牙、拉丁美洲文学研究会""中国文艺理论学会"(前身"高等学校文艺理论研究会")以后,"中国外国文学学会"(1980 年)、"全国法国文学研究会"(1982 年)、"全国德语文学研究会"(1983 年)、"中国比较文学学会"(1985 年)、"全国高校外国文学教学研究会"("中国高等教育学会外国文学专业委员会"前身,1985 年)、"中国北欧文学学会""中国意大利文学学会"(1989 年)、"中国中外文艺理论学会"(1994 年)、"全国英国文学学会"(1997 年)等十多个比较有影响的学术团体相继成立,这些学术团体常年举办年会或专题会议。国家留学基金委各种资助项目,各省、各高校国际会议与学术交流项目,斥巨资引进的 JSTOR、EBSCO、PQDD 等国外大型学术期刊、博士学位论文、图书、书目与索引等数据库,也为学者与研究生随时接触国外前沿领域提供了极大的便利。国家政策层面的扶持与资助是促成学科的建设与发展,促进学科的沟通与交流,促进学术发展与民族文化建设融合的主要力量,更是促进专业成果与社会进程共成长的重要动力。

二是在继承老一辈学者团体合作的优良传统基础上,新一代的中青年精英学者也常常发挥集体优势,发起、组织和参与一大批或颇具影响或十分厚重或具有引领作用的具有中国特色的学术成果,如苏联高尔基文学研究所16卷本《世界文学史》的翻译,20世纪国别文学史系列的撰写,5卷本英国文学史的撰写,受国家社科基金重大项目支持的系列成果的完成等。此外,各种国别文学史、区域性文学史、世界文学史体系逐渐建立,各种专业性学术刊物如《外国文学评论》《外国文学研究》《外国文学》《国外文学》《当代外国文学》《俄罗斯文艺》《外国文学动态》成了学科建设的前沿阵地,一些集刊《英美文学论丛》《圣经文学研究》《跨文化对话》《基督教文化集刊》不断涌现,而各国别、各国重要作家作品、各种重要流派、各种重要文学现象与主题著作的数量快速增长,不仅涵盖大作家、大主题、大历史,也开始注意国外文学中的少数族裔、边缘文化、边缘话语。不仅有一批学者在国际学术界(A&HCI、SSCI刊物,国际学术会议)发出了自己的声音,更有能够走出国门、建立国际性学术组织的"文学伦理学批评"体系建设。

三是建立了较为完备的学科体制与人才培养体制。依我们的统计,从1978年第一批英语语言文学硕士点建立,到1981年第一批英语语言文学博士点建立,再到2003年第一批"外国语言文学"一级学科博士学位授予权获批,新时期的欧美文学研究重拾"文化大革命"之前的发展动力和发展方向,正式步入高等学府、高等科研机构学术研究的殿堂。到2015年为止,全国拥有"外国语言文学"一级学科博士学位授予权的院校已经达到39所;没有"外国语言文学"一级学科博士学位授予权,但拥有"外国语言文学"所涵盖的与欧美文学相关的二级学科博士学位授予权的院校共3所;没有"外国语言文学"一级学科及其附属的二级学科博士学位授予权,但拥有"比较文学与世界文学"二级学科博士学位授予权的院校共8所。此外,拥有"英语语言文学"硕士点的院校共188所,拥有俄语语言文学硕士点的院校共67所,拥有法语语言文学硕士点的院校共43所,拥有德语语言文学硕士点的院校共37所,拥有西班牙语语言文学硕士点的院校共16所,拥有欧洲语言文学硕士点的院校共9所,拥有比较文学与世界文学硕士点的院校共120所。

以上若干方面的学术与学科建设的崭新业绩,显然符合当代国家文化建设"强起来"的主旨。在这个总目标下,我们想要让自己建设的文化能够自觉地为国家和民族"强起来"服务,就需要让我们的文化先"强起来"。所谓文化上"强起来",主要有两个内涵:一是能够很好地为民族的强盛提供思想资源和理论支撑，二是能够在世界上提供中国的经验和中国的话语。然而，对这两个方面的内涵理解，也应在重新审视历史与现实的基础上来重新估量。百年来外国文学中国化进程，一直牵涉杨义先生所说的“国家的政治姿态与文化姿态，牵涉我们对自身的精神文化如何演进的设计和处理姿态”。一方面，这就决定了我们仍然要从社会进程与文学的关系层面来对外国文学中国化的价值和功能来进行评判与观察；另一方面，思考民族文化的繁荣与振兴需要什么、追求什么，成为中国化进程方向与实践的关键所在。对外国文学的选择仍然不仅仅是欣赏、批评，更是“借重”，将其纳入成为“我们”的一部分。“文化、政治、制度、权力，包括现实的思潮、流动的时尚和传统的诗学，都从各种不同的层面、角度和力度，参与对文学翻译中的选择和接纳的制约，形成了翻译制约的合力机制。”[1]不仅翻译如此，整个外国文学的研究、接受与影响等无不如此。进一步而言，外国文学中国化进程，既不同于本土的文学发展进程，也不同于外国文学所属国别和地区的文学发展进程，而是以在中国的翻译、介绍与接受、影响基础上的文化交流进程。笼统而言，我们可以认为从清末民初的译介以英国文学为多，到五四以后俄苏文学迅速增加，从 1938 年后英美法与俄苏文学各占主流一半，再到中华人民共和国成立后十七年期间俄苏文学占据绝对的比例，经历 20 世纪 50 年代末 60 年代初亚非拉文学译介的短暂高潮，从 20 世纪 80 年代俄苏文学引入回归“红色经典”，热衷俄国十月革命前的“白银时代”，欧美现代派文学迅速升温，再到今天世界各国文学普遍开花，这些格局的变化始终是于不同时期意识形态和政治氛围的波动、社会矛盾和主要问题的消长中变动、革新和转型的，外国文学中国化进程的焦点、热点、格局也因此发生变动，正如杨义先生所言，传统、现状、制度与意识形态决定了文学与社会之间的“需求—契机—机制”。

三、文化强国需要什么样的外国文学研究？

然而，我们也应该看到，一方面，过去百年以来，一种焦虑与紧迫感使得我们努力地完成新民主主义革命、民族解放战争、人民新政权建设以及以经济为中心的国家建设，但又使中国的现代化过程一直带有浓烈的急于求成的色彩，这种焦虑与紧迫也使得过去相当长的时间里存在托克维尔所说的“抽象的文学

---

① 杨义：“总序”，连燕堂：《二十世纪中国翻译文学史（近代卷）》，天津：百花文艺出版社，2009 年，第 22 页。

政治",革命者力图"用简单而基本的、从理性与自然法中汲取的法则来取代统治当代社会的复杂的传统习惯"[①]。而另一方面,"外国文学曾先后作为反传统的话语、政治革命的工具、观看外部世界的窗口参与中国社会的变革",然而时过境迁,反传统、政治工具、窗口作用已经不那么明显,不再是中国外国文学研究的"本土视角"[②]。那么今天我们在和平的时代,民主化不断加深的时代,将眼光放置得更为长远的时代,至少有三个方面值得慎重对待。

第一,应推动一批对当前时局、时政直接助益不显著,但在深度求知、深度理解上的学术价值无可替代的研究。正如鲁迅所说:"明哲之士必洞达世界之大势,权衡较量,去其偏颇,得其神明,施之国中,翕合无间。外之既不后于世界之思潮,内之仍弗失固有之血脉,取今复古,别立新宗。"[③]这才是一种更为宏大的文化建设方略,是对自身精神文化谱系之演进的宏观规划。"别求新声于异邦",是强调外来思潮、外来文化与本土传统、本土国情的对话,这种对话绝不是简单粗暴的二元对立,而是交流与对话。大国兼容并蓄的心态,不能功利主义地考量,不动辄为时局所左右。非功利的、纯学术的(当然不能是违背党和国家政策的)译介与研究,有时更能够经得起历史的考验,更有持久的生命力。某种程度上讲,能够敢于强调为学术而学术,也是一种自信、自强、包容开放的文化胸怀,也才能够促成学术文化大国的形成,为世界贡献自己的思想。在研究体系和教材编纂方面,也应适当深化对当代社会政治自身的复杂性,以及文学与社会政治之间的复杂关联的认识,多少应该避免过度"将外国文学作品的翻译、介绍和评论视为思想教育的手段从而导致分析和评价作品时主题先行,过多注重作品的时代背景、注重意识形态上的革命与否、注重作品的思想教化功能",避免"以一时的政治关系而不按艺术规律行事"的做法。老一辈学者已经建立了深刻洞察文学与社会发展规律之关联的中国化话语,大大推动了中国世界文学史观与批评视野的演进过程,对建立非欧美文学为中心的本土文学史视野有着了不起的学科建设价值,然而一些受时局之限制、对复杂社会文化现象粗暴对待、乱贴标签[④]的不得已做法在今天仍时有奉为引据的情况,也时有不符合

---

① 托克维尔:《旧制度与大革命》,冯棠译,北京:商务印书馆,1992年,第181页。

② 见王守仁:《现代化进程中的外国文学与中国社会现代价值观的构建》,《外国文学评论》2004年第4期。

③ 鲁迅:《文化偏执论》,《鲁迅全集》(第一卷),北京:人民文学出版社,1981年,第56页。

④ 如果从社会主义文化建设不同阶段的角度来看,从欧美文学内部寻找对抗资本主义政治的力量,充分体现暴露对方阴暗面并予以批判,是与社会主义初级发展阶段文学建设中意识形态话语相契合的,也是社会主义初级阶段话语建构的必要组成部分,但是这种话语在当代的社会主义文化自信建设阶段,就不合时宜了。

历史普遍规律的判断、不适合中国国情的判断,以及简单化、教条化和庸俗社会学的态度。一方面,重新把握文学与政治的适当尺度,坚持文学研究历史观点与美学观点相统一的立场,以及主张方法多样化,是当代外国文学中国化进程的应有之义;另一方面,更要防止将本土视角矮化为"狭隘的民族主义"、本国意识形态的投射、对西方普遍主义话语无原则性的批判。

第二,应避免对当下现实问题过于隔膜,缺乏问题意识和主体意识。伴随国家政治、经济在世界领域取得的重大成就和影响以及精神文化发展的自身需求,为世界提供中国的经验和中国的话语成为文化强国自然而然的愿望。吴元迈先生提出的"外国文学研究的中国学派"[①]、曹顺庆先生提出的"中国的比较文学学派",还有一些其他学者提出的"原创精神""主体意识""原典性实证"等,表达了新时代外国文学工作发展的客观需要。当代学术研究具有很强的"主义"意识,"国内大部分美国文学学者都赶浪潮一样涌向现当代作家研究,或争先恐后地向国人介绍现代、后现代的时髦理论和充斥着性、暴力、荒诞和消极因素的作品"[②]。虽然20世纪八九十年代对西方的种种理论与模式不求甚解、生搬硬套的现象明显减弱,但正如刘意青先生所指出的,外国文学研究,尤其是欧美文学研究,仍普遍受制于后现代理论,热衷于后现代推崇的相对性、碎片化,以及"去意识形态"和反逻各斯中心,因此助长了我国追随欧美新自由主义和历史虚无主义的思潮。这种多元化、无政府、去民族主义等意识形态只有利于后工业时代和跨国资本主义,但显然与正处在民族振兴关键时期的中国不合辙,甚至有害。而且,外国文学研究除了纯文学研介外,还应该帮助中国了解外国,特别是认识欧美重要国家各个发展阶段的历史、政治和经济状况,以及形成它们今天国策的历史、宗教、哲学等理论和实践的背景,从而为我国制定最有利和正确的国际方针提供条件。

百年来外国文学中国化进程的主要目标一直十分明确,就是将异域话语有效地转化为本土文化建设的资源,输入的同时也往往是转化,输入什么与如何转化都是按照国家国情的需要、本土文化的需要来进行的,但是今天我们的欧美文学研究能否将外来话语与本土视角置于理想平衡的状态,能否正确处理他者话语与文化主体性之间的冲突?日本沟口雄三言,"以中国为方法,就是以世

---

① 吴元迈:《面向二十一世纪的外国文学——在中国外国文学学会第五届年会上的发言》(1994年9月20日),《外国文学评论》1995年第1期。

② 刘意青:"序言",袁先来:《盎格鲁—新教源流与早期美国文学经典中的文化建构》,北京:北京大学出版社,2016年,第1页。

界为目的"[①],这种学术气魄就是强调要有问题意识,要有世界眼光,以研究中国的方法和理路来探究世界。相应地,我们也应以外国文学的方法和理路来探究世界,否则就如同葛兆光先生所说,"中国的外国学,并没有触及自己现实的问题意识,也没有关系自己命运的讨论语境,总在本国学术界成不了焦点和主流"[②],这对外国文学整个领域自身的发展也是不利的。

第三,研究的视域也可进一步扩展。外国文学研究领域在某种程度上也可以像科学技术领域一样集中力量办大事,投入影响国计民生的国防尖端科技;当然也要把面铺开,开拓出更多的有价值的研究领域,不至于过于扎堆造成资源的浪费。就研究范围而言,如今学术研究成果的数量每年成几何级数地增长,但是我们也应该看到,相当多的精力投入到英、美、法、日、俄苏等大国的现当代文学领域,古希腊罗马、西欧中世纪、东欧拜占庭、现当代东欧、现当代北欧等非(现代)英语方面往往只有非常有限的学术力量在做垦荒性的研究,一大批我们耳熟能详的大师如歌德、席勒、但丁、弥尔顿、莫里哀等的研究成果,只有老一代学者数量极为有限的弟子在添砖加瓦。即便是美国这样历史不长的大国,19世纪之前的文学研究数量也极为有限,太多的研究领域属于蛮荒之地。美国文学研究领域有明显的文体偏重现象,诗歌、小说研究多,缺乏戏剧、传记、作品编撰、散文的研究,也缺乏思想史、断代史以及史论结合的研究。此外,我们也过度集中于国别自身的研究,跨国别研究相对集中于教材的编写上,也缺乏横向比较与科际整合的视野。就研究立场而言,缺乏主体意识与焦点,最为典型的就是盛宁在《人文困惑与反思:西方后现代主义思潮批判》中提到的"平移现象",借用西方的女权主义、后殖民主义、后历史主义等学术话语,却忽视了具体的历史语境[③]。以美国文学研究为例,在近几年国家社科基金的立项中,经典作家的研究明显偏少,相当比例都集中在少数族裔与边缘文化、亚文化的研究领域,然而这些热点对美国学术界来讲符合的是美国当代国家话语体系。我们应该集中力量搞清楚美国主流话语的文学性质,而不是被美国学术话语中的

---

① 沟口雄三:《作为方法的中国》,孙军悦译,北京:生活·读书·新知三联书店,2011年,第130页。

② 葛兆光:《域外中国学十论》,上海:复旦大学出版社,2002年,第30页。

③ 当然我们也应该看到,理论研究并不是仅仅热衷于"诗学""解构主义""叙事学""文化研究""后殖民主义"等宏观理论与作品的分析,而是逐渐精细、深入。"批评的主体意识越来越明确,评论者的目光从早先较多的'仰视',逐渐转为'平视',越来越多的文章已不再满足于对国外动向的介绍,而是学会了抽丝剥茧、层层深入式的分析,明显体现出一种以我为主的把握。"(《编后语》,《外国文学评论》2009年第4期)

边缘与中心的假象所迷惑，[①]更不应满足于中国学界成为西方理论消费国的角色，而是应按照自己的需要吸收甚至改写西方学术话语，为国际学界提供具有中国文化特色的学术话语。

就研究材料而言，一大批重要的理论著作、人物或重要的批评文本没有得到应有的重视，过于集中于批判研究，而缺乏考据与实证的研究。就欧美发达国家而言，无论是在古典学术领域、现当代作家研究领域还是文学理论建设领域，由于学术体系的完备以及学术发展史的悠久，在很多方面都建立了完备的资料体系、索引体系和学术架构，即便是女权主义批评、后殖民主义批评、解构主义批评的理论原创者，也十分重视历史文献与档案的考古式挖掘与整理，进而得出一般性的规律和理论，建立文本—实证—理论互相衔接的完整链条。姑且以美国作家为例，大多数美国主要作家都有多部传记，多部研究指南如剑桥作家指南系列、牛津作家研究史指南系列（Historical Guide）、布莱克威尔（Blackwell）作家指南系列、哈罗德·布鲁姆作家指南系列，多部批评文献文集如牛津文学研究手册系列（Oxford Handbook）。这些都是非常重要的系列丛书、单部论述，国内除了少量的原版引进之外，引述与重视程度非常有限。过去在交流手段有限、资料查找困难和研究者外语水平有限的时代，老一代学者致力于编写“三套丛书”，编写“外国文学研究资料丛刊”，大量翻译各种作品、文学史、文学理论与批评的著作是十分必要的，但是在资料获取十分开放、学习外语十分便利的时代，研究资料的限制就是研究者自身的问题了。

我们的国家在政治、经济领域已经具有了世界范围的影响力甚至是号召力，但是在文化领域我们的“中国风”还在依赖传统文化遗产，而不是现代文化意义上哲学、文学与社会科学思想方面的实力，可见我们未来的工作任重而道远。

---

① 陆建德在《形式理论与社会/历史学转向》中指出，美国式的市场经济原则渗透到学术界，一些带有理论因素的概念如少数话语、文化多元主义也有市场操控的特点，反映的是美国社会重新整合的需要。陈建华主编：《中国外国文学研究的学术历程·第1卷·外国文学研究的方法论问题》，重庆：重庆出版社，2016年，第21页。

凡例说明

一、本卷所录编年索引，自 1840 年起，至 2015 年止。

二、收录范围包括著作、论文、序跋、发刊词、杂评等重要文献信息，也包括事件、政策、言论、焦点、思潮、会议、团体、刊物、出版等信息，凡能反映 1840 年以来欧美文学中国化进程面貌以及观念变化的重要资源，均予以收录。

三、所录取条目比例，大致越往前较繁，越往后较简。以其时间在前，学界关注不多，值得重视；时间越近，了解者甚多，选择从简。

四、体例格式。

（一）排列顺序：原则上按出版（发生）所属年份列出排序；因为很多文献年代久远，不能查找出具体的出版（发生）月份，故对同一年份内的条目，并不是按照时间顺序来排列，而是按照中国的译介者、研究者姓氏拼音以及作品名、出版机构等要素拼音顺序排列，便于翻阅检索和比较。

（二）事件与事实：本索引将当年的有关的能反映政治气候、人文气息、社会发展、话题焦点的重要事件与历史事实单独字体排版，放置在每个年代之前。

（三）主要文献类型的格式如下。

1. 翻译单行作品："译者＋文献标注的作者名称（当前通译）及著作方式（"著"不单独注出，其他著作方式则加以说明）＋《文献名称》（当前通译），出版机构"。如：林纾、魏易译却而司迭更司（狄更斯）《滑稽外史》（《尼古拉斯·尼克贝》，滑稽小说），商务印书馆。

2. 翻译刊载期刊作品："译者＋文献标注的作者名称（当前通译）＋《文献名称》（当前通译），《刊物名称》＋卷号期号。"如：叶公超译吴尔芙夫人（伍尔夫）《墙上一点痕迹》，《新月月刊》第 4 卷第 1 号。

3. 研究著作："研究者及著作方式＋《文献名称》（卷数），出版单位。"如：申丹、王邦维总主编《新中国 60 年外国文学研究》（六卷七册），北京大学出版社。

4. 研究论文："研究者（发表）＋《文献名称》，《刊物名称》＋卷号期号。"如：胡壮麟发表《谈康拉德的〈黑暗的内心深处〉》，《国外文学》第 4 期。

5. 其他事件、会议、现象体例大体保持一致。

编年索引

1840年

第一次鸦片战争爆发。1842年战争结束，中英《南京条约》签订。

门人懒惰生编译蒙昧先生(Robert Thom，罗伯聃)《意拾寓言》(《伊索寓言》)，广东。

1851年

英国伦敦传道会的慕维廉(William Murrhead)节译约翰·班扬《天路历程》，译本冠名为《行客经历传》，篇幅共13页，成为这部讽喻小说最早的汉译本。

1853年

英格兰长老会来华的第一位牧师宾为霖(William Chalmers Burns)与佚名中国士子合作，以浅近文言文形式译英国约翰·班扬《天路历程》，咸丰年间于厦门教会机构出版。上海美华书馆1865年、1919年翻印。香港中华印务总局1873年翻印。小书会真宝堂1883年翻印。华北书会1892年翻印。其中英国循道公会教士俾士(George Piercy)的《天路历程土话》版本，1871年由广州羊城惠师礼堂刊行，为粤语本《天路历程》，包含30幅插图。此刊本除抄录咸丰三年的原刊本序外，还有《天路历程土话序》,交代了该书的特色及来龙去脉。

1854年

伦敦会传教士麦都思译弥尔顿十四行诗《论失明》,《遐迩贯珍》第9号。

1856年

第二次鸦片战争爆发。

1857年

《六合丛谈》创刊号发表传教士艾约瑟《希腊为西国文学之祖》,对西方古典文学的源流做出概括性的介绍。

《六合丛谈》第1卷第11号登载艾约瑟为古希腊哲学家柏拉图所立的《百拉多传》:“百拉多者,希腊国雅典人也年二十,师事娑格拉底斯,后自成性理一大家。”该文还介绍了柏拉图的著述。

1858年

清政府分别与英国、法国、美国、俄国签订《天津条约》。

1860年

清政府分别与英国、法国、俄国签订《北京条约》。

1862年

京师同文馆成立。

1872年

1872—1881年,清政府在美国设中国留学事务局,遣陈兰彬、容闳为正副委员,携第一批30名少年前往美国留学。

《谈瀛小录》(斯威夫特《格列佛游记》中的"小人国"部分)刊登于上海5月21日至24日《申报》,未署译者;5月28日刊《一睡七十年》(欧文《瑞普·凡·温克尔》),未署译者;5月31日至6月15日刊登《乃苏国奇闻》(马里亚特《听过很多故事的巴沙》中的《希腊奴隶的故事》),译者署李庆国。

1873年

1月—1875年3月

《昕夕闲谈》刊登于最早的文艺期刊《瀛寰琐纪》第3卷至28卷,署蠡勺居士译。据韩南考证,该小说为爱德华·布威·利顿(Edward Burlwer Lytton)的长篇小说《夜与晨》的上半部,可能是《申报》业主英国人美查口述、主笔蒋芷湘笔录,被认为是中国人翻译的第一部相对完整的外国长篇小说,也是刊物连载翻译小说的开端。译者在《昕夕闲谈小序》中言:"若夫小说,则妆点雕饰,遂成奇观;嬉笑怒骂,无非至文。使人注目视之,倾耳听之,而不觉其津津甚有味,孳孳然而不厌也。则其感人也必易,而其入人也必深矣。谁谓小说为小道哉?""今西国名士,撰成此书,务使富者不得沽名,善者不必钓誉,真君子神彩如生,伪君子神情毕露。此则所谓铸鼎象物者也,此则所谓照渚然犀者也。因逐节翻译之……其所以广中土之见闻,所以记欧洲之风俗者,犹其浅焉者也。"

1875 年

美国传教士谢卫楼口述、赵如光笔录的历史教材《万国通鉴》提到悲剧作家爱斯奇里斯(埃斯库罗斯)、索福克利斯(索福克勒斯)、欧里庇得斯,说他们三人的"戏文极其酸苦,是令听者触目而动心,盖欲激发人之勇敢,并当时之恶俗,函思勉人为善也";还提到喜剧作家阿里斯托芬,说他"编作谈作戏文,亦颇警心悦目"。其中有对莎士比亚创作特色及文学地位的最早介绍文字。

1877 年

8 月 11 日

担任驻英公使的清末外交官郭嵩焘,应邀参观英国印刷机器展览会,看到了展出的一些著名作品的刻印本。他在日记提到"何满""舍克斯毕尔"和"毕尔庚",这是中国人第一次谈到古希腊荷马,以及莎士比亚和培根两位文艺复兴时期的英国著名人物。

1878 年

7 月 27 日—12 月 7 日

《意拾寓言》(《伊索寓言》),《万国公报》第 10 年第 499 卷至第 11 年第 517 卷。

9 月 7 日,林乐知主编的《万国公报》第 504 卷刊登《大英文学武备论》;9 月 14 日出版的第 505 卷上刊《培根格致新法小序》。二文对英国文学及作家略有介绍。

1879 年

1月18日

郭嵩焘应邀去伦敦兰心剧院观看莎士比亚戏剧的演出，他说这戏文“专主装点情节，不尚炫耀”。这是中国人第一次看到莎剧演出。外交官曾纪泽去“观园观剧”，“所演为丹麦某王，弑兄、妻嫂，兄子报仇之事”。此指在伦敦剧院观看的英国著名演员厄尔文所演《哈姆雷特》。

1882 年

北通州公理会刻印了美国传教士谢卫楼所著《万国通鉴》。

1887 年

黄遵宪在《日本国志》中指出，小说最宜担当“语言与文字合”的任务：“若小说家言，更有直用方言以笔之于书者，则语言文字几几复合矣。余又乌知夫他日者不变更一文体为适用于今、通行于俗者乎？”

1888 年

张赤山编伊所布（伊索）《海国妙喻》，天津时报馆，收寓言70则。

1891 年

12 月—1892 年 4 月

英国传教士李提摩太译毕拉宓(爱德华·贝拉米)《回头看纪略》(《回顾》),连载于上海广学会刊物《万国公报》。1894 年,该小说又以《百年一觉》为名,由广学会出版了单行本。1904 年《绣像小说》重新命名为《回头看》。

1892 年

赛珍珠出生 4 个月后即被身为传教士的双亲带到中国,在中国生活了近 40 年。她曾在这里写下了描写中国农民生活的长篇小说《大地》(1931),凭其获得 1932 普利策小说奖,1938 年诺贝尔文学奖。

1894 年

甲午中日战争爆发。

严复译介的赫胥黎《天演论》陆续刊行。其中将莎士比亚称为“词人狭斯丕尔”,在《进微篇》及其小注中对莎士比亚有一些介绍。此为中国学者第一次对莎士比亚的评价。进化论思想产生影响。政治局势的危急以及严复“物竞天择、适者生存”“择种留良”进化论的宣扬,更是引发了对传统思想文化基础的质疑。中国知识分子实际上是要将进化论从自然比附演绎到人类社会,进而将人类意识(神思智识)、社会文化(政俗文章)也纳入进化之范畴。

1895 年

中日《马关条约》签订。帝国主义国家掀起瓜分中国的狂潮。

5 月 25 日

傅兰雅发布"时新小说"征稿启事《求著时新小说启》，载于《申报》以及随后的《万国公报》(6 月第 77 号)、《中西教会报》(第 7 号)该启事也是一个公开的有奖竞赛征稿广告。该启事提出以小说"感动人心，变异风俗"，针对"鸦片""时文""缠足"，呼吁"中华人士愿本国兴盛者，撰著新趣小说，合显此三事之大害，并袪各弊之妙法，立案演说，结构成编，贯穿为部。使人阅之，心为感动，力为革除"，具有首倡"小说的近代变革"的标志性意义。

1896 年

12 月

《万国公报》第 95 卷所刊《重褒私议以广见公论》(五)一文，作者林荣章(林乐知)以一句译诗("除旧不容甘我后，布新未要占人先")导引议论。此中译诗源自蒲伯《人论》，为迄今所见英国诗句最早译文。

8 月 1 日—1897 年 5 月 21 日

张坤德译柯南道尔 4 篇侦探小说，《时务报》，集为《歇洛克呵尔唔斯笔记》，是近代最早的翻译侦探小说。

1897 年

12 月

《万国公报》第 106 卷刊载林乐知、任延旭《格致源流说》。该文称培根为"英国格致名家"，穿插翻译了培根的一篇论述"格致之效"的数百字的小品文。

几道、别士(严复、夏曾佑)发表《本馆附印说部缘起》，《国闻报》。云："夫说部之兴，其入人之深，行世之远，几几出于经史上。而天下之人心风俗,遂不免为说部之所持";"本馆同志,知其若此,且闻欧美、东瀛,其开化之时,往往得小说之助。是以不惮辛勤,广为采辑,附纸分送。或译诸大瀛之外,或扶其孤本之微。文章事实,万有不同,不能预拟;而本原之地,宗旨所存,则在乎使民开化。自以为亦愚公之一畚、精卫之一石也。"

康有为发表《日本书目志》,上海大同译书局。其中"小说门"收入日本小说(包括笔记)1058种,并有"识语"云:"启童蒙之知识,引之以正道,俾其欢欣乐读,莫小说若也";"故'六经'不能教,当以小说教之;正史不能入,当以小说入之;语录不能喻,当以小说喻之;律例不能治,当以小说治之"。"泰西尤隆小说学哉","亟宜译小说而讲通之"。

7月20日

梁启超发表《论译书》,将欧洲并俄、日诸国的强盛归功于翻译,倡言"处今日之天下,则必以译书为强国第一义"。文章列出九大类书籍,但不包括域外小说。

林纾、魏易译斯威佛特(斯威夫特)《葛利佛利葛》(一名《海外轩渠录》,今译《格列佛游记》),上海珠林书店。

10月

沙光亮口译、叶仿村笔录龙飞罗(朗费罗)《爱惜光阴诗》,《中西教会报》第34册。据钱锺书考证(《七缀集》),1864年英国公使威妥玛译(中国官员董恂润色)朗费罗诗《人生颂》,曾被普遍认为是汉语译外国诗第一首,学界存疑。

12月18日

严复译赫胥黎《天演论》(《进化论与伦理学》),《国闻报》第2、4、5、6册。其中有译自赫胥黎所引蒲伯《原人篇》(即《人论》)长诗中的几句诗,以及丁尼生《尤利西斯》长诗中的几句。次年单行版《天演论译例言》云:"译事三难:信、达、雅。求其信,已大难矣。顾信矣不达,虽译犹不译也,则达尚焉……此在译者将全文神理,融会于心,则下笔抒词,自善互备。至原文词理本深,难于共喻,则当前后引衬,以显其意。凡此经营,皆以为达,为达,即所以为信也。《易》曰:修辞立诚。子曰:辞达而已。又曰:言之无文,行之不远。三者乃文章正规,亦即为译事楷模。故信达而外,求其尔雅。"

1898年

戊戌变法。 4月25日

《清议报》创办于日本横滨，并刊《〈清议报〉叙例》，十日一册，共出100册，梁启超任总编。《清议报》与《新民丛报》是辛亥革命之前最为重要的维新派报纸，均由梁启超主办。主要刊登：(一)支那人论说；(二)日本及泰西人论说；(三)支那近事；(四)万国近事；(五)支那哲学；(六)政治小说。除以刊登时事和社论为主以外，为"发表政见"而撰译政治小说。 12月23日

《清议报》第1册刊登梁启超《译印政治小说序》(署名任公)。"在昔欧洲各国变革之始，其魁儒硕学，仁人志士，往往以其身之所经历，及胸中所怀政治之议论，一寄之于小说。于是彼中辍学之子，黉塾之暇，手之口之，下而兵丁、而市侩、而农氓、而工匠、而车夫马卒、而妇女、而童儒，靡不手之口之。往往每一书出，而全国之议论为之一变。彼美、英、德、法、奥、意、日本各国政界之日进，则政治小说为功最高焉。英名士某君曰：小说为国民之魂。岂不然哉，岂不然哉！今特采外国名儒所撰述，而有关切于今日中国时局者，次第译之，附于报末，爱国之士，或庶览焉。"

《清议报》带动了政治小说的引进。《清议报》第1册开始连载翻译政治小说的代表作《佳人奇遇》，由东海散士(柴四郎)原著，梁启超译，至1900年2月10日第35册刊毕。1901年由广智书局出版单行本，后纳入商务印书馆"说部丛书"。梁氏本人对此书评价："以稗官之异才，写政界之大势。美人芳草，别有会心；铁血舌坛，几多健者。一读击节，每移我情；千金国门，谁无同好?"(《清议报一百册祝辞并论报馆之责任及本报之经历》)《佳人奇遇》是中国有意识地翻译引进的首部外国政治小说。

《万国公报》第10卷刊载的主编林乐知所译《各国近事》里，有一段关于英国桂冠诗人"忒业生"(Alfred Tennyson，丁尼生)的文字。该刊的这个栏目还编译过"蒲老宁"(Robert 11月

Browning,罗伯特·勃朗宁)、"褒思"(Robert Bums,罗伯特·彭斯)等英国诗人的文字。

辜鸿铭《论语》英译本出版,上海别发洋行。此书副标题为《引用歌德及其他作家举例说明的独特译文》,多处引用歌德、海涅的诗文。

李提摩太与任廷旭合译的《天伦诗》以书的形式由上海美华书馆出版,此系蒲伯《人论》的中文全译本,也是迄今所见英国诗歌作品较早而完整的中文译本。

孙宝瑄在日记中记述了希腊缪斯文艺九女神及其在后世欧洲的流传,是中国人关于古希腊神话最早的记述。

5月11日—8月8日　曾广铨译解佳(Henry Rider Haggard)《长生术》(*She*),《时务报》第60号至69号。

1899年

1月　冷红生(林纾)笔述、王寿昌口译小仲马《巴黎茶花女遗事》,目前可见的最早刊本是林琴南家乡福州出版的木刻大巾箱本(畏庐藏版)。汪康年通过高梦旦帮助获得版权后在上海出版铅印本,1899年上海索隐书屋委托昌言报馆代为发行,又有1901年玉情瑶怨馆、1903年上海文明书局等多个版本,1923年由商务印书馆出版。随刊《〈巴黎茶花女遗事〉小引》。

1900年

义和团运动高潮。

八国联军侵华战争。

《经国美谈》于1900年至1901年在《清议报》第36册至69册上连载,日本矢野龙溪(矢野文雄)原著,译者不详,至第19回中断。1903年商务印书馆也推出"说部丛书"本。叙古希腊齐武国志士驱除斯巴达、光复故土事。

《清议报》出版100册，梁启超发表《清议报一百册祝辞并论报馆之责任及本馆之经历》。“凡欲造成一种新国民者，不可不将其国古来误谬之思想，摧陷廓清，以变其脑质。而欲达此目的，恒须借他社会之事物理论，输入之而调和之。”“所以交换智识，实惟人生第一要件。而报馆之天职，则取万国之新思想以贡于其同胞者也。”

3月

《清议报》第37册刊载梁启超的题为《慧观》的文章，文中谈及“观滴水而知大海，观一指而知全身”的“善观者”时，即举“窝儿哲窝士”(华兹华斯)为例。

陈寿彭(绎如)翻译、薛绍徽(秀玉)女士笔录的房朱力士(儒勒·凡尔纳)《八十日环游记》，经世文社刊行，是第一部被翻译过来的科学小说。至此，晚清主要小说类型政治小说、侦探小说、言情小说、科学小说都已出现。薛绍徽后来还译有《格致正规》10卷，撰《外国列女传》7卷。

辜鸿铭译威廉·柯伯(W. Cowper)《痴汉骑马歌》，商务印书馆。译文为五言诗。

任廷旭翻译俄国克雷洛夫《克雷洛夫寓言三篇》，刊广学会《俄国政俗通考》。

1901年

《辛丑条约》签订。

《小说之势力》发表，《清议报》第68册。署名“衡南劫火仙”。

林纾、魏易译斯土活(斯托夫人)《黑奴吁天录》(《汤姆叔叔的小屋》)4册，魏氏木刻本。1904年文明书局再版。随刊《〈黑奴吁天录〉例言》《〈黑奴吁天录〉跋》，云:“其中累述黑奴惨状，非巧于叙悲，亦就其原书所著录者，触黄种之将亡，因而愈生其悲怀耳”;“是书专叙黑奴，中虽杂收他事，宗旨必与黑奴有关者，始行着笔。是书以‘吁天’名者，非代黑奴吁也。书叙奴之苦役，语必‘呼’天，因用以为名，犹明季六君子《碧血录》之类。……是书系小说一派,然吾华丁此时会,正可引为殷鉴。且证诸吣嚕华人及近日华工之受虐,将来黄种苦况,正难逆料。冀观者勿以稗官荒唐视之,幸甚!是书描写白人役奴情状,似全无心肝者。实则彼中仇视异种。"

林纾发表《〈译林〉序》,《清议报》第69册。云:"今欲与人斗游,将驯习水性而后试之耶?抑摄衣入水,谓波浪之险,可以不学而狎试之,冀有万一之胜耶?不善弹而求鸱灵,不设机而思熊白其愚与此埒耳。亚之不足抗欧,正以欧人日励于学,亚则昏昏沉沉,转以欧之所学为淫奇而不之许,又漫与之角,自以为可胜。此所谓不习水而斗游者尔。吾谓欲开民智,必立学堂;学堂功缓,不如立会演说,演说又不易举,终之唯有译书……"

4月3日—1902年2月22日

蟠溪子(杨紫麟)译、天笑生(包天笑)润饰《迦因小传》,《励学译编》第1册至12册。后由文明书局于1903年出版。林纾认为这个经过删节的本子"译笔丽赡,雅有辞况",可惜没有译全,蟠溪子声称是因为原书仅存下半本。

邱炜萲评林译小说《巴黎茶花女遗事》:"读者但见马克之花魂,亚猛之泪渍,小仲马之文心,冷红生之笔意,一时都活,为之欲叹观止。"(《客云庐小说话·挥尘拾遗》)

少年中国之少年(梁启超)译焦士威尔奴(凡尔纳)《十五小豪杰》(*Les Voyage Extraordinaires*),发表《〈十五小豪杰〉译后语……》。日译本《十五少年》据英译本译出,梁启超从日译本重译,章回体,1901年刊《春江花月报》,重译后刊《新民丛报》第2号至13号(1902年2月22日至8月4日),披发生(罗普)续译刊第14期至24期(1902年8月18日至1903年1月13日)。

1902年

2月8日

梁启超于日本横滨创办《新民丛报》。在中国报业史上,《清议报》和《新民丛报》在中国近代报业史上具有划时代的意义,也开启了近现代新世界"政治家办报的传统"。从首期开始,连续刊登《新民说》。《新民丛报》刊登了《十五小豪杰》《外交家之狼狈》《窃皇案》《美人手》《歇洛克复生侦探案》等翻译小说，还有《日耳曼祖国歌》《题进步图》《日本少年歌》《德国男儿歌》等翻译诗歌，以及《翻译世界》《翻译与道德心之关系》《翻译与爱国心之关系》等讨论翻译问题的短文。

10月

梁启超主编的《新小说》创刊于日本横滨，次年，迁移至上海，至1906年停刊，共出24期。《新小说》是继韩邦庆《海上奇书》之后中国最早专载小说的期刊。

《新小说》的发刊词《中国唯一之文学报〈新小说〉》以"每期所刊，译著参半"相号召，将科幻小说列为"哲理科学小说"，认为它是一种"专借小说以发明哲学及格致学"的文类。该刊既登创作小说，也登翻译小说，而每期中翻译都占一半以上，主要有科学小说《海底旅行》(法国迦尔威尼[凡尔纳]著、日本大平三次翻译，卢藉东译意、红溪生润文，1902)，哲理小说《世界末日记》(梁启超译)，冒险小说《二勇少年》《水底度节》，语怪小说《俄皇宫中之人鬼》，法律小说《宜春苑》，写情小说《电术奇谈》，奇情小说《神女再世奇缘》，侦探小说《离魂病》《毒药案》《毒蛇圈》《失女案》《双公使》等。《新小说》还在每期正文前刊登外国著名作家的肖像，如托尔斯泰、摆伦(拜伦)、嚣俄(雨果)、斯利(席勒)等。

商务印书馆成立编译所，开始发行规模最大的丛书之一"说部丛书"。名为说部，实际上包含了各种翻译长篇小说、短篇小说、剧本、传记、神话、寓言等体裁，虽以通俗文学为主，但也包含名著。自1903年至1924年，共出版220多部作品。丛书分两种，第一种自1903年至1909年，分10集，每集10种。影响较大的包括《佳人奇遇》《经国美谈》《回头看》《英国诗人吟边燕语》《足本迦茵小传》《鲁滨孙飘流记》(《鲁滨孙漂流记》)、《包探案》等，译者多署"商务印书馆编译所"。"说部丛书"收录的名著包括：狄更斯《块肉余生述》(《大卫·科波菲尔》)、《孝女耐儿传》(《老古玩店》)、《冰雪姻缘》(《董贝父子》)、《贼史》(《雾都孤儿》)；易卜生《傀儡家庭》(《玩偶之家》)、《梅孽》(《群鬼》)、《社会柱石》(《青年同盟》)；雨果《孤星泪》(《悲惨世界》)、《双雄义死录》(《九三年》)；夏洛蒂·勃朗特《媒孽奇谈》(《简·爱》)；巴尔扎克《哀吹录》(《人间喜剧》节选)；塞万提斯《魔侠传》(《堂吉诃德》);大仲马《侠隐记》(《三剑客》);华盛顿·欧文《拊掌录》(《见闻杂记》)、《旅行述异》(《旅客谈》);笛福《鲁滨孙飘流记》(《鲁滨孙漂流记》);斯威夫特《海外轩渠录》(《格列佛游记》);司各特《撒克逊劫后英雄略》(《艾凡赫》)。目前可见的323种"说部丛书"中,林纾作品有124种。参与"说部丛书"翻译的还有梁启超、吴梼、奚若(伍光建)、包天笑、周桂笙、周氏兄弟、朱东润、褚嘉猷、周瘦鹃、徐卓呆(徐筑岩)、王蕴章、恽铁樵、赵尊岳、张舍我等。

7月18日 上海圣约翰大学外文系毕业班学生用英语演出《威尼斯商人》。据校刊《约翰声》,最早演出为1896年7月18日,从1896年至1911年每年夏季结业式、圣诞夜多有戏剧演出,前者为英文莎剧,后者为中文戏剧创作。

在近代报刊业的中心上海,自1902年起便陆续出现了《新小说》(1902—1905,新小说社,梁启超主编,24期)、《绣像小说》(1903—1906,商务印书馆,李伯元主编,72期)、《月月小说》(1906—1909,月月小说社,吴趼人任总撰述,周桂笙任总译述,24期)、《小说林》(1907—1908,小说林社,黄摩西主编,12期)以及《新新小说》(1904—1907,新新小说社,疑陈景韩主编,10期)几种影响较大的小说期刊。在其推动下,迅速形成了小说翻译和创作的高潮,上海借此成为小说发展的中心。

12月—1903年10月 德富(笛福)《鲁宾孙漂流记》(《鲁滨孙漂流记》,冒险小说),《大陆报》第1号至4号、第7号至12号,未完,崔文东考证该译本译者很可能是秦力山。有《〈鲁宾孙漂流记〉译者识语》,《大陆报》第1卷第1号,作者不详。1904年至1905年,该译本曾被重庆《广益丛报》转载。

2月15日 马君武发表《社会主义与进化论比较》,《译书汇编》第11号。

钱塘跛少年(沈祖芬)译狄福(笛福)《绝岛漂流记》(《鲁滨孙漂流记》),杭州慧兰学堂印刷,上海开明书店发行。正文前有高凤谦(梦旦)序、沈祖芬译者序。据崔文东考证,沈祖芬还译有《香山乐府》(译英)、《戈登传》(译本)、《华盛顿传》(译本)、《希腊罗马史》,似乎并未保存下来。

虚无党小说《东欧女豪杰》从《新小说》第1号开始连载，直至1903年7月9日第5期，为未完成稿，近六万字。阿英将其编入《晚清文学丛钞》时，作者署名为岭南羽女士（罗普）。许多晚清报刊诸如《新新小说》《月月小说》《新小说》《小说时报》《小说丛报》《竞业旬报》等都刊登过虚无党小说，《女虚无党》等主要来自俄国的译作风行一时。虚无党小说对无政府主义思潮在中国的传播起到了推动的作用。

饮冰（梁启超）发表《论小说与群治之关系》，《新小说》第1号。云："今我国民轻弃信义，权谋诡诈，云翻雨覆，苛刻凉薄，驯至尽人皆机心，举国皆荆棘者，曰惟小说之故。今我国民轻薄无行，沉溺声色，绻恋床第，缠绵歌泣于春花秋月，销磨其少壮活泼之气；青年子弟，自十五岁至三十岁，惟以多情多感、多愁多病为一大事业，儿女情多，风云气少，甚者为伤风败俗之行，毒遍社会，曰惟小说之故"，"述英雄则规画《水浒》，道男女则步武《红楼》，综其大较，不出诲盗诲淫两端"。"欲新一国之民，不可不先新一国之小说。故欲新道德，必新小说；欲新宗教，必新小说；欲新政治，必新小说；欲新风俗，必新小说；欲新学艺，必新小说；乃至欲新人心，欲新人格，必新小说"，"小说为文学之最上乘"。

饮冰（梁启超）发表《论学术之势力左右世界》，《新民丛报》第1号，提及托尔斯泰："托尔斯泰生于地球第一专制之国，而大倡人类同胞兼爱平等主义，其所论盖别有心得，非尽凭藉东欧诸贤之说者焉。其所著书，大率皆小说，思想高彻，文笔豪宕，故俄国全国之学界，为之一变。近年以来，各地学生咸不满于专制之政，屡屡结集，有所要求，政府捕之锢之，放之逐之而不能禁，皆托尔斯泰之精神所鼓铸者也。"

饮冰（梁启超）发表"政治小说"代表作《新中国未来记》，《新小说》第1、2、3、7号，未完。在《〈新中国未来记〉绪言》中云："顾确信此类之书，于中国前途，大有裨助，……《新小说》之出，其发愿专为此编也。兹编之作，专欲发表区区政见，以就正于爱国达识之君子。"《新中国未来记》中收有根据其弟子罗昌口述翻译的《哀希腊》备受时人推崇。《哀希腊》是拜伦的作品，出自拜伦长篇叙事诗《唐璜》的第三章。

饮冰(梁启超)译佛琳玛利安著(弗拉马利翁)《世界末日记》(科幻小说),《新小说》第1号(11月14日),并刊《〈世界末日记〉译后语》。梁启超在《新小说》第2号(11月15日)上首次刊出英国拜伦的照片,称为"大文豪",并予以简要介绍。后又在其小说《新中国未来记》(《新小说》杂志连载)中译了拜伦《渣阿亚》(*Giaour*,《异教徒》)片断和长诗《哀希腊》中的两节。梁启超主编的《新民丛报》发表《饮冰室诗话》,其中论及"近世诗家,如莎士比亚,弥儿敦,田尼逊等,其诗动亦数万言。伟哉!勿论文藻,即其气魄固已夺人矣"。今之通用"莎士比亚"译名,出自此处。

雨尘子(周逵)译矢野龙溪《经国美谈》前编一卷、后编一卷,商务印书馆。最早于《清议报》第36册至69册连载(1900年2月20日至1901年11月)。另有李伯元译本(1901)。

周桂笙为上海《寓言报》翻译了《公主》《乡女人》《猫狗成亲》等十五篇短篇小说,加上1900年在《采风报》发表的《一千零一夜》和《渔者》辑成《新庵谐译初编》,上卷收《一千零一夜》《渔者》两篇,下卷收《猫狗成亲》等十五篇,1903年夏由上海清华书局出单行本。

1903年

商务印书馆创刊《绣像小说》,并刊《本馆编印〈绣像小说〉缘起》。1906年终刊,共出版72期。

教育小说的倡导,大约起始于1901年创刊的《教育世界》,由罗振玉发起,王国维主编,以宣传教育思想和方法为己任,从1903年第53号开始刊登小说,其中标明为"教育小说"的有《爱美耳钞五卷》(《爱弥儿》,法国约翰若克卢骚[卢梭]著,日本山口小太郎、岛崎恒五郎翻译)、《姊妹花》(英国哥德斯密著)、《醉人妻》(瑞士贝斯达禄奇著)等。

出现一批科学小说译作。天笑生(包天笑)从日译本翻译法国迦尔威尼(凡尔纳)《铁世界》(*The Begum's Fortune*),上海文明书局,明确称科幻小说是“文明世界之先导”(《铁世界译余赘言》);之江索士(鲁迅)译儒勒·凡尔纳《地底旅行》(1903 年 12 月 8 日,《浙江潮》);披雪洞主译矢野文雄《极乐世界》,上海广智书局;杨德森译达爱斯克洛提斯《梦游二十一世纪》,《绣像小说》;戴赞译井上圆了《星球旅行记》,彪蒙译书局;海天独啸子译押川春浪《空中飞艇》(共二卷),明权社,并刊《〈空中飞艇〉弁言》。

赤山畸士(张赤山)译伊索《伊娑菩喻言》(《伊索寓言》),香港文裕堂。

达文社译莎士比亚《海外奇谈》(实际为 Charles Lamb、Mary Lamb 所写的 *Tales from Shakespeare*,通译为《莎士比亚戏剧故事集》),达文社。收莎士比亚戏剧故事十种。

10 月 5 日—1905 年 7 月

方庆周译述、我佛山人(吴趼人)衍义、知新主人(周桂笙)评点菊池幽芳《电术奇谈》(一名《催眠术》,写情小说)24 回,日本横滨《新小说》第 1 年第 8 号至第 2 年第 6 号,上海广智书局 1905 年单行本。周桂笙评点云:“观其讯此一案,经若干见证,若干驳诘,然后定案。判断时,须以陪审官意见,当众宣布,一若仍恐犯人尚有冤诬也者。而犯人于应受之刑法外,别无丝毫痛苦。呜呼！其视地狱威逼者为何如耶？然而微侦探功不及此,此侦探之所以可贵也。……吾观夫中国之问案,动辄以刑求……公堂云乎哉,地狱耳;审讯云乎哉,威逼耳。有此威逼之地狱,为其习惯,彼尚乌知侦探之足为问官之指臂耶!”

何震彝译涩江保《罗马文学史》,开明书店。

戢翼翚重述普希罄(普希金)著、日本高须治助译述《俄国情史:斯密士玛丽传》(《花心蝶梦录》,今译《上尉的女儿》),开明书店。据日译本《花心蝶思录》(1883)翻译。

10 月

金松岑开始发表《孽海花》第一、二回,日本东京《江苏》,后由曾朴续写,1905 年由小说林社出版。与《东欧女豪杰》都是代表性的虚无党题材小说。

11 月 2 日

梁启超发表《论俄罗斯虚无党》,《新民丛报》第 40、41 号合刊。

6 月

鲁迅译器俄(雨果)《哀尘》,日本东京《浙江潮》第 5 号,6 月

15 日,署名"庚辰";译《斯巴达之魂》,《浙江潮》第 5 号至 9 号,6 月 15 日至 11 月 8 日,并作《〈斯巴达之魂〉弁言》,署名"自树"。

钱锴重译阿拉伯原本、英国谷德原译《航海述奇》(《天方夜谭》),文明书局,清光绪末。

7 月 24 日 司忒夫脱(斯威夫特)《僬侥国》(《汗漫游》),36 回,译者不详,《绣像小说》第 5 号至 71 号。为《格列佛游记》一部分。

10 月 8 日 苏曼殊自日本归国,在《国民日日报》任英文翻译。他亦通法文,便取法国文豪雨果的《悲惨世界》第一部第二卷《沉沦》为底本,撮其大要,间出己意,重编回目,敷演成《惨社会》(时译为嚣俄的《哀史》)11 回,于 8 月 18 日《国民日日报》开始连载,署名为"法国大文豪嚣俄著,中国苏子谷译"。翻译很随意,没有忠实于原著。苏曼殊大致译到第七回,后由陈独秀(陈由己)接着翻译连载到第十四回前半。1904 年上海镜今书局出单行本,署"苏子谷、陈由己同译";1921 年 10 月交给上海泰东图书局翻印,至 1929 年翻印 5 版。各版本翻印 20 次左右。

威斯(Johann David Wyss)的"冒险小说"《小仙源》(《瑞士鲁滨孙漂流记》),《绣像小说》分 7 次连载,由署名"戈特尔芬美兰女史"(Mary Godolphin)的英译本译出,列入"说部丛书"。

10 月—1905 年 8 月 绣像小说杂志译《天方夜谭》,《绣像小说》第 11 号至 55 号,商务印书馆单行本。

5 月 《绣像小说》创刊号将矢野龙溪《经国美谈》改编成新戏,连续刊载。

佚名演述斯土活夫人(斯托夫人)《黑奴传》,《启蒙画报》第 8 册。

中国教育普及社(实为鲁迅)据日译本翻译查理士·培伦(实为儒勒·凡尔纳)《月界旅行》,东京翔鸾社。并刊《〈月界旅行〉辨言》,言及科幻小说将科学与文学结合所产生的特殊作用:"盖胪陈科学,常人厌之,阅不终篇,辄欲睡去,强人所难,势必然矣。惟假小说之能力,被优孟之衣冠,则虽析理谭玄,亦能浸淫脑筋,不生厌倦。""故掇取学理,去庄而谐,使读者触目会心,不劳思索,则必能于不知不觉间,获一斑之智识,破遗传之迷信,改良思想,补助文明,势力之伟,有如此者!"他进而指出:"我国说部，若言情谈故刺时志怪者，架栋汗牛，而独于科学小说，乃如麟角。智识荒隘，此实一端。故苟欲弥今日译界之缺点，导中国人群以进行，必自科学小说始。”

10月5日

周桂笙译鲍福《毒蛇圈》(侦探小说，该作品更早译本是黄鼎、张在新合译，1901 年启明社)，发表于梁启超主编之《新小说》，从第 8 号连载至第 24 号(1906 年 1 月)《新小说》停刊为止。后于 1906 年由上海广智书局出版。周桂笙在《新小说》发表的译作还包括：《失女案》，侦探小说；《水底渡节》，冒险小说；《双公使》，侦探小说(上述三种均未署撰者名)；《神女再世奇缘》，奇情小说，英国解佳(哈葛德)著；《知新室新译丛》，札记小说，奇闻轶事二十余则。周桂笙在《〈毒蛇圈〉译者识语》中称：“我国小说体裁，往往先将书中主人翁之姓氏、来历叙述一番，然后详其事迹于后；或亦有用楔子、引子、词章、言论之属以为之冠者，盖非如是则无下手处矣。陈陈相因，几于千篇一律，当为读者所共知。此篇为法国小说巨子鲍福所著，乃其起笔处即就父母问答之词，凭空落墨，恍如奇峰突兀，从天外飞来，又如燃放花炮，火星乱起。然细察之，皆有条理，自非能手，不敢出此。虽然，此亦欧西小说家之常态耳。爰照译之，以介绍于吾国小说界中，幸弗以不健全讥之。”

周桂笙译吴趼人编次《新庵谐译初编》(上、下卷)，上海清华书局。

1904 年

当时被翻译得最多的侦探小说家是柯南道尔，报纸杂志发表和单篇出版的以外，较重要的结集本包括：《泰西说部丛书之一》(1901 年，黄鼎、张在新合译)；《续译华生包探案》(1902 年，警察学生译)；《补译华生包探案》(1903 年，商务印书馆)；《福尔摩斯再生案》(1904—1906 年，奚若、周桂笙译，共 13 册)；《福尔摩斯侦探案全集》(1916 年，共 12 编，收 44 篇，周瘦鹃、程小青、刘半农等十人分译)。

科学小说的输入引起中国作者的仿效,文坛出现荒江钓叟的《月球殖民地小说》(1904—1905,《绣像小说》),徐念慈的《新法螺先生潭》(《新法螺》,1905,小说林社),萧然郁生的《乌托邦游记》(1906,《月月小说》),碧荷馆主人的《黄金世界》(1907,小说林社),吴趼人的《新石头记》(1908,改良小说社)等。

3月11日　继《绣像小说》之后,商务印书馆又在上海创办近代刊行时间最长的综合期刊《东方杂志》,刊登政治、经济、思想、学术、社会问题的撰述文章和翻译文章,各种思潮兼收并蓄。杜亚泉主持期间的《东方杂志》在社会改革上主张温和渐进,在思想文化上主张东西方文化的调和折中,使之成为"中国文化保守主义的一个舆论重镇",这引起了与激进派之间的论战。这场论战第一次对东西文化进行了比较研究,对两种文化传统作了周详的剖析,对中西文化的交流提出了各自不同的看法,实开我国文化研究之先河。《东方杂志》也开设有"小说""文苑""海内诗录""文艺"等专栏,发表原创小说、翻译文学、诗词、文学理论研究等。

9月　晚清第三份小说期刊《新新小说》创刊。翻译与创作方向由日本政治小说转向俄国虚无党小说。第1、2号刊《中国兴亡梦》;第2号翻译《法兰西革命歌》五线谱与译词。

模拟日本学术与高等教育体制的《钦定京师大学堂章程》(1902)与《奏定大学章程》(1904)出现"西国文学史"课程,预示着外国文学即将进入中国教学体系。

《国粹学报》第1年第5号刊载邓实《国学今论》,声称"周秦诸子之出世,适当希腊学派兴盛之时"。就"荀子之《非十二子篇》观之,则周末诸子之学,其与希腊诸贤,且若合符节"。

《江苏》杂志第11、12号合刊上的世界伟人介绍专栏中,评述古希腊剧作家,称爱斯奇里斯(埃斯库罗斯)"创戏剧以意想宏远胜",索福克利斯(索福克勒斯)"风和颜和而丽",欧里庇得斯"哲学悲家也,上古中古之戏剧赖以和调",阿里斯托芬"滑稽曲绝大家也,其滑稽之才之瞻罕有比伦",米南德"滑稽曲第二大家,近今诙谐语先驱也"。

2月　《教育世界》杂志第69号"小说"栏开始连续刊登英国哥尔斯密的家庭教育小说《姊妹花》,至12月出版的第89号毕,附有

《哥德斯密事略》。

包天笑译押川春浪《千年后之世界》(科学小说),群学社。

寒泉子发表《托尔斯泰略传及其思想》,《福建日日新闻》。

黄人撰《中国文学史》讲义,1907 年成书,东吴大学堂内部出版。该文以文学的进化观念评述对世界文学的理解:“观于世界文学史,则文学之不诚,亦初级进化中不可逃之公理。创世之记,默示之录,天方夜谭,希腊神话,未尝非一丘之貉,不当独为我国诟病。惟彼之贤乎我者,华与实不相掩,真与赝不相杂,而除一上帝外,无赞美之文,除几种诗歌、小说外,无神怪之说,即间有之,而语有分寸,尚殊奴隶之卑污;事有依据,不等野蛮之迷信。故其国民皆以诚为至善,以诳为极恶,外交内政昭如划一,以固其国础,文学未始无功焉。”

冷血为陈景韩之笔名,最使他出名的译作是虚无党小说。陈景韩在《新新小说》上翻译的长篇虚无党小说还有《虚无党奇话》(《新新小说》第 3 号至 10 号,1904 年 12 月 7 日—1907 年 5 月 12 日)、《侠客谈》(1910);在《月月小说》上发表虚无党译述作品《女侦探》(“虚无党丛谈”之一,第 13、14、15 号)、《爆烈弹》(第 16、18 号)、《杀人公司》(第 17 号)、《俄国皇帝》(第 19、21 号)。他的译作多用白话体,译笔简洁冷峻,时人称之为“冷血体”。陈景韩翻译实际涉及多种小说形式,如法国毛白石(莫泊桑)《义勇军》(《新新小说》第 2 号,1904)、希和《巴黎之秘密》,英国李顿《圣人与盗贼欤》。此外,1910 年刊于《小说时报》第 6 号的长篇小说《心》,原署“俄国作家痕苔”,实为安特莱夫。他还翻译虚无党小说集《虚无党》(标注“日本人原著”),开明书店,收录杜衣儿《白格》、渡边为藏《绮罗沙夫人》、田口掬汀《加须克夫》三个中短篇。该书卷首的《译虚无党感言》云:“我译虚无党,我欲我政府是虚无党我欲政府是虚无党,何至俄国待我政府如今日!我欲人民是虚无党,我人民是虚无党,何至政府待我人民如今日!我欲自命为虚无党者是虚无党,自命为虚无党者是虚无党,何至我人民仍腐败如今日?”此外他还发表过《〈世界奇谈〉叙言》(《新新小说》第 1 号)。

林纾、魏易译哈葛德《埃司兰情侠传》(*Eric Brighteyes*),广智书局木刻本。林纾发表《〈埃司兰情侠传〉序》。

7月

林纾、魏易译莎士比(莎士比亚)《吟边燕语》(神怪小说),商务印书馆。随刊《〈英国诗人吟边燕语〉序》。实为 Charles Lamb、Mary Lamb 所写的《莎士比亚戏剧故事集》(*Tales from Shakespeare*),收戏剧故事改编的短篇小说 20 篇。《〈英国诗人吟边燕语〉序》云:"盖政教两事,与文章无属。政教既美,宜泽以文章;文章徒美,无益于政教。故西人唯政教是务,赡国利兵,外侮不乘,始以余闲用文章家娱悦其心目。虽哈氏、莎氏,思想之旧,神怪之托,而文明之士,坦然不以为病也。"

林纾、曾宗巩译阿猛查登原(Erckmann-Chatrian)拿破仑小说《利俾瑟战血余腥记》,文明书局。随刊《〈利俾瑟战血余腥记〉叙》。

10月

林纾、曾宗巩译亚丁(William L. Alden)《美洲童子万里寻亲记》(*Jimmy Brown Trying to Find Europe*),商务印书馆。随刊《〈美洲童子万里寻亲记〉序》。

12月

岭南将叟(吴趼人)重编发表《九命奇冤》(社会小说),底本是安和所《警富奇书》,受《毒蛇圈》启发重新创作,并与之共同刊载于《新小说》第 12 号。

萍云女士(周作人)译阿拉伯民间故事《侠女奴》(《阿里巴巴与四十大盗的故事》),《女子世界》第 8 号至 12 号。不久出单行本,1906 年小说林社又出再版本。《侠女奴》序中言:"有曼绮那者,波斯之一女奴也。机警有急智……其英勇之气,颇与中国红线女侠类。沉沉奴隶海,乃有此奇物,亟从欧文迻译之,以告世之奴骨天成者。"

10月

商务印书馆编译司的反生(史蒂文森)《金银岛》(冒险小说)。节译本。

上海文宝书局出版《昕夕闲谈》,书首有藜床卧读生(管斯骏)序。

王国维发表《〈红楼梦〉评论》,《教育世界》第 8、9、10、12、13 号。

王国维发表《尼采氏之学说》,《教育世界》第 78、79 号。

王国维发表《叔本华与尼采》,《教育世界》第 84、85 号。

8月—1905年4月

吴梼从日译本译苏德曼(Hermann Sudermann)《卖国奴》(又译《猫桥》《猫路》),《绣像小说》第31号至48号。

侠民发表《〈新新小说〉叙例》,《大陆报》第2年5号。

周桂笙译《阿罗南空屋被刺案》,《小说林》;《歇洛克复生侦探案》《窃贼俱乐部》,《新民丛报》。小说林社从1904年2月出第1册,至1906年出至第13册。周桂笙发表《〈歇洛克复生侦探案〉弁言》,《新民丛报》第3年第7号。该文注意到侦探小说的翻译实际上是输入了一个中国传统文学里少有的品种:“侦探小说,为我国所绝乏,不能不让彼独步。盖吾国刑律讼狱,大异泰西各国,侦探之说,实未尝梦见。互市以来,外人伸张治外法权于租界,设立警察,亦有包探名目。然学无专门,徒为狐鼠城社。会审之案,又复瞻徇顾忌,加以时间有限,研究无心。至于内地谳案,动以刑求,暗无天日者,更不必论。如是,复安佣侦探之劳其心血哉!至若泰西各国,最尊人权,涉讼者例得请人为之辩护,故苟非证据确凿,不能妄入人罪。此侦探学之作用所由广也。”侦探家“迭破奇案,诡秘神妙,不可思议,偶有记载,传诵一时,侦探小说即缘之而起”,英国陶高能氏(即柯南道尔)“益附会其说,迭著侦探小说,托为滑震(华生)笔记”,使人“有亲历其境之妙”,“欧美各国,风行追遍”。所以他“愿以此歇氏复生后之包探案,介绍于吾国小说界中”。“泰西之以小说名家者,肩背相望,所出版亦异而岁不同。其间若写情小说之绮腻风流,科学小说之发明真理,理想小说寄托遥深,侦探小说之机警活泼,偶一披览,如入山阴道上,目不暇给。”

1905年

中国同盟会成立。

一批科学小说的翻译。奚若译儒勒·凡尔纳《秘密海岛》(小说林社),东海觉我(徐念慈)译押川春浪《新舞台》、西蒙纽加武《黑行星》(小说林社),天笑生(包天笑)转译岩谷小波《法螺先生谭》《法螺先生续谭》(《敏豪生奇遇记》,小说林社)。

1月25日

《大陆报》第2年第12号“史传”栏刊有《英国二大小说家迭更斯及萨克礼略传》,2月28日出版的第3年第1号“史传”栏刊有《英国大文豪脱摩斯卡赖尔之传》,介绍狄更斯、萨克雷、卡莱尔等英国名家。

会稽碧罗女士(周作人)译安介坡(爱伦·坡)中篇小说《玉虫缘》(《金甲虫》),经初我(丁祖荫)的润词与推荐,由小说林社出版。

3月30日

林纾、陈家麟译包鲁乌因原(鲍德温)文集《秋灯谈屑》(*Thirty More Famous Stories Retold*),商务印书馆。

林纾、魏易译哈葛德《迦茵小传》(*Joan Haste*,言情小说,足本),商务印书馆。随刊林纾《〈迦茵小传〉小引》。该作疑有更早线装本,上海图书馆藏。蟠溪子的《迦因小传》在文坛引起一片赞誉,而林译的足本却在中国近代文坛掀起轩然大波。如金松岑发表《论写情小说于新社会之关系》(《新小说》第17号),攻击林译《迦茵小传》的全译本,称林译虽为全本,但破坏了前译本所形成的迦茵的美好形象。尽管批判声势浩大,但林译足本还是受到芸芸读者的追捧。1906年9月已发行三版,1913、1914年几度再版,先后编入“说部丛书”“林译小说丛书”,成为当时中国一大畅销书。

6月

林纾、魏易译哈葛德《英孝子火山报仇录》(*Montezuma's Daughter*,伦理小说),商务印书馆。随刊《〈英孝子火山报仇录〉序》。

林纾、魏易译莎士比(莎士比亚)《肉券》(来自Charles Lamb和Mary Lamb的*Tales from Shakespeare*),《宏益丛报》第3年第29号至30号。

林纾、魏易译斯各德《撒克逊劫后英雄略》(司各特《艾凡赫》)(共二卷),商务印书馆。随刊《〈撒克逊劫后英雄略〉序》。

林纾、曾宗巩译达孚(笛福)《鲁滨孙漂流记》(冒险小说),商务印书馆。随刊《〈鲁滨孙漂流记〉序》。

林纾、曾宗巩译哈葛德《埃及金字塔剖尸记》(*Cleopatra*,神怪小说),商务印书馆。

林纾、曾宗巩译哈葛德(一版为赫格尔德)《斐洲烟水愁城录》(*Allan Quatermain*,冒险小说),随刊《〈斐洲烟水愁城录〉序》。

7月 林纾、曾宗巩译哈葛德《鬼山狼侠传》(*Nada the Lily*,神怪小说)。随刊《〈鬼山狼侠传〉叙》。

马君武译拜伦《哀希腊》,收入其在日本自费编印的《新文学》。

商务印书馆编译所译虚无党小说萨拉斯苛夫《昙花梦》,商务印书馆。

漱石生发表《〈苦社会〉序》,申报馆。

天笑生(包天笑)译嚣俄(雨果)《九三年》的节译本《侠奴血》,小说林社。

9月 王国维著《静庵文集》,商务印书馆。收录《论性》《释理》《叔本华之哲学及教育学说》《叔本华与尼采》《书叔本华遗传说后》《论哲学家与美术家之天职》等哲学论文,是一次融合东西方哲学的自觉努力,而且首先引进西方美学理论。他不仅介绍了康德、叔本华、尼采的美学理论,同样试图将西方美学和传统美学相结合,用来研究传统诗词、小说与戏剧。

7月25日—1906年1月19日 奚若译、金石校订《天方夜谭》,《东方杂志》第2年第6号至12号。商务印书馆1906年出版单行本。根据英译本 *Arabian Nights* 选译,包括50个故事。

6月 严通译马可曲恒(马克・吐温)《俄皇独语》,《志学报》第2号。

佚名(奚若)译阿拉伯民间故事《龙穴合窆记》,《绣像小说》第44号至49号。

饮冰子(梁启超)等译小说汇编《说部腋》,新小说社。收小说7种。

1906年

《小说七日报》创刊,随刊《〈小说七日报〉发刊词》。

《新世界小说社报》创刊,随刊《〈新世界小说社报〉发刊辞》。

9月

汪庆祺创办《月月小说》,聘吴趼人任撰述编辑,周桂笙任翻译编辑,由群乐书局发行,从第9号起改为群学社图书发行所发行。设有"虚无党专栏"和讽刺立宪的"立宪小说"专栏。吴沃尧撰写《〈月月小说〉序》,罗精重撰写《〈月月小说〉叙》,陆绍明撰写《〈月月小说〉发刊词》。吴沃尧《〈月月小说〉序》云:"吾感夫饮冰子《小说与群治之关系》之说出,提倡改良小说,不数年而吾国之新著新译之小说,几乎汗万牛充万栋,犹复日山不已而未有穷期也。求其所以然之故,曰:随声附和故。……今夫汗万牛充万栋之新著新译之小说,其能体关系群治之意者,吾不敢谓必无;然而怪诞支离之著作,诘曲聱牙之译本,吾盖数见不鲜矣。……于所谓群治之关系,杳乎其不相涉也。然而彼且嚣嚣然自鸣曰:'吾将改良社会也,吾将佐群治之进化也。'随声附和而自忘其真,抑何可笑也。"

一批科学小说的翻译。周桂笙译儒勒·凡尔纳《地心旅行》(一名《地球隧》),题"英佚名著",广智书局;金石及褚嘉猷译、押川春浪《秘密电光艇》,商务印书馆;《八十日环游记》又有两种名为《环球旅行记》的翻印本,译者分别署为陈绎如、雨泽,由小说林社和有正书局出版。

王国维《奏定经学科大学文学科大学章程书后》提出"外国文学"学科,并在中国文学学科里设置"西洋文学史"课程,《教育世界》第118号与《东方杂志》第6号。

《论科学之发达可以辟旧小说之荒谬思想》,《新世界小说社报》第2号,作者不详。

《论小说之教育》,《新世界小说社报》第4号,作者不详。

《新小说》第2年第2号上刊有英国人斯利(Bysshe Shelley,雪莱)像,并将他与歌德、席勒并称为欧洲大诗人。此为浪漫诗人雪莱之形象传入中国之始。

抱器室主译亚力山大仲马《几道山恩仇记》(《基度山伯爵》)(共二册),香港中国日报社。

林纾、魏易译哈葛德《红礁画桨录》(*Beatrice*,言情小说),商务印书馆。随刊《〈红礁画桨录〉序》《〈红礁画桨录〉译余剩语》,云"西人小说,即奇恣荒渺,其中非寓以哲理,即参以阅历,无苟然之作。西小说之荒渺无稽，至葛利佛极矣，然其中言小人国、大人国之风土，亦必兼言政治之得失，用讽其祖国”；“余恐此书出，人将指为西俗之淫乱，而遏绝女学不讲，仍以女子无才为德者，则非畏庐之夙心矣。不可不表而出之”。

林纾、魏易译哈葛德《洪罕女郎传》(*Colonel Quaritch, V. C.*，言情小说)(上、下卷)，商务印书馆。随刊《〈洪罕女郎传〉序》《〈洪罕女郎传〉跋语》。“予颇自恨不知西文，恃朋友口述，而于西人文章妙处，尤不能曲绘其状。故于讲舍中敦喻诸生，极力策勉其恣肆于西学，以彼新理，助我行文，则异日学界中定更有光明之一日。或谓西学一昌，则古文之光焰熸矣，余殊不谓然。学堂中果能将洋汉两门，分道扬镳而指授，旧者既精，新者复熟，合中西二文镕为一片，彼严几道先生不如是耶！”

林纾、严培南、严璩译《希腊名士伊索寓言》，商务印书馆。

林纾、曾宗巩译哈葛德《雾中人》(*People of the Mist*，冒险小说)，商务印书馆。随刊《〈雾中人〉叙》云，他们创为探险之说，“先以侦，后仍以劫。独劫弗行，且啸引国众以劫之。自哥伦布出，遂劫美洲……若鲁滨孙，特鼠窃之尤……英所称为杰烈之士，如理察古利弥”等，“则以累劫西班牙为能事”。“今之扼我、吭我、挟我、辱我者，非犹五百年前之劫西班牙者也？”“余老矣，无智无勇，而又无学，不能肆力复我国仇，日苞其爱国之泪，告之学生；又不已，则肆其日力，以译小说。其于白人之蚕食斐洲，累累见之译笔，非好语野蛮也。须知白人可以并吞斐洲，即可以并吞中亚！”“彼盗之以劫自鸣，吾不能效也，当求备盗之方。备胠箧之盗，则以刃、以枪；备灭种之盗，则以学。学盗之所学，不为盗而但备盗，而盗力穷矣。”畏庐氏之翻此书，“正欲吾中国严防行劫及灭种者之盗也”。

林纾、曾宗巩译斯威佛特《海外轩渠录》(斯威夫特《格列佛游记》，寓言小说)，云“葛著书时，叙记年月，为一千七百余年，去今将二百年。当时英政，不能如今美备，葛利佛傺侘孤愤，托为奇想，以讽宗国。言小人者，刺执政也”。

平云(周作人)译嚣俄(雨果)《孤儿记》，上海小说林社。

商务印书馆编译歇福克《白巾人》(共二册)(Fergus Hume,

The Mystery of a Hansom Cab,侦探小说)。

商务印书馆出版《希腊神话》,列入说部丛书初集,译述者未署名。此书的叙述不够详确,但却集中系统地介绍了古希腊神话的著作。

11月1日—1908年7月

天笑生(包天笑)译述嚣俄(雨果)《铁窗红泪记》(哲理小说),《月月小说》第1号至18号,上海群学社1910年出单行本。

3月9日

吴梼重演日本抱一庵主人译马克多槐音(马克·吐温)《山家奇遇》(来自 *The Californian's Tale*),《绣像小说》第70号。

奚若译《天方夜谭》,从《绣像小说》1903年第11号开始连载,至1905年第55号连载完毕,连载时未标译者名,1906年商务印书馆出版,共四册。1930年这个出版二十多年的文言译本被收入商务印书馆的万有文库,成为《一千零一夜》发行较大、影响较广的一个译本。《天方夜谭》内收50个故事,篇幅容量远超过周桂笙和周作人译作,而且在《序言》里介绍原著源流和相关背景资料。

8月

叶道胜(Immanuel Gottlieb Genähr)译托尔斯泰《小鬼如何领功》,《中西教会报》副刊第132册。

寅半生(钟骏文)发表《〈小说闲评〉叙》,《游戏世界》第1号。云"十年前之世界为八股世界,近则忽变为小说世界。盖昔之肆力于八股者,今则斗心角智,无不以小说家自命"。

11月

周桂笙译《福尔摩斯再生一至五案》《福尔摩斯再生六至十案》《福尔摩斯再生十一至十三案》,前二册与奚若合译,均由小说林社刊行。周桂笙在《月月小说》各期上陆续发表的译作有:虚无党小说《八宝匣》(1906年11月1—30日,《月月小说》第1、2号,署名上海知新室主人);航海小说《失舟得舟》;奇情小说《左右敌》;科学小说《飞访木星》;侦探小说《妒妇谋夫案》《红痣案》,法国纪善著;科学小说《伦敦新世界》;教育小说《含冤花》,英国培台尔著,此书1910年由群学社印成单行本;侦探小说《海底沉珠》;滑稽小说《猫日记》,英国弥泼著;札记小说《自由结婚》;短篇小说《水深火热》。又有《新庵译屑》,译国外奇闻轶事、风土人情、科学发明等六十余则;《西笑林》《解颐语》,二者均系外国幽默小品。

11月

周桂笙在《月月小说》第1号发表《译书交通公会试办简章》，热情肯定了翻译事业的重要意义："开化虽早，闭塞已久"的中国，必须大力向外国学习，"而环球诸国，文字不同，语言互异，欲利用其长，非广译其书不为功"。对翻译作用的认识上，"中国文学，素称极盛，降至挽近，日即陵替。好古之士，愍焉忧之，乃亟亟焉谋所以保存国粹之道，惟恐失坠。蒙窃惑焉：方今人类，日益进化，全球各国，交通便利，大抵竞争愈烈，则智慧愈出，而国亦日强，彰彰不可掩也。吾国开化虽早，而闭塞已久，当今之世，苟非取人之长，何足补我之短！然而环球诸国，文字不同，语言互异，欲利用其长，非广译其书不为功。顾先识之士，不新之是图，而惟旧之是保，抑独何也？夫旧者有尽，而新者无穷，与其保守，毋宁进取。而况新之与旧，相反而适相成，苟能以新思想、新学术源源输入，俾跻吾国于强盛之域，则旧学亦必因之昌大，卒收互相发明之效。此非译书者所当有之事欤？"译界存在的问题，"以吾近时译界之现状观之……译一书而能兼信达雅三者之长，吾见亦罕。今之所谓译书者，大抵皆率尔操觚，惯事直译而已；其不然者，则剿袭剽窃，敷衍满纸，译自和文者，则惟新名词是尚，译自西文者，则不免诘曲聱牙之病，而令人难解则一也"。此会的宗旨是解决"坊间所售之书，异名而同物"，即一本原著同时拥有好几个不同译名的译本的问题；期望能与同道切磋学艺，促进小说翻译提高，"愿与海内译述诸君，共谋交换智识之益，广通声气之便"。作为自发组成的民间组织，公会走出了中国翻译家民间自发联络的第一步，在翻译规范很不健全的晚清迈出具有开创意义的历史性一步。

卓呆（徐筑岩）译苏虎克（Heinrich Daniel Zschokke，今译乔克）《大除夕》，上海《小说林》。

1907年

《小说林》创刊。在《小说林社总发行启》中云："泰西论文学，推小说家居首，诚以改良社会，小说之势力最大。我国说部极幼稚不足道,近稍稍能译著矣,然统计不足百种。本社爰发宏愿,筹集资本,先广购东西洋小说三四百种,延请名人翻译,复不揣梼昧,自改新著,或改良旧作,务使我国小说界,范围日扩,思想日进,于翻译时代而进于著作时代,以与泰西诸大文豪,相角逐于世界,是则本社创办之宗旨也。”

《中外小说林》创刊。《中外小说林》初名《粤东小说林》,1906年10月16日由近代著名小说家黄世仲和其兄黄伯耀合作创刊于广州,随刊《〈中外小说林〉之趣旨》;1907年5月11日迁移至香港,更名为《中外小说林》。发表阐释小说理论的专文,评论与小说有关的各类问题,论述翻译小说与创作小说的关系(《小说风尚之进步以翻译说部为风气之先》等),或专论某一类型小说的价值(如《探险小说最足为中国现象增进勇敢之慧力》等)。《中外小说林》每期几乎有一半篇幅刊载翻译小说。出于市场销售的考虑,刊载较多的是侦探小说,如英国雅纪祈连的《梨花影》、楷褒扶备的《难中缘》、裴加士雄的《毒刀案》、美国连著贻的《狡女谋》等。

留日学生李叔同等在东京组织的综合性的文艺团体春柳社在日本东京上演《黑奴吁天录》,采用的是林纾的译本。受春柳社影响,王钟声在上海成立了春阳社,也于当年在上海兰心大剧院演出了《黑奴吁天录》,向国人展示了全新的舞台、戏剧观念、演出形式和艺术风格。1907年就此成为中国早期话剧的诞生年,《黑奴吁天录》则成为正规话剧的开山之作。

一批科学小说的翻译。谢炘译儒勒·凡尔纳《飞行记》(一名《非洲内地飞行记》,1907,小说林社),张勉旃及陈无我译海立福医士笔记《新再生缘》(《月月小说》),周桂笙译佚名《飞访木星》(《月月小说》),陈鸿璧译佳汉《电冠》(《小说林》),商务印书馆编译所译印《新飞艇》,亚琛译鲁德耳虎马尔金《空中战争未来记》(《远东闻见录》),东海觉我(徐念慈)戏译《新新新法螺天话——科学之一斑》(《广益丛报》)。

《逃犯》(《悲惨世界》节译),《时报》。译者不详。

病狂译印度田温斯《香粉狱》1册,上海小说林社。

公短译大仲马《大侠盗邯洛屏》,上海新世界小说社。

4月

黄人(摩西)主编的《小说林》第3号刊有小说家施葛德像并附小传。7月第4号刊有小说家狄更斯像并附小传。

寄生虫、无肠子译爱米加濮鲁、智尔博甘培合著《少年侦探》3册,上海小说林社。

8月13日

精通英语的君朔(伍光建)陆续以白话翻译大仲马《侠隐记》(《三个火枪手》,义侠小说)、《续侠隐记》(《二十年后》)两书,由商务印书馆作为"欧美名家小说"分别初版于1907年的7月和11月。以后多次再版,1915年10月出第三版,并与"林译小说"一起被编入商务印书馆的"说部丛书"第二集。1924年、1926年,茅盾曾为两书校注,由商务重新印行,作为"新学制中学国语文科补充课本"。三部曲的最后一部《布拉日罗纳子爵》,后来也由伍氏以《法宫秘史》(前编、后编)(历史小说)为译名译出,商务印书馆1908年出版。伍光建是清末民初坚持用白话翻译西方小说的最成功的翻译家,表现人物性格处采取直译,景物描写和心理描写则压缩和省略,与结构及人物个性无关的议论则加以删削。

觉我(徐念慈)发表《〈小说林〉缘起》。徐念慈自1903年陆续翻译《海外天》《黑行星》《新舞台》等少量译作。1905年,曾朴在上海创立小说林社,请他任编辑主任;1907年《小说林》杂志创刊,由他专任译著编辑,亲自参与稿件的校改、润辞、批注等。他对流行小说的看法并不人云亦云,而是有着自己独到的见解。当侦探小说风行一时,大受欢迎之际,他明确指出它的缺点:"侦探小说,为我国向所未有,故书一出,小说界呈异彩,欢迎之者甲于他种。虽然,近二三年来,屡见不一见矣。夺产,争风,党会,私贩,密探,其原动力也;杀人,失金,窃物,其现象也。侦探小说数十种,无有抉此范围者。然其擅长处,在布局之曲折,探事之离奇,而其缺点,譬之构屋者,若堂,若室,若楼,若阁,非不构思巧绝,布置井然;至于室内之陈设,堂中之藻绘,敷佐之帘幕、屏榻金木、书画、杂器,则一物无有,遑论雕镂之精粗,设色之美恶耶?故观者每一览无余,弃之不顾。质言之,即侦探小说者,于章法上占长,非于句法上占长;于形式上见优,非于精神上见优者也。"(《觉我赘语》,刊陈鸿璧译侦探小说《第一百十三案》第一章后,原《小说林》第1号。)

老棣发表《文风之变迁与小说将来之位置》:"自文明东渡,而吾国人亦知小说之重要,不可以等闲观也,乃易其浸淫'四书'、'五经'者,变而为购阅新小说。"

7月21日 林纾、魏易译华盛顿·欧文《大食故宫余载》(《阿尔罕伯拉》,历史小说),商务印书馆。

4月1日 林纾、魏易译华盛顿·欧文《拊掌录》(《见闻杂记》,有的版本标记滑稽小说,有的版本标记寓言小说),商务印书馆此后数次翻版。短篇小说集,收文10篇。

6月 林纾、魏易译华盛顿·欧文《旅行述异》(《旅客谈》,滑稽小说)(上、下卷),商务印书馆。

8月25日 林纾、魏易译却而司迭更司(狄更斯)《滑稽外史》(《尼古拉斯·尼克贝》,滑稽小说),商务印书馆。

林纾、魏易译C.迭更司(狄更斯)《孝女耐儿传》(《老古玩店》,伦理小说),商务印书馆。随刊《〈孝女耐儿传〉序》,云狄更斯小说"扫荡名士美人之局,专为下等社会写照","天下文章,莫易于叙悲,其次则叙战,又次则宣述男女之情。等而上之,若忠臣、孝子、义夫、节妇,决脰溅血,生气凛然,苟以雄深雅健之笔施之,亦尚有其人。从未有刻画市井卑污龌龊之事,至于二三十万言之多,不重复,不支厉,如张明镜于空际,收纳五虫万怪,物物皆涵涤清光而出,见者如凭栏之观鱼鳖虾蟹焉。则迭更司者,盖以至清之灵府,叙至浊之社会,令我增无数阅历,生无穷感喟矣。"

林纾、魏易译司各德(Walter Scott,司各特)《剑底鸳鸯》(*The Betrothed*,言情小说)(上、下卷),商务印书馆。随刊《〈剑底鸳鸯〉序》。

马君武译虎特(Thomas Hood)的《缝衣歌》,起初发表在1907年巴黎出版的一份留学生刊物上,不久国内的《繁华报》《神州日报》等纷纷转载。

摩西发表《〈小说林〉发刊词》。"出一小说,必自尸国民进化之功;评一小说,必大倡谣俗改良之旨。吠声四应,学步载途。"对夸大小说教化功能提出批评,认为"小说者,文学之倾于美的方面之一种也”,“微论小说,文学之有高格可循者,一属于审美之情操,尚不暇求真际而择法语也……”“狭斜抛心缔约,辄神游于亚猛、亨利之间;屠沽察睫竞才,常锐身以福尔、马丁为任。摹仿文明形式,花圈雪服,贺自由之结婚;崇拜虚无党员,炸弹、快枪,惊暗杀之手段。小说之影响于社会者又如是,则虽谓吾国今日之文明,为小说之文明可也。”“昔之视小说也太轻,而今之视小说又太重也。”

商务印书馆编译所译巴德文(James Baldwin)《希腊神话》(神怪小说)。

商务印书馆编译所译波斯倍(Guy Newell Boothby)《宝石城》(侦探小说),重印 3 次。

商务印书馆编译所译斯底芬孙(斯蒂文生)《易形奇术》(科学小说)。

商务印书馆编译所译嚣俄(雨果)《孤儿泪》(《悲惨世界》,励志小说)。

5月

王国维主编的《教育世界》第 149 号至 150 号刊《英国小说家斯提逢孙传》。10 月《教育世界》第 159 号刊《莎士比传》,第 160 号刊《倍根小传》。11 月《教育世界》第 162 号刊《英国大诗人白衣龙小传》。4 篇传记介绍了斯蒂文森、莎士比亚、培根与拜伦的生活经历与创作业绩,为我国最早集中介绍英国文学名家的一批文献。

吴梼从日文转译高尔基《忧患余生》(《该隐和阿尔乔姆》)、莱门忒甫(莱蒙托夫)《银钮碑》(言情小说,日本嵯峨の家主人译本)、溪崖霍夫(契诃夫)《黑衣教士》(神怪小说,日本薄田斩云译本),是首次批量向国内介绍俄国文学。《忧患余生》发表于《东方杂志》第 4 卷第 1 号至 4 号的小说栏内,题上标明为“种族小说”,题下注曰“原名《犹太人之浮生》,俄国戈厉机著,日本长谷川二叶亭译,钱塘吴梼重演”。吴梼把《当代英雄》的第一部《贝拉》翻译过来,定名为《银钮碑》。《黑衣教士》题下署“俄国溪崖霍夫原著,日本薄田斩云译述,杭县吴梼重译”。精通日语的吴梼的翻译有着独到的文学眼光,许多域外名家名作是通过他的译笔第一次被介绍到中国来的,如 1906 年译的波兰作家星科伊梯(显克微支)的《灯台守》(一译《灯台卒》,日本山田花袋译本,《绣像小说》第68、69号),美国马克·吐温的《山家奇遇》,日本尾崎红叶的《寒牡丹》(哀情小说)2册、尾崎德太郎的《侠黑奴》,德国苏德尔曼的《卖国奴》等;1907年翻译法国Maupassant(莫泊桑)著、日本上村左川译的《五里雾》,商务印书馆。吴梼译文简洁明快,朴素而不失风趣,遵守翻译“语法”(陈平原语),每部译作都明确标明原作者及其国籍、转译者及其国籍,而且他基本上是直译,很少删节,且译作后都用括号标明“白话”。

叶道胜译、麦梅生润色托尔斯泰作品集《托氏宗教小说》,收《主奴论》(《主与仆》)、《二老者论》等12个短篇民间故事,由香港礼贤会(Rhenish Missionary Society)出版,在日本横滨印刷,在香港和内地发行。

1月—2月

叶道胜译托尔斯泰《仁爱所在上帝亦在》(宗教小说),香港礼贤会;上海《万国公报》第216册至217册。

稚桂(周桂笙)译培台尔《含冤花》(教育小说),《月月小说》第10号至16号。

钟骏文(寅半生)发表《读〈迦茵小传〉两译本书后》,《游戏世界》第11号。“吾向读《迦因小传》,而深叹迦因之为人,清洁娟好,不染污浊,甘牺牲生命,以成人之美,实情界中之天仙也;吾今读《迦茵小传》,而后知迦因之为人淫贱卑鄙,不知廉耻,弃人生义务而自殉所欢,实情界中之蟊贼也。此非吾思想之矛盾也,以所见译本之不同故也。盖自有蟠溪子译本,而迦因之身价忽登九天;亦自有林畏庐译本,而迦困之身价忽坠九渊”。“蟠溪子不知几费踌躇,几费斟酌,始将有妊一节为迦因隐去……不意有林畏庐者,不知与迦因何仇,凡蟠溪子百计所弥缝而曲为迦因讳者,必欲历补之以彰其丑。……呜呼!迦因何幸而得蟠溪子为之讳其短而显其长,而使读《迦因小传》者咸神往于迦因也?迦因何不幸而复得林畏庐为之暴其行而贡其丑,而使读《迦茵小传》者,咸轻薄夫迦因也”。

钟心青发表《新茶花》,重新改写林译《巴黎茶花女遗事》,另一畅销仿作是1915年出版的徐枕亚《玉梨魂》。

11月

周逴(周作人)口译、鲁迅笔述罗达哈葛德、安度阑俱(希腊神话学家安德鲁·兰)合著《红星佚史》(*The World's Desire*,神怪小说),商务印书馆,收录于"说部丛书"第八集八编。其中的诗歌由他口译,鲁迅笔译,共计 16 首。周作人在《〈红星佚史〉序》中说道:"中国近方以说部教道德为桀,举世靡然,斯书之翻,似无益于今日之群道。顾说部曼衍自诗,泰西诗多私制,主美,故能出自由之意,舒其文心。而中国则以典章视诗,演至说部,亦立劝惩为臬极,文章与教训……学以益智,文以移情。能移人情,文责以尽,他有所益,客而已。而说部者,文之属也。读泰西之书,当并函泰西之意,以古目观新制,适自蔽耳"。这种强调文学独立价值的观点,在当时颇为独特。周作人采用了严肃的直译手法,编次、布局、章节小标题全部按照原文,没有删改字句,只在某些地方按照中国人的习惯稍作改动,如直接引语前添加"某曰";将比较长的从句断开,使之符合文言的节奏等。周译本还精确地翻译出了神祇的姓名,包括耶和华、雅什妮(雅典娜)、亚孚罗大谛(阿佛洛狄特)等。据周作人所说,他还为小说制作了一份附录,详细介绍了希腊神话中的神祇,但在出版时未被编辑采用。

朱陶、陈无我译大仲马《宝琳娘》,上海新世界小说社。

1908 年

美国国会正式通过庚款留美法案,留美学生开始逐渐增多。 **5 月**

康有为游访匈牙利、塞尔维亚、保加利亚、罗马尼亚等国,并写下《匈牙利游记》和《欧东阿连五国游记》。 **7 月—8 月**

年初,任天知排演的《迦茵小传》让上海观众耳目一新。该剧系根据英国哈葛德的著名小说改编。

陈家麟译盖婆赛《白头少年》(社会小说),商务印书馆。

独应(周作人)译安介·爱稜·坡(爱伦·坡)《寂漠(寂寞)》,《河南》第 8 号。收入《域外小说集》时改为《默》,有删改。 **12 月 5 日**

邯郸道人发表《〈月月小说〉跋》,《月月小说》第 12 号。

黄小配发表《小说风尚之进步以翻译说部为风气之先》,《中外小说林》第2年第4号。"译本小说者,其真社会之导师哉","翻译西书者之公用大矣";"译本盛行,是为小说发达之初级时代",主张由翻译转向模仿借鉴。"译本小说之盛,后必不如前;著作小说之盛,将来必逾于往者。""以译本小说为开道之骅骝","翻译者如前锋,自著者为后劲","先以译本诱其脑筋;吾国著作家于是乎观社会之现情,审风气之趋势,起而挺笔研墨以继其后"。

牢愁子译大仲马《黄衫赤血记》,新世界小说社。

10月 李石曾译廖抗夫(Leopold Kampf)《夜未央》(*Am Vorabend*,新剧),广州革新书局。三幕话剧。

6月17日 林纾、魏易译C.迭更司(狄更斯)《贼史》(《雾都孤儿》,社会小说),商务印书馆。随刊《〈贼史〉序》。"顾英之能强,能改革而从善也。吾华从而改之,亦正易易。所恨无迭更司其人,如有能举社会中积弊,著为小说,用告当事,或庶几也。呜呼!李伯元已矣,今日健者,惟孟朴及老残二君。果能出其余绪效吴道子之写地狱变相,社会之受益,宁有穷耶?谨拭目俟之,稽首祝之。"

10月3日 林纾、魏易译德富芦花(德富健次郎)著译《不如归》(共二卷),标注根据盐谷荣英译本*Nami-ko*(1904)翻译。随刊《〈不如归〉序》,林纾自谓"纾年已老,报国无日,故日为叫旦之鸡,冀吾同胞警醒。恒于小说序中摅其胸臆,非敢妄肆嗥吠,尚祈鉴我血诚","方今朝议,争云立海军矣。然未育人才,但议船炮,以不习战之人,予以精炮坚舰,又何为者?所愿当事诸公,先培育人才,更积资为购船制炮之用,未为晚也"。

林纾、魏易译科南达利(柯南·道尔)《歇洛克奇案开场》(侦探小说),并刊《〈歇洛克奇案开场〉序》。随书刊有陈熙绩《〈歇洛克奇案开场〉叙》,"寓其改良社会、激劝人心之雅志"。

林纾、魏易译马支孟德(Arthur W. Marchmont)《西利亚郡主别传》(*For Love or Crown*,言情小说),并刊《〈西利亚郡主别传〉附记》。

6月 林纾、魏易译却而司迭更斯(狄更斯)《块肉余生述》(《大卫·科波菲尔》,社会小说)(前编二卷、后编二卷),商务印书馆。随刊《〈块肉余生述〉前编序》《〈块肉余生述〉后编识语》。

5月 林纾、曾宗巩译路易司地文(Robert Louis Stevenson)、佛尼司地文(Fanny Van de Graft Stevenson)夫妇《新天方夜谭》(*More New Arabian Night*: *The Dynamiter*,社会小说),商务印书馆。

2月—3月 令飞(鲁迅)发表《摩罗诗力说》,《河南》月刊第2、3号。

令飞(鲁迅)译《裴彖飞诗论》,《河南》月刊第7号。译者在文前说明:“往作《摩罗诗力说》,曾略及匈加利裴彖飞事。独恨文字差绝,欲逡异国诗曲,翻为夏言。其业滋艰,非今兹能至。顷见其国人籁息 Reich E. 所著《匈加利文章史》,中有《裴彖飞诗论》一章,则译诸此。冀以考见其国之风土景物,诗人情性。与夫著作旨趣之一斑云。”又发表《文化偏至论》《破恶声论》,署名迅行,均刊于《河南》。

5月 天蜕译《鹰歌》(《鹰之歌》),日本东京革命刊物《粤西》第4号,“小说栏”,译文未完。

徐念慈发表《余之小说观》《丁未年小说界发行书目调查表》,《小说林》第9号。当时社会上对于小说存在着两种绝然不同的看法,正如徐念慈所指出的:“昔冬烘头脑,恒以鸩毒莓霉视小说,而不许读书子弟一尝其鼎,是不免失之过严。近今译籍稗贩,所谓风俗改良,国民进化,咸惟小说是赖,又不免誉之失当。”那么小说究竟是什么呢?徐念慈认为:“小说者,文学中之以娱乐的促社会之发展、深性情之刺戟者也。”又说:“余为平心论之,则小说固不足生社会,而惟有社会始成小说者也。社会之前途无他,一为势力之发展,一为欲望之膨胀,小说者适用此二者之目的,以人生之起居动作、离合悲欢,铺张其形式,而其精神湛结处,决不能越乎此二者之范。故谓小说与人生不能沟而分之,即谓小说与人生不能阙其偏端,以致仅有事迹,而失其记载,为人类之大缺憾,亦无不可。”

佚名由英文转译亚历舍·托尔斯多(阿·康·托尔斯泰)《不测之威:俄王义文第四专制史》(共二册)(《谢勒勃良尼大公》,历史小说),商务印书馆。

曾朴译大仲马《马哥王后佚史》(《玛戈王后》),《小说林》第11、12号,未完成;同年,由新世界小说社出版单行本3册。此前《小说林》第5号上发表了他编译的《大仲马传》(附小仲马传),这是国内第一次全面介绍这位法国作家。

9月

周逴(周作人)译育珂摩尔《匈奴奇士录》,商务印书馆。“欧美名家小说”之一种。

周作人发表《论文章之意义暨其使命因及中国近时文论之失》,《河南》第4、5号,进一步阐述他对文学本质的思考。周作人认为文学“非学术”,“其所言在表扬真美,以普及凡众之心”,但它的“娱乐之特质,亦必至美尚而非鄙琐”,为此,它又必须是“人生思想之形现”。而以往对文学性质的阐释,不够明确,“诸说之中,多描写题字,而少诠释之。其言文章,率唯举其相关事理,不啻记述之耳,未能当于界说,直究讨其性质精神之所在”。

1909年

11月

《时报》系刊物《小说时报》创刊。《小说时报》的一大贡献在于文学翻译,据统计,《小说时报》刊登49部长篇小说、剧本中有45部为翻译作品,151部短篇小说中90%以上都是翻译小说。译介了雨果、契诃夫、大仲马等人的作品,并大量刊登科学小说、侦探小说等新题材的小说,《女虚无党》《虚无党之女》《俄国之侦探术》和《虚无党飞艇》等重要虚无党小说都在《小说时报》上刊登,也在无形中成为宣扬无政府主义思潮的重要阵地。

3月2日

《域外小说集》第一册于2月在日本东京神田印刷所出版,收小说7篇;第二册于同年6月出版,收小说9篇,署会稽周氏兄弟纂译,周树人发行,上海广昌隆绸庄寄售。随刊周树人《〈域外小说集〉序言》《〈域外小说集〉略例》《〈域外小说集〉杂识(节录)》。鲁迅在卷首《序言》中说:“《域外小说集》为书,词致朴讷,不足方近世名人译本。特收录至审慎,迻译亦期弗失文情。异域文术新宗,自此始入华土。使有士卓特,不为常俗所囿,必将犁然有当于心。按邦国时期,籀读其心声,以相度神思之所在。则此虽大涛之微沤与,而性解思惟,实寓于此。”

包天笑译契诃夫《写真帖》,《小说时报》第 2 号。

格列姆(格林兄弟)《格列姆童话十二篇》,《东方杂志》第 7、8、10—12 号,以及 1910 年第 1、3、7 号,译者未署名。

林纾、魏易译却而司迭更斯(狄更斯)《冰雪因缘》(《董贝父子》,社会小说)(共六卷),商务印书馆。并刊《〈冰雪因缘〉序》,云:"英文之高者,曰司各得;法文之高者,曰仲马。吾则皆译之矣。然司氏之文绵褫,仲氏之文疏阔,读后无复余味。独迭更司先生,临文如善弈之著子,闲闲一置,殆千旋万绕,一至旧著之地。则此著实先敌人,盖于未胚胎之前,已伏线矣。唯其伏线之微,故虽一小物一小事,译者亦无敢弃掷而删节之,防后来之笔,旋绕到此,无复以应。……左氏之文,在重复中,能不自复。马氏之文,在鸿篇巨制中,往往潜用抽换埋伏之笔,而人不觉。迭更氏亦然。虽细碎芜蔓,若不可收拾,忽而井井胪列,将全章作一大收束,醒人眼目。有时随伏随醒,力所不能兼顾者,则空中传响,回光返照,手写是间,目注彼处。"

1 月 28 日　林纾、魏易译却洛得倭康、诺埃克尔司《彗星夺婿录》(社会小说),商务印书馆。随刊《〈彗星夺婿录〉序》。

苏曼殊《拜轮(拜伦)诗选》,日本东京。

孙毓修编译格林童话《大拇指》(*The Wonderful Advantures of Tom Thumb*),商务印书馆,至 1922 年重版 14 次。孙敏修编译、商务印书馆出版了为数不少的童话作品:《三问答》(*King John with The Abbot*,1908,希腊神话、泰西五十轶事)、《哑口会》(*The Society of the Speechless*,1909)、《小王子》(*The Lion's Education*,1909)、《义狗传》(*Rover and his Friends*,1910)、《梦游地球》(*A Wonderful Voyage Part I*,1911)、《驴史》(*The Story of a Donkey*,1911)、《风箱狗》(*The Story of A Dog*,1913)、《狮子报恩》(*Androcles and the Lion*,1913,泰西五十轶事)、《快乐种子》(*The Seed of Happiness*,1914)、《三王子》(*The Three Princess*,1915,格林童话)、《麻雀认母》(*The Eagle and the Rice Birds*,1915)、《能言鸟》(*The Three Sisters*,1915,取自《天方夜谭》)、《伊索寓言演义》(1915,据英译本重译,收 133 则)、《睡王》(*The Sleeping King*,1917)、

《万年龟》(*A Miraculous Food Supplier*,1917)、《小铅兵》(*The Little Tin Solders*, 1918,安徒生童话)、《如意灯》(*The Wonderful Lamp*,1918,取自《天方夜谭》)、《金龟》(*The Tortoise Who Talked*,1919)、《勇王子》(年代不详,希腊神话)、《云雪争竞》(年代不详)、《风雪英雄》(年代不详)、《绝岛漂流》(约1919,崔文东考证,樽本照雄视之为《漂流记》中译,实际该白话译本改编自瑞士作家 Johann David Wyss 的小说 *Der Schweizerische Robinson*,一般译为《瑞士鲁滨孙漂流记》)、《木马兵》(希腊神话,出版年不详)、《傻男爵游记》(出版年不详)、《睡公主》(出版年不详,贝洛尔神话)。与人合作的有:《蛙公主》(沈雁冰编纂、孙毓修校订,1919,格林童话)、《山中人》(*The Man of the Hill*,1916,与谢寿长合作编译)、《三姐妹》(*The Little One Eye*, *Little Two Eyes*, *Little Three Eyes*,1917,与谢寿长合作编译,格林童话)、《怪花园》(*The Beauty and the Beast*,1919,与沈雁冰合撰)、《兔娶妇》(*The Marriage of Mr. Rabbit*,1919,与沈雁冰合撰)、《怪石洞》(*Forty Robbers Killed by One Slave*,1914,高真长编译,孙毓修校订,至1922年9月出8版)。自编的童话有:《马上谈》(*The Eloquent Peace* 至 *Advocate of the Han by Nasty*,1915)、《西藏寓言》(*Folk Tales from Tibet*,1918)。从传统故事改编的童话有:来自唐代小说的《兰亭会》(*The Taste for Collecting Autographs*,1915)、来自《史记》的《秘密儿》(1913)。

2月

孙毓修发表《读欧美名家小说札记》(未完),《东方杂志》第6卷第1号,较早评价美国小说的系列文章。

汤红绂重译岩谷小波日译缩写本《无人岛大王》(《鲁滨孙漂流记》),《民呼日报》第30号至44号。

天笑生(包天笑)译《馨儿就学记》(*Edmondo De Amicis*, *Cuore*),先在商务《教育杂志》上连载,起于1909年2月15日第1卷第1号即创刊号,止于1910年2月4日第1卷第13期,其中第1卷第2号缺载,实际共连续刊载12号。1910年由商务印书馆以单行本初版发行。

通问报社译伊索《伊朔译评》,美华书局。

1910年

《小说月报》在上海创办，1931年12月10日终刊，历时21年，共出258期，被誉为“二十年代第一刊”。1921年之前，王蕴章、恽铁樵主编《小说月报》，主要以刊登鸳鸯蝴蝶派小说为主，仅有少量外国文学译介与研究，如孙毓修的《欧美小说丛谈》《近代俄国文学杂谈》、谢六逸的《文学上的表象主义是什么？》等。 **8月29日**

第二批庚款留美学生包括胡适、赵元任、张彭春、竺可桢等70人赴美留学。

Mr. M. E. Tsur 编译 Aesop（伊索）《伊氏寓言选译》（《伊索寓言》），上海华美书局排印，伦敦麦美伦图书公司出版。

包天笑、卓呆（徐筑岩）译嚣俄（雨果）《牺牲》，秋星社。

冷血（陈景韩）译柴尔时《祖国》（世界三大悲剧之一），《小说时报》第5号至6号，有正书局1917年8月出单行本。

冷血（陈景韩）译莫泊桑等《侠客谈》，时中书局。 **9月**

李石曾译穆雷（莫里哀）《鸣不平》，万国美术研究社。独幕话剧，原名“社会之阶级”，社会讽刺喜剧。

平情居士（狄葆贤）译嚣俄（雨果）《噫有情》（《海上劳工》）70章，《小说时报》第7号至9号。小说林社单行本，1910年。 **11月2日—1911年4月18日**

孙毓修编译斯威夫特《大人国》（《格列佛游记》），商务印书馆。

天笑生（包天笑）译奇霍夫（契诃夫）《六号室》（《第六病室》），《小说时报》第4号，1915年上海友正书局又印了袖珍单行本。采用浅白文言，清新流畅，采用整段大意重述，在清末民初翻译界也算优秀译作。

薛一谔译迭更司（狄更斯）《亚媚女士别传》（言情小说），商务印书馆。

周砥译述菅野德助、奈仓次郎译注的英日对照读物《绝岛日记》（*The Journal of Robinson Crusoe*，《鲁滨孙漂流记》荒岛日记部分），群益书社发行。原书为日本“青年英文学丛书” **5月**

(Juvenile English Literature)第一编，译文及注释均为文言。

周桂笙译E.左拉等《新盦丛谭》，群学社。

周桂笙辑译《新庵九种》，群学社。收译作《猫日记》《红痣案》《妒妇谋夫案》《飞访木星》《水深火热》《自由结婚》《伦敦新世界》七种及创作《上海侦探案》《玄君会》二种。

1911年

10月10日武昌起义。

包天笑改编莎士比亚《女律师》(《威尼斯商人》)，《女学生》第2号。四幕话剧。

7月26日 觉民译欧文《耐寒花传》，《妇女时报》第2号。

4月 刘作柱、谢国藻译Washington Irving《新世界之旧梦谈》(青年英文学丛书)，上海群益书社。

1月25日 潘树声、叶诚同译华盛顿·欧文《不如醉》，《小说月报》第6号。

热质译托尔斯泰《蛾眉之雄》(一名《柔发野外传》)(共二册)，拜经室。

7月30日—10月6日 毋我、冷血(陈景韩)译大仲马《赛雪儿》(*La Robe de Noces*，更名*Cecile*)，《小说时报》第11号至13号。

10月6日 毋我、冷血(陈景韩)译蒲轩根(普希金)《神枪手》，《小说时报》第13号。

毋我译大仲马《白四哥》(侠情小说)12回，小说时报社。

1912年

中华民国成立。

清帝退位。

北京师范大学外国语言文学学院的前身北京高等师范学校英语部成立。

Ma Shao-Liang(马相伯)译 C. Kingsley《西方搜神记》(*The Heroes*;*Greek Fairy Tales for My Children*),上海广学会。卷首有英国莫仁安序,包括《潘西传》《亚格海舰之英杰事略》《甘西斯传》三篇希腊神话。

包天笑译爱克脱麦罗(Hector Henri Actermello)《苦儿流浪记》(*Sans Famille*),《教育杂志》第 4 卷第 4 号至第 6 卷第 12 号,商务印书馆 1915 年单行本。包天笑是晚清译介健将、著名报人和通俗小说家,被誉为现代通俗文学的"无冕之王"。他曾译凡尔纳的三部科学小说,又先于林纾与人合译过著名的《迦因小传》(1904),但只译了下半部。此后,他又以其著名的"三记"而享誉文坛。这"三记"即《馨儿就学记》(1909)、《埋石弃石记》(1911)、《苦儿流浪记》(1912—1914)。这三部全都被标以"教育小说"的小说,《埋石弃石记》为其自创,另两部则译自世界儿童文学经典小说,但也标以自著。其中《馨儿就学记》便是意大利著名作家亚米契斯的代表作《爱的教育》。包天笑译作的这三部教育小说,都曾获民国教育部嘉奖。包天笑虽然学过英、法、日文,但均未卒业,其中日文水平略好,他自己说:"我的英文程度是不能译书的,我的日文程度还可以勉强,可是那种和文及土语太多的,我也不能了解。所以不喜欢日本人自著的小说,而专选取他们译自西洋的书。""我知道日本当时译西文书籍,差不多以汉文为主的,以之再译中文,较为容易。"他托人从日本搜求旧小说,但提出两个条件:"一是要译自欧美的,一是要书中汉文多而和文少的。"此外,"我是从日文本转译得来的,日本人当时译欧美小说,他们把书中的人名、习俗、文物、起居一切改成日本化,我又一切都改变为中国化。此书本为日记体,而我又改为我中国的夏历,有数节,全是我的创作,写到我的家事了。如有一节写清明时节的扫墓,全以我家为蓝本"(《钏影楼回忆录》)。 **7 月 10 日—1914 年 12 月 25 日**

病夫(曾朴)译大仲马《血婚哀史》,《时报》。 **12 月 14 日—20 日**

潜夫自法文选译迭更司(狄更斯)《鬼语》(社会小说),《小说月报》第 3 卷第 2 号。 **5 月**

时事新报馆编《时事新报小说合编》,上海时事新报馆。 **10 月**

毋我译蒲轩根(普希金)《棺材匠》,《小说时报》第 17 号。 **12 月 1 日**

7月26日　杨心一译《巴黎断头台》10章(标注法国革命小说,作者不详),《小说时报》第16号。

1913年

民国教育部的大学章程将大学文科划分为哲学、文学、史学、地理四门,文学门“国文学”专业14种课程中有“希腊罗马文学史”“近世欧洲文学史”。同年,李叔同在浙江第一师范学校编写《近代欧洲文学之概观》。

年初,上海城东女子中学演出《女律师》,全部由女子反串男角,此为中国人用汉语演出的第一部莎剧。

1月　《小说月报》第4卷第1号至4号发表孙毓修《欧美小说丛谈》的系列文章,其中有介绍乔叟、班扬、笛福、斯威夫特、理查逊、菲尔丁、哥尔斯密斯、司各特、狄更斯、约翰逊等作家的生平与创作及杰出地位,为国内首次集中介绍英国文学家。另外,第7号发表《英国戏曲之发源》,第8号发表《马罗之戏曲》《莎士比之戏曲》等文字。1916年12月,这些单篇文章结集出版单行本《欧美小说丛谈》,上海商务印书馆。孙毓修是第一位集中介绍欧美文学的人。

1月31日　陈匪石译都德《最后一课》(教育小说),《湖南教育杂志》第2年第1号。

6月15日　觉民译华盛顿伊文(欧文)《村学究(见闻杂志)》,《湖南教育杂志》第2年第10号。

6月16日　冷云译大仲马《劫裹慈航》(冒险小说),《庸言》第1卷第14号。收入胡寄尘编《小说名画大观》,文明书局发行,中华书局印刷,1916年10月。

3月16日　廖旭人译大仲马《黑幕娘》(伦理小说),《庸言》第1卷第8号。1916年10月由中华书局发行。

4月1日　廖旭人译嚣俄《英雄鉴》,《庸言》第1卷第9号。

林纾、王庆骥译森彼得(Bernardin De Saint-Pierre)《离恨天》(*Paul Et Virginie*),随刊《〈离恨天〉译余剩语》。

陆绍棠译述嚣俄(雨果)《倩女魂》(怨情小说),《新神州杂志》第1号。 5月15日

孙毓修在《小说月报》陆续发表《英国十七世纪间之小说家》《司各德、迭更斯二家之批评》《霍桑(节录)》《神怪小说之著者及其杰作(节录)》等一系列评价欧美小说文章。

太溟、稻孙译托尔斯泰《复活记》(社会小说),《进步杂志》第5卷第1号至第7卷第6号。 11月—1915年4月

通晓法语的曾朴于1912年开始翻译嚣俄(雨果)的《九十三年》(《九三年》,法国革命外史),在4月至6月的上海《时报》上连载,1913年由上海有正书局刊行。《〈九十三年〉评语》云:“无宗教思想者,不能读我《九十三年》,无政治智识者,不欲读我《九十三年》,无文学观念者,直不敢读我《九十三年》。盖作者固大文学家,而实亦宗教家、政治家也。《九十三年》,当头棒也,当代伟人不可不读;《九十三年》亦导火线也,未来英雄,尤不可不读!”对外国文学翻译有两点主张:“一是用白话,固然希望普通的了解,而且可以保存原著人的作风,叫人认识外国文学的真面目、真精神;二是应预定译品的标准,择各时代、各国、各派的重要名作,必须逐译的次第译出。”(《复胡适信》)

魏易译迭更斯(狄更斯)《二城故事》(《双城记》),《庸言》第1卷第13号至第2卷第1、2号合刊。 6月1日—1914年2月15日

息霜(李叔同)发表《近世欧洲文学之概观》,浙江一师校刊《白阳》创刊号。由于《白阳》只出了创刊号,仅刊出第一章《英吉利文学》,余已散佚。 5月

周瘦鹃译大仲马《血海翻波录》29章,《小说时报》第18号至19号。 5月1日—8月20日

周瘦鹃译毛柏霜(莫泊桑)《铁血女儿》,《小说时报》第18号。 5月

周作人撰《丹麦诗人安兑尔然传》(安兑尔然即安徒生),在1913年12月绍兴出版的《叒社丛刊》创刊号上发表,大概是中国最早介绍安徒生的文章。 12月

1914年

1月　《中华小说界》创刊。沈瓶庵发表《〈中华小说界〉发刊词》。

5月　《小说丛报》创刊。徐枕亚发表《〈小说丛报〉发刊词》。

12月5日　半侬(刘半农)译 Edward Eggleston《橡皮傀儡》,《礼拜六》第27号。

包天笑译托尔斯泰《六尺地》,《小说月报》第5卷第2号。

陈家麟译意、林纾笔述巴鲁萨(巴尔扎克)《上将夫人》,《小说月报》第5卷第10号。《耶稣显灵》(*Jesus Christen Flandre*),《小说月报》第5卷第8号。加上《猎者斐里朴》,《红楼冤狱》,收入短篇小说集《哀吹录》,商务印书馆。

陈牧民译鲍姆拔黑(Rudolf Baumbach,鲍姆巴赫)《双婿案》,进步书局。

陈独秀译达噶尔(泰戈尔)四首五言古体《赞歌》(《吉檀迦利》)和美国国歌《亚美尼加》,《青年杂志》第1卷第2号。根据英译本翻译,并在注释中介绍。

4月25日—7月25日　东亚病夫(曾朴)译嚣俄(雨果)《银瓶怨》(新剧),《小说月报》第5卷第1号至4号。

11月10日　胡适译都德《柏林之围》,《甲寅》第1卷第4号。

11月16日—12月上　李思纯译华盛顿爱耳温(欧文)《烂柯小史》(述异小说),《娱闲录》第9号至10号。

7月—11月　林纾、陈家麟译托尔斯泰《罗刹因果录》(笔记小说),《东方杂志》第11卷第1号至6号,次年由商务印书馆出单行本。据英译本翻译,收托氏宗教性质的短篇小说8篇,不过据考证,其中的《梭伦格言》系误收美国包鲁乌因的著作(见马泰来《林纾翻译作品全目》)。发表在报刊上的还有卓呆(徐筑岩)译的《尔之邻》(《进步杂志》第5卷第3号)、包天笑译的《六尺地》(注托尔斯泰[托尔斯泰]著,1914年5月25日,《小说月报》第5卷第2号)、周瘦鹃译的《黑狱天良》(《礼拜六》第4号)、半侬译的《此何故耶》(《中华小说界》第1年第11号至12号)、卓呆(徐筑岩)译托尔斯泰《小儿与成人》,《时报短篇小说》第 2 集,有正书局。

7 月 1 日

刘半农译安德生(安徒生)《洋迷小影》(《皇帝的新装》,滑稽小说),《中华小说界》第 1 卷第 7 号。

3 月

陆志韦译华兹华斯诗歌《贫儿行》和《苏格兰南古墓》,《东吴》第 1 卷第 2 号。

马君武译《英裴伦哀希腊歌》,《正谊杂志》第 1 卷第 6、7 号。

12 月 15 日—1914 年 2 月 15 日

马君武译托尔斯泰《心狱》(《复活》三部之第一部),中华书局。基本忠实于原著,删去第 39、40 章两章以及少量节外生枝的插叙。马君武译作不算多,但译品甚高。同年文明书局出版《君武诗稿》中收有他用歌行体翻译的外国诗 38 首,其中译拜伦、歌德等人的诗尤为人传颂。

12 月

启明(周作人)发表《英国最古之诗歌》,《叒社丛刊》第 2 号,介绍英国史诗《贝奥武甫》。

5 月

钱智修发表《梦之研究》,《东方杂志》第 10 卷第 11 号。该文是最早正面直接介绍精神分析学说的文章。

6 月 5 日

乔曾劬(乔大壮)译亚力山大仲马(大仲马)《路宾外史》,《庸言》第 2 卷第 6 号。作为译学馆的学员,乔大壮精通法兰西文。

苏曼殊出版《拜轮(拜伦)诗选》,日本东京三秀舍印刷,1922 年 11 月上海泰东图书局翻印。收《星耶峰耶俱无生》《答美人赠束发毽带诗》《去国行》《赞大海》《哀希腊》五篇。《去国行》是拜伦《恰尔德·哈洛尔德游记》的第 1 章第 13 节,为主人公恰尔德·哈洛尔德在海上所唱的《晚安曲》。《赞大海》六章是《恰尔德·哈洛尔德游记》第 4 章的第 179 节至 184 节。苏曼殊在近代中外文学交流方面的另一个重大贡献,是他在日本编辑出版了《文学因缘》(1907)、《潮音》(1911)、《汉英三昧集》(1914)三本英译古典汉诗集,三集共收英译汉诗一百余首。

孙毓修发表《二万镑之奇赌》(凡尔纳《八十日环游世界》),《小说月报》第 5 卷第 9 号。

4 月 25 日

王述勤、廖旭人译文豪莫巴桑(莫泊桑)《悲欢人影》,《小说月报》第 5 卷第 1 号。

7 月 20 日

唯一译述、枕亚润词摩利埃尔(莫里哀)《守财奴》(《悭吝人》),《小说丛报》第 3 号。24 幕喜剧。

1月15日—1915年5月15日　　无我译大仲马《侠骨忠魂》(《三个火枪手》,义侠小说),《正谊杂志》第1卷第1号至8号。1917年上海泰东图书局出单行本。

8月25日　　西神残客译波士俾(莫泊桑)《妙莲艳谛》,《小说月报》第5卷第5号。

徐大译埃底加阿郎保(爱伦·坡)《金虫述异》,《小说月报》第5卷第12号。

徐大纯译托尔斯泰《魔针》,《白相朋友》,出版者不详。

佚名发表《托斯道氏之人道主义》,《之江日报》,《东方杂志》第10卷第12号转载。

1月　　应时译《德诗汉译》,浙江印刷公司印刷发行,德汉对照本。

6月25日　　幼新原、铁樵(恽树珏)译欧亨利《面包趣谈》,《小说月报》第5卷第3号。

6月　　周瘦鹃等著译、时报馆编辑《时报短篇小说》第2集,上海有正书局。

周瘦鹃译却尔司狄更司《野心》(贼史之一节,《雾都孤儿》),《游戏杂志》第3号。

4月　　周作人译显克微支《炭画》,文明书局。

1915年

9月15日　　陈独秀在上海创办《青年杂志》,次年该刊改名《新青年》。发表《法兰西人与近世文明》,提出“近代文明之特征,最足以变古之道,而使人心社会焕然一新者,厥有三事:一曰人权说,一曰生物进化论,一曰社会主义。”《新青年》并不以外国文学引介与研究为主,但仍然成为新文化运动中外国文学译介与研究的策源地,奠定了启蒙话语的基调。陈独秀力主革新思想、胡适倡导白话文运动、周作人提倡人的文学,此外还涉及文学潮流、文学语言、文学史等问题以及欧美经典文学、俄国与弱小民族文学问题、进化文学史观、人性论文学史观等。胡适称《新青年》是“中国文学史和思想史上划分一个时代的刊物。最近二十年的文学运动和思想改革，差不多都是从这个刊物出发的”。

《小说大观》创刊。 8月

《小说海》创刊，宇澄发表《〈小说海〉发刊词》。 1月

《小说新报》创刊，李定夷发表《〈小说新报〉发刊词》。 3月

胡适转入哥伦比亚大学师从杜威学习实验主义哲学，开始用白话文翻译英美诗歌，并开始深入讨论文学革命的问题。 9月

科学小说的翻译。侄侄译儒勒·凡尔纳《海中人》（《礼拜六》，第48—56号）；英国著名科幻作家赫伯特·乔治·威尔斯（原译威尔士）也有几部译作，如杨心一翻译了《八十万年后之世界》和《火星与地球之战争》（上海进步书局刊），定九、蔼庐翻译了《人耶非耶》（今译《莫洛博士岛》，《小说大观》）。

冰心译维尔虎次《飞人》，《进步杂志》第7卷第3号。 1月

陈独秀发表《现代欧洲文艺史谭》，《青年杂志》第1卷第3号。陈独秀认为：“现代欧洲文坛第一推崇者，厥唯剧本。诗与小说，退居第二流。以其实现于剧场，感触人生愈切也。”“欧洲文艺思想之变迁”是从17世纪古典主义、18世纪启蒙主义、19世纪初理想主义（亦即“浪漫主义”）、19世纪中叶写实主义（亦即“现实主义”），过渡到19世纪末自然主义，说明“自古相传之旧道德、旧思想、旧制度，一切破坏文学艺术亦顺此潮流，由理想主义再变而为写实主义（realism），更进而为自然主义（naturalism）”。 11月15日

陈嘏译屠尔格涅甫（屠格涅夫）《春潮》《初恋》（均为文言）《新青年》第1卷第1号至4号（1915年9月15日至12月15日）、第1卷第5号至6号、第2卷第1号至2号（1916年1月至10月），署“俄国屠尔格涅甫原著”。陈嘏此后开始用白话译美国王尔德（不是英国王尔德）的独幕剧《弗罗连斯》（*A Florentine Tragedy*，1916）和法国龚古尔兄弟的著名小说《基尔米里》（今译《日尔米尼·拉赛得》或《翟米尼·拉赛特》，1917），均发表在《新青年》杂志上。 9月15日

独译莫里哀《黄金塔》（《愤世嫉俗》，独幕剧），《娱闲录》第16期。

浮海译华盛顿·欧文《心碎》，《小说月报》第6卷第5号。 5月25日

贡少芹译大仲马《盗盗》（侦探小说），文明书局、中华书局。 5月

至1923年出第7版。

3月 胡适译都德《最后一课》,《留美学生季报》第2卷第1号。胡适翻译了法国都德的两篇著名的短篇小说:一篇是《最后一课》,初译题《割地》,登上海《大共和日报》,后改今名,重刊于《留美学生季报》;另一篇是《柏林之围》,刊登在1914年11月10日发行的《甲寅》第1卷第4号上。

6月25日 赫乌德(Thomas Heywood)《感恩而死》(*A Woman Killed With Kindness*,欧美名剧),《小说月报》第6卷第6号,译者不详。

10月25日 建生、廖旭人译多得(都德)《谎》,《小说月报》第6卷第10号。

6月 解吾译嚣俄(雨果)《天民泪》(社会小说),《娱闲录》第22号。

1月 梁启超发表《告小说家》,《中华小说界》第2卷第1号。

3月25日 廖旭人译莫泊三(莫泊桑)《奖励金》,《小说月报》第6卷第3号。

2月9日 林纾、王庆通译大仲马《蟹莲郡主传》(*Une fille du regent*,政治小说),商务印书馆。

9月10日—1917年8月15日 林纾笔述、王庆骥口译孟德斯鸠《鱼雁抉微》(*Letters Persanes*,哲理小说),《东方杂志》第12卷第9号至第15卷第9号。

7月1日 刘半农译杜瑾讷夫(屠格涅夫)《杜瑾讷夫之名著》,《中华小说界》第2卷第7号。收以小说体翻译屠格涅夫的四首散文诗《乞食之兄》《地胡吞我之妻》《可畏哉愚夫》《四嫠妇与菜汁》(后来巴金以散文诗的形式分别译为《乞丐》《马霞》《愚人》《白菜汤》)。

12月 刘半农译华盛顿·欧文的《暮寺钟声》,《中华小说界》第1卷第12号。

11月1日 刘半农译托尔斯泰《如是我闻》(社会小说),《中华小说界》第2卷第11号。

庐寿篯撰写《托尔斯泰》(传记小说),《中华学生界》第1卷第11号。

陆湛庵译安徒生《野鹄》(童话小说),《上海》(又名《消遣杂志》)第 1 号。 1 月

马君武译托尔斯泰《绿城歌客》(《卢塞恩》),《大中华杂志》第 1 卷第 7、8 号,次年收入胡寄尘主编的《小说名画大观》。《小说名画大观》还收入王继曾、廖琇崑译莫泊桑《宦海扁舟》(原载《庸言》第 2 卷第 4 号,1914 年 4 月 5 日)。 7 月 20 日

马君武译席勒(初未署作者名,后版署德国许雷)《威廉退尔》,《大中华杂志》第 1 卷第 1 号至 6 号,被阿英视为“从清末到‘五四’时期最足代表的翻译剧本”,也被称为近代剧本翻译的三大代表作之一。

莫勒(Moliere,莫里哀)《守财虏》(*L'Avare*,《悭吝人》),《小说月报》第 6 卷第 6 号。译者不详。 6 月 25 日

容纯甫(容闳)撰《西学东渐记》,风石译述、(恽)铁樵校订,《小说月报》第 6 卷第 1 号至 8 号。同年商务印书馆出版。 1 月—8 月

瘦鹃(周瘦鹃)译马克·吐温《妻》(The Californian's Tale),《小说大观》第 1 集。后收入周瘦鹃编选《欧美名家短篇小说丛刊》。首次将译名定为“马克·吐温”并一直沿用至今。 8 月

宋诚之译嘉赖儿《古今崇拜英雄之概说》,《世界观杂志》第 4 卷第 1 号。此为托马斯·卡莱尔的英雄崇拜论思想引进中国之始。 11 月

铁樵(恽树珏)译 Maupassant(莫泊桑)《情量》,《小说月报》第 6 卷第 3 号。 3 月 25 日

薛琪瑛女士译王尔德《意中人》(爱情喜剧,白话),《新青年》第 1 卷第 2、3、4、6 号与第 2 卷第 2 号。译文前有“译者识”曰:“此剧描写英人政治上及社会上之生活与特性,风行欧陆。每幕均为二人对谈,表情极真切可味。作者王尔德,晚近欧洲著名之自然派文学大家也。此篇为其生平得意之作。曲中之义,乃指陈吾人对于他人德行的缺点,谓吾人须存仁爱宽恕之心,不可只知憎恶他人之过,尤当因人过失而生怜爱心,谋扶掖之,夫妇之间,亦应尔也。特译之以饷吾青年男女同胞。” 10 月 15 日—1916 年 10 月 1 日

雪生译托尔斯泰《雪花围》(《主与仆》,醒世小说),商务印书馆。 10 月 1 日

7月　　弇山寒士译阿兰博(爱伦·坡)《活地狱》(*The Pit and the Perdulum*),《小说新报》第6号。

4月1日　　愿深、瓶庵译托尔斯泰《伊利亚》(*Ilyas*,讽世小说),《中华小说界》第2卷第4号。

周瘦鹃译毛柏桑(莫泊桑)《伞》(*The Umbrella*,滑稽小说),《礼拜六》第74号。

1月2日　　周瘦鹃译大仲马《美人之头》(*Solange*,惨情小说),《礼拜六》第31号。

11月　　周瘦鹃译南山尼尔·霍桑《帷影》(*The White old Maid*,哀情小说),《礼拜六》第78号。

8月1日　　周瘦鹃译马克·吐温《妻》(*The Californian's Tale*,哀情小说),《小说大观》第1集。

3月—1918年　　周之栋译、罗榜辰校阅《天作之缘》(《严美利之轶事》,*The Woman Thou Gacest Me*,*A Story of O'Neill*,欧美名家小说)。

10月　　周作人的《异域文谈》由小说月报社出版。收《希腊之小说》两篇,分别讲述公元前3世纪时期朗戈斯的牧歌小说,以及2世纪时叙利亚文人路吉阿诺斯的讽刺小说;《希腊女诗人》介绍公元前6世纪女诗人萨福的事迹与作品;《希腊之牧歌》介绍牧歌诗人谛阿克列冬思。

周作人发表《〈卖火柴的女儿〉译后记》,《新青年》第6卷第1号。"译后记"中写道:"他写这女儿的幻觉,正与俄国平民诗人Nekrassov《赤鼻霜》诗里,写农妇在林中冻死时所见过去的情景相似,可以同称近世文学中描写冻死的名篇。"

10月9日　　朱东润译诧尔斯泰(托尔斯泰)《骠骑父子》(义侠小说),商务印书馆。

1916年

袁世凯恢复帝制失败。

3月25日　　《青年杂志》出版1卷6号后,因与上海基督青年会《青年杂志》重名问题停刊至9月复刊,更名为《新青年》,陈独秀借机调整了办刊方向。

WT生译孟柏森(莫泊桑)《死后之情书》,《春声》第6号。 6月30日

半侬(刘半农)发表《〈福尔摩斯侦探案全集〉跋》,云"启发民智之宏愿"是"柯南道尔最初之宗旨之所在"。译高尔基《廿六人》(《二十六男和一女》),《小说海》第2卷第5号,只译了小说的前半部。译霍桑《塾师》,《小说大观》第6集。

半侬(刘半农)译白涅德《小伯爵》(家庭名剧),《中华小说界》第3卷第3号至5号。 3月1日—5月1日

包天笑译大仲马《嫁衣记》(历史小说),《小说大观》第6、7集。

伯良译陶斯泰(托尔斯泰)《富》,《旅欧杂志》第4号。 10月1日

陈嘏译莫泊三(莫泊桑)《诱惑》(短篇名著),《晨钟》。 8月28日—12月16日

陈家麟、陈大镫译述契诃夫《风俗闲评》,中华书局。二册,其中收契诃夫的短篇小说23篇,如《小公务员之死》(时译《一嚏致死》)、《万卡》(时译《小介胥》)、《装在套子里的人》(时译《囊中人》)、《宝星》《盗马》《儿戏》《不许大声》《不掩》《恶客》《肥瘦》等,这是中译的第一部契诃夫短篇小说集。 11月

程小青、周瘦鹃等译《福尔摩斯探案全集》(柯南道尔),中华书局。全集收长、短篇侦探小说44案,汇成文言译本12册。 4月

崔弁、雁秋译文学大家克林(格林兄弟)《白雪公主与七矮人》,《妇女时报》第19号。 8月

东亚病夫(曾朴)译雨果《枭欤》(《吕克莱斯·波基亚》),上海有正书局;1927年改题为《吕克兰斯鲍夏》,由真美善书店出版。阿英编《晚清文学丛钞·域外文学译文卷》将其收入,并在《叙例》中说,它与马君武所译席勒的《威廉退尔》、陈嘏所译易卜生的《傀儡家庭》鼎足而三。 9月

贡少芹译莎士比亚《盗花》(言情侦探小说),文明书局。剧本改为小说。

禾生译陶斯泰(托尔斯泰)《盗瓜》,《旅欧杂志》第2号。 9月1日

胡适以白话译泰来夏甫《决斗》,《新青年》第2卷第1号。 2月

胡适自《新青年》第2卷第4号开始刊《藏晖室劄记》,介绍霍甫特曼、易卜生和欧洲的问题剧;第2卷第5号介绍诺倍尔赏 2月

金(诺贝尔奖奖金)。

剑平翻译《复活》(言情小说),《礼拜六》第96号。

4月 林纾、陈家麟译包鲁乌因(詹姆斯·鲍德温)作品文集《秋灯谭屑》,商务印书馆。

2月—4月 林纾、陈家麟译莎士比亚《亨利第六遗事》,《小说月报》第7卷第2至4号。商务印书馆4月初版。剧本改译小说。

2月25日—4月25日 林纾、陈家麟译莎士比亚《亨利第四纪》,《小说月报》第7卷第5号至7号。

5月25日—7月25日 林纾、陈家麟译莎士比亚《凯彻遗事》(*Julius Caesar*),《小说月报》第7卷第5号至7号。

1月25日 林纾、陈家麟译莎士比亚《雷差得纪》(《理查二世》),《小说月报》第7卷第1号。

5月 林纾、王庆通译小仲马《香钩情眼》(*Antonine*)(上、下册),商务印书馆。

8月25日—12月25日 林纾、王庆通译小仲马《血华鸳鸯枕》,《小说月报》第7卷第8号至12号。

10月 刘半农在《新青年》上开辟了"灵霞馆笔记"专栏,翻译诗歌,并以笔记形式将译诗和学习、研究、介绍、评论于一炉,使读者可以了解到作品相关的背景材料等。1916年10月1日第2卷第2号的《爱尔兰爱国诗人》介绍了三位爱尔兰爱国诗人;1916年12月1日第2卷第4号刊登《拜伦遗事》介绍了拜伦的生平事迹及文学创作;1917年2月1日第2卷第6号对《马赛曲》创作过程及社会效应作了全面的介绍,并且全译此曲。1917年4月1日刊出了长篇笔记《咏花诗》。

3月25日 青史译华盛顿·欧文《著书术》,《小说月报》第7卷第3号。

4月10日 瘦蝶、莨外译希曼土地曼《故乡愁》(新派剧本),《民口杂志》第2卷9号至11号。

孙毓修《欧美小说丛谈》,商务印书馆。

6月—10月 天笑(包天笑)、听鹂译大仲马《嫁衣记》,《小说大观》第6集至7集。

12月 小蝶(陈小蝶)译蒲希根(普希金)《赌灵》,周瘦鹃译大仲马A. Damas《梦耳》(哲理小说),《小说大观》8集。

杨克念译托尔斯泰《托氏寓言集》,《清华周刊》第85号至96号。 11月1日—1917年2月15日

仲鸣译朱那(左拉)《吾辈胡以常饥耶》,《旅欧杂志》第5号至6号。 10月15日—11月1日

周瘦鹃译阿尔芳斯桃苔氏(都德)《猴》(*The Monkey*,家庭小说),《小说大观》第5集。 3月1日—5月1日

周瘦鹃译贾斯甘尔夫人(Mrs. Gaskell,盖斯凯尔夫人)《情场侠骨》(*The Sexton's Hero*,侠情小说),《中华小说界》第3卷第4号。 4月1日

周瘦鹃译却而司迭更司(狄更斯)《至情》(*The Battle of Life*,言情小说),《小说大观》第6集。 6月

卓呆(徐筑岩)译萨特《热泪》(悲剧),《小说大观》第7集。 10月1日

1917年

陈独秀发表《文学革命论》,《新青年》第2卷第6号。他提出"文学革命"的口号,宣告三个"推倒"、三个"建设"的"文学革命三大主义",对整个旧文学宣战,"曰,推倒雕琢的阿谀的贵族文学,建设平易的抒情的国民文学;曰,推倒陈腐的铺张的古典文学,建设新鲜的立诚的写实文学;曰,推倒迂晦的艰涩的山林文学,建设明了的通俗的社会文学",进而正式拉开了新文化运动的大幕。 2月1日

此前因陈独秀任北大文科学长,自第3卷第1号起,《新青年》改在北京编辑,出版发行仍由上海群益书社负责。 3月1日

张彭春夏天回国,任南开学校专门部主任,8月被推选为南开新剧团第一任副团长。11月南开新剧团公演了他在美国创作的剧作《醒》和由其执导的《一念差》。洪深赴美留学,放弃"实业救国"的留美初衷,于1919年至1920年在哈佛大学师从乔治·皮尔斯·贝克教授,学习戏剧。

周作人在国史编纂处的工作之外,1918年被聘为北京大学文科教授,为国文门一年级讲授欧洲文学史,为二年级讲授19 9月

世纪欧洲文学史,每周六小时的课时。北京大学国学门,明确将课程分为“文学”与“文学史”。据周作人文集编纂者止庵的挖掘,周作人同时期也撰写了《近代欧洲文学史》,未能出版。2007年止庵和戴大洪始据周作人的遗稿校注后将其付梓。1920年,周作人接受北京女子高等师范聘书,兼职讲授欧洲文学史。1924年,因种种原因周作人被迫停开相关课程。北大英文系开设了较多的欧洲文学史相关课程。

2月1日 陈嘏译龚枯尔兄弟(龚古尔)《基尔米里》(长篇名著),《新青年》第2卷第6号、第3卷第5号。

8月 陈家麟、陈大镫根据英译本转译托尔斯泰《安娜·卡列尼娜》,定名为《婀娜小史》,由中华书局出版。林纾和陈家麟据英译本译了托尔斯泰短篇小说集《社会声影录》,由商务印书馆出版,收《尼里多福亲王重农务》(《一个地主的早晨》)和《刁冰伯爵》(即朱东润前译之《骠骑父子》)两个中篇;又译《路西恩》(《琉森》),《小说月报》第8卷第5号,及《人鬼关头》(《伊凡·伊里奇之死》),《小说月报》第8卷第7号至10号。此外还有程生、夏雷译的托氏戏剧《生尸》(《小说时报》第32号)等。《新青年》第3卷第4号还发表了凌霜的《托尔斯泰之平生及其著作》,该文对托尔斯泰的生平和著作做了简要但是颇为全面的介绍和评论。

12月 段茂澜翻译多德(都德)《末次之课程》(《最后一课》),《南开思潮》第1号。

5月 胡适发表《历史的文学观念论》,《新青年》第3卷第3号。

1月1日 胡适发表《文学改良刍议》,《新青年》第2卷第5号。

3月1日 胡适译莫泊三(莫泊桑)《二渔夫》,《新青年》第3卷第1号。

钱玄同致信陈独秀,批判林纾:“又如某氏与人对译欧西小说,专用《聊斋志异》文笔,一面又欲引韩柳以自重,此其价值,又在桐城派之下。然世固以大文豪目之矣。”(《新青年》第3卷第1号)

1月 建生、迪士同译伯桑(莫泊桑)《约瑟夫外传》,《小说月报》第29号。

12月24日—1918年9月9日 老萱译莎士比亚《残月重圆记》,《新舞台日报》。

李允臣译大仲马《石室余生》,《青生周刊》。

梁荫会译多德(都德)《最后一课》(爱国小说),《工读杂志》第1卷第1号。 5月

廖旭人译多得(都德)《小家庭》,《小说月报》第8卷第9号。 9月25日

林纾、陈家麟译《坎特伯雷故事集》8篇,《小说月报》第7卷第12号和第8卷第2、3、6、7、10号。后于1925年12月《小说世界》第12卷第13号又刊一篇。

刘半农发表《我之文学改良观》,《新青年》第3卷第3号。 5月

启明(周作人)发表《荷马史诗》,《叒社丛刊》第3号,对荷马的两篇史诗作了简短介绍。 6月

钱玄同发表《诗与小说精神上之革新》,《新青年》第3卷第5号。 7月

钱玄同发表《致陈独秀信》,《新青年》第3卷第1号。 3月

若飞译Shakespear(莎士比亚)《如此风波》(《暴风雨》,短篇名著),《寸心杂志》第6号。 7月1日

听鹂翻译孟巴桑(莫泊桑)《休矣》,《小说大观》第10集。 6月30日

王靖《英国文学史》成书,1920年出版,泰东图书局,列入"新潮丛书"。附有《美国文学家小史》和《丹麦文学家小史》。

项衡方译大仲马《骨肉重逢》,《澄衷学报》第1号至2号。 1月1日—12月20日

虚白等译多国别作家小说集《欧美小说》,真善美书店。收入虚白译奥亨利(欧亨利)《马奇的礼物》(《麦琪的礼物》)、哈代《取婿他的妻子》、德莱塞《走失的裴贝》、爱伦·坡《意灵娜拉》,万孚译俄国契诃夫《内助》等。

雪影译莎士比亚《残月重圆记》,《大世界》。 7月1日—1919年

仲鸣译陶斯泰(托尔斯泰)《国家》,《旅欧杂志》第15号。

仲鸣译陶斯泰(托尔斯泰)《税》,《旅欧杂志》第17号。 4月15日

仲鸣译朱那(Emile Zola,左拉)《小乡村》,《旅欧杂志》第20号至21号。 7月15日—8月1日

周瘦鹃编纂的《欧美名家短篇小说丛刻》由中华书局发行,随刊天虚我生《〈欧美名家短篇小说丛刻〉序》。周瘦鹃属清末民初译界的后起之秀,1913年才开始出版译作。早期的《盲虚无党员》《血海翻波录》等没有多大价值,令译界刮目相看的是《欧美名家短篇小说丛刻》(其中各篇译文前两年已在各报刊陆续刊 5月15日

载),除英吉利、法兰西、美利坚、俄罗斯主要国家外,共收14国47家短篇小说于一书,且"其中意大利、西、瑞典、荷兰、塞尔维亚,在中国皆属创见"(《〈欧美名家短篇小说丛刻〉评语》)。翻译的高尔基短篇小说《大义》(即《意大利童话》中的第十一篇童话),作者名译为麦克昔姆高甘,随刊作者小传。

6月3日　周瘦鹃译大仲马《玫瑰一枝》(历史小说),《小说大观》第10集。

12月　周瘦鹃译毛柏桑(莫泊桑)《心照》(言情小说),《小说大观》第12集。

12月　周瘦鹃译毛柏桑(莫泊桑)《鹦鹉》(奇情小说),《小说大观》第12集。

11月30日　周树人、周作人发表《〈欧美名家短篇小说丛刻〉评语》,《教育公报》第4卷15号。

7、8、11月—1918年1月　朱东润发表莎评《莎氏乐府谈》(一)(二)(三)(四),《太平洋》第1卷第5、6、8、9号。

5月　朱世溱译托尔斯泰《克利米战血录》(《塞瓦斯托波尔故事》,军事小说),上海中华书局。

1918年

6月15日　《新青年》第4卷第6号出版"易卜生号",介绍易卜生的生平、思想、业绩,载罗家伦、胡适合译的《娜拉》(后收入潘家洵《易卜生集》,商务印书馆,1921年10月),陶履恭译的《国民之敌》(连载至1918年10月15日第5卷第4号),吴弱男译的《小爱友夫》。这些剧本中《娜拉》的影响尤其突出,一直波及五四运动以后那场关于妇女解放问题的大讨论。至此期内,按原本直译的戏剧名作逐步盛行起来。影响较大的如包天笑根据莎士比亚的名剧《威尼斯商人》编译的《女律师》,东亚病夫(曾朴)译的法国嚣俄(即雨果)的《枭欤》,唯一等译法国莫里哀的《守钱奴》,马君武译席勒的《威廉退尔》,陈嘏从英译本译易卜生的《傀儡家庭》(商务印书馆,1918年)等。《新青年》的同仁们对剧本翻译尤其重视，先后刊出了英国戏剧家王尔德的四种著作：薛琪瑛译的《意中人》，陈嘏译的《弗罗连斯》（《佛罗伦萨的悲剧》，第2卷第1、3号），刘半农译的《天明》(*Dawn*)，沈性仁译的《遗扇记》（《温德米尔夫人的扇子》，第5卷第6号，第6卷第1、3号）。还有刘半农译的英人梅里尔的"一人独演之短剧"《琴魂》（第3卷第4号）。

包天笑著译文集《天笑短篇小说》（上、下册），中华书局。 **1月**

常觉（李常觉）、觉迷、天虚我生（陈蝶仙）译爱伦浦（爱伦·坡）《骷髅虫》(*The Gold-Bug*)、《法官情简》（《失窃的信》）、《杜宾侦探案》（侦探小说），中华书局。 **1月**

常觉、小蝶译却而司迭更斯（狄更斯）《旅行笑史》（《匹克威克外传》），中华书局。节译本。 **1月**

陈家麟、陈大镫译安德森（安徒生）文集《十之九》，中华书局。收童话6篇。 **1月**

龚自知发表《英吉利文学变迁谈》，《尚志》第1卷第3号。简要评述了英国文学发展的历程，其中提及不少著名作家的作品。 **1月**

胡适发表《建设的文学革命论》，《新青年》第4卷第4号。将文学革命概括为"国语的文学，文学的国语"，并认为创造新文学的唯一方法就是翻译西洋文学。胡适译苏格兰女诗人 Lady A. Lindsay《老洛伯》(*Auld Robin Gray*)，《新青年》第4卷第4号。 **4月15日**

胡适在北京大学文科研究所小说科做了一次演讲，题目叫《论短篇小说》，云"短篇小说是用最经济的文学手段，描写事实中最精彩的一段，或一方面，而能使人充分满意的文章"；"最近世界文学的趋势，都是由长趋短，由繁多趋简要"，所以"写情短诗，独幕剧，短篇小说三项，代表世界文学最近的趋向"，而"今日中国的文学，最不讲'经济'"。载于《北京大学日刊》，修改后发表于《新青年》第4卷第5号（5月15日）。 **3月15日**

李大钊发表《俄国革命与文学家》，《言治》季刊第3册。是《法俄革命之比较观》后的补白性文字，是后来发表的《俄罗斯文学与革命》（1979年5月号《人民文学》）中的两个段落。 **7月**

11月 林纾、陈家麟译托尔斯泰《现身说法》(《幼年》《少年》《青年》),译本分上、中、下三卷,商务印书馆。两人又合译《恨缕情丝》,含《波子西佛杀妻》《克莱采奏鸣曲》和《马莎自述生平》(《家庭幸福》)两个中篇,发表于《小说月报》第9卷第1号至11号,次年4月商务印书馆以成书出版。

11月5日 林纾、李世中译大仲马《玉楼花劫》(《红屋骑士》,历史小说),商务印书馆。

2月 林纾、王庆通译 Alexandre Dumas(大仲马)《鹦鹉缘》《鹦鹉缘续编》及《鹦鹉缘三编》,商务印书馆。

林纾、王庆通译丹米安、华伊尔合著《金台春梦录》(共二册),商务印书馆(说部丛书三集)。

8月 林纾、王庆通译恩海贡斯翁士(Hendrick Conscience)《孝友镜》(*Le gentilhomme pauvre*),商务印书馆。疑从法文译本翻译。

2月15日 刘半农、钱玄同的第二次合作是《文学革命之反响》(《新青年》第4卷第3号),认为林纾翻译有三个问题:"原稿选得不精","谬误太多","面目皆非",以传统小说形式翻译外国文学。借此批判晚清译风。

9月15日 刘半农译 P. L. Wilde(王尔德)《天明》(悲剧),《新青年》第4卷第2号。钱玄同在译文后附"玄同附志",批判晚清译风:"可叹近来一班做'某生''某翁'文体的小说家,和与别人对译哈葛德、迭更司等人的小说的大文豪,当其撰译外国小说之时,每每说:西人无五伦,不如中国社会之文明;自由结婚男女恋爱之说流毒无穷;中国女人重贞节,其道德为万国之冠,这种笑得死人的谬论,真所谓'坐井观天''目光如豆'了。"关于"我化别人"还是"别人化我"的问题:"中国的思想学术,事事都落人后,翻译外国书籍,碰着与国人思想不相合的,更应该虚心去研究。"刘半农还发表一些翻译诗歌在《新青年》杂志上,例如第4卷第5号(5月15日)的《我行雪中》;第5卷第2号(8月15日)的《印度 Sir Rabindranath Tagore 氏所作无韵诗二章》之《恶邮差》《著作资格》;第5卷第3号(9月15日)的《译诗十九首》。自1918年起,他也开始用白话译诗,并且打破传统的格律,据原文直译,例如他译泰戈尔《同情》二首，译泰戈尔《海滨》五首，连分行也取消了，当时称这类诗为“无韵诗”，后来名为“散文诗”。

刘半农在北京大学文科研究所小说科发表演讲《通俗小说之积极教训与消极教训》，后刊于《太平洋》第1卷第10号（7月）。 1月18日

梦苏译邵尔毛霜（莫泊桑）《储蓄》，《沪江月》第4号。 4月

沈性仁译王尔德《遗扇记》，《新青年》第5卷第6号。 12月15日

茗狂译述喜明卫（海明威）与海散立（Henry De Halsalle）合著《灵河三影录》（奇情小说），《小说新报》第4年第1号至12号。 4月19日—5月？

托尔斯泰《复活》，译者不详，《笑舞台报》。 5月

吴蛰庵译托尔斯泰《尼哥拉二世之梦》，《青年进步》第16册。 10月

旋华译霍桑《返老还童》，《小说月报》第9卷第11号。 11月25日

雪生译 Victor Hugo（雨果）《缧绁盟心》，《小说月报》第9卷第7号至8号。 7月25日—8月25日

张舍我译 O. Henry（欧·亨利）《难夫难妇》（*The Gift of the Magi*，《麦琪的礼物》），《小说月报》第9卷第2号。 2月25日

周瘦鹃译毛柏桑（莫泊桑）《芳冢》（哀情小说），《小说新报》第4年第1号。 1月

周瘦鹃译毛柏桑（莫泊桑）《午》（怪异小说），《小说新报》第4年第2号。 2月

周瘦鹃译毛柏霜（莫泊桑）《面包》，《小说月报》第9卷第9号。 9月25日

周瘦鹃译毛柏霜（莫泊桑）《街角》《贫富之界》、嚣俄（雨果）《热爱》，《先施乐园日报》。 8月9日？—1919年以前

周瘦鹃译欧文（Washington Irving）《慈母》，《先施乐园日报》。 8月9日

周瘦鹃著译文集《瘦鹃短篇小说》（上、下册），中华书局。 1月

周作人著《欧洲文学史》，商务印书馆。 10月

周作人发表《〈陀思妥夫斯奇之小说〉译者按》，《新青年》第4卷第1号。 5月

12月7日

周作人发表《人的文学》,《新青年》第5卷第6号。实际上借用欧洲文艺复兴和启蒙运动有关“‘人’的真理”的思想,第一次在中国文学中表述“人的发现”。

4月19日

周作人在北京大学文科研究所小说研究会讲演《日本近三十年小说之发达》,后刊于《新青年》第5卷1号,1918年7月15日。文章指出中国小说不发达的原因在于不肯模仿,“我们要想救这弊病,须得摆脱历史的因袭思想,真心的先去模仿别人。随后自能从模仿中,蜕化出独创的文学来”,“所以目下切要办法,也便是提倡翻译及研究外国著作。但其先又须说明小说的意义,方才免得误会,被一般人拉去归入子部杂家,或并入《精忠岳传》一类闲书”。

周作人自在《新表年》第4卷第1号上发表《陀思妥夫斯奇之小说》后,此后几乎每期都有文章,甚至于一期上有几篇文章,大多数都是译作,也有介绍性文章。翻译短篇小说就有十数种之多,计有:俄国梭罗古勃(索洛古勃)的《童子Lin之奇迹》(第4卷第3号)、《铁圈》(第6卷第1号),库普林的《皇帝之公园》(第4卷第4号),列夫·托尔斯泰的《空大鼓》(第5卷第5号),契诃夫的《可爱的人》(第6卷第2号),瑞典斯忒林培克(斯特林堡)的《不自然淘汰》《改革》(第5卷第2号),新希腊蔼夫达利阿谛斯的《扬拉奴媪复仇的故事》《扬尼思老爹和他驴子的故事》(第5卷第3号),波兰显克微支的《酋长》(第5卷第4号),日本江马修的《小小的一个人》(第5卷第6号),丹麦安徒生的《卖火柴的女儿》(第6卷第1号),南非Olive Schreiner的《沙漠间的三个梦》等。每篇都附有序、跋或作者介绍。周作人在《新青年》第4卷第2号(2月15日)上发表的白话直译的《古诗今译》,比胡适发表在第4卷第4号上的《老洛伯》还要早两个月。他还有介绍日本戏剧《读武者小路君所作〈一个青年的梦〉》,日本自然主义思想的《日本的新村》,丹麦安徒生童话《安得森的〈十之九〉》等。

1919年

5月4日

“五四”爱国运动爆发。

杜威访华。《新教育》第1卷第3号出版“杜威专号”，刊出胡适、刘经庶、蒋梦麟等人的文章。杜威两年多时间足迹遍布中国11个省市，发表演说200余场。1920年8月，晨报社将杜威在北京举行的五大系列讲座辑为《杜威五大演讲》。此外还有《杜威三大演讲》《杜威在华演讲集》《杜威罗素演讲录合刊》等。 4月30日

北京大学废门改系，组建13个系，其中外国文学系包括英国文学系、法国文学系、德国文学系。北京大学外国语学院的历史可以追溯到1862年成立的京师同文馆，1898年北京大学的直接前身京师大学堂成立，1902年与京师同文馆合并，1903年更名为译学馆。1920年成立俄国文学系，1924年增设东方文学系，主要学习日语文学。20世纪初到中华人民共和国成立前，北京大学汇聚了我国最优秀的一批外国语言文学学者，包括陈衡哲、陈逵、陈钦仁、陈源、辜鸿铭、顾孟余、胡适、蒯淑平、梁实秋、梁宗岱、林语堂、罗昌、罗念生、钱稻孙、孙大雨、王文显、温源宁、徐志摩、徐祖正、燕卜逊、杨荫庆、杨震文、杨宗翰、叶公超、郁达夫、张欣海、周作人等。在西南联大时期，还有陈嘉、柳无忌、钱锺书、吴宓等学者。中华人民共和国成立后仍在北大工作的学者包括卞之琳、曹靖华、陈占元、冯至、季羡林、金克木、李赋宁、马坚、潘家洵、田德望、闻家泗、吴达元、杨业治、杨周翰、俞大絪、赵萝蕤、赵诏熊、朱光潜等。

南开大学文学院英文系成立。自成立以来，著名学者梁宗岱、卞之琳、罗大冈、查良铮、司徒月兰、李宜燮和高殿森等先后在此任教，英籍作家韩素音被聘为名誉教授。

英国作家毛姆与他的秘书赫克斯顿一起到中国体验生活4个月。

《晨报副刊》发表了评介易卜生的文章《易卜生之戏曲》。 8月26日—29日

《尚志》月刊第2卷第3号刊“英美文学家小传”，对莎士比亚、斯威夫特等英国作家进行了介绍。 2月15日

Henrik Ibsen(易卜生)《公敌》(*An Enemy of the People*)，《新中国》，译者不详。

Maupassant(莫泊桑)《勋章》《自杀俱乐部》，《新中国》。译者不详。

12月24日—25日	冰(沈雁冰)译A. Tchekhov(契诃夫)《万卡》,《时事新报·学灯》。
8月20日—22日	冰(沈雁冰)译Tchekhov(契诃夫)《在家里》,《时事新报·学灯》。
11月	耿匡、顾文萃译托尔斯泰《难道这是应该的么?》,《国民》第2卷第1号。
11月5日—15日	鹤丹译莎士比亚《夏之梦》,《盛京时报》。
	郭沫若发表惠特曼诗歌译文,《时事新报·学灯》。
10月	胡适出版译作文集《短篇小说一集》,亚东图书馆。(《短篇小说二集》出版于1933年)
3月	胡适发表《论译戏剧——答T. E. C》,《新青年》第6卷第3号。"第一,我们译戏剧的宗旨本在于排演";"第二,我们的宗旨在于借戏剧输入这些戏剧里的思想";"第三,在文学方面,我们译剧的宗旨在于输入'范本'"。
4月	胡适发表《实验主义》,《新青年》第6卷第4号。
4月20日—5月4日	胡适译A. Strindberg(斯特林堡)《爱情与面包》,《每周评论》第18号至20号。
1月26日—2月2日	胡适译De Maupassant(莫泊桑)《杀父之儿》,《每周评论》第6号至7号。
5月15日	胡适译契诃夫《一件美术品》,《新中国》第1卷第1号。
	觉民译华盛顿·欧文《桃李鸳鸯记》(奇情小说),《小说月报》第5号。
	君实发表《俄罗斯文学之过去及将来》,《东方杂志》第16卷第4号。
1月	君实发表《小说之概念》,《东方杂志》第16卷第1号。
1月25日—12月25日	林纾、陈家麟译达威生(Gladys Davidson)《泰西古剧》(*Stories from the Opera*),《小说月报》第10卷第1号至12号。次年由商务印书馆出版。
3月1日	潘家洵译王尔德《扇误》(*Lady's Windermere's Fan*),沈性仁译高尔基《私刑》《一个病的城里》,《新潮》第1卷第3号。
10月	潘家洵译萧伯纳《华伦夫人之职业》,《新潮》第2卷第1号。该译本又被列为"文学研究会丛书"之一种,于1923年由商务印

书馆出版。

潘家洵译易卜生《群鬼》,《新潮》第1卷第5号。 5月1日

沈雁冰节译F. Nietzsche(尼采)《市场之蝇》,《解放与改造》第1卷第7号。 12月1日

田汉发表《俄罗斯文学思潮之一瞥》(5万字),《民铎》第1卷第6、7号。

闻野鹤(闻宥)编译却而司·迭更司(狄更斯)《鬼史》(《圣诞颂歌》),东阜兄弟图书馆(名译说部丛书)。 12月

谢六逸发表《文艺思潮漫谈——浪漫主义同自然主义的比较观》,《晨报副刊》。 7月30日—8月3日

雁冰(茅盾)发表《托尔斯泰与今日之俄罗斯》,《学生杂志》第6卷第4号至6号。 4月—6月

雁冰(茅盾)发表《萧伯纳》,《学生杂志》第6卷第2、3号。这是茅盾所写的第一篇外国作家评论,也是新文化运动中最早专门评述萧伯纳的重要文章。 2月—3月

张三眼译Tolstoy(托尔斯泰)《三问题》,《太平洋》第1卷第12号。

张毅汉译Guy De Maupassant(莫泊桑)《怯》(*The Coward*,小说范作),《小说月报》第10卷第2号。 2月25日

赵英若发表《现代新浪漫派之戏曲》,《新中国》第1卷第5号,介绍梅特林克、王尔德等新浪漫派作家。 9月

志希(罗家伦)发表《今日中国之小说界》,《新潮》第1卷第1号。 1月

中文和合本《圣经》在中国正式出版。

周瘦鹃译毛柏霜氏(莫泊桑)《私儿》,《小说月报》第10卷第7号。 7月25日

周由廑译安东屈考(Anton Chekhov,契诃夫)《美术品》(滑稽小说),《小说新报》第5年第6号。

周由廑译莫伯觞(莫泊桑)《金刚钻项串》(《项链》),《小说新报》第5年第8号。

朱希祖译厨川白村《文艺的进化》,《新青年》第6卷第6号。

1920 年

10 月　由早期新剧改革家汪仲贤(优游)主持,并在上海新舞台一些著名戏曲演员的通力合作下,演出了一部《新青年》所提倡的现代话剧——萧伯纳名作《华伦夫人的职业》。

4 月　陈望道根据日文翻译《共产党宣言》。

胡适《尝试集》,亚东图书馆,收入他翻译的英美诗歌。

胡愈之发表《都介涅夫》,《东方杂志》第 17 卷第 4 号。

胡愈之译阿采巴希甫(阿尔志跋绥夫)《革命党》,《东方杂志》第 17 卷第 21 号。收入东方杂志社编《近代俄国小说集》,商务印书馆,1923 年。

12 月 1 日　鲁迅译阿尔志跋绥夫《幸福》,《新青年》第 8 卷第 4 号。

5 月 26 日—29 日　乔辛煐译陀思妥耶夫斯基《贼》(《诚实的小偷》),《民国日报》副刊《觉悟》。

7 月　瞿秋白发表《〈俄罗斯名家短篇小说〉序》,《俄罗斯名家短篇小说》(第一集),新中国杂志社。

瞿秋白发表《托尔斯泰的妇女观》,《妇女评论》第 2 卷第 2 号。

9 月 5 日　沈雁冰发表《文学上的古典主义、浪漫主义和写实主义》,《学生杂志》第 7 卷第 9 号。

2 月　沈雁冰发表《我们现在可以提倡表象主义的文学么》,《小说月报》第 11 卷第 2 号。

6 月　铁樵译陀思妥耶夫斯基《冷眼》(《圣诞树和婚礼》),《东方杂志》第 17 卷第 11 号。

8 月　王靖译托尔斯泰《忏悔录》,《新人》第 3 号至 4 号。

6 月　王靖著《英国文学史》,泰东图书局。1927 年 5 月再版。

1 月 17 日　韦丛芜发表《小说家的司各德》,《益世报》副刊。

吴献书译柏拉图《理想国》,商务印书馆。

5 月　谢六逸发表《文学上的表象主义是什么》,《小说月报》第 11 卷第 5、6 号。

谢六逸发表《自然派小说》,《小说月报》第11卷第11号,评介西方自然主义文学思潮。 11月25日

雁冰(茅盾)发表《俄国近代文学杂谭》,《小说月报》第11卷第1、2号。

雁冰(茅盾)译夏脱(叶芝)《沙漏》(*The Hour Glass*),《东方杂志》第17卷第6号。同期还载有雁冰的《近代文学的反流——爱尔兰的新文学》。 3月25日

杨铨发表《托尔斯泰与科学》,《科学》第5卷第5号。 5月

杨熙初译易卜生《海上夫人》,商务印书馆。 11月

愈之发表《近世文学上的写实主义》,《东方杂志》第17卷第1号,评介西方近代的现实主义文学思潮。 1月10日

泽民发表《阿尔巴希甫与〈沙宁〉》,《东方杂志》第17、21卷。

张静庐著《中国小说史大纲》,泰东图书局。第七章为"欧美小说入华史"。

张墨池、景梅九译托尔斯泰《忏悔》,自印,上海基督教救国会代售,上海大同书局1922年再版。 9月

郑振铎发表《俄罗斯文学的特质及略史》,《新学报》第2卷。

郑振铎译高尔基《文学与现在的俄罗斯》,《新青年》第8卷第2号。 10月

周作人发表《英国诗人勃来克的思想》,《少年中国》第1卷第8号。 2月15日

周作人在北京大学演讲,题目为《圣书与中国文学》,其后发表在《小说月报》上。

1921年

中国共产党成立。 7月

周作人、郑振铎、沈雁冰、郭绍虞、朱希祖、瞿世瑛、蒋百里、孙伏园、耿济之、王统照、叶绍钧、许地山等十二人在北京成立以"研究介绍世界文学,整理中国旧文学,创造新文学"为宗旨的文学研究会。文学研究会成立。研究会成立读书会,设立中国文 1月4日

学组、英国文学组、俄国文学组、日本文学组、批评文学组等,倡导"文学为人生",十分重视外国文学的译介。

7月　受欧洲启蒙主义和浪漫主义文学思潮影响,创造社在日本东京成立,最初成员有郭沫若、郁达夫、田汉等。

11月　茅盾出任《小说月报》主编,改革《小说月报》,十分重视外国文学的引介与研究,在《改革宣言》中称"译述西洋名家小说而外,兼介绍世界文学界潮流之趋向"(《〈小说月报〉改革宣言》),继任主编郑振铎、叶圣陶、徐调孚也坚持这一办刊方向。《小说月报》主要有以下三个重点内容:一是呈现西方文学发展的整体景观。在1921—1931年间,《小说月报》共刊登了39个国家、304位作家的804篇作品,出版了"被损害民族的文学""俄国文学研究""法国文学研究"三个专号。此外,泰戈尔、屠格涅夫、陀思妥耶夫斯基、拜伦、安徒生、芥川龙之介、莫泊桑、法朗士、易卜生等名家专号、特辑。二是以"文学家研究"专栏刊登大批作家的研究,如茅盾的《脑威写实主义前驱般生》《波兰近代文学泰斗显克微支》《西班牙写实主义的代表者伊本讷兹》《百年纪念祭的济慈》《十九世纪丹麦大文豪柯伯生》,郑振铎的《史蒂芬孙评传》《脑威现在的大文豪鲍其尔》,沈泽民的《王尔德评传》。三是重视宏观上梳理文学发展和文艺思潮运动。《小说月报》共刊出100余篇论文,如海镜的《后期印象派与表现派》、雁冰的《未来派文学之现势》、郑振铎的《俄国文学史略》与《文学大纲》、谢六逸的《近代日本文学》与《西洋小说发达史》。贺其颖在《苏俄与弱小民族》中指出,"'联合苏俄'实成为弱小民族的革命运动更向前的唯一机械;况且实际上也只有苏俄是弱小民族的友邦,因其客观上的阶级利益与弱小民族是共同的。因而,自苏俄产生后,全世界弱小民族的命运为之一变,土耳其民族之独立更足以证明"。

据统计,1921年到1923年,全国出现大小文学社团40余个,出版文艺刊物50多种。而到1925年,文学社团和相应刊物激增到100多个。如1921年革新后的《小说月报》第12卷第1号出版,1921年6月创造社成立并创办《创造》季刊、《创造周报》,1923年《文学旬刊》创刊,此外还有浅草社的《浅草》、语丝社的《语丝》、未名社的《未名》、沉钟社的《沉钟》等。这些刊物都刊登外国文学译介，但各有侧重。“如文学研究会的《小说月报》侧重19世纪现实主义文学、俄国与弱小民族为代表的被压迫民族文学研究，创造社的《创造》季刊与《创造周报》侧重雪莱、歌德研究，新月社的《新月》侧重莎士比亚、哈代、曼斯菲尔德研究等。”

写实主义与自然主义的论争。茅盾在《小说月报》的《改革宣言》里将“写实”作为衡量外国文学价值、建设新文学的标准：“写实主义的文学，最近已见衰歇之象。就世界观之立点言之，似已不应多为介绍；然就国内文学界情形言之，则写实主义之真精神与写实主义之真杰作实未尝有其一二，故同人以为写实主义在今日尚有切实介绍之必要。”《小说月报》对写实主义与自然主义“客观描写”与“实地观察”的强调，引起了创造社、学衡派、新月派等学派的质疑。相关争论文章有胡先骕《近世欧美文学趋势》（《解放与改造》第2卷第15号）、茅盾《〈欧美新文学最近之趋势〉书后》（《东方杂志》第17卷第18号）、吴宓《写实主义之流弊》（《中华新报》10月22日）、茅盾《“写实主义之流弊”？——请教吴宓君，黑幕派与礼拜六派是什么东西！》（《文学旬刊》第54号）、叶公超《写实小说的命运》（《新月》创刊号，1928）。

《小说月报》以第12卷号外的形式出版了杂志改革以来第一个专号“俄国文学研究”，刊登了俄国二十余位作家的小说28篇，以及郑振铎、耿济之、鲁迅等人撰写、翻译的论文、传记20篇。

在沈雁冰（茅盾）的主持下，《小说月报》第12卷第10号特辟“被损害民族的文学”，卷头语为情调悲怆的《乌克兰的民谣》，接下来是《被损害民族的文学背景的缩图》和《引言》。《缩图》从人种、因被损害而起的特别性和所处的时代环境等方面介绍了波兰、捷克斯洛伐克、芬兰、乌克兰、南斯拉夫、保加利亚等国的情况。署名“记者”的《引言》介绍了本期刊物所译介民族文学的语言，并在民族平等和精神共鸣层面强调了被损害民族文学专号的意义和价值。

12月19日—20日　燕京大学女校学生青年会在北京协和医院礼堂连续两次演出《第十二夜》，角色均由女生扮演。

11月2日　《文学旬刊》第19号发表一组文章，对介绍陀思妥耶夫斯基起到重要作用。主要包括西谛（郑振铎）的《陀思妥以夫斯基的百年纪念》、胡愈之的《陀思妥以夫斯基年谱》、冰（茅盾）的《陀思妥以夫斯基带了些什么东西给俄国？》。

2月　安寿颐译普希金《甲必丹之女》（《上尉的女儿》），商务印书馆，收入共学社"俄罗斯文学丛书"。

程裕青译山岸光宣《德国表现主义的戏曲》，《小说月报》第12卷第8号。

10月　冯友兰发表《柏格森的哲学方法》，《新潮》第3卷第1号。

耿济之发表《俄国四大文学家合传》，《小说月报》第12卷号外"俄国文学研究"。

耿济之发表《译〈黑暗之势力〉以后》，《戏剧》第1卷第6号。

3月　耿济之译L. 托尔斯泰《黑暗之势力》，商务印书馆，收入共学社"俄国戏曲集"。

2月　耿济之译阿史德洛夫斯基（奥斯特洛夫斯基）《雷雨》，商务印书馆，收入共学社"俄国戏曲集"。

3月　耿济之译屠格涅夫《村中之月》，商务印书馆，收入共学社"俄国戏曲集"。

耿济之译托尔斯泰《艺术论》，商务印书馆。

4月　耿济之译柴霍甫（契诃夫）《樱桃园》《伊凡诺夫》《万尼亚叔父》，商务印书馆，收入共学社"俄国戏曲集"。

7月　郭沫若、钱君胥译施笃谟（施笃姆）《茵梦湖》，泰东图书局。

9月　郭绍虞发表《俄国美论与其文艺》，《小说月报》第12卷号外"俄国文学研究"。

11月　海晶译平林初之辅《民众的理论和实际》，《小说月报》第12卷第11号。

8月10日　海镜译山岸光宣《近代德国文学的主潮》，《小说月报》第12卷第8号。

1月　贺启明译歌郭里（果戈理）《巡按》，商务印书馆，收入共学社"俄国戏曲集"。

济慈百年忌辰。雁冰(茅盾)发表《百年纪念祭的济慈》,《小说月报》第12卷第5号。《小说月报》第6号刊登《伦敦纪念济慈百年纪念展览会》。愈之(胡愈之)发表《英国诗人克次(济慈)的百年纪念》,《东方杂志》第18卷第8号。

林纾、毛文钟译伊卜森(易卜生)《梅孽》(《群鬼》),商务印书馆,译本将原有的戏剧形式改为小说。 11月

刘灵华译《托尔斯泰短篇》,公民书局。 7月

鲁迅发表《〈三浦右卫门的最后〉译者附记》,《新青年》第9卷第3号。鲁迅评菊池宽的小说:"是竭力地要挖出人间性的真实来","我便被唤醒了对于人间的爱的感情;而且不能不和他们吐 Hereisaman 这一句话了"。

鲁迅译阿尔志跋绥夫《工人绥惠略夫》,《小说月报》第12卷第7号至12号,商务印书馆1922年5月出版单行本,1927年6月北新书局再版。 7月—12月

罗迪先译厨川白村《近代文学十讲》,上海学术研究会。 8月

潘家洵译、胡适校《易卜生集》(一),商务印书馆,收入"世界丛书"。 8月

沈雁冰发表《纪念佛罗贝尔的百年生日》,《小说月报》第12卷第12号,介绍法国小说家福楼拜的生平作品。

沈颖译托尔斯泰《教育之果》,商务印书馆,收入共学社"俄国戏曲集"。 4月

沈泽民发表《王尔德评传》,《小说月报》第12卷第5号。 5月

沈泽民译安特列夫《邻人之爱》,《小说月报》第12卷第1号。 1月

孙伏园译高尔基《我们二十六个和一个女的》,《小说月报》第12卷第6号。 6月

滕固发表《爱尔兰诗人夏芝》,《文学旬刊》第20号。这是我国较早介绍爱尔兰诗人叶芝生平与创作的文字之一。

田汉译《哈孟雷特》(《哈姆雷特》),《少年中国》第2卷第12号。收入1922年《莎氏杰作集》第一种,中华书局。最早以白话文和完整的剧本为形式介绍到中国的莎剧。 6月

王剑三(王统照)译叶芝《忍心》(*An Enduring Heart*),《小 1月

说月报》第12卷第1号。

王统照发表《俄罗斯文学片面》,《曙光》第2卷第3号。

晓水译岛村抱月《文艺上的自然主义》,《小说月报》第12卷第12号。

8月 新人社编译《托尔斯泰小说集》,泰东图书局。

6月 严叔平译达孚(笛福)《鲁宾逊漂流记》(《鲁滨孙漂流记》),崇文书局。

7月 叶劲风译高尔基等《俄罗斯短篇杰作》,公民书局。

8月25日 愈之(胡愈之)发表《鲍尔希维克下的俄罗斯文学》,《东方杂志》第18卷第16号,介绍俄罗斯无产阶级专政下的新文学发展。

1月25日 愈之(胡愈之)发表《近代英国文学概观》,《东方杂志》第18卷第2号。

愈之(胡愈之)发表《陀斯妥以夫斯基的一生》,《东方杂志》第18卷第23号。

7月 袁昌英以论莎士比亚名剧《哈姆雷特》的论文,获苏格兰爱丁堡大学文学硕士学位。当时路透社为此发了消息,国内各大报纸随即登出。

张东荪发表《论精神分析》,《民铎》第2卷第5号。

7月 张墨池、景梅九译托尔斯泰《救赎》(《复活》),公民书局。

郑振铎发表《陀思妥以夫斯基的百年纪念》,《文学月刊》第19号。

2月 郑振铎译高尔基《木筏之上》,《小说月报》第12卷第2号。

9月29日 仲密(周作人)发表《新希腊与中国》,《晨报副刊》。强调希腊人的特性是"热烈的求生的欲望""美的健全的生活",对中国民族性的改造大有裨益。

10月 周瘦鹃译易卜生《社会柱石》,商务印书馆。此前这一译本曾在1920年的《小说月报》全年连载。

1月 周作人发表《文学上的俄国与中国:一九二〇年十一月在北京师范学校及协和医学校所讲》,《新青年》第8卷第5号。

1922年

闻一多赴美留学，与美国诗人来往；叶公超赴美留学，在阿默斯特大学师从弗罗斯特。

以吴宓、胡先骑、梅光迪等为代表成立“学衡派”。批判新文化运动，主张新人文主义的译介，反对文学进化论，重视欧美古典文学研究。成员均以文言文翻译与研究外国文学，破解了胡适“死文字，不可做活文章”的魔咒，如梅光迪《近世欧美文学之概观》、胡先骑《欧美新文学发展之趋势》、吴宓《希腊文学史》《世界文学史》等。

上海泰东图书局于1915年成立，1922年至1923年间出版了《创造季刊》《创造周报》等一批文学刊物，以及郭沫若等人翻译的小说，与创造社关系密切。

北京大学戏剧实验社演出托尔斯泰《黑暗之势力》。

《晨报副刊》连载了上沅的《过去二十二戏剧名家及其作品》，其二十二为“伊卜生与‘傀儡之家’”。 **10月**

《东方杂志》第19卷第23号为纪念马修·阿诺德诞辰百年特设专号，刊登有胡梦华的《安诺德评传》《安诺德和他的时代之关系》、华林一的《安诺德文学批评原理》等文章，较为集中地介绍阿诺德的文学批评与社会思想。

《小说月报》第13卷第1号“文学家研究”为陀思妥耶夫斯基设专栏，发表4篇文章：沈雁冰的《陀思妥以夫斯基的思想》、小航的《陀思妥以夫斯基传略》、署名“郎损”的《陀思妥以夫斯基的地位》和署名“记者”的《关于陀思妥以夫斯基的英文书》，还配有陀思妥耶夫斯基小影手迹11幅。署名“郎损”(茅盾)的文章高度评价了陀思妥耶夫斯基在俄罗斯文学史上的地位，认为陀思妥耶夫斯基开拓了俄罗斯文学的新纪元。他还就陀思妥耶夫斯基作品的风格、对弱小和被压迫者的深切同情以及病态心理的描写三个方面进行了评述。 **1月**

《学衡》对白璧德等人的新人文主义进行翻译与介绍。胡先骑译《中西人文教育谈》(《学衡》1922年第3期),吴宓译《白璧德之人文主义》(《学衡》1923年第19期)、《白璧德论欧亚两洲文化》(《学衡》1925年第38期)、《薛尔曼论现今美国之文学》(《学衡》1928年第63期)、《穆尔论自然主义与人文主义之文学》(《学衡》1929年第72期),徐震鄂译《白璧德释人文主义》(《学衡》1924年第34期),吴宓译、浦江清译《薛尔曼现代文学论序》(《现代文学论》导言,《学衡》1926年第57期)。

4月10日 董秋芳译高尔基《争自由的波浪》,《小说月报》第13卷第4号。

11月13日 樊仲云发表《读了〈心狱〉以后》,《觉悟》。

12月27日—29日 甘蛰仙发表《安特列夫与其戏剧》,《晨报副刊》。

12月9日—10日 周作人口译爱罗先坷演讲《俄国文学在世界上的位置》,《晨报副刊》。

8月1日—11日 甘蛰仙发表《中国之托尔斯泰》,《晨报副刊》。

耿济之发表《猎人日记研究》,《小说月报》第13卷第3号。

耿济之发表《屠格涅夫在俄国文学中的地位》,《小说月报》,第13卷第2号。

3月 耿济之译列夫·托尔斯泰《复活》,商务印书馆。

1月 耿济之译屠格涅夫的《父与子》,商务印书馆,收入共学社"俄罗斯文学丛书"。

7月 耿式之译安特立夫(安特列夫)《小人物的忏悔》,商务印书馆,收入"文学研究会丛书"。

5月1日 郭沫若发表《〈少年维特之烦恼〉序引》,《创造季刊》第1卷第1号,评介歌德的创作和思想。

4月 郭沫若译歌德《少年维特之烦恼》,泰东图书局。此后十余年间,多次重印。后有黄鲁不(上海创造社,1928)、罗牧(北新书局,1931)、傅绍光(世界书局,1931)、达观生(世界书局,1932)和钱天佑(上海启明书局,1936)的译本,以及陈弢(中学生书局,1934)和杨逸声(文通图书社,1938)的编译本。另有曹雪松同名剧本(泰东图书局,1928)。

5月 郭绍虞译施尼茨勒(Arthur Schnitzler)《阿那托尔》,商务印书馆。

洪深春天回国，冬天写出戏剧《赵阎王》，借鉴尤金·奥尼尔的《琼斯皇》。

侯述生、郭大中译《托尔斯泰小说》，广州美华浸会印书局。 8月

柯一岑译奥斯特洛夫斯基《罪与愁》，商务印书馆，收入共学社“俄罗斯文学丛书”。 12月

李劼人译莫泊桑《人心》，上海少年中国学会。 4月

林纾、陈家麟译塞万提斯《魔侠传》（《堂吉诃德》），商务印书馆。 2月

刘延陵发表《美国的新诗运动》，《诗》月刊第1卷第2号，介绍美国新诗的源流及1913年前后美国新诗的发展。 2月15日

鲁迅、周作人、周建人译《现代小说译丛》（第一集），商务印书馆，收入俄国、波兰、爱尔兰、西班牙、希腊、芬兰、亚美尼亚等国作家作品共计30篇，集中反映弱小与被压迫民族文学的发展。 5月

鲁迅等译《爱罗先珂童话集》，商务印书馆，收入“文学研究会丛书”。 7月

茅盾在《小说月报》第13卷第11号“海外文坛消息”专栏发表短文介绍詹姆斯·乔伊斯的新作《尤利西斯》（1922年巴黎问世），这是中国首次对乔伊斯及《尤利西斯》进行介绍。 11月

缪凤林发表《希腊之精神》，《学衡》第8号。 8月

穆木天译《王尔德童话》，泰东图书局，收入创造社编“世界儿童文学选集”。 2月

佩青发表《安特列夫和他的象征剧》，《新晨报副刊》。 11月27日、30日

乔大壮、徐炳昶译梅德林（梅德林克）《马兰公主》，《小说月报》第13卷第1号至5号。

乔大壮、徐炳昶译显克微支《你往何处去》，商务印书馆，5月初版，此后又两次再版。

饶了一译勃洛克《十二个》，《小说月报》第13卷第4号。 4月10日

沈琳译述安德列夫《比利时的悲哀》，商务印书馆，收入“共学社文学丛书”。 9月

沈雁冰发表《陀斯妥以夫斯基的思想》，《小说月报》第13卷第1号。

沈雁冰发表《未来派文学之现势》,《小说月报》第13卷第10号。

5月 沈雁冰撰写“海外文坛消息栏”介绍美国文坛近况,《小说月报》第13卷第5号。

1月 唐性天译斯托尔姆(施笃姆)《意门湖》(《茵梦湖》),商务印书馆。

3月 田汉译莎士比亚《罗密欧与朱丽叶》,《少年中国》第4卷第1号。

吴宓译萨克雷《钮康氏家传》,《学衡》第1号至4号、7号至8号。

6月 新人社编译《托尔斯泰小说集》(第二集),泰东图书局。

9月18日—10月22日 徐蔚南译《屠格涅夫散文诗集》24篇,《民国日报·觉悟》。后与王维克合译出40篇,1923年由新文化书社出版。

3月15日 郁达夫率先翻译了英国王尔德的代表作《道连·格雷的画像》一书的序言,发表于《创造》季刊创刊号,题为《淮尔特著杜莲格来序文》。

12月 张闻天、汪馥泉译王尔德《狱中记》,商务印书馆。书前有田汉序《致张闻天兄书》和译者为介绍《狱中记》而作的长文《王尔德介绍》及罗勃脱·洛士的序。书后附王尔德的《莱顿监狱之歌》(沈泽民译)。

8月10日,9月10日、25日 张闻天发表《歌德的浮士德》,《东方杂志》第19卷第15、17、18号。文附《浮士德》第一部的最后一场《监狱》。

6月 张毓桂译《史特林堡戏剧集》,商务印书馆,收入“文学研究会丛书”。

3月18日 郑振铎发表《〈父与子〉叙言》,《时事新报·学灯》。

3月 郑振铎译奥斯特洛夫斯基《贫与罪》,商务印书馆,收入共学社“俄罗斯文学丛书”。

1月 赵元任译卡罗尔《阿丽思漫游奇境记》,商务印书馆。

仲持(孔生)发表《读工人绥惠略夫》,《时事新报·文学旬刊》第52号。

7月18日 仲密(周作人)发表《诗人席烈的百年忌》,《晨报副刊》,特别介绍了英国浪漫诗人雪莱的社会思想状况,并比较了拜伦和雪莱在思想上的差异。

仲云译松村武雄《精神分析学与文艺》,《时事新报·文学旬刊》第57号。

1923年

厦门大学外文系创建,是厦门大学最早成立的院系之一。学者周辨明、林语堂、洪深等先后在此任教,诗人余光中曾在此求学。

《创造》季刊第1卷第4号特设"雪莱纪念号",发表徐祖正的文章《英国浪漫派三诗人拜伦、雪莱、济慈》以及郭沫若译的《雪莱的诗》,包括《西风颂》等名篇。郭沫若在译诗《小序》中写道:"雪莱是我最敬爱的诗人中之一个。他是自然的宠子,泛神宗的信者,革命思想的健儿。"后来郭沫若将这些译诗和《雪莱年谱》合成《雪莱诗选》,1926年3月由泰东图书局出版,收入创造社丛书。 **9月10日**

《文学周报》第85号以玄(茅盾)署名的《几个消息》中,谈到英国新办的杂志 *Adelphi* 时,提到T. S. 艾略特为其撰稿人之一,此为艾略特之名最早由中国读者所知。 **8月27日**

东方杂志社编辑,陈冠生等译《近代法国小说集》,商务印书馆。 **12月**

陈小航译凯泽(Georg Kaiser)《从早晨到夜半》,《小说月报》第14卷第1号。 **1月10日**

陈嘏、孔常、雁冰编著《近代戏剧家论》,商务印书馆。1924年10月再版,1925年7月第三版。 **12月**

东方杂志社编辑《近代俄国小说集》(一、二、三、四、五),商务印书馆。 **11月—12月**

东方杂志社编辑《文学批评与批评家》《近代俄国文学家论》《写实主义与浪漫主义》《近代文学与社会改造》,商务印书馆。

傅东华发表《梅脱灵与青鸟》,《小说月报》第14卷第4号,该文为傅东华译梅特林克《青鸟》的序言。 **4月10日**

10月　傅东华译梅脱灵(梅特林克)《青鸟》,商务印书馆,收入“文学研究会丛书”。

2月　高真常译毛里哀(莫里哀)《悭吝人》,商务印书馆,收入“文学研究会丛书”。附《毛里哀小传》

1月　耿济之、耿勉之译《柴霍夫短篇小说集》,商务印书馆,收入共学社“俄罗斯文学丛书”。

11月　耿济之译安特列夫(安德烈耶夫)《人之一生》,商务印书馆,收入“文学研究会丛书”。

7月　耿济之译布利乌沙夫《俄国诗坛的昨日今日和明日》,《小说月报》第14卷第7号。

11月　耿济之译莫泊桑《遗产》,商务印书馆,收入“文学研究会丛书”。

9月2日　郭沫若发表《未来派的诗约及其批评》,《创造周报》第17号,介绍未来派诗歌的文学意识和艺术技巧等。

郭沫若发表《自然和艺术——对于表现派的共感》,《创造周报》第16号。

胡怀琛著《托尔斯泰与佛经》,上海世界佛教居士林。

11月　李青崖译《莫泊桑短篇小说集》(一),商务印书馆,收入“文学研究会丛书”。

7月　鲁迅译爱罗先珂《桃色的云》,北京新潮社,收入“周作人编文艺丛书”,北新书局1926年再版。1934年10月上海生活书店也曾出版此书。

6月　潘家洵译、胡适校《易卜生集》(二),商务印书馆。

11月　钱智修著《柏格森与欧根》,商务印书馆。

10月9日　瞿秋白译高尔基《劳动的汗》,《文学周报》第92号。

1月10日　沈雁冰发表《匈牙利爱国诗人裴都菲的百年纪念》,《小说月报》第14卷第1号。

孙俍工著《新文艺评论》,民智书局。

12月　汤澄波译《梅脱灵戏剧集》,商务印书馆,收入“文学研究会丛书”。

11月25日　滕固发表《诗画家 Dante G. Rossetti》,《创造周报》第29号,介绍英国唯美主义诗人、画家但丁·罗赛蒂的生平与创作活动。

田汉发表《蜜尔敦与中国》,《少年中国》第4卷第5号。叙述弥尔顿之生平及其与时代之关系,其意欲以弥氏之崇高伟大之精神,"以药今日中国之人心,而拯救我们出诸停污积垢的池沼"。 7月

田汉译王尔德《沙乐美》,中华书局。 1月

王少明译雷兴(莱辛)《米纳女民剧》(疑为《敏娜·封·巴尔海姆》),《晨报副刊·文学旬刊》。

王维克译梅脱灵克(梅特林克)《青鸟》,泰东图书局。 9月

魏肇基译卢梭《爱弥儿》,商务印书馆,收入"汉译世界名著丛书"。 6月

巫启瑞译易卜生《少年同盟者》,《晨报副刊》。 1月5日—3月14日

吴宓发表《希腊文学史》第一章"荷马之史诗",《学衡》第13号;《希腊文学史》第二章"希霄德之训诗",《学衡》第14号(2月)。在《希腊文学史》第一章"荷马之史诗"中将中国小说评点的方法、术语引入《荷马史诗》的文本分析,以中国传统文体弹词与西方史诗相比较。 1月

谢六逸编译《西洋小说发达史》,商务印书馆。此前自1922年在《小说月报》连载。

徐蔚南、王维克译《屠格涅夫散文诗集》,青年进步学会。 6月

徐志摩发表《哀曼殊斐儿》,《努力周报》第44号,译介曼斯菲尔德和新西兰文学。 3月18日

徐志摩译福沟(Friedrich Fouqué,富凯)《涡堤孩》(《温亭娜》),商务印书馆。 5月

俞忽译嚣俄(雨果)《活冤孽》(《巴黎圣母院》),商务印书馆。1933年3月国难后一版。 4月

郁达夫发表《艺术与国家》,《创造周报》第7号。 6月23日

愈之、泽民等编《近代文学概观》(上、下册),商务印书馆。1924年9月再版。 12月

袁昌英著《法兰西文学》,商务印书馆。

张闻天译安特列夫《狗的跳舞》,商务印书馆。 12月

郑振铎发表《何为古典主义?》,《小说月报》第14卷第2号, 2月10日

介绍西方古典主义文学思潮。

郑振铎著《俄国文学史略》,商务印书馆。

12月 周作人等译《欧洲大陆小说集》(上册),商务印书馆。

1924年

国共两党第一次合作实现。

中山大学外语学院在孙中山先生创办该大学时成立,同年设立英语语言文学专业,1957年设法语语言文学专业,1958年设德语语言文学专业,1978年设日语语言文学专业。

4月 洪深为戏剧协社编写《少奶奶的扇子》开始演出。该剧是根据英国唯美主义剧作家王尔德名剧《温德米尔夫人的扇子》改编。演出获得巨大成功,场场爆满。

印度诗哲泰戈尔到访中国,翻开中印两国近代史上规模最大的一次文化交流。然而本就颇不平静的中国思想文化界围绕着他的到来迅速分成两个壁垒分明的阵营。以陈独秀、瞿秋白、茅盾等为代表组成了"驱泰大军","激颜厉色要送他走";而梁启超、徐志摩等人则组成了"保泰大军",一时间爆发了一场鏖战。5月10日上午,泰戈尔在真光影戏院对北京青年学生进行第二次公开演讲。

6月1日 《晨报副刊·文学旬刊》第37号刊《勃劳宁研究》。这是最早对英国维多利亚时期大诗人罗伯特·勃朗宁的研究文章。

11月 《少年中国》《小说月报》《文学》等多家刊物发表文章纪念英国大诗人弥尔顿250周年忌。

4月10日 《小说月报》第15卷第4号特设"诗人拜伦的百年祭"专号,刊登拜伦诗剧译文8篇,国外评论家译文6篇,国内评述文章13篇。郑振铎《卷首语》中写道:"我们爱天才的作家,尤其爱伟大的反抗者。所以我们之赞颂拜伦,不仅仅赞颂他的超卓的天才而已。他的反抗的热情的行动,其足以使我们感动实较他的诗歌为尤甚。他实是近代一个极伟大的反抗者!反抗压迫自由的恶魔,反抗一切虚伪的假道德的社会。诗人的不朽,都在他们的作品，而拜伦则独破此例。”茅盾在《拜伦百年纪念》中写道：“中国现在正需要拜伦那样的富有反抗精神的震雷暴风般的文学，以挽救垂死的人心，但是同时又最忌那狂纵的，自私的，偏于肉欲的拜伦式的生活……我但愿盲目的‘拜伦热’的时代已经过去，我们现在纪念他，因为他是一个富于反抗的诗人，是一个攻击旧习惯道德的诗人，是一个从事革命的诗人；放纵自私的生活，我们青年是不肯做的，正像拜伦早年本不肯做，而晚年——虽然他的生活是那样短促——是追悔的。”此外，鲁迅提及的肖像《为希腊司令时的拜伦》也在此时首次传入中国。所刊评论文字广泛涉及拜伦百年祭的意义、拜伦的生平与作品以及拜伦在文学史上的地位与影响等，还有如郑振铎的《诗人拜伦的百年祭》、王统照的《拜伦的思想及其诗歌的评论》、耿济之的《拜伦对于俄国文学的影响》等。4 月 21 日、28 日《晨报副刊·文学旬刊》第 32、33 号刊登“摆仑纪念号”上、下。

《时事新报·学灯》陆续发表有关雪莱的系列文章：周一夔《雪莱传略》，3 月 5 日；胡梦华《英国诗人雪莱的道德观》，3 月 12—13 日；李任华《雪莱诗中的雪莱》，4 月 10—12 日。这几篇文章对英国浪漫主义诗人雪莱的生活经历与思想道德观介绍颇详。

耿济之发表《拜伦对于俄国文学的影响》，《小说月报》，第 15 卷第 4 号。

12 月 顾仲起著《托尔斯泰〈活尸〉漫谈》，《时事新报·学灯》第 4、5 号。

景昌极、钱堃新译温彻斯特《文学评论之原理》，商务印书馆。

1 月 雷晋笙、徐蔚南译《莫泊桑小说》，新文化书社。

11 月 李青崖译《莫泊桑短篇小说集》（二、三），商务印书馆，收入文学研究会丛书。

4 月 佩蘅发表《巴尔札克底作风》，《小说月报》第 15 卷号外“法国文学研究”，该文根据 Pelliseer 的《19 世纪中的法兰西文学运动》改写。

12 月 钱稻孙译檀德（但丁）《神曲一脔》（《神曲》），商务印书馆。

曾广勋译莎士比亚《威尼斯商人》,新文化书社。正文前有《导言》,介绍了该剧的内容与价值。此为中国第一部《威尼斯商人》的中文译本,译名被普遍采用。

3月 商务印书馆出版中学国语文科补充读本《撒克逊劫后英雄略》(司各德(司各特)原著,林纾、魏易译述,沈德鸿校注)。当时在商务编译所的茅盾校注这部林译小说,阅读了司各特的全部著作,撰写了比较详尽的《司各德评传》(商务印书馆),是茅盾关于司各德的最具系统的论述。

3月21日 素园发表《俄国的颓废派》,《晨报副刊·文学旬刊》第29号。

4月 田汉译莎士比亚《罗蜜欧与朱丽叶》(《罗密欧与朱丽叶》),《少年中国》第4卷第1号至5号连载,中华书局发行单行本。

汪馥泉译相马御风《法国的自然主义文艺》,《小说月报》第15卷号外"法国文学研究"。

10月 王光祈译《西洋音乐与诗歌》,中华书局。

11月5日 王国光发表《读〈前夜〉》,《时事新报·学灯》。

5月 王希和著《西洋诗学浅说》,商务印书馆。

吴宓翻译理查生与欧文合著《世界文学史》前三章,《学衡》第28号至30号连载。

4月 希孟译 G. L. Strachey 原著《法国的浪漫运动》,《小说月报》第15卷号外"法国文学研究"。

11月 小说月报社编《曼殊斐儿》,商务印书馆。国内出版的第一本曼斯菲尔德小说集,里面收录曼斯菲尔德的2个短篇小说及徐志摩的《曼殊斐儿》(含《哀曼殊斐儿》)和沈雁冰的《曼殊斐儿略传》两篇文章。

2月10日 谢位鼎发表《莫泊三研究》,《小说月报》第15卷第2号,介绍法国莫泊桑的生平与作品,并附莫泊桑简略著作年谱。

1月25日 徐志摩发表《汤麦司哈代的诗》,《东方杂志》第21卷第2号。徐志摩曾于1925年旅欧时亲到哈代居处拜访,发表过《汤麦士哈代》《谒见哈代的一个下午》《哈代的著作略述》《哈代的悲观》等多篇文章,另译哈代诗篇21首。

2月11日—3月8日 杨敬慈译易卜生《野鸭》,《晨报副刊》。

俞颂华译斯登堡《柏拉图政治教育学说今解》，商务印书馆。 11月

俞之、朱朴等译王尔德等《近代英美小说集》，商务印书馆。 4月

袁昌英发表《短篇小说家契呵夫(Chekhov)》，《太平洋》第4卷第9号。

章锡琛译本间久雄《文学批评论》，《文学周报》第132号至142号。

赵诚之译《普希金小说集》，亚东图书馆。 12月

郑振铎发表《阿志巴绥夫与〈沙宁〉》，《小说月报》第15卷第5号。

郑振铎译安特列夫《红笑》上部断片，《小说月报》第15卷第7号。 7月

郑振铎译路卜洵《灰色马》，商务印书馆，收入“文学研究会丛书”。 1月

仲云(樊仲云)译厨川白村《文艺的创作》，《文学周报》第128号至129号。

仲云译厨川白村《文艺上几个根本问题的考察》，《东方杂志》第21卷第20号。

仲云译厨川白村《文艺思潮论》，商务印书馆。

周作人等译小说《欧洲大陆小说集》(下册)，商务印书馆。 4月

1925年

国民革命军出师北伐。

《小说月报》第16卷第2号刊登了徐志摩的《济慈的夜莺歌》，并用散文对诗作进行了译意和解释。 2月

《小说月报》第16卷第8号和第9号特辟“安徒生号”上、下期。 8月—9月

《学衡》在第39号新增的“译诗”栏中发表了英国诗人华兹华斯的《露西》组诗其二的8篇译文，题为《威至威斯佳人处僻地诗》(She Dwelt Among the Untrodden Ways)，翻译者包括贺麟、陈铨等。 3月

丰子恺译厨川白村《苦闷的象征》，商务印书馆。鲁迅也同时出版该著作，新潮社。

郭沫若著《〈新时代〉序》，商务印书馆。

郭沫若著《文艺论集》，光华书局。

李金发著《微雨》，北新书局。附录波德莱尔译诗。

11月　李藻译托尔斯泰编《我的生涯——一个俄国农妇自述》，商务印书馆，收入“文艺研究会丛书”。

鲁迅译厨川白村《东西之自然观》，《莽原》第2号。

鲁迅译厨川白村《出了象牙之塔》，未名社。

8月　任国桢译褚沙克等《苏俄的文艺论战》，北新书局。

7月　上海大东书局初版《心弦》，收入周瘦鹃译《重光记》。此系夏洛蒂·勃朗特小说《简·爱》的故事节略本。

4月　沈性仁等译《法朗士集》，商务印书馆，收入“《小说月报》丛刊”。

汪馥泉译本间久雄《新文学概论》，上海书店。

王少明译《格尔木童话集》，开封河南教育局编译处，收《六个仆人》等10篇格林童话。

汤澄波译培里《小说的研究》，商务印书馆。

7月17日　韦素园译戈理奇(高尔基)《埃黛钓丝》，《莽原周刊》第13号。

7月10日　韦素园译戈理奇(高尔基)《海莺歌》，《莽原周刊》第12号。

8月　孙俍工编著《新诗作法讲义》，商务印书馆。

小说月报社编林孖等译爱伦·坡《诗的原理》，商务印书馆。小说月报社编“小说月报丛刊”，自1924年11月至1925年4月共5集60种，译著32种。

杨丙辰发表《葛德略传》，《猛进》第7号；《葛德和德国的文学(未完)》，《猛进》第14号；《葛德和德国的文学(续)》，《猛进》第15号。

章锡琛译本间久雄著《新文学概论》，商务印书馆。

赵景深著《近代文学丛谈》，新文化书社。1928年1月再版，1935年5月第3版。

郑振铎译《莱森(莱辛)寓言》，商务印书馆。前30篇之前已在《小说月报》第15卷第10号、第16卷第3号和第4号(1924年10月至1925年3月)上发表。

1926年

清华大学西洋文学系成立,1928年更名为外国语文学系,曾培养出钱锺书、曹禺、季羡林、查良铮、王佐良、许国璋、李赋宁、英若诚等学者。

山东大学成立外国文学系。学者梁实秋、洪深、赵太侔、孙大雨、赵少侯、凌达扬、袁振英、梁希彦、罗念生、黄嘉德、吴富恒、张健、金诗伯、陆凡、金中、刘兰华等先后在此执教。山东大学外文系的历史可追溯到1901年在济南成立的山东大学堂,当时开设了英、德、法三个语种的西学课程。

曹靖华译柴霍夫(契诃夫)《三姐妹》,商务印书馆,收入"文学研究会丛书"。 (8月)

戴望舒译魏尔伦《瓦上长天》与《泪珠飘落萦心曲》,《璎珞》旬刊第1号、第3号。受魏尔伦注重"诗的音乐性"的暗示,戴望舒创作了《雨巷》。

樊仲云译屠格涅夫《畸零人日记》(《多余人日记》),《文学周报》第251号至295号。1928年6月开明书店出版单行本,收入"文学周报社丛书"。 (11月21日—25日)

樊仲云译梅礼美(梅里梅)《嘉尔曼》,商务印书馆,收入"文学研究会丛书"。 (11月)

冯雪峰译升曙梦《新俄文学的曙光期》,北新书局。

傅东华译蒲克《社会的文学批评》,商务印书馆。

傅东华译亚里士多德《诗学》,《小说月报》连载;发表《读〈诗学〉旁札》,《小说月报》第16卷的第3号和第5号。

耿济之等译《俄国文坛昨日今日和明日》,商务印书馆,收入"《小说月报》丛刊"。 (4月)

耿济之译高尔基《我的旅伴》,《小说月报》第16卷第4号。 (4月10日)

耿济之译果戈理《疯人日记》(《狂人日记》),商务印书馆。 (1月)

6月　郭鼎堂(郭沫若)译屠格涅夫《新时代》(《处女地》),商务印书馆,收入“世界文学名著丛书”。

3月　郭沫若、成仿吾译《雪莱诗选》,泰东图书局,列入“辛夷小丛书”。卷末附有《雪莱年谱》。

郭沫若译歌德《浮士德》(第一部),创造社。

5月　李霁野译安特列夫《往星中》,北新书局,收入鲁迅主编的“未名丛刊”。

梁实秋发表《拜伦与浪漫主义》,《创造月刊》第1卷第3—4号。

3月25日、27日、29日、31日　梁实秋发表《现代中国文学之浪漫的趋势》,《晨报副刊》,评介中国新文学受外国浪漫主义文学影响之趋势。

7月　刘半农译小仲马《茶花女》,北新书局。

12月　刘伯量译易卜生《罗士马庄》(《罗斯莫庄》),北京诚学会。

刘大杰著《托尔斯泰的教育观》,《中华教育界》第13卷第4号。

鲁迅发表《〈穷人〉小引》,《语丝》第83号。为韦丛芜译陀思妥耶夫斯基《穷人》而作。

鲁彦从世界语翻译出版《犹太小说集》,开明书店。

1925年—1927年　马尔罗在中国广州居住,写出了《西方的诱惑》(1926)、反映北伐战争的《征服者》(1928)、反映上海共产党武装起义等重大事件的《人类的命运》(1933)。

5月—10月　沈雁冰(茅盾)发表《论无产阶级艺术》,《文学周报》第172、173、175、196期。

6月16日　木天发表《写实文学论》,《创造月刊》第1卷第4号,介绍影响中国新文学的欧洲写实主义文学思潮。

6月　潘家洵译王尔德《温德米尔夫人的扇子》,北京朴社。

商务印书馆出版了《小说月报》丛刊第五十三种、《小说月报》丛刊第五十四种,将《小说月报》上发表的关于意第绪语文学的重要文章加以整理、分类和编纂出版,引发意第绪文学的小小热潮。

5月　孙俍工编《世界文学家列传》,中华书局。

6月　韦丛芜译陀思妥耶夫斯基《穷人》,北新书局,收入“未名丛刊”。

韦漱园(韦素园)译果戈理《外套》,北新书局,收入“未名丛刊”。 9月

吴宓、陈铨、张荫麟、贺麟、杨昌龄等译《罗色蒂女士“愿君常忆我”(Remember)》,《学衡》第49号。译诗后吴宓有《论罗色蒂女士之诗》等论述。 1月

吴宓译萨克雷《名利场》(*Vanity Fair*)楔子、第一回,《学衡》第55号。 7月

伍光建译狄金生(狄更斯)《劳苦世界》(《艰难时世》),《民众文学》第13卷第14号到第14卷第25号。作为“世界文学名著丛书”之一种,随后由商务印书馆出版。 12月

夏丏尊译亚米契斯《爱的教育》,开明书店。 3月

徐蔚南辑译小仲马等《法国名家小说集》,开明书店。 12月

徐蔚南译莫泊桑《一生》,商务印书馆,收入“文学研究会丛书”。 1月

杨丙辰发表《亨利海纳评传》,《莽原》第1卷第3号。

杨丙辰译豪布陀曼(Gerhart Hauptmann,豪普特曼)《火焰》,商务印书馆。 2月

杨丙辰译席勒《强盗》,北新书局。

一声(冯乃超)译列宁《论党的出版物与文学》,《中国青年》第144号。 12月

张传普著《德国文学史大纲》,中华书局。

张亚权译柯罗连科《盲乐师》,商务印书馆,收入“文学研究会丛书”。 1月

张友松译契诃夫《三年》,北新书局。 12月

赵少侯发表《左拉的自然主义》,《晨报副刊》。 10月4日

郑振铎发表《十七世纪的英国文学》,《小说月报》第16卷第3号,后又在该卷第6号刊《十八世纪的英国文学》。 3月

郑振铎发表《美国文学》,《小说月报》第17卷第12号。详细介绍惠特曼和爱伦·坡等诗人作家,为《文学大纲》的第四十章“美国文学”。 12月

仲云译厨川白村《病的性欲与文学》,《小说月报》第16卷第5号。

仲云译厨川白村《文艺与性欲》,《小说月报》第16卷第7号。

·

1927年

4月　蒋介石在南京建立国民政府。

7月　国民革命失败。

4月　白莱译陀思妥耶夫斯基《主妇》(《女房东》),光华书局。

3月　鲍文蔚译大仲马等《法国名家小说杰作集》,北新书局。

北新书局推出了徐志摩译的《英国曼殊斐尔小说集》,内收曼斯菲尔德的短篇小说《园会》《毒药》《巴克妈妈的形状》《一杯茶》《夜深时》《幸福》《一个理想的家庭》《刮风》和徐志摩的文章《曼殊斐尔》。

毕修勺译左拉《实验小说论》,美的书店。

3月　成绍宗、张人权译都德《磨坊文札》,创造社,收入"创造社丛书"。

9月　东亚病夫(曾朴)译嚣俄(雨果)《欧那尼》,真善美书店。

11月　东亚病夫(曾朴)译雨果《钟楼怪人》(《悲惨世界》),真善美书店。

3月　冯雪峰译升曙梦《新俄的无产阶级文学》,北新书局。

5月　冯雪峰译升曙梦《新俄的演剧运动与跳舞》,北新书局。

10月　郭沫若、成仿吾译歌德等《德国诗选》,创造社。

7月　郭沫若译高尔斯华绥《法网》,上海联合书店。

7月　郭沫若译高尔斯华绥《银匣》,创造社。

黄石著《神话研究》,开明书店。

12月　蒋光慈编《俄罗斯文学》,创造社。1929年泰东图书局重版时改名为《俄国文学概论》,署名"华维素"。该书的主要内容最初以《十月革命与俄罗斯文学》为题发表于《创造月刊》第1卷第2号至4号、7号至8号。

6月　刘半农辑译《法国短篇小说集》(第一册),北新书局。

11月　欧阳兰编译《英国文学史》,京师大学文科出版部发行,讲述英国自古代至20世纪20年代的文学史，是编者在河北大学讲授英国文学史时，根据Howes的《英国文学》及其他参考书编译而成。

孙俍工译铃木虎雄《中国古代文艺论史》，北新书局。

腾固著《唯美派的文学》，光华书局。 7月

威廉·布莱克去世百年纪念。8月《小说月报》第18卷第8号发表赵景深《英国大诗人勃莱克百年纪念》和徐霞村《一个神秘的诗人的百年祭》的两篇纪念文章。赵景深又在《文学周报》上写了一篇《英国诗人勃莱克百年纪念》。徐祖正也在《语丝》上发表长文《骆驼草——纪念英国神秘诗人白雷克》。

伍光建译盖斯凯尔夫人《克阑弗》，商务印书馆。 3月

谢六逸著《日本文学》（上卷），开明书店，系复旦大学日本文学史教义的一部分。1928、1929年两次增订。

杨丙辰发表《释滔穆有几首抒情诗》，《莽原》第2卷第8号。

袁振英编《易卜生社会哲学》，泰东图书局。 5月

宅桴、修勺译《左拉小说集》，上海出版合作社。 5月

张友松译《契诃夫短篇小说集》（上卷），北新书局，收入"欧美名家小说丛刊"。 4月

赵家璧发表《陶林格莱之肖像》（《道连·格雷的画像》），《小说月报》第18卷第10号。附徐调孚《莎乐美》述评。 10月

赵景深译柴霍甫《悒郁》，开明书店。 6月

赵景深著《童话概要》，北新书局。

赵景深著《童话论集》，开明书店。1929年10月再版。

郑次川著《欧美近代小说史》，商务印书馆。1931年4月再版。 8月

郑振铎、鲁迅、胡俞之、沈泽民译M. 阿志巴绥夫《血痕》，开明书店。 3月

郑振铎著《文学大纲》四卷，商务印书馆，1926—1927年。部分编译自美国德林瓦特著《文学大纲》，首次将中国文学纳入世界文学史体系，东西方文学各占一半比例。

周全平著《文学批评浅说》，商务印书馆。

1928年

从1928年"革命文学"论争到1937年抗战爆发,这段时期在中国现代文学史上被称为"左翼十年"。中国左翼文学实际上是20世纪20—30年代国际性的无产阶级文学运动在中国的反映,也是这个运动的一个重要组成部分。新文化运动以来以人道主义为核心,以民主、科学启蒙为旗帜的文学革命,逐渐让位于革命文学,苏联、日本等国的无产阶级文学成为中国学界建设新文学与文化的主要对象。

浙江大学外国语言文化与国际交流学院的前身为设立在浙江大学文理学院的外国语文学门。1929年更名为浙江大学文理学院外国语文学系,1939年更名为浙江大学文学院外国语文学系。

清华大学中文系宣称为达到创造新文学的宗旨,要"一方面研究旧文学,一方面再参考外国的新文学"。在本科三、四年级设置西洋文学概要、西洋文学专集研究课程;外文系也尽量打破国别之壁垒。

1月11日 托马斯·哈代去世。不少报刊刊文纪念。

5月 但丁·罗赛蒂百年诞辰纪念。多种刊物对罗赛蒂及先拉斐尔派的介绍呈一时之盛。

4月—1950年2月 商务印书馆出版"世界文学名著丛书"计154种。其中英国作品28种;戏剧类共16种,其中萧伯纳5种、高尔斯华绥3种;英国短篇小说集1种。

11月 奥尼尔访问中国上海。"国剧运动"发起人之一张嘉铸曾多次拜访奥尼尔。

8月20日 《奔流》第1卷第3号出版"H. 伊孛生(易卜生)诞辰一百年纪念增刊",刊载有挪威L. Aas的《伊孛生的事迹》(梅川译)、英国Havelosk Ellis的《伊孛生留念》(郁达夫译)、日本有岛武郎的《伊孛生的工作态度》(鲁迅译)等文章。

3月20日 《大公报·文学副刊》发表了题为《易卜生诞生百周年纪念》

的长文。

《狮吼》半月刊复活号上，邵洵美发表了《纯粹的诗》，对英国唯美主义作家乔治·莫尔的纯诗理论作了详细介绍。乔治·莫尔能为中国人所认识和接受，主要得力于邵洵美。后者是乔治·莫尔最真心的崇拜者。 8月16日

《新月》第1卷第9号刊登梁遇春的纪念文章《高鲁斯密斯的二百周年纪念》。

《英国诗人兼小说戏剧作者戈斯密诞生二百年纪念》，《大公报·文学副刊》。 11月5日、12日

《英国宗教寓言小说作者彭衍诞生三百年纪念》，《大公报·文学副刊》。

巴金发表《〈脱洛斯基的托尔斯泰论〉译者前言》，《东方杂志》第25卷第19号。

陈叔铭发表《托尔斯泰诞生百周年纪念》，《东方杂志》第25卷第19号。

杜衡译法郎士《黛丝》，开明书店。 3月

杜衡译王尔德《道连格雷画像》，金屋书店。 4月

冯雪峰译（藏原惟人、外村史郎原译）普列汉诺夫《新俄的文艺政策》，光华书局。1937年10月重排出版。 9月

冯至译海涅《哈尔次山旅行记》，北新书局。 3月

傅东华著《文艺批评ABC》，世界书局。 9月

耿济之发表《高尔基——为纪念他35年创作和60年生辰而作》，《东方杂志》第25卷第8号。

郭沫若译《雪莱选集》，创造社。 10月

郭沫若译歌德《浮士德》，现代书局。 2月

鹤西发表《一朵红的红的玫瑰的序》，《晨报副刊》，并选译彭斯诗篇25首，附有原诗。比较全面地介绍和评介了彭斯的文学地位和诗歌特色。 3月6日

黄药眠译屠格涅夫《烟》，世纪书局。 10月

黄哲人著《东西小说发达史》，厦门国际学术书社。 7月

嵇介译安特列夫《七个绞杀者》，南华书店。 4月

嘉生（彭康）译伊理支（列宁）《托尔斯泰——俄罗斯革命明

镜》,《创造月刊》第2卷第3号。

7月 金满成译法郎士《红百合》,现代书局。

11月 坎人(郭沫若)译辛克莱《石炭王》,乐群书店。

3月 李霁野、韦素园节译托洛茨基《文学与革命》,未名社。

3月 李霁野译安特列夫的戏剧《黑假面人》,未名社,收入“未名丛刊”。

5月 李金发译碧丽蒂(Bilitis)《古希腊恋歌》,开明书店。

6月 李青崖译弗罗贝尔(福楼拜)《波华荔夫人传》(《包法利夫人》),商务印书馆,收入“文学研究会丛书”。

梁实秋著《浪漫的和古典的》,新月书店。1931年8月再版。

梁实秋著《王尔德的唯美主义》,商务印书馆。

林语堂节译王尔德《身为艺术家的评论者》《论静思与空谈》《论创作与批评》《印象主义的批评》《批评家的要德》及《批评之功用》,刊载于《语丝》第4卷第13号、第4卷第18号和《北新》第3卷第18号、第3卷第22号、第3卷第23号。

10月 刘大杰著《表现主义的文学》,北新书局。

刘大杰著《德国文学概论》,北新书局。

刘大杰著《托尔斯泰研究》,商务印书馆。

4月 刘大杰著《易卜生研究》,商务印书馆。

1月 鲁迅译F.望·蔼覃《小约翰》,未名社。

鲁迅发表《〈奔流〉编校后记(七)》,《集外集》。

5月—1930年 鲁迅译《文艺政策》,《奔流》第1卷第1号至5号、7号至10号。

7月20日 鲁迅译尼古拉·布哈林《苏维埃联邦从Maxim Gorky期待着什么——为Maxim Gorky的诞生六十年纪念》,《奔流》第1卷第2号。

1月10日 鲁迅译有岛武郎介绍易卜生的文章《卢勃克和伊里纳的后来》,《小说月报》第19卷第1号。

8月 鲁彦译《世界短篇小说集》,亚东图书馆。

3月 鲁彦译《显克微支小说集》,北新书局。

罗皑岚从英译本选译薄伽丘《十日谈》中的一篇《住持捉

奸》,《文学周报》第336、338号。

绿蕉、大杰译厨川白村《走向十字街头》,启智书局。

美子译《世界文艺批评史》,福建国际学术书社。 12月

穆木天译安德列·鲍得(安德烈·纪德)《窄门》,北新书局。 11月

潘家洵译易卜生《海得加勃勒》(《海达·高布乐》),《小说月报》第19卷第3、4、5号。 3月—5月

沈端先(夏衍)译本间久雄《欧洲近代文艺思潮概论》,开明书店。

沈雁冰著《欧洲大战与文学》,开明书店。

司君发表《读托尔斯泰的〈复活〉》,《文学周报》第7卷第8、9号。

丝环(胡山源)译《欧亨利短篇小说集》,商务印书馆,收入“《小说世界》丛刊”。 6月

宋桂煌译《高尔基小说集》,上海民智书局。 2月

王璧如译内崎作三郎《近代文艺的背景》,北新书局。 8月

韦丛芜译斯伟夫特(斯威夫特)《格里佛游记》(《格列佛游记》),未名社。 9月

魏易译狄更斯《双城故事》(《双城记》),民强书店。 2月

闻一多译《白朗宁夫人的情诗》,《新月》杂志创刊号第1卷第1号,包含伊丽莎白·勃朗宁十四行诗10首。 3月10日

夏莱蒂译安特列夫《七个绞死的人》,世纪书局,收入“世界文学名著丛书”。 11月

徐冰铉译屠格涅夫《初恋》,北新书局,收入“欧美名家小说丛刊”。 2月

徐培仁译易卜生《野鸭》,现代书局。 1月

徐培仁译王尔德《一个理想的丈夫》,金屋书店。 10月

徐霞村译爱弥尔·左拉《洗澡》,开明书店,收入“文学周报社丛书”。 9月

杨成志、钟敬文著《印欧民间故事形式表》,中山大学语言历史学研究所。

杨人楩译刺外格(Stefan Zweig,茨威格)《罗曼·罗兰》,商务印书馆。

6月　叶灵凤译迦撒洵等《新俄短篇小说集》,光华书局。

2月1日　郁达夫发表《卢骚的思想和他的创作》,《北新》第2卷第7号。

6月20日　郁达夫译I. Turgenjew(屠格涅夫)《Hamlet和Don Quichotte》(《哈姆雷特与堂吉诃德》),《奔流》创刊号。

8月　曾虚白著《英国文学ABC》(上、下),世界书局。

6月　张友松译屠格涅夫《春潮》,北新书局。

12月　章明生译托马斯·曼(Thomas Mann)《意志的胜利》,启智书局。

赵景深发表《罗亭型与俄国思想家》,《文学周刊》第6卷合订本。

9月　赵景深译屠格涅夫《罗亭》,商务印书馆,收入“文学研究会丛书”。

赵景深著《最近的世界文学》,远东图书公司。

震瀛译王尔德《社会主义下人的灵魂》,受匡书局出版部。

8月　郑次川著《欧美近代小说史》,商务印书馆。

2月　朱维基、芳信译王尔德、波德莱尔等人的诗歌合集《水仙》,光华书局。

1929年

1929年—1931年　瑞恰慈任清华大学外国语文学系教授,讲授“西洋小说”“文学批评”“现代西洋文学”等课程,同时也在北京大学讲授“小说及文学批评”等课程,又于1930年任燕京大学客座教授,主讲“意义的逻辑”与“文艺批评”等相关课程。

8月—1932年1月　新月书店出版“英文名著百种丛书”7种,其中英国6种,戏剧5种。

毕树棠著《论译俄国小说》,《小说月报》第20卷第3号。

8月　曹靖华译杜介涅夫(屠格涅夫)、柴霍甫(契诃夫)《蠢货》,未名社,收入“未名丛刊”。

6月　曹靖华译拉甫列涅夫《第四十一》,未名社,收入“未名丛刊”。

陈傲达译升曙梦《现代俄国文艺思潮》，华通书局。

陈炳堃（陈子展）著《中国近代文学之变迁》，中华书局。第八章中“翻译文学”。

陈勺水译高垣松雄《现代美国的新兴文学》、译《现代美国诗钞》，《乐群》第1卷第7号；叶公超开始在《新月》等报刊上介绍和评论美国诗歌。

陈学昭译屠格涅夫《阿细雅》，商务印书馆。 6月

程鹤西译海泽（Paul Heyse）《梦幻与青春》，春潮书局。

董邵明（董秋斯）、蔡咏裳译格来考夫《士敏土》，启智书局。 11月

杜衡译海涅《还乡集》，尚志书屋。 1月

杜衡译劳伦斯短篇小说集《二青鸟》，水沫书店。收录《二青鸟》《爱岛屿的人》《病了的煤矿夫》三篇小说。 7月

樊仲云译屠格涅夫《烟》，上海文学出版社，收入“文学研究会丛书”。 11月

冯次行译土居光知原著《詹姆斯·朱士的〈优力栖斯〉》，上海联合书店。卷首有乔伊斯画像及译者小引。该书后以《现代文坛怪杰》为题名于1939年5月由新安书局再版。 5月

冯瘦菊著《十九世纪俄罗斯文学家的传略和著作思想》，大东书局。

冯雪峰译蒲力汗诺夫（普列汉诺夫）《艺术与社会生活》，水沫书店。

冯雪峰译卢那卡尔斯基《艺术之社会的基础》，水沫书店。

傅东华译荷马《奥德赛》，商务印书馆。最初连载于《小说月报》1926年第17卷第1、2、5、12号。 10月

高歌译述荷马《伊里亚特》，中华书局，根据英文散文本译出，收入“学生文学丛书”。 4月

高滔译屠格涅夫《贵族之家》，商务印书馆，收入“文学研究会丛书”。 4月

广东戏剧研究所出版的《戏剧》第1卷第4号至5号刊有胡春冰译 Thomas H. Dickinson《现代戏剧大纲》一书的第六章“亨利克·易卜生”和第七章“剧场之解放”，系统介绍了易卜生 11月—12月

的生平、戏剧创作、文化背景以及世界影响等内容。

郭沫若等著《文艺论集》,创造社。1930 年 1 月再版。

韩侍桁辑译小泉八云等《近代日本文艺论集》,北新书局。

3 月　鹤西、骏祥译安得列夫(安特列夫)《红笑》,岐山书店。

10 月　洪深、马彦详译雷马克(Erich Maria Remarque)《西线无战事》,平等书店。

胡仁源译歌德《哀格蒙特》,商务印书馆。

黄源著《屠格涅夫生平及其作品》,华通书局。

3 月　剑波译海涅《海涅诗选》,亚细亚书局。

郎擎霄著《托尔斯泰生平及其学说》,大东书局。

6 月　李青崖译莫泊桑《羊脂球》,北新书局。

4 月 26 日、28 日、29 日　梁实秋发表《莎士比亚传略》,《新月》第 1 卷第 1 号,评介莎士比亚的生平与创作。属节译。

10 月　林疑今译雷马克《西部前线平静无事》(《西线无战事》),水沫书店。

4 月　鲁迅编译片山孤村等《壁下译丛》,北新书局。

6 月 21 日　鲁迅译山岸光宣《表现主义的诸相》,《朝花旬刊》第 1 卷第 3 号。

9 月　罗翟发表《陀思退夫斯基的地位特质及影响》,《一般》第 9 卷第 1 号。

5 月　茅盾著《现代文艺杂论》,世界书局。

10 月—12 月　潘家洵译易卜生《我们死人再醒时》,《小说月报》第 20 卷第 10 号至 12 号。

5 月　邱韵铎译嚣俄(雨果)《死囚之末日》,现代书局。

8 月　施蛰存译沙都勃易盎等《法兰西短篇杰作集》,现代书局。

5 月　水沫社编译莱尔蒙托夫等《俄罗斯短篇杰作集》(第一、二册),水沫书店。

5 月　苏汶译波格达诺夫《新艺术论》,水沫书店。

苏兆龙译《西洋名诗译意》,《小说世界》第 18 卷第 4 号,收劳伦斯的诗作《风琴》。

11 月　孙席珍编著《雪莱生活》,世界书局。

谭正璧著《中国文学进化史》,光明书局。第十二章"新时代的文学”中有“小说杂志与翻译小说”和“翻译文学”节。

汪倜然著《俄国文学 ABC》，世界书局。 1月

汪倜然著《托尔斯泰生活》，世界书局。

吴宓等译欧文·白璧德《白璧德与人文主义》，新月书店。

伍光建译谢立丹《造谣学校》，新月书店，收入“英文名著百种丛书”。 8月

夏康农译小仲马《茶花女》，春潮书局。 4月

夏莱蒂译《英美名家小说集》，上海文艺书局。 7月

谢冰弦编著《近代文学》，文学评论社。 11月

徐霞村译比尔·绿蒂（皮埃尔·洛蒂）《菊子夫人》，商务印书馆，收入“文学研究会丛书”。 3月

玄珠（茅盾）著《骑士文学 ABC》，世界书局。 4月

伊人译瑞恰慈《科学与诗》，华严书店，收有瑞恰慈的七篇诗歌理论文章。 6月

易坎人（郭沫若）译辛克莱《屠场》，南强书局。 8月

袁嘉骅译安特列夫《七个绞死的人》，北新书局。 6月

昝彦译嘉米琐（Adelbert von Chamisso，沙米索）《失去影子的人》，光华书局。

曾虚白著《美国文学 ABC》，世界书局。 3月

张嘉铸发表专访文章《沃尼尔》（《奥尼尔》），《新月》第 1 卷第 11 号，介绍奥尼尔的生平、家庭、创作历程。 1月10日

张竞生著《伟大怪恶的艺术》，世界书局。浪漫派研究著作。 10月

张我军译有岛武郎《生活与文学》，北新书局。 6月

章独译述卢骚（卢梭）《忏悔录》（上卷第一、二册），商务印书馆。 3月

章衣萍、朱溪译《契诃夫随笔》，北新书局。 6月

赵景深发表《二十年来的英国小说》，《小说月报》第 20 卷第 8 号。 8月10日

赵景深发表《高尔基评传》，《北新》第 3 卷第 1 号。

赵景深著《民间故事研究》，复旦书店。

赵景深著《童话学 ABC》，世界书局。

赵景深著《作品与作家》，北新书局。

10 月

周越然著《莎士比亚》,商务印书馆,收入“万有文库”。中国第一部比较全面系统地介绍莎士比亚的著作,包括莎士比亚传略、剧本和诗篇概述、日本作家小泉八云对莎士比亚的评论以及研究莎士比亚的书籍等内容。

朱应会译木村毅《世界文学大纲》,昆仑书店。

1930 年

中国左翼作家联盟成立。《中国左翼作家联盟的成立》中写道:“加强对过去艺术的批判工作,介绍国际无产阶级艺术的成果,而建设艺术理论。”1932 年 3 月 15 日,在《关于左联目前具体工作的决议》中,左联要求学生团体和工农文艺团体,“一面研究着世界的普罗文学和革命文学,一面就要学习着把世界革命文学的名著用普通的白话传达给群众”。左联的“喉舌”——《拓荒者》(1930 年 1 月创刊,1930 年 5 月终刊,共出 5 期)、《萌芽》(1930 年 1 月创刊,1930 年 6 月终刊,共出 6 期)、《北斗》(1931 年 9 月创刊,1932 年 7 月终刊,共出 8 期)、《译文》(1934 年 9 月创刊,1937 年 6 月终刊,共出 28 期,由鲁迅主编)等机关刊物,将引介与研究国际无产阶级文学作为其主要常规工作。《译文》用整整三期隆重推出《高尔基特辑》。《译文》之所以推出这些作家专号、特辑,主要用意是:“通过介绍苏联及其他国家的革命和进步的文学作品的方法,来推动当时作家们对于现实主义创作方法的学习,并在青年中间进行国际主义和爱国主义的教育。”

鲁迅发表《对于左翼作家联盟的意见》,明确地提出“无产阶级文学”的概念:“无产文学,是无产阶级解放斗争的一翼,它跟着无产阶级的社会的势力的成长而成长。”

20 世纪 30 年代中国文坛活跃的以鲁迅、茅盾、夏衍等为代表“左翼”文学,与以梁实秋、徐志摩、叶公超、李健吾、柳无忌等自由主义文学有着不同的学术趣味。后者致力于欧美文学之研究,如叶公超之于艾略特、李健吾之于福楼拜、梁实秋之于莎士比亚、梁宗岱之于里尔克，左翼学者抨击对方是自由派资产阶级时，徐志摩曾这样回击："我们不仅懂得莎士比亚，并且还认识丹麦王子汉姆雷德，英国留学生难得高兴时讲他的莎士比亚，多体面多够根儿的事，你们没到过外国看不完原文的当然不配插嘴。"（徐志摩《汉姆雷德与留学生》，《晨报副刊》1925 年 10 月 26 日）自由主义者往往受过正统的欧美高等教育，往往从自身的学术趣味出发，重视实证研究。以对莎士比亚的研究为例，梁实秋《莎士比亚研究之现阶段》与《哈姆雷特之问题》（《文艺月刊》1934 年第 5 卷第 1 号），孙大雨的《莎翁悲剧〈黎琊王〉的最初版本写作年代与故事来源》（《中山文化季刊》1943 年第 1 卷第 4 号）涉及版本考据、传记、背景等严谨的受到欧美学术体制影响的研究。

《萌芽》创刊，至 1930 年 6 月终刊，共出版 6 期，重点介绍了马克思主义文艺理论及苏联和弱小民族国家的进步文学的概貌。　**1 月**

胡适在中国教育与文化基金会第六届南京年会上被推举为名誉秘书长。中国教育与文化基金会在胡适的倡议下成立编译委员会，将美国退还的庚子赔款中的一部分作为活动经费，开始组织翻译《莎士比亚全集》。　**7 月**

《现代文学》创刊。创刊号还刊登杨昌溪《罗兰斯逝世》。　**8 月**

上海戏剧协社举行第 14 次公演，演出《威尼斯商人》，应云卫导演。"这是在中国舞台上按照现代话剧要求演出莎剧的最初一次较为严肃的正式公演。"　**5 月 17 日、18 日、24 日、25 日**

《英国小说家兼诗人劳伦斯逝世》，《大公报·文学副刊》。　**3 月 24 日**

阿英著《文艺批评集》，神州国光社。　**5 月**

柏地耶述、朱孟实译《愁斯丹和绮瑟》，开明书店。　**7 月**

陈望道译冈泽秀虎《苏俄文学理论》，大江书铺。

陈望道译平林初之辅《自然主义文学的理论体系》，《文艺研究》第 1 号。

戴望舒发表《诗人玛耶阔夫司基的死》，《小说月报》第 21 卷第 12 号。　**12 月**

冯乃超发表《俄国革命前的文学运动》，《艺术月刊》第 1 卷第 1 号。

2 月 高明译宫岛新三郎《文艺批评史》,开明书店。

1 月 高歌译荷马《奥特赛》(《奥德赛》),中华书局。

2 月 高明译木村毅《小说研究十六讲》,北新书局。

7 月 顾绥昌译托尔斯泰《伊凡之死》,北新书局。

5 月 顾仲彝译莎士比亚《威尼斯商人》,新月书店。

韩侍桁译克鲁泡特金《俄国文学史》,北新书局。

胡行之译儿岛献吉郎《中国文学概论》,北新书局。

1 月 胡秋原译平林初之辅《政治的价值与艺术的价值》,《小说月报》第 21 卷第 1 号至 6 号。

胡适发表《宿命论者的屠格涅夫》,《中央大学半月刊》第 1 卷第 7 号。

12 月 黄石、胡簪云译薄伽丘《十日谈》,开明书店。全译本。

3 月 江思等译《新俄小说集》(一),水沫书店。

5 月 金石声编《欧洲文学史纲》,神州国光社。

1 月 梁实秋译斯特林堡《结婚集》,中华书局。

8 月 梁遇春发表《谈英国诗歌》,《现代文学》创刊号。为梁遇春译注《英国诗歌选》(北新书局,1930)的序言,对中世纪以来的历代英国诗歌名家的创作进行了系统述评。

12 月 林曼青译高尔基《我的童年》,亚东图书馆。

2 月 林微音译莫理思《虚无乡消息》,水沫书店。

刘大杰发表《活尸的死》,《现代学生》第 1 卷第 2 号。

2 月 刘大杰译屠格涅夫《一个不幸的女子》,启智书局。

1 月 刘大杰译托尔斯泰《高加索的囚人》,中华书局。

刘呐鸥译弗理契《艺术社会学》,水沫书店。

8 月 鲁迅编、柔石等译《戈理基文录》,光华书局。1932 年 1 月后易名为《高尔基文集》再版。

鲁迅译法捷耶夫《溃灭》(《毁灭》),《萌芽》连载。依据藏原惟人的日译本,日译本原题为《坏灭》。不料刊载至第二部第四章时,《萌芽》被禁。鲁迅又得到了该书的英文译本及德文译本,请周建人校译。1931 年 9 月,大江书铺出版单行本,改名《毁灭》,译者署“隋洛文”,无序跋。随后鲁迅以“三闲书屋”名义自已印制出版，恢复序跋。鲁迅高度评价《毁灭》，称其是“一部纪念碑的小说”，“虽然粗制，却并非滥造，铁的人物和血的战斗，实在够使描写多愁善病的才子和千娇百媚的佳人的所谓的‘美文’，在这面前淡到毫无踪影”（《关于翻译的通信》，《文学月报》1932 年第 1 卷第 1 号）。周立波强调：“对于国外的作品，首先要采取苏联的花蜜。不但是行将出现的铁霍洛夫的《战争》等作品，我们研究，就是《铁流》和《溃灭》等作品，我们也得把它们当作建立‘国防文学’的艺术的模范，因为，中国今日，在另一种意义上讲，也正是《铁流》和《溃灭》的时代。”（《非常时期的文学研究纲领》，《读书生活》1936 年第 3 卷第 7 号）周扬指出，“《毁灭》写一队游击队牺牲到只剩下十九个人，那结尾是悲哀的”，但并非“悲哀的文学”，它灌输给读者“以胜利的信念，并且教育读者怎样去斗争，这是战斗的文学，我们目前需要的，就是这样的作品”（（《抗战时期的文学》，《自由中国》1938 年创刊号）。

鲁迅自外村史郎日译本译蒲力汗诺夫（普列汉诺夫）《没有地址的信》（《艺术论》），光华书局，包括普列汉诺夫的三篇信札体的论文。1957 年曹葆华从原文重译出版了附有手稿和资料的新版本。20 世纪 60 年代初，中共中央宣传部将《没有地址的信》作为马列主义经典著作之一，列入我国干部必读书目。

10 月 麦耶夫（林疑今）译辛克莱《山城》，现代书局。

茅盾著《北欧神话 ABC》，世界书局。

8 月 茅盾著《西洋文学通论》，世界书局，系统讲述了西方自神话传说以来到写实主义的文学发展脉络。

10 月 梅川译安特列夫《红的笑》，商务印书馆，收入“文艺研究会丛书”。

4 月 10 日 乃超（冯乃超）发表《马克思主义艺术理论的文献》，《文艺讲座》第 1 号。

欧阳溥存著《中国文学史纲》，商务印书馆。第四编“近世文学史”第十九章“清文学”有“翻译”节。

潘念之译小林多喜二《蟹工船》，大江书铺。小林多喜二为该译本作序：“日本无产阶级在蟹工船上遭受的极其悲惨的原始剥削和从事囚犯般的劳动，难道不正是和在帝国主义的铁蹄践踏下、被迫从事牛马般劳动的中国无产阶级一样吗?”“中国无产阶级的英勇奋斗,对紧邻的日本无产阶级是一股多么巨大的鼓舞力量啊!”王任叔称《蟹工船》“从阶级的主观主义,移到阶级的历史的客观主义;从分析的写实主义,移到综合的写实主义”(《小林多喜二的“蟹工船”》,《现代小说》1930年第3卷第4号)。

钱杏邨(阿英)发表《安特列夫与阿志巴绥夫倾向的克服》,《拓荒者》,第1卷第4、5号。

6月　乔懋中译阿尔志跋绥夫《战争》,光华书局。

5月　沈端先(夏衍)译高尔基《奸细》,北新书局。

沈端先(夏衍)译柯根《新兴文学论》(《普洛列塔利亚文学论》),南强书局。

施蛰存译格莱塞尔(Ernst Glaeser)《一九〇二级》,东华书局。

孙席珍编译《辛克莱评传》,神州国光社。

10月　陶晶译辛克莱《密探》,北新书局。

桐华发表《关于朵斯妥也夫斯基》,《南开大学周刊》第99号。

5月　吴之本译藏原惟人《新写实主义论文集》,现代书局。

10月　伍光建译厄密力·布纶忒(艾米莉·勃朗特)《狭路冤家》(*Wuthering Heights*,《呼啸山庄》),华通书局。

8月　伍蠡甫译卢梭《新哀绿绮思》(《新爱洛依丝》),黎明书局。

4月　邢鹏举译《波多莱尔散文诗》,中华书局。

9月　徐培仁译《安徒生童话全集》(第一卷),儿童书局。

许地山著《印度文学》,商务印书馆。

10月　姚蓬子译高尔基《我的童年》,光华书局。

5月　杨晦译莱芒托夫(莱蒙托夫)《当代英雄》,北新书局。

1月　杨开渠译小泉八云《文学入门》,现代书局。

6月　杨骚译绥拉菲维支《铁流》,南强书局。

5月　叶灵凤译《世界短篇杰作选》,光华书局。

6月　易坎人(郭沫若)译辛克莱《煤油》(上、下册),光华书局。

于华龙著《西洋文学提要》,世界书局。

余祥森著《德意志文学》,商务印书馆。1934年再版。

余祥森著《现代俄国文艺思潮》，华通书局。

袁嘉华发表《女诗人罗赛谛百年纪念》，《现代文学》第1卷第6号。该文将C.罗赛谛与勃朗宁夫人并称为英国文学史上最伟大的诗人。 12月

张竞生著《烂漫派(浪漫派)概论》，世界书局。 6月

张我军译千叶龟雄等《现代世界文学史纲》，神州国光社。

章锡琛译本间久雄《文学概论》，开明书店。

张友松译施笃谟(施笃姆)《茵梦湖》(英汉对照)，北新书局。 7月

赵景深发表《最近的德国文坛》，《小说月报》第21卷第1号。

赵景深译柴霍甫(契诃夫)《香槟酒》《女人的王国》《审判》《妖妇》《孩子们》《快乐的结局》等，开明书店，收入《柴霍甫短篇杰作集》。 3月

赵景深著《民间故事丛话》，中山大学语言历史研究所。 2月

赵景深著《现代世界文坛鸟瞰》，现代书局。

赵景深著《一九二九年的世界文学》，神州国光社。

中暇译萧伯纳《英雄与美人》，商务印书馆，收入"文学研究会丛书"。 11月

1931年

国际革命作家联盟发表《宣言》抗议中国国民党的白色恐怖，在《宣言》上签字的有法捷耶夫、巴比塞和辛克莱等28人。8月23日又有美国104名作家联名抗议国民党政府捕杀中国作家。 7月

九一八事变。 9月18日

《中国无产阶级革命文学的新任务——1931年11月中国左翼作家联盟执行委员会的决议》，《文学导报》第1卷第8号。 11月15日

《现代文学评论》创刊，终刊于1931年10月。共出版5期。该刊不仅刊有大量外国文学研究论文，而且广泛关注荷兰、丹麦、匈牙利、阿根廷、巴西、土耳其、挪威等民族国家文学 4月

的发展。发表杨昌溪的《匈牙利文学之今昔》《雷马克与战争文学》《土耳其新文学概论》《一九三零龚枯尔文学奖得者佛柯尼》《阿根廷的近代文学》,赵景深的《现代荷兰文学》《英美小说之现在及其未来》,叶灵凤的《现代丹麦文学思潮》《现代挪威小说》,谢六逸的《新感觉派》,林疑今的《现代美国文学评论》,段可情的《德国短命女作家碧萝芙的小说》,奚行的《几本文学史的介绍》《"饿"与"哈姆生"》《〈潘彼德〉与巴利》,易康的《西线归来之创造》,向培良的《戏剧艺术的意义》,李则刚的《新世纪欧洲文坛的转动》,周扬的《巴西文学概观》,张一凡的《未来派文学之鸟瞰》等。

8月—1949年5月 启明书局陆续出版"世界文学名著丛书"78种。

11月 曹靖华译A. 绥拉菲摩维支《铁流》,三闲书屋。

6月 陈西滢译屠格涅夫《父与子》,商务印书馆。

9月 杜畏之、萼心译高尔基《我的大学》,湖风书局。

1月30日 费鉴照发表《夏芝》,《文艺月刊》第2卷第1号,介绍爱尔兰诗人叶芝。

9月 傅东华译杰克·伦敦《生火》,北新书局。

傅东华译洛里哀《比较文学史》,商务印书馆。

高明(译者序署名瞿然)译宫岛新三郎《欧洲最近文艺思潮》,现代书局。

古有成译奥尼尔《天外》,商务印书馆。

8月 郭沫若译列夫·托尔斯泰《战争与和平》(第一分册上),上海文艺书局。第一分册下、第二分册、第三分册于1932—1933年间出版。

何丹仁(冯雪峰)译《创作方法论——A. 法捷耶夫的演说》,《北斗》第1卷第3号。

9月 何道生译杜思妥亦夫斯基(陀思妥耶夫斯基)《淑女》,商务印书馆。

贺凯著《中国文学史纲要》,文化学社。第七章"新文学运动的主因"有"西洋文学的输入"节。

11月 洪灵菲译妥斯退夫斯基(陀思妥耶夫斯基)《地下室手记》(《死屋手记》),湖风书局。

胡秋原译弗里契《艺术社会学》，神州国光社。先后有刘呐鸥本（水沫书店，1930），陈望道本（大江书铺，1930），天行本（作家书屋，1947）。

胡仲持译约翰·玛西（梅西）《世界文学史话》，开明书店。

李霁野译陀思妥夫斯基《被侮辱与损害的》，商务印书馆。 4月

李兰译马克·吐温《夏娃日记》，湖风书局，收入"世界文学名著译丛"。 10月

梁遇春译康拉德《青春》，北新书局，收入"世界文学名著丛书"。 7月

林疑今、杨昌溪译雷马克《西线归来》，神州国光社。 10月

刘曼译陀思妥耶夫斯基《西伯利亚的囚徒》，现代书局。 10月

陆鸿勋译托尔斯泰《我的一生》，大东书局。 8月

罗收译歌德《少年维特之烦恼》，北新书局。除郭沫若版以外，还有钱天佑（启明书局）、凌霄（经纬书局）、黄鲁不（上海龙虎书店）等。 9月

绿蕉译厨川白村《欧美文学评论》，大东书局。 1月

潘家洵译《易卜生集》，商务印书馆。 4月

潘家洵译易卜生《博克门》（《约翰·盖勃吕尔·博克曼》），《小说月报》第22卷第9至12号。 9月—12月

钱杏邨（阿英）著《安特列夫评传》，上海文艺书局。

思明著《文艺批评论》，神州国光社。 12月

万良浚、朱曼平著《西班牙文学》，商务印书馆。

汪倜然译姜伯伦《美国黑人文学的起源》，《真美善》第6卷第1号。汪倜然在"前言"中认为："黑人作家的作品，都表现着强烈的民族意识和浓厚的反抗情绪。尼格罗民族在白种人世界之中所感受的苦闷与悲哀，所怀抱的希冀与热望，都在他们的作家的作品里透露出来；这样的透露愈到晚近愈明显。当然黑人文学是正在发展的时期，将来的收获现在尚难逆料，但对于关心民族运动和世界文学的人，却是很该加以注意的。黑人文学之兴，在美国也还是近来才引起批评界的注意；在中国则还没有人详细介绍过。"杨昌溪发表《黑人文学中的民族意识之表现》写道："被美国人轻视的黑人也能在白人的藐视下，努力创造他们 8月

的文学,把他们的民族中意识,借着主人公的行动,活跃地表现出来,表现尼格罗人的反抗精神。"(《橄榄月刊》第16号)

8月 韦丛芜译多斯托耶夫斯基(陀思妥耶夫斯基)《罪与罚》,未名社。收入"未名丛刊"。

5月 席涤尘译屠格涅夫《一个虔敬的姑娘》,现代书局。

5月 徐蔚南译莫泊桑《她的一生》,世界书局。

1月 徐霞村译《现代法国小说选》,中华书局。

杨开渠译小泉八云《文学十讲》,现代书局。

张若谷著《从嚣俄到鲁迅》,新时代书局。

张我军译夏目漱石《文学论》,神州国光社。

赵景深发表《英美小说的现在及其未来》,《现代文学评论》第1卷第3号。

赵景深著《一九三〇年的世界文学》,神州国光社。

9月 庄建东辑译《法国短篇名著》,文化学社。

1932年

5月 《现代》杂志创刊,至1935年5月终刊。在《创刊宣言》中,主编之一施蛰存强调杂志的"非同人"色彩,"所刊载的文章,只依照编者个人的主观为标准。至于这个标准,当然是属于文学作品的本身价值方面的"。撰稿人队伍既有鲁迅、瞿秋白、周扬、穆木天,也有梁实秋、伍蠡甫、徐迟,具有左翼文学与自由主义等多样性倾向,而且对欧美文学的评论涉及19世纪批判现实主义经典、20世纪初的现代主义文学、战后苏联社会主义现实主义、新兴的美国文学的研究,可谓兼容并包、自由开放。《现代》中周扬与瞿秋白宣扬左翼文学及其理论,周扬的《文学的真实性》《关于"社会主义的现实主义与革命的浪漫主义"——"唯物辩证法的创作方法"之否定》(第4卷第1号)和瞿秋白的《马克思恩格斯和文学上的现实主义》(第2卷第6号)大力介绍马克思、恩格斯的文艺思想和苏联文坛关于现实主义文学创作方法的论述。

5月 美国"约翰·里德俱乐部"举行全国代表大会,聘请高尔基、鲁迅、罗曼·罗兰等人为大会主席团名誉委员，发展普罗文化，帮助世界各地的革命斗争。"左联"六位烈士被害后，美国辛克莱·刘易斯、西奥多·德莱塞、约翰·杜威和厄普顿·辛克莱等一百多位作家和学术界人士曾前往中国驻华盛顿大使馆抗议。

3月15日 在《关于左联目前具体工作的决议》中，左联提出：应当"赶紧动员自己的力量去履行当前的反帝国主义的战斗任务"，"运用自己的特殊武器——文艺的武器"；应当"实行转变——实行'文艺大众化'这目前最紧要的任务"，具体地说，"就是要加紧研究大众文艺，创作革命的大众文艺，以及批评一切反动的大众文艺"。

苏联成立全苏作家协会，提出了社会主义现实主义的口号。次年我国出现介绍社会主义现实主义的文章：任钧译华西里科夫斯基《社会主义的现实主义论》，《现代》第3卷第6期。周扬发表《关于"社会主义现实主义与革命的浪漫主义"——"唯物辩证法的创作方法"之否定》，《现代》第4卷第1期。《现代》《文学》《申报·自由谈》等杂志报纸都予以介绍。

英国哈罗德·阿克顿到北京大学教授英国文学、欧美现代派文学，持续7年之久。

英国司各特百年祭。高克毅《司各脱百年纪念》，《晨报》9月21日；费鉴照《纪念司各脱》，《新月》第4卷第4号；张露薇《施各德百年祭》，《申报月刊》第1卷第4号；陈易译《关于几本纪念斯各脱百年祭的出版物》，《微音月刊》第2卷第7、8号。"司各特逝世百年祭"专栏，《现代》第2卷第2号。黎君亮《斯各德》(百年忌纪念)，《国闻周报》第9卷第42号(11月24日)。

黑人诗人休斯访华，拜访鲁迅等左翼作家。

11月19日 费鉴照发表《英国现代散文作家华尔孚·佛琴尼亚》，《益世报》，对英国弗吉尼亚·伍尔夫的生平经历和创作风格进行了介绍。

12月 高滔著《近代欧洲文艺思潮史纲》，著者书店。

11月 顾仲彝译《天外》的另一个中文改译本，名为《天边外》，《新月》第4卷第4号。

胡行之著《中国文学史讲话》，光华书局。下卷"中国民众文学之史的发展"第十章"民国以来的国语文学"第四节为"翻译文学"。

1月 华蒂、森堡译高尔基《隐秘的爱》,湖风书局,收入"世界文学名著译丛"。

12月15日—16日 季羡林发表《本年度诺贝尔文学奖金之获得者高尔斯华绥》,《晨报》。18日载村彬《高尔斯华绥》。

靖华发表《高尔基的创作经验》,《文学》第3卷第1号。

12月 李嫘译笛福《鲁滨逊漂流记》(《鲁滨孙漂流记》),中华书局。

1月 李青崖译都德《俘虏》,开明书店。

6月 李则纲编述《欧洲近代文艺》,华通书局。

12月10日 梁实秋发表《莎士比亚论金钱》,《益世报·文学周刊》第1卷第2号。该文系根据英国*Adelphi*杂志1933年10月号刊载的马克思《1844年经济学—哲学手稿》中的"货币"一节翻译的。

10月1日 梁遇春发表《斯特里奇评传》,《新月》第4卷第3号,介绍于该年1月21日去世的英国传记学大师斯特拉奇。

梁遇春译编《英国小品文选》,开明书店。

1月 穆木天译斯丹达尔等《青年烧炭党》,湖风书局,收入"世界文学名著译丛"。

2月 穆木天译高尔基《初恋》,现代书局。

沈端先(夏衍)著《高尔基评传》,上海良友图书印刷公司。

4月 沈起予由日译本转译弗里契《欧洲文学发展史》,开明书店。1935年开明书店重版,1949年群益书店重版时改为《欧洲文学发达史》。

施蛰存发表《美国三女流诗钞》和《意象抒情诗》,《现代》第1卷第3号。

11月 史铁儿(瞿秋白)译高尔基《不平常的故事》,合众书店。

孙席珍译小泉八云《英国文学研究》,现代书局。

谭丕谟著《文艺思潮之演进》,文化学社。

12月 伍蠡甫译赛珍珠《儿子们》,黎明书局。

10月 徐霞村译《近代意大利小说选》,立达书局。

杨丙辰发表《葛德何以伟大?(未完)》,《鞭策周刊》第1卷第5号;《葛德何以伟大?(续完)为葛德殁后百年纪念作》,《鞭策周刊》第1卷第6号;《葛德所著"浮士德"全部情之结构表》,

《鞭策周刊》第2卷第11号；《我对于葛德(J. W. v. Goethe)所著“浮士德(Faust)”一剧的一点感想——民国二十一年十一月十一日在北大国文系的讲演》,《鞭策周刊》第2卷第12号。

叶公超译吴尔芙(伍尔夫)夫人《墙上一点痕迹》,《新月》第4卷第1号。附有译者识,介绍伍尔夫夫人。 **9月**

由宝龙译《王尔德童话集》,世界书局。 **11月**

余慕陶编著《世界文学史(上册)》,乐华图书公司。 **11月**

袁昌英发表《庄士皇帝与赵阎王》,《独立评论》第27号。 **11月20日**

张则之、李香谷译《(英汉合璧)沃兹沃斯诗集(一卷)》,建设图书馆。 **5月**

张宗莹著《美国文学批评小史》,神州国光社。

赵景深著《现代世界文学》,现代书局。

赵景深著《一九三一年的世界文学》,神州国光社。

周作人著《中国新文学的源流》,北平人文书店。第四讲“清代文学运动”、第五讲“文学革命运动”涉及文学译介对中国文学演变的影响。 **9月**

朱光潜著《谈美》,开明书店。

1933年

萧伯纳来华,中国报刊发表多篇文章介绍。 **2月17日**

关于文学遗产问题的争论。施蛰存1933年秋在《申报·自由谈》撰文,奉劝青年读《庄子》和《文选》。鲁迅撰文驳斥,茅盾也撰写文章予以回应。《文学》在第2、3卷设置“文学论坛”栏目,成为讨论的主要阵地。茅盾撰写了《文学的遗产》《我们该怎样接受遗产》《我们有什么遗产》《中国的文学遗产问题》《文学青年如何修养》《再谈文学遗产》等多篇文章与施蛰存展开辩论。茅盾强调:“文学是没有国界的,在‘接受遗产’这一名义下,我们不应当老是望着自己那不完全的一份;我们还得多多从世界文学名著去学习。不要以为中国字写的才是‘遗产’呀!”

郑振铎提议恢复《小说月报》并改名为《文学》,恢复后刊物直至1937年11月因上海沦陷停刊,前后持续了四年多时间。郑振铎、傅东华任主编,茅盾作为隐形主编身份参与了实际编务。曾有“弱小民族文学专号”“一九三五年世界文人生卒纪念特辑”“屠格涅夫逝世五十周年纪念特辑”“高尔基纪念特辑”“托尔斯泰逝世二十五周年纪念”等。

《大公报》文学副刊发表孙毓棠、严既澄翻译的《但丁神曲》片段;意大利远东中东学院成立。

11月 巴金译高尔基《草原的故事》,生活书店。

1月 邓琳译莫里哀《心病者》,商务印书馆,收入“世界文学名著”。

1月 费鉴照发表《爱尔兰作家乔欧斯》,《文艺月刊》第3卷第7号,简介其多部重要作品,评价乔伊斯显示出了人类下意识世界的神秘,并称赞《尤利西斯》是“一部包罗近代世界的一切”的作品。

2月 费鉴照著《现代英国诗人》,新月书店。卷首有闻一多序和著者自序。

2月 高明译阿部知二《英美新兴诗派》,《现代》第2卷第4号,比较系统地介绍了艾略特的主要诗学理论。

5月 高明译吉江乔松《西洋文学概论》,现代书局。

高明译芥川龙之介《文艺一般论》,光华书局。

关德懋译席勒《奥里昂的姑娘》(《奥尔良的姑娘》),商务印书馆。另有叶定善编译本,1932年上海安国栋发行。

6月 郭鼎堂(郭沫若)译豪布陀曼(Gerhart Hauptmann,豪普特曼)《异端》,商务印书馆。

3月 洪灵菲译妥斯退夫斯基(陀思妥耶夫斯基)《赌徒》,湖风书局。

1月22日 洪深发表《欧尼尔与洪深——一度想象的对话》,《洪深戏剧集》,现代书局。

12月 胡仁源译席勒《瓦轮斯丹》(《华伦斯坦》)(上、下),商务印书馆。

9月 胡仲持译赛珍珠《大地》,开明书店。

10月 黄源编译《高尔基代表作》,前锋书店。

黄源编译《屠格涅夫代表作》,前锋书店。 6月

黄源发表《美国新近作家汉敏威》,《文学》第1卷第3号,介绍美国海明威的生平与创作。 9月1日

蒋瑞青译赛万提斯《吉诃德先生》(《堂吉诃德》),世界书局。 3月

静华(瞿秋白)发表《马克思、恩格斯和文学上的现实主义》,《现代》第2卷第6号。 4月

乐雯辑译《萧伯纳在上海》,野草书屋。本书辑录上海中外人士关于英国现代戏剧家萧伯纳于1933年访问上海的文章和评论等,卷首有鲁迅的序言和辑者的《写在前面》。 3月

黎君亮著《新文艺批评谈话》,人文书店。 1月

李安宅著《意义学》,商务印书馆。本书为瑞恰慈研究著作,冯友兰、吕嘉慈作序。

李菊休、赵景深合编《世界文学史纲》,亚细亚书局。

梁宗岱发表《蒙田四百周年生辰纪念》,《文学》创刊号。 7月

刘石克发表《屠格涅夫及其著作》,《中华月报》第1卷第8号。

楼建南译弗里契《二十世纪的欧洲文学》,新生命书局。 2月20日

鲁迅编译苏联短篇小说集《竖琴》,上海良友图书印刷公司。 1月

鲁迅等译A. 绥拉菲摩维支等《一天的工作》,上海良友图书印刷公司。 3月

吕天石著《欧洲近代文艺思潮》,商务印书馆。

平万译辛克莱《求真者》,亚东图书馆。 4月

平万著《俄罗斯的文学》,亚东图书馆。

任白涛编译《西洋文学史》,民智书局。

沈端先(夏衍)发表《屠格涅夫》,《现代》第3卷第6号。

适夷译《苏联短篇小说集》,天马书店。 5月

苏芹荪译E. Hemingway(海明威)《凶手》,《文艺月刊》第3卷第7号。 1月

王力著《希腊文学》,商务印书馆,为王云五主编“百科小丛书”之一卷。 12月

王哲甫著《新文学运动史》,上海书店。第二章“新文学革命运动之原因”有“西洋文化之输入”和“外国书籍之翻译”节;第七

章“翻译文学”。

吴生著《苏联的文学》,世界书局。

6月 伍光建译嚣俄(雨果)《悲惨世界》,黎明书局,收入“世界文学名著译丛”。

10月 萧参(瞿秋白)译《高尔基创作选集》,生活书店。

12月 徐名骥著《英吉利文学》,商务印书馆。

10月 徐应昶重述斯陀(斯托夫人)《黑奴魂》(《汤姆叔叔的小屋》),商务印书馆。

杨丙辰发表《葛德晚年之谈话》,《鞭策周刊》第2卷第22号。

杨丙辰发表《葛德晚年之谈话(续)》,《鞭策周刊》第2卷第24号。

杨丙辰发表《狂飙与突进》,《文艺月刊》第4号。

11月13日—12月11日 杨丙辰发表《威兰之生平及其著作》,《大公报·文学副刊》第306,311号。

12月 杨昌溪著《黑人文学》,上海良友图书印刷公司。

9月 杨镇华译《伊索寓言》,世界书局。

叶公超在《新月》和《清华学报》等杂志上介绍T.S.艾略特及其《荒原》。

郁达夫发表《英文文艺批评书目举要》,《青年界》第3卷第4号。6月17日梁实秋发表《〈英文文艺批评书目举要〉之商榷》,《益世报·文学周刊》第29号。

11月 张传普选译《歌德名诗选》,现代书局。

张师竹先初译、张东荪先生改译《柏拉图对话集六种》,商务印书馆。

6月 张万里、张铁笙合译布克夫人(赛珍珠)《大地》(上、下册),志远书店。

1月 张月超著《歌德评传》,神州国光社。

张越瑞著《美利坚文学》,商务印书馆。

章衣萍译茨威格《一个妇人的情书》(《一个陌生女人的来信》),华通书局。

1月 赵孤怀译《屠格涅夫小说集》,大江书铺。

赵景深著《文艺论集》，广益书局。

仲芳(茅盾)发表《蒲宁与诺贝尔文艺奖》，《申报·自由谈》。 11月15日

周冰若、宗白华编《歌德之认识》，钟山书局。 1月

周扬发表《高尔基的浪漫主义》，《文学》第4卷第1号。

周扬发表《关于"社会主义现实主义与革命的浪漫主义"——"唯物辩证法的创作方法"之否定》，《现代》第4卷第1号。 11月

周扬发表《十五年来的苏联文学》，《文学》第1卷第3号，总结介绍苏联文学的经验与发展状况。 9月1日

1934年

《现代》第5卷第6号出版"现代美国文学专号"，刊载有赵家璧《美国小说之成长》、顾仲彝《现代美国的戏剧》、邵洵美《现代美国诗坛概观》、李长之《现代美国的文艺批评》、梁实秋《白壁德及其人文主义》等评介文章，并刊载有论述杰克·伦敦、德莱塞、薇拉·凯瑟、奥尼尔、舍伍德·安德森、海明威、福克纳、多斯·帕索斯等现代美国作家的专论文章，还译介了包括福克纳和海明威作品在内的现代美国小说、戏剧、诗歌、散文作品若干篇。 10月1日

《文学》推出"弱小民族文学专号"，刊登了亚美尼亚、波兰、立陶宛、爱沙尼亚、匈牙利、捷克、南斯拉夫、罗马尼亚、保加利亚、希腊、土耳其、秘鲁、巴西、阿根廷等国家及黑人、犹太民族等弱小族群的作家作品，并刊有茅盾的《英美的弱小民族文学史之类》和胡愈之的《现世界弱小民族及其概况》两篇文章。胡愈之的文章指出"弱小民族"概念主要有三重内涵：(1)被压迫民族指殖民地半殖民地的"土人"，在白种人统治下的有色人种等；(2)少数民族指若干国家内部的异民族，此等异民族虽失却政治独立，但在经济文化上依然保持其民族集团的独立性，不与其统治民族同化；(3)小国民族指若干弱小国家，尤其是许多战后新兴小国的民族，此等民族在表面上虽获得政治独立，但其经济文化 5月

受强国支配,依然不能独立发展。胡愈之认为这三种民族的共同点就在于其民族文化受帝国主义势力的支配,不能独立自由地发展。而这些民族在文学艺术上也表现出共同点,即反帝国主义的情绪,渴望民族独立与解放。

12月　《文艺月刊》第6卷第5、6号合刊有“柯立奇、兰姆百年祭特辑”。

9月　《译文》创刊,至1937年6月终刊,共出版28期,鲁迅主编。茅盾曾指出《译文》办刊的目的之一就是“开辟一个新园地”,“鼓一鼓介绍和研究外国文学的空气”。《译文》大量介绍苏联和其他国家的进步文学,相继推出“杜勃洛柳蒲夫诞生百年纪念”“罗曼·罗兰七十年诞辰纪念”“普式庚逝世百年纪念号”“高尔基逝世纪念特辑”等专号,对推动现实主义创作方法起到了重要作用,尤其是该杂志连续三期推出的高尔基特辑,在20世纪30年代至40年代中国特殊的时代环境氛围里,为宣传无产阶级文学提供了重要的文化土壤。

6月　《矛盾》月刊推出“弱小民族文学专号”,刊有秘鲁、波兰、丹麦、立陶宛、罗马尼亚、澳大利亚、西班牙、葡萄牙、爱沙尼亚等国家的作品。

辛克莱的小说《石炭王》和《屠场》中译本由于“极力煽动阶级斗争”“意在暴露矿业方面的资本主义的榨取与残酷”,被列入国民党查禁的149种图书中。

陈铨发表《十九世纪德国文学批评家对于哈孟雷特的解释》,《清华学报》第9卷第4号。

5月　戴望舒选译《法兰西现代短篇集》,天马书店。

9月　范存忠译伍尔芙(伍尔夫)《班乃脱先生与白朗夫人》(《本涅特先生和布朗太太》),《文艺月刊》第6卷第3号。

3月1日　傅东华译乔伊斯《复本》,《文学》第2卷第3号,附“译者前记”。

8月　耿介之译《托尔斯泰短篇小说集》,商务印书馆,国难后一版。

10月　顾均正等译述狄福(笛福)《鲁滨逊漂流记》(《鲁滨孙漂流记》),开明书局。

郭斌和、景昌极译《柏拉图五大对话》，商务印书馆。

何妨译高尔基《忏悔》，中华书局，收入“现代文学丛刊”。 4月

胡风译F. 恩格尔斯（恩格斯）《与敏娜·考茨基论倾向文学》，《译文》第1卷第4号。 12月

胡怀琛著《中国小说概论》，世界书局，第七章“西洋小说输入后的中国小说”有“总论西洋小说输入的情形”节。 11月

胡雪译成濑清《现代世界文学小史》，光华书局。 8月

李唯建选译苑茨华丝等《英国近代诗歌选译》，中华书局。 9月

梁实秋发表《耿济之译托尔斯泰的艺术论》，《图书评论》第2卷第11号。

梁实秋著《文学批评论》，中华书局。1941年2月再版。 3月

梁宗岱发表《象征主义》，《文学季刊》第1卷第2号。 4月

凌昌言发表《福尔克奈——一个新作风的尝试者》，《现代》第5卷第6号，介绍美国福克纳的生平、主要作品以及创作思想和风格。 10月1日

刘大杰编译小泉八云《东西文学评论》，中华书局。

鲁迅等译高尔基《恶魔》，春光书店。 12月

马仲殊编译赛珍珠《大地》，开华书局。 4月

穆木天发表《我的诗歌创作之回顾》，《现代》第4卷第4号。他“热烈地爱好着那些象征派、颓废派的诗人”，大学时将“贵族的浪漫诗人，世纪末的象征诗人”当作是他的先生。 2月

绮纹译靄沈都夫（Joseph Freiherr von Eichendorff，艾兴多夫）《荒唐游记》，亚东图书馆。 3月

侍桁译郭歌尔《两个伊凡的故事》，商务印书馆。 4月

万良浚、朱曼平著《西班牙文学》，商务印书馆。

王独清译但丁《新生》，光明书局，此后三次再版。 11月

王了一译左拉《娜娜》（上、下册），商务印书馆。 1月

韦丛芜译陀思妥夫斯基《被侮辱与损害的》，收入“未名丛刊”。 11月

味茗（茅盾）发表《莎士比亚与现实主义》，《文史》第1卷第3号，第一次向中国读者介绍了马克思、恩格斯对莎士比亚的评价，并介绍了“莎士比亚化”的重要命题。 8月

魏以新译《格林童话全集》,商务印书馆,此译本以后多次重版。

1月　吴世昌发表《诗与语音》,《文学季刊》第1卷第1号。

5月　伍光建译库柏《末了的摩希干人》(《最后的莫希干人》),商务印书馆。

9月　肖石君著《世纪末英国文艺运动》,中华书局。

4月11日　徐迟发表《意象派的七个诗人》,《现代》第4卷第6号,介绍意象派的七个诗人 Ezra Pound, Amy Lowell, Hilda Doolittle, John Gould Fletcher, Richard Aldington, D. H. Lawrence 和 F. S. Flint 的生平与创作。

4月　叶公超发表《爱略忒的诗》,《清华学报》第9卷第2号。这是中国最早系统评述艾略特的论文,涉及对《荒原》主题的理解和对艾略特诗歌技巧的分析。

4月　易嘉译卢那察尔斯基《解放了的董吉诃德》,联华书局。

10月20日　郁达夫发表《读劳伦斯的小说 Lady Chatterley's Lover》,《人间世》第14号。他指出《查泰莱夫人的情人》是“一代的杰作”,“一口气读完,略嫌太短了些”。

11月　张富岁译希勒尔(席勒)《阴谋与爱情》,商务印书馆。

9月　张梦麟译霍爽(霍桑)《红字》,中华书局,收入“现代文学丛刊”。

9月　张梦麟译注雨果《悲惨世界》,中华书局。

3月　张月超译哀革曼(爱克曼)《歌德的谈话》,《中国文学》第1卷第2号。

张越瑞编译《英美文学概观》,商务印书馆。

3月　赵璜译高尔基《颓废》,商务印书馆。

赵家璧译 Hugh Walple《近代英国小说之趋势》,《现代》第5卷第5号。

5月　赵家璧译密尔顿·华尔德曼《近代美国小说之趋势》,《现代》第5卷第1号。

郑林宽发表《伊凡·蒲宁论》,《清华周刊》第42卷第1号。

周作人译《希腊拟曲》,商务印书馆。

1935 年

中国“左联”致函美国作家代表大会，披露国民党政府对于中国革命文化的“围剿”。 3月11日

“一二·九”运动。 12月9日

叶公超发表《大学应分设语言文字与文学两系的建议》，《独立评论》第168号。1948年，闻一多遗稿《调整大学文学院中国文学外国语文学二系机构刍议》发表，《国文月刊》第63号。两篇文章都是针对20世纪三四十年代中外文两系系科和学科的划分展开争论的。 9月

《申报·自由谈》刊登周立波《詹姆斯乔易斯》。文章称《尤利西斯》的出现是“现代文学史上一个奇异的现象，它确立了乔易斯在文学中的最高的地位”；文章同时也称《尤利西斯》是有名的猥亵小说，也是最难读的书。 5月6日

曹未风译莎士比亚《凯撒大将》(《裘力斯·凯撒》)，商务印书馆。 8月

陈铨发表《迦茵奥士丁作品中的笑剧元素》，《清华学报》第10卷第2号。

陈铨发表《Georg Jacob und Hans Jensen: Das chinesische Schattentheater. Stuttgart 1933》，《清华学报》第10卷第1号。

戴望舒选译《比利时短篇小说集》，商务印书馆，收入“世界文学名著丛书”。 6月

戴望舒选译彭德罗等《意大利短篇小说集》(上、下册)，商务印书馆。 9月

戴望舒译高莱特女士《紫恋》，光明书局。 4月

戴望舒译梅里美《高龙芭》，中华书局。 2月

董仲篪译奥斯丁《骄傲与偏见》(《傲慢与偏见》)，大学出版社。 6月

梵澄(徐诗荃)据英文版本译出《苏鲁支语录》，由鲁迅推荐，发表在郑振铎主持的《世界文库》第8辑至11辑上。译文1936

年 9 月由上海书店出了单行本。

方璧(茅盾)等著《西洋文学讲座》,世界书局,包括方璧(茅盾)《希腊文学》《骑士文学》、曾虚白《美国文学》《英国文学》、徐仲年《法国文学》、李金发《德国文学》、傅绍先《意大利文学》、汪倜然《俄国文学》、吴云《现代文学》、陈旭轮《世界文学类选》。

5 月　冯白桦著《世界的民族文学家》,现代书局。

3 月　傅东华译德莱塞《失恋复恋》,中华书局。

2 月　傅东华译德莱塞《真妮姑娘》,中华书局。

2 月　谷风等译杰克・伦敦《野性的呼唤》,商务印书馆,收入“世界文学名著丛书”。

3 月　韩侍桁选译 A. 兰伯等《英国短篇小说集》,商务印书馆。

11 月　何妨译柴霍甫(契诃夫)《未名剧本》,正中书局。

7 月　洪深为《中国新文学大系戏剧集》写《导言》,上海良友图书印刷公司,阐释《赵阎王》与《琼斯皇》的关系。

9 月　胡思铭编述哈代《苔丝姑娘》(《德伯家的苔丝》),上海中和印刷公司。

9 月　胡思铭编述左拉《娜娜》,中学生书局,收入“文学名著丛刊”。

5 月　黄嘉德译萧伯纳《乡村求爱》,商务印书馆。

8 月　贾立言、薛冰译曼苏尼《约婚夫妇》(上、下册),商务印书馆。

11 月　蹇先艾等译马克・吐温《败坏了海德米堡的人》,生活书店。

11 月　老舍发表《一个近代最伟大的境界与人格的创造者——我最爱的作家——康拉德》,《文学时代》月刊创刊号,讲述了他对英国康拉德的文学印象。

9 月　李辉英译莫泊桑《一生》,中学生书局,收入“文学名著丛刊”。

8 月 20 日—1936 年 4 月　李霁野译白朗底(夏洛蒂・勃朗特)《简爱自传》,连载于郑振铎主编《世界文库》第 4 号至 12 号(生活书店,月出一册)。

李且涟译刻勒(Gottfried Keller,凯勒)、李尔《三个正直的制梳工人》,中华书局。毛秋白为译本作长序,详介作者生平与创作。

6 月　丽尼译纪德《田园交响乐》,文化生活出版社。

梁宗岱发表《新诗底十字路口》,《大公报·诗特刊》,对英国诗人 T. S. 艾略特的诗歌风格提出批评,认为其诗歌的句法和章法犯了文学批评之成套和滥调的毛病。 11月8日

梁宗岱译《蒙田散文选》,生活书店。 11月

林语堂发表《谈劳伦斯》,《人间世》第19号。文章借两位老人在灯下夜谈,话题便是《却泰来夫人的爱人》(《查泰来夫人的情人》)。同年,施蛰存编《文饭小品》第5号刊登南星《谈劳伦斯的诗》及译诗《劳伦斯诗选》,指出"在当代英国诗人中,只有劳伦斯为最有热情最信任灵感的歌吟者"。 1月

凌鹤发表《关于新心理写实主义小说》,《质文》第4号,评价《尤利西斯》虽是"淫秽作品",但有极细腻的内心独白描写。

刘叔扬译萧伯纳《一个逃兵》,商务印书馆,收入"世界文学名著丛书"。 5月

鲁迅译果戈理《死魂灵》,文化生活出版社。 11月

毛秋白选译克米斯特(克莱斯特)《浑堡王子》(《洪堡亲王》),中华书局。

毛秋白选译克米斯特(克莱斯特)等《德意志短篇小说集》,商务印书馆。 11月

茅盾著《汉译西洋文学名著》,亚细亚书局。1936年,中国文化服务社再版。

孟十还译 G. 卢卡且(卢卡奇)《左拉和写实主义》,《译文》第2卷第2号。 4月

孟十还发表《果戈理论》,《文学》第5卷第1号。

缪一凡译辛克莱《文丐》,商务印书馆。 5月

钱歌川著《现代文学评论》,中华书局。 2月

钱谦吾译高尔基《母亲的结婚》,龙虎书店。 5月

赵家璧选编《中国新文学大系·建设理论集》,上海良友图书印刷公司。

石民译波德莱尔《巴黎之烦恼》(《巴黎的忧郁》),生活书店。 3月

石璞译伍尔夫《狒拉西》(*Flush*),商务印书馆,收入"世界文学名著丛书"。 12月

孙寒冰译萨伐格(茨威格)《一个陌生女子的来信》,商务印 8月

书馆。

8月 王独清发表《时代与文学:古典主义的起来和它的时代背境》,《文学》第5卷第2号,介绍欧洲古典主义的起源、时代环境和文学发展。

王丰园著《中国新文学运动述评》,新新学社,第一章第七节为“林纾西洋近世文学的介绍”。

8月 王了一(王力)译《莫里哀全集》(一),国立编译馆。

10月 王维克译《法国名剧四种》,商务印书馆。

5月 吴宓著《吴宓诗集》,中华书局。作者自序云:“吾于西方诗人,所追摹者亦三家,皆英人。一曰摆伦或译拜伦(Lord Byron),二曰安诺德(Matthew Arnold),三曰罗色蒂女士(Christina Rossetti)。”

12月 伍光建译伏尔泰《甘地特》(《老实人》),商务印书馆。

9月 伍光建译夏罗德·布纶忒(夏洛蒂·勃朗特)《孤女飘零记》(《简·爱》),商务印书馆。

萧文若牧师译周忠信博士《希伯来文学史》,成都中华基督教会四川省协会文字部。书中概要介绍了希伯来《圣经》各卷。

谢六逸编译《世界文学》,世界书局,以日本新潮社《世界文学讲座》第1卷《世界文学总论篇》为蓝本。

须白石著《高尔基》,中学生书局。

6月 杨缤译奥斯登(简·奥斯丁)《傲慢与偏见》(上、下),商务印书馆。

3月 杨镇华译亚尔诃德(露易莎·梅·奥尔科特)《小妇人》,世界书局。

由稚吾译约翰·麦西《世界文学史》,世界书局。

12月 张谷若译托马斯·哈代《德伯家的苔丝》,商务印书馆。

2月 郑振铎编著《希腊神话》(上、下册),生活书店,书前有周作人序和编著者序。

4月 钟石韦译高尔基《三人》,商务印书馆。

周立波发表一批批评论文。周立波发表《选择》,《读书生活》第2卷第10号,称乔伊斯为“现代市民作家”,文章批评乔伊斯式的写实主义,认为心理描写的内心独白方式是最烦琐的艺术形式,造成《尤利西斯》冗长而难读。他还发表《美国市民的嘲笑者的马克·特温》(《申报·自由谈》1月14日)、《俄国文学中的死》(《申报·自由谈》4月12日)、《詹姆斯·乔易斯》(《申报·自由谈》5月6日)、《现代艺术的悲观性》(《申报·自由谈》5月23日)、《葡萄牙最伟大的诗人卡摩因一生的颠沛》(《申报·自由谈》7月29日)、《诗人马查多的六十诞辰》(《时事新报·青光》6月4日)、《一个古巴的半中国诗人及其作品》(《时事新报·青光》6月11日)、《纪念普式庚》(《时事新报·青光》6月14日)、《萧伯讷不老——为纪念他的生辰作》(《时事新报·青光》7月26日)、《最近的波兰文学》(《时事新报·青光》8月24日)、《悼巴比塞》(《时事新报·青光》9月1日)、《中亚诗人沙德内丁·艾尼》(《时事新报·青光》10月28日至29日)、《马克吐温的读者》(《大晚报》8月8日)、《纪念巴比塞》(《生活知识》第1卷第2号)、《纪念托尔斯泰》(《生活知识》第1卷第4号)。

周学普译《浮士德》(全译本),商务印书馆。

1月

周扬发表《高尔基的浪漫主义》,《文学》第4卷第1号,介绍高尔基浪漫主义文学创作风格的主要特征。

1936年

12月12日

西安事变。

杨心秋、雷鸣蛰合译柯根《世界文学史纲》,读书生活出版社。该书这样解释现代主义:“它(现代主义)嘲笑市民制度之机械的压迫的形式,它具体化了由于它的人格之震动,因而在智力上所引起的骚乱,它指出了在工业生活之铁的锁链中是怎样的严密。它指示了那些唯一解放的路,这些道路是欧洲布尔乔亚智识分子的意识形态在旧世界破坏之前夜及世界普鲁列格利亚之开始来临时所达到的。让我们把这些道路归纳为简单的公式。尼采和易卜生对我们说,解放之路是尊重自我,对别人的痛苦无情的冷淡。梅特格林承认人类的命运之残酷,他提出悲观主义,神秘的遁世,在它里面灵魂才能无止底倾听生存之秘密,奥斯卡·王尔德是虚幻、虚伪、唯美主义的兴奋,普西具塞夫斯基是性的兴奋,过失及犯罪之放纵,克鲁特·汉生不是合理的精神状态,妄濬,疯狂,所有的现代主义者都知道,这些解放之路——同时也就是到死之路。"这些苏联学者的观点影响到了中国左翼学界对现代主义文学的看法。

王馨迪(辛笛)赴英国留学,受T.S.艾略特的教诲和影响,并跟奥登等诗人有来往。

5月 卞纪良译高尔基《我的童年》,启明书店。

3月 卞之琳译乔伊斯《爱芙伶》,《西窗集》,商务印书馆。1948年燕之译本名为《叶妃玲》(《老女面包及其他》,北平文谭会)。

11月 曹靖华译拉甫列涅夫等《苏联作家七人集》,上海良友图书印刷公司。

5月 曾孟浦译大仲马《侠隐记》(《三个火枪手》),启明书局。

4月 常吟秋译赛珍珠《分裂了的家庭》,商务印书馆。

2月 陈达人、斐琴译妥斯退夫斯基(陀思妥耶夫斯基)《白夜》,东流文艺社。

7月 陈德明等编译《托尔斯泰短篇故事选集》,成都基督教联合出版社。

7月 陈德明等编译《托尔斯泰短篇杰作全集》,广学会。

4月 陈古夫译莫里哀《伪善者》,商务印书馆。

4月 陈铨发表《从叔本华到尼采》,《清华学报》第11卷第2号。

10月 陈铨发表《歌德浮士德上部的表演问题》,《清华学报》第11卷第4号。

陈铨发表《Die Analogie von Natur und Geist als Stilprinzip in Novalis' Dichtung》,《清华学报》第11卷第1号。

9月 戴望舒选译《西班牙短篇小说集》(上、下),商务印书馆。

戴望舒译本约明·高力里《苏联诗坛逸话》,上海杂志公司。

傅东华译亚里士多德《诗学》,商务印书馆。

5月 耿济之译屠格涅夫《猎人日记》(《猎人笔记》),文化生活出版社。

11月 郭定一译富曼诺夫《夏伯阳》,生活书店。

9月 郭沫若译席勒《华伦斯太》(《华伦斯坦》),生活书店。

何凝(瞿秋白)译 F. 恩格斯《巴尔扎克论》,《现实文学》第2号。 8月

胡风著《M. 高尔基断片》,《现实文学》第2号。

蒋怀青译《巴尔扎克短篇小说》,商务印书馆。 6月

黎烈文选译《法国短篇小说集》,商务印书馆,收入"文学研究会丛书"。 3月

李虹霓译梭罗霍夫(肖洛霍夫)《开拓了的处女地》(《被开垦的处女地》),东京目黑社。 8月

李健吾译《福楼拜短篇小说集》,商务印书馆。 1月

李健吾译《司汤达小说集》,生活书店。 6月

李杰三译屠格涅夫《胜利的恋爱》,大光书局。 3月

李敬祥译嚣俄(雨果)《悲惨世界》,启明书局。 5月

李青崖编著《一九三五年的世界文学》,商务印书馆。 6月

李青崖选译马玑丽德后等《法兰西短篇小说》,商务印书馆。 3月

立波(周立波)译梭罗诃夫(肖洛霍夫)《被开垦的处女地》,生活书店。 11月

梁实秋译莎士比亚《奥赛罗》,商务印书馆。 11月

梁实秋译莎士比亚《丹麦王子哈姆雷特之悲剧》(《哈姆雷特》),商务印书馆。 7月

梁实秋译莎士比亚《李尔王》,商务印书馆。 7月

梁实秋译莎士比亚《马克白》(《麦克白》),商务印书馆。 6月

梁实秋译莎士比亚《如愿》(《终成眷属》),商务印书馆。 7月

梁实秋译莎士比亚《威尼斯商人》,商务印书馆。 6月

林如稷译左拉《卢贡家族的家运》(《卢贡-马卡尔家族》),商务印书馆。 12月

凌璧如译王尔德《朵连格莱的画像》(《道连格雷的画像》),中华书局,收入"现代文学丛刊"。 6月

刘莹发表《法国象征派小说家纪德》,《文艺》第9卷第4号,介绍法国安德烈·纪德的生平和文学创作。 10月

鲁迅编译《苏联作家二十人集》,上海良友图书印刷公司。 7月

罗莫辰译 D. S. Mirsky《T. S. 艾略忒与布尔乔亚诗歌之终局》,《文季月刊》第1卷第3号。译者称艾略特是欧洲乃至世 8月

界布尔乔亚诗人中最有意义的一个人物。

罗念生译索缚克勒斯(索福克勒斯)《窝狄浦斯王》(《俄底浦斯王》)、嗳斯苦罗斯(埃斯库罗斯)《波斯人》,中华教育文化基金董事会编译委员会编辑,商务印书馆。

6月　茅盾著《世界文学名著讲话》,开明书店,主要包括《伊利亚特》《伊勒克特拉》《神曲》《十日谈》《吉诃德先生》《雨果与〈哀史〉》《战争与和平》七篇世界文学名著的评论。此前这七篇评论曾发表于《中学生》第47号至53号。

3月20日　梅雨发表《国防文学与弱小民族文学》,《生活知识》第1卷第11号。

4月　孟十还译果戈理《密尔格拉得》,文化生活出版社。

9月　孟十还译涅克拉绍夫(涅克拉索夫)《严寒·通红的鼻子》,文化生活出版社。

3月　穆木天译安德利·纪德《牧歌交响曲》,北新书局。

10月　穆木天译巴尔扎克《欧贞妮·葛朗代》(《欧也妮·葛朗台》)(巴尔扎克集一),商务印书馆。

5月　钱公侠译雷马克《西线无战事》,启明书局。

5月　钱公侠译弗罗倍尔(福楼拜)《圣安东尼之诱惑》,启明书局。

9月　瞿秋白等译《高尔基选集》(共六卷),世界文化研究社。

8月　饶述一据法译本转译劳伦斯《查泰莱夫人的情人》,译者自刊,北新书局经售。

5月　施瑛译施笃姆《茵梦湖》,启明书局。

10月　施瑛译爱米契斯《爱的教育》,启明书局。

9月　施蛰存选译《波兰短篇小说集》(上、下),商务印书馆。

9月　施蛰存选译《匈牙利短篇小说集》,商务印书馆。

8月　孙光瑞(沈端先)译高尔基《母》(《母亲》),开明书店。

5月　万绮年译赛珍珠《母亲》,仿古书店。

5月　汪炳焜译妥亦夫斯基(陀思妥耶夫斯基)《罪与罚》,启明书局。

9月　王季愚译高尔基《在人间》,读书出版社。

5月　王林译安特列·纪德(安德烈·纪德)《浪子回家集》,文化生活出版社。

王慎之译小仲马《茶花女》，启明书局。 5月

王实味译高尔斯华绥《资本家》，中华书局。 7月

吴宓发表《徐志摩与雪莱》，《宇宙风》第12号。文章认为："以志摩比拟雪莱，最为确当。" 3月1日

吴世昌发表《吕嘉慈的批评学说述评》，《中山文化教育馆季刊》6月号。

伍光建译《托尔斯泰短篇小说》，商务印书馆。 3月

项子和译席勒《威廉退尔》，开明书店。 10月

肖赣据英文版本转译尼采《扎拉图士特拉如是说》，商务印书馆。

萧军译《死魂灵》，《读书生活》（半月刊）第4号。

徐霞村译《皮兰德娄戏剧集》，商务印书馆。 3月

严恩椿译哈代《黛斯姑娘》（《德伯家的苔丝》），启明书局。 5月

杨耐秋发表《〈当代英雄〉研究》，《文化批判》第3卷第3号。

杨业治发表《Paula Modersohn-Becker, ein Buch der Freundschaft》，《清华学报》第11卷第4号。

姚克译萧伯纳《魔鬼的门徒》，文化生活出版社。 8月

映波译路卜洵《黑色马》，商务印书馆。 3月

由稚吾译赛珍珠《大地》，启明书局。 5月

袁家骅译康拉德《黑水手》，商务印书馆。 1月

张谷若译哈代《还乡》，商务印书馆。 5月

章泯著《悲剧论》，商务印书馆。

章泯著《喜剧论》，商务印书馆。

张由纪译王尔德《少奶奶的扇子》，启明书局。 5月

张则之、李香谷译《沃兹沃斯名诗三篇（英汉对照）》，商务印书馆。本书包括英国大诗人华兹华斯的三首名诗《夕游》（An Evening Walk）、《写景》（Descriptive Sketches）和《飘零女》（The Female Vagrant），并附有三篇诗歌的述义、译者自序以及华兹华斯小传等内容。译者在自序中认为华兹华斯的诗歌"趋重自然"，"多采自山川之明丽，乡间之纯朴，诚为一田园诗家，可与吾国陶渊明媲善"，"实开近代浪漫派之先河"。 11月

赵家璧著《新传统——现代美国作家论》，上海良友图书印 8月

刷公司。

5月　　赵少侯译《法郎士短篇小说集》,商务印书馆。

12月　　赵洵等译M. 梭罗诃夫(肖洛霍夫)《静静的顿河》(二),光明书局。补充完成1931年10月贺非译的《静静的顿河》(神州国光社)系一部下半部分(第三卷)。1940—1941年光明书局又出金人的全译本。

10月　　赵增厚译艾略特《诗的功用与批评》,《师大月刊》第30卷第78号。

11月　　郑绍文(毕修勺)译托尔斯泰《权力与自由》,文化生活出版社,收入"文化生活丛刊"。

3月　　郑振铎选译契利加夫等《俄国短篇小说译丛》,商务印书馆,收入"文学研究会丛书"。

周立波发表一批批评论文:《"太初有为"——读哥德的〈浮士德〉有感》,《申报·文艺专刊》4月24日;《纪念罗曼罗兰七十岁生辰》,《大晚报·火炬》2月23日;《多勃洛留波夫诞生百年纪念》,《每周文学》第27号,3月24日;《一个巨人的死》,《光明》第1卷第2号,6月25日。

10月　　周煦良译艾略特《诗与宣传》,《新诗》第1卷第1号。

朱光潜著《文艺心理学》,开明书店。

3月　　朱湘著译诗集《番石榴集》,商务印书馆将其作为"文学研究会世界文学名著丛书"之一种出版发行,收入本·琼生、邓恩、布莱克、彭斯、华兹华斯、柯勒律治、雪莱、济慈、阿诺德等诗人的名诗,另收莎士比亚译诗12首。

1937年

7月7日　　卢沟桥事变。

奥登和衣修午德来中国采访,后出版《战地行》。

2月　　狄更斯诞辰125周年纪念。《译文》第3卷第1号为此刊发了"迭更斯特辑",翻译介绍了3篇文章。另外还刊发了有关狄更斯不同时期的肖像、生活、写作以及住宅等方面的照片10幅。

英国现代杰出诗人、评论家威廉·燕卜荪经瑞恰慈举荐来到北大,成为中英文化学术交流的使者。

上海举办"普希金诞辰百周年纪念会",后于1947年出版戈宝权、罗果夫编选《普希金文集》。

上海实验剧团在卡尔登戏院公演《罗密欧与朱丽叶》,采用田汉译本,章泯导演,赵丹、俞佩珊主演。 6月

阿英著《晚清小说史》,商务印书馆,第十四章为"翻译小说"。 5月

巴金译廖抗夫《夜未央》,文化生活出版社。1930年1月曾以《前夜》为名印刷。 2月

曹葆华译瑞恰慈《科学与诗》,商务印书馆。 4月

曹葆华著《现代诗论》,商务印书馆,收录瑞恰慈《诗的经验》《诗中的四种意义》《实用批评》,以及艾略特的《批评的功能》《批评的实验》等。 4月

陈铨发表《赫伯尔玛利亚悲剧序诗解》,《清华学报》第12卷第1号。

陈铨发表《Dilthey und die Deutsche Philosophie der Gegenwart》,《清华学报》第12卷第1号。

戴望舒译保罗·梵·第根《比较文学论》,商务印书馆。 2月

狄福(笛福)《鲁宾逊漂流记》(《鲁滨孙漂流记》),满洲文化普及会,未见译者。 12月

傅东华译霍桑《猩红文》(《红字》),商务印书馆。 3月

傅东华译密尔顿(弥尔顿)《失乐园》,商务印书馆,收入"世界文学名著丛书"。 3月

古有成译《挪威短篇小说选》,商务印书馆。 3月

韩侍桁译冈泽秀虎《郭果尔研究》,中华书局。

寒克译高尔基《下层》,跋涉书店。 7月

胡启文译《德国短篇小说选》,中华书局。 1月

胡雪译升曙梦《高尔基评传》,中华书局。

黄源编、天虹译《杰克·伦敦短篇小说集》,文化生活出版社。 1月

黄运译高尔基《回忆安特列夫》,引擎出版社。 5月

2月 金东雷著《英国文学史纲》,商务印书馆。本书按时代叙述自古代至现代的英国文学史,卷首有吴康、张士一、傅彦长的序文各一篇,蔡元培题封面书名,书末附《英国文学大事表》。

3月 金桥等选译《丹麦短篇小说集》(上、下册),商务印书馆。

6月 蒯斯曛、黄列那译契诃夫《关于恋爱的话》,华南出版社。

6月 兰文海译萧伯纳《人与超人》,启明书局,收入“世界戏剧名著丛书”。

12月 黎烈文译巴尔扎克《乡下医生》,商务印书馆。

11月 李葆贞译马克·吐温《王子与贫儿》,商务印书馆。

7月1日 李健吾发表《巴尔扎克的欧贞尼·葛郎代》,《文学杂志》第1卷第3号,评介巴尔扎克的创作特色和文学史地位,分析长篇小说《欧也妮·葛朗台》的主要内容和艺术特征。

1月 李健吾译福楼拜《圣安东尼的诱惑》,生活书店。

2月 丽尼译屠格涅夫《贵族之家》,文化生活出版社。

5月 梁实秋译莎士比亚《暴风雨》,商务印书馆。

1月 林华译高尔基《深渊》,启明书局。

4月 林伊文译安德烈·纪德《从苏联归来》,亚东图书馆。

6月 楼逸夫译高尔基《高尔基文艺书简集》,开明书店。

5月 孟十还译普式庚(普希金)《杜勃洛夫斯基》,文化生活出版社。

5月 孟十还译普式庚(普希金)《普式庚短篇小说集》,文化生活出版社。

3月 蓬子选译《俄国短篇小说集》,商务印书馆。

3月 瞿洛夫选编《普式庚创作集》,文化学会。

2月 瞿秋白等译《高尔基作品选》,上海良友图书印刷公司。

1月 沈佩秋译王尔德《莎乐美》,启明书局,收入“世界戏剧名著丛书”。

6月 施落英编选《北欧小说名著》《旧俄小说名著》《南欧小说名著》《弱国小说名著》《中欧小说名著》《新俄小说名著》,启明书局,收入“世界文学短篇名著丛书”。

6月 施瑛译奥斯特洛夫斯基《雷雨》,启明书局。

3月 石璞译埃司克拉斯(埃斯库罗斯)、沙福克里斯(索福克勒斯)、尤里比底斯(欧里庇得斯)《希腊三大悲剧》,商务印书馆,收入《阿家麦农》(《阿伽门农》)、《安体哥尼》(《安提戈涅》)、《米狄亚》(《美狄亚》)。

树华译高尔基《阿路塔毛奥甫家的事情》,生活知识出版社。 1月

树华译高尔基《莽撞人》,生活知识出版社。 5月

思慕译《歌德自传》,生活书店。 4月

唐长孺译奥尼尔《月明之夜》,启明书店,收入"世界戏剧名著丛书"。 6月

涂序瑄译华谷等《爱尔兰名剧选》,中华书局,收入"现代文学丛刊"。 12月

王云五主编、傅东华和于熙俭译《美国短篇小说集》(上、下册),以"万有文库·汉译世界名著"之第2辑第700种的名义交商务印书馆出版。 6月

吾卢等译爱伦·坡等《美国小说名著》,启明书局。 6月

吴鹤声译述特福(笛福)《鲁滨孙漂流记》,雨丝社。 5月

伍蠡甫译欧·亨利《四百万》,商务印书馆。 3月

向培良译高斯华绥(高尔斯华绥)《逃亡》,商务印书馆。 2月

啸南著《世界文学史大纲》(三卷),乐华图书公司。

谢焕邦译高尔斯华绥《争斗》,启明书局。 5月

徐霞村译笛福《鲁滨孙飘流记》(《鲁滨孙漂流记》),商务印书馆。 3月

杨时英译《三隐士:托尔斯泰故事集》,启明书局。 1月

杨逸声译述皇尔特(王尔德)《少奶奶的扇子》,大通图书社。 6月

叶炽强译梅脱林克(梅特林克)《青鸟》,启明书店。 11月

殷雄译述却尔·狄更斯(查尔斯·狄更斯)《块肉余生述》(《大卫·科波菲尔》),大通图书社。 2月

袁家骅译康拉德《台风及其他》,商务印书馆。 1月

袁岐发表《俄国主观心理主义之演剧体系》,《苏俄评论》第11卷第5号。

中德学会编译《五十年来的德国学术》,商务印书馆。

曾虚白等译哈代等《英国小说名著》,启明书局。 6月

赵萝蕤译艾略特《荒原》,新诗社。译笔忠于原文,深得各方 2月6月

面好评。叶公超为译诗作序。赵译系应戴望舒之约,以自由诗体将《荒原》译为中文,这开创了将西方现代派诗歌介绍到中国的先河,被誉为“翻译界的‘荒原’上的奇葩”(邢光祖语)。

2月　中苏文化协会上海分会主编、韦悫编辑《普式庚逝世一百周年纪念集》,商务印书馆。

周立波发表一批批评论文:《西班牙的法西斯文化》,《光明》第2卷第10号,5月;《普式庚的百年祭》,《现世界》第1卷第12号,2月1日;《西班牙文学近况》,《时事新报》6月30日。

2月　周立波译普式庚(普希金)《杜布罗夫斯基》,生活书店。

5月　周学普译爱克尔曼(爱克曼)《歌德对话录》(《歌德谈话录》),商务印书馆。

2月　周学普译歌德《赫尔曼与陀罗特亚》(《赫尔曼与窦绿苔》),商务印书馆。

周扬发表《艺术与人生——车尔尼雪夫斯基的〈艺术与现实之美学关系〉》,《希望》创刊号。

5月　朱湘发表《谈〈莎乐美〉》,《中书集》,生活书店。

1938年

湖南师范大学外国语学院前身、国立师范学院外语系(湖南)成立,钱锺书先生为首任系主任,学者沈同洽、徐燕谋、罗暟岚、刘重德、赵甄陶、张文庭、周定之、沙安之先后在此执教。

4月10日　鲁迅艺术学院在延安成立,抗战救亡的民族意识、普及大众的启蒙意识是鲁迅艺术学院的办校宗旨。1940年更名为鲁迅艺术文学院。周立波在1940年至1942年间在“鲁艺”开设“世界文学名著选读”课程,1984年由上海文艺出版社出版为《周立波鲁艺讲稿》一书。

4月21日　汉口文艺界在德明饭店招待英国诗人奥登和小说家依修伍德。

4月　巴金译克鲁泡特金《万人的安乐》,平明书店。

冯至译里尔克(Rainer Maria Rilke)《给一个青年诗人的十

封信》，商务印书馆。

郭大力、王亚南译马克思《资本论》(第一、二、三卷)，读书生活出版社。 8月31日、9月15日、9月30日

何芜根据日文重译《列宁给高尔基的信》，新文化书房。 3月

黄峰译史沫特莱等《现代美国小品：突击队》，光明书局。 3月

黄逢美译史特林堡(斯特林堡)《父亲》，启明书局。 11月

黄嘉德编译《萧伯纳情书》，西风社。书前有译者序文2篇及萧伯纳原序。 9月

黄源译高尔基《三人》，生活书店。 8月

柯夫译辛克莱《红前线》，海燕出版社。 11月

李田意著《哈代评传》，商务印书馆。 7月

罗念生译阿里斯托芬《云》，商务印书馆。 5月

邱瑾译斯诺《西北散记》，战时读物编译社。 2月

瞿秋白译普希金《茨冈》，武汉时调社《五月》，1940年文艺新潮社出单行本。 5月

商承祖发表《德国中世纪英雄诗尼伯龙根》，《新民族》第1卷第20号。

施宣华译A. 纪德《田园交响曲》，启明书局。 10月

孙熙译易卜生《社会栋梁》，商务印书馆，收入“世界文学名著丛书”。 4月

孙熙译易卜生《野鸭》，商务印书馆，收入“世界文学名著丛书”。 7月

夏衍、林林译鹿地亘《日本反侵略作家鹿地亘及其作品》，汉口新国民书店。

杨荫深著《中国文学史大纲》，商务印书馆，第三十章“新文学运动的起来”有“整理与翻译”节。

宜闲译高尔基等《苏联小说集》，珠林书店。 8月

郁村泉译安特列夫《红笑》，启明书局。 3月

张由纪译托尔斯泰《复活》，启明书局。 8月

1939年

8月3日 陕甘宁边区中央局在延安召开了民族形式问题的座谈会。何其芳在《论文学上的民族形式》中认为:“我认为欧洲的文学比较中国的旧文学和民间文学进步,因此新文学的继续生长仍然主要地应该吸收这种比较健康,比较新鲜,比较丰富的养分。这种吸收,尤其是在表现方法方面,不但无损而且有益于把更中国化,更民族化的文学内容表现得更好。(比如托尔斯泰的《战争与和平》我们不都承认是很俄罗斯化的吗,然而那形式完全是西欧文学的形式。)”(《文艺战线》第1卷第5号)

5月 巴金译克鲁泡特金《我的自传》,开明书店。

11月 曹靖华、尚佩秋编译邵洛霍甫(肖洛霍夫)《死敌》,生活书店。

4月 方重著《英国诗文研究集》,商务印书馆。

11月 冯驺改译果戈理《结婚》,奔流出版社。

4月 傅东华译塞万提斯《堂·吉诃德先生传》,商务印书馆。

10月 高寒译尼克拉索夫(涅克拉索夫)编著《在俄罗斯谁能快乐而自由》(《在俄罗斯谁能过上好日子》),商务印书馆,收入文学研究会“世界文学名著丛书”。

巩思文著《现代英美戏剧家》,商务印书馆。

5月 郭箴一著《中国小说史》,商务印书馆,第八章第三节为“新文学运动期间的翻译文学”。

4月 胡仲持等译韦尔斯《续西行漫记》,上海复社。

9月 李健吾译罗曼·罗兰《爱与死的搏斗》,文化生活出版社。

8月 丽尼译屠格涅夫《前夜》,文化生活出版社。

林柷敔著《苏联文学的进程》,开明书店。

11月 鲁迅译《译丛补》,鲁迅全集出版社。

5月 鲁迅译A. 雅各武莱夫《十月》,鲁迅全集出版社。

5月 梅蕴等译麦雷《新中国印象记》,上海群社。

11月 欧阳凡海编译《马恩科学的文学论》,读书出版社。

屈轶(王任叔)译格莱赛《和平》,世界书局。 7月

施蛰存译司各脱(司各特)《劫后英雄》,中华书局。 8月

侍桁译勃兰兑斯《十九世纪文学之主潮(四:英国的自然主义)》,商务印书馆。 5月

适夷发表《纪念莱蒙托夫》,《文艺阵地》第4卷第2号。

孙樟改编莫里哀《理想夫人》,文化生活出版社。 8月

王光祈编著《西洋话剧指南》,中华书局。 8月

王维克译但丁《神曲·地狱》,商务印书馆。 2月

王希龢著《英诗研究入门》,中华书局。 8月

魏以新译《斯托姆小说集》,商务印书馆。 9月

夏莱蒂译安特列夫《七个被绞死者》,启明书局。 12月

谢颂羔译本仁约翰(班扬)《圣游记全集》(《天路历程》),广学会。 1月

徐沉泗编选《美国作家选集》,中央书店。 4月

余犀译述海明威《退伍》,启明书局。 1月

俞荻译高尔基等《苏联文学新论》和契诃夫《樱桃园》,海燕出版社。 8月

郁达夫发表《纪念柴霍夫》,《星洲日报星期刊·文艺》。 8月13日

张家凤译《安徒生童话全集》,启明书局。 11月

张由纪译狄更斯《双城记》,达文书局。 3月

哲非等译赛珍珠《爱国者》,上海群社。 6月

庄绍桢译果戈理《外套》,启明书局。 4月

1940年

毛泽东在《新民主主义论》中指出文艺的继承和借鉴问题:“中国应该大量吸收外国的进步文化,作为自己文化食粮的原料”,但是要“排泄其糟粕,吸收其精华”。 1月

以西南联大教授陈铨、林同济、雷海宗等为主成为形成的“战国策派”学人,先后办过《战国策》《战国副刊》《民族文学》等刊物。《战国策》创刊于昆明,1941年7月终刊,共出17期。 4月

1941年12月,重庆《大公报》开辟《战国副刊》,于1942年7月停刊,共出31期。《民族文学》于1943年7月创刊,1944年1月终刊,共出5期。主要的作者是陈铨,发表《狂飙时代的德国文学》《狂飙时代的席勒》《文学批评的新动向》《寂寞的易卜生》《浮士德的精神》《欧洲文学的四个阶段》《中西文学的世界性》《戏剧深刻化》《第三阶段的易卜生》《哈孟雷特的解释》《巴雷的平等观念》等。此外还有吴达元的《法国戏剧诗人高乃依》《法国悲剧诗人拉辛》《法国喜剧诗人——莫利哀》,梁宗岱的《莎士比亚的商籁》,孙大雨的《译莎〈黎琊王〉序》,费鉴照的《莎士比亚的故事》,袁昌英的《现代法国文学派别》等。

9月1日

《西洋文学》创刊于上海公共租界内,1941年7月停刊,共出10期,由林语堂出资赞助。林语堂曾"责难国人介绍西方文学,不多事翻译英、法、德文学名著,反而热心负贩'不甚闻名'的波兰、匈牙利作家"。办刊宗旨是:"本刊的工作是翻译,介绍西洋文学。(这不是同人只着重于西洋文学,我们以为文艺创作也一样地重要;但是,介绍西洋文学的工作已经够巨大烦重了,目前本刊只能专为此而工作。)文学原无所谓种族国家之分,我们希望能够陆续把西洋古代和近代最好的文学作品介绍过来。"该刊的名誉主编有叶公超、郭源新(郑振铎)、李健吾、巴金、赵家璧,实际负责人是张芝联、夏济安、柳存仁、徐诚斌。张芝联曾回忆该刊作者群情况:"上海在珍珠港事变前尚未沦为孤岛,许多未内迁的大学都从郊区迁租界上课,这些学校的教师成为我们征稿的第一批对象。当时滞留上海的著名翻译家如耿济之、傅统先、黄嘉德、周煦良、邢光祖、予且(潘序祖)、全增嘏、谢庆尧、巴金、李健吾,还有我们同辈的郑之骧、陈楚祥、班公(周班侯)、谭维翰等,都在《西洋文学》上发表译作。征稿的第二批对象是远在北平的,特别是燕大的年轻译者,通过挚友宋悌芬,我得以经常收到吴兴华、南星、黄宗江和悌芬自己的译稿。第三批对象是西南联大的一些成名译者,最卓著的有潘家洵、卞之琳、孙毓棠、温源宁、姚可昆(冯至夫人)等。"《西洋文学》既有一般介绍与翻译,如张芝联的《十九世纪文艺之主潮》《罗马文学的特质》《乔易士论》《叶芝论》、刘岱业的《但丁与中古思想》、陈耘的《托尔斯泰短评》、宋克之的《论莫泊桑》、诚斌的《曼殊菲尔论》、谬思齐的《近代小说趋势》、吴兴华的《菲尼根的醒来》《乔易士研究》、徐诚斌的《拜伦论》等；也有专门之研究，如林语堂的《谈西洋杂志》、巴金的《克鲁泡特金的〈伦理学〉》、司徒辉的《法兰西大悲剧》、吴兴华的《现代诗与传统》、方重的《英国诗文研究集》、潘家洵的《近代西洋问题剧本》等；还先后刊“托尔斯泰特辑”“乔易士特辑”“叶芝特辑”。

《西洋文学》第2号刊登郭蕊、吴兴华、宋悌芬译《雪莱诗钞》。同期刊有吴兴华的书评《菲尼根的醒来》，称乔伊斯的作品虽然难读，但值得用心研究。本期还刊有H. S. Gorman著、吴兴华译《乔易士研究》，并评价乔伊斯已经成为“现代精神的代表”。 **10月1日**

《西洋文学》第4号设有“济慈专栏”，刊有吴兴华译诗5首、宋悌芬译诗4首和《济慈信札选》5封。本期亦刊有邢光祖对艾略特《荒原》的评论，作者称艾略特的诗歌是“智慧的诗”，还认为“艾略特诗论是我国宋代诗说的缩影”。 **12月1日**

巴金译克鲁泡特金《面包与自由》，平明书店。 **8月**

巴金译赫尔岑《一个家庭的戏剧》，文化生活出版社，收入“文化生活丛刊”。 **8月**

卞之琳译斯特莱基(斯特拉奇)《维多利亚女王传》，商务印书馆。 **2月**

曹葆华和天兰译、周扬编校《马克思恩格斯列宁论艺术》，鲁迅艺术文学院。本书收录4封马克思、恩格斯论艺术的著名书信、列宁论托尔斯泰的4篇文章，以及2篇马列艺术思想研究的文章。 **6月**

曹靖华译亚菲诺甘诺夫《恐惧》，文化生活出版社，收入“文化生活丛刊”。 **4月**

铎声译马克·吐温《孤儿历险记》，山城书店。 **4月**

芳信译柴霍夫(契诃夫)《海鸥》，世界书局。 **7月**

芳信译柴霍夫(契诃夫)《万尼亚舅舅》，世界书局。 **7月**

傅东华译宓西尔(玛格丽特·米切尔)《飘》，龙门联合书局。 **4月**

高博林著《圣经与文学研究》，商务印书馆。 **9月**

11月15日　戈宝权编译《见于斯大林著作中的文学形象》,《文学月报》第2卷第4号。

8月10日　戈宝权编译《斯大林论民族文化》,《群众》(周刊)第5卷第2号。

戈宝权发表《萧洛浩夫(肖洛霍夫)及其〈静静的顿河〉》,《文学月报》第2卷第5号。

8月　耿济之译陀斯托也夫斯基(陀思妥耶夫斯基)《兄弟们》(《卡拉马佐夫兄弟》),上海良友图书印刷公司。

1月　郝拔夫译高尔基《骨肉之间》,文汇出版公司。

3月　贺一青译屠格涅夫《贵族之家》,剧场艺术出版社。

10月—1941年　金人译肖洛霍夫《静静的顿河》,光明书局。

12月　柯契夫译辛克莱《战士的新娘》,乐新书店。

4月　李敬祥译赛珍珠《原配夫人》,启明书店。

12月　李林译冈察洛夫《悬崖》,文化生活出版社,收入"译文丛书"。

林焕平译森山启《社会主义的现实主义论》,希望书店。

12月　林疑今译汉明威(海明威)《战地春梦》(《丧钟为谁而鸣》),西风社。

7月　柳木森、汪济译博马舍《费迦罗的结婚》,中国图书编译馆。

10月　楼适夷从日文转译苏联共产主义学院文艺研究所里希夫茨等人编《科学的艺术论》,读书出版社。

7月　陆蠡译屠格涅夫《烟》,文化生活出版社,收入"译文丛书"。

3月　罗念生译攸里辟得斯(欧里庇得斯)《美狄亚》,商务印书馆。

吕荧译《列宁论作家》,《文学日报》第2卷第5号。

2月　满涛等译高尔基等《鹰》,新中国文艺社,收入"新中国文艺丛刊"。

7月　满涛译柴霍甫(契诃夫)《樱桃园》,文化生活出版社。

4月　孟克之译托尔斯泰《克列采长曲》(《克莱采奏鸣曲》),长风书店。

12月　唐长孺译赛珍珠《分家》,启明书局,收入"世界文学名著丛书"。

4月　夏衍译果戈理《两个伊凡的吵架》,上海旦社。

肖三发表《高尔基的社会主义美学观》,《中国文化》第1卷第1号。

于道源译伐作夫等《保加利亚短篇小说选》,中华书局。 10月

1941年

海明威受美国纽约《午报》主编英格索尔的委托,携新婚的妻子玛莎·盖尔虹来华访问。 3月

在战时陪都重庆公演了改编自奥尼尔《天边外》的《遥望》。 12月

《文学月报》推出"美国文学特辑",包括惠特曼和休斯诗译文;《文艺阵地》发表惠特曼诗译文。

《西洋文学》第7号刊登"乔易士特辑",包括《乔易士像及小传》、宋悌芬译《乔易士诗选》、郭蕊译《一件惨事》、吴兴华译《友律色斯插话三节》以及张芝联译《乔易士论》。其中《乔易士论》为美国评论家埃德蒙·威尔逊的《阿克瑟尔的城堡》一书中论及乔伊斯部分。5月《西洋文学》第9号有"叶芝特辑"。 3月

白澄译高尔基《书的故事》,五十年代出版社。 10月

曹靖华主编"苏联抗战文艺丛书"(译丛)出版。

陈大年编著《高尔基传》,世界书局。 3月

陈占元译褚威格(茨威格)《马来亚的狂人》,改进出版社。1942年明日社重版。 7月

方敬译托尔斯泰《伊凡·伊里奇之死》,文化生活出版社。 12月

芳信、石灵等译《易卜生戏曲全集》,金星书店。 8月

芳信译果戈理《钦差大臣》,国民书店。 6月

傅雷译罗曼·罗兰《约翰·克利斯朵夫》(四册),商务印书馆。 2月

戈宝权译《列宁论文学、艺术与作家》,《文学阵地》第6卷第1号。 1月10日

耿济之译果戈理《巡按使及其他》,文化生活出版社。 12月

耿济之译高尔基《家事》,上海良友图书印刷公司。 5月

胡适等译史特林堡等《爱情的面包》,启明书局,收入"北欧 7月

小说名著丛书"。

10月 胡仲持译斯坦贝克《愤怒的葡萄》,大时代书局。

7月 刘正训译马克・吐温《傻子旅行》,光明书店。

6月 楼适夷译高尔基《人间》,开明书店。

毛秋白等译海泽(Paul Heyse)小说集《俏皮姑娘》,启明书局。

8月 穆时英译托尔斯泰《三隐士》,启明书局。

4月 聂淼译史坦培克(斯坦贝克)《怒火之花》(上、下册),世界文化出版社。

6月 秋蝉译斯坦贝克《苍茫——〈愤怒的葡萄〉之一章》,《文学月报》第3卷第1号。

任钧译米川正夫《我国文艺思潮》,正中书局。

7月 石中译笛福《鲁滨孙漂流记》,广益书店。

7月 石中译皇尔特(王尔德)《少奶奶的扇子》,广益书店。

12月 楼适夷译高尔基《仇敌》,国民书店。

9月 隋树森译青木正儿《元人杂剧序说》,开明书店。

8月 唐长孺译赛珍珠《东风西风》,启明书局,收入"世界文学名著丛书"。

夏衍发表《乳母与教师——关于俄罗斯文学》,《时代文学》第4卷第19号,表达了俄苏文学对中国文学所造成的"广大而且深刻的关系"。

5月25日 肖三译《列宁论艺术与文化》(上册),《中国文化》第2卷第6号。

7月 谢庆尧译汉明威(海明威)《战地钟声》(《丧钟为谁而鸣》),林氏出版社,收入"世界名著译丛"。

7月 许幸之等译《高尔基五周年逝世纪念特辑》,世界文艺社。

9月 杨丙辰译葛德(歌德)《亲和力》,商务印书馆。

1942年

5月 毛泽东发表《在延安文艺座谈会上的讲话》(以文简称《讲

话》),这是第二次世界大战以来马克思主义文论中最有体系且影响最大的论作之一,也是现代欧美文学中国化理论最光辉的文献。《讲话》首先明确了目标,即“研究文艺工作和一般革命工作的关系,求得革命文艺的正确发展,求得革命文艺对其他革命工作的更好的协助,借以打倒我们民族的敌人,完成民族解放的任务”。其中文艺的方向和文艺的道路问题是最为关键的两个问题,前者关涉的是“我们的文艺是为什么人的”问题,后者则指向如何处理文艺与党和革命事业之间的关系问题,即“如何去服务”的根本问题。《讲话》其次明确提出为人民大众服务的基本方针。《讲话》再次提出了服务的方式方法问题,即关于“普及”和“提高”的问题。《讲话》最后着重强调了应该处理好文艺与党的关系问题,即“党的文艺工作和党的整个工作的关系问题,和另一个党外关系的问题,党的文艺工作和非党的文艺工作的关系问题——文艺界统一战线问题”。“我们必须继承一切优秀的文学艺术遗产,批判地吸收其中一切有益的东西……但是继承和借鉴决不可以变成替代自己的创造,这是决不能替代的。”

郭沫若给青年诗人徐迟的复信,题为《〈屈原〉与〈厘雅王〉》。信中郭沫若比较了他所创作的戏剧《屈原》与莎士比亚的戏剧《李尔王》,这是现代中国第一篇将个人创作同莎翁剧作进行比较研究的范例。 **3月28日**

第五届国立戏剧专科学校的毕业生在四川江安公演《哈姆雷特》,采用梁实秋译本,焦菊隐导演。这是《哈姆雷特》首次在中国舞台上正式演出。 **6月2日—7日**

《苏联文艺》创刊,一共出版37期。1944年初至1945年春被日伪查封。 **1942年—1949年**

艾芜发表《略谈果戈理的描写人物》,《青年文艺》第1卷第1号。 **10月**

艾芜主编、穆木天译《巴尔扎克短篇集》,三户图书社。 **12月**

博古译列宁《党的组织和党的文学》,《解放日报》。 **5月14日**

曹葆华译《列宁与艺术创作的根本问题》,延安大学双月刊《谷雨》第1卷第3号。 **1月15日**

曹未风译《微尼斯商人》《暴风雨》等莎翁11种剧本,曾以 **7月**

《莎士比亚全集》的总名先后由文通书局出版。

10月 曹辛编普式庚(普希金)《恋歌》,现实出版社。

陈铨编著《叔本华生平及其学说》,独立出版社。

4月 郭沫若译歌德《赫曼与窦绿苔》,文林出版社。

10月16日—17日 何其芳发表《论文学教育》,《解放日报》,指出在外国文学翻译上应着重译介欧洲和旧俄的现实主义文学,尤其是苏联的社会主义现实主义文学。

贺麟著《近代唯心论简释》,独立出版社。

9月 贺孟斧编译《世界名剧:作家及作品》,五十年代出版社。

12月 焦菊隐译高尔基《布利乔夫》,国光书社,收入“世界文学名著文库”。

12月 黎烈文译罗逖(皮埃尔・洛蒂)《冰岛渔夫》,文化生活出版社,收入“译文丛书”。

6月 李长之著《批评精神》,南方印书馆。

9月 李吉圃译奥斯托洛夫斯基《雷雨》,关东出版社。

2月 梁实秋译白朗特(艾米莉・勃朗特)《咆哮山庄》(《呼啸山庄》),商务印书馆。

6月 刘盛亚编译歌德《浮士德》,文风书店。

11月 刘盛亚译托尔斯泰《幼年》,大时代书局,收入“世界文学名著译丛”。

8月 柳无忌译莎士比亚等《莎士比亚时代抒情诗》,大时代书局。本书收入16世纪、17世纪英国马洛、李雷、锡德尼、斯宾塞、莎士比亚、琼森、藤思、弥尔顿等25人的抒情诗共47首。书前有译者绪言,叙述英国伊丽莎白时代诗歌繁荣的情况、随后诗歌的发展、各流派的产生及其主要特色。

9月 鲁迅等译高尔基等《恶魔》,桂林文化合作事务所。

9月 鲁迅译果戈理《鼻子》,桂林文化合作事务所,收入“译文丛书”。

梅益译奥斯特洛夫斯基《钢铁是怎样炼成的》,新知书店。

9月 穆木天等译莱蒙托夫《恶魔及其他》,文林出版社。

10月 穆木天译普希金等《青铜的骑士》,桂林萤社。

7月 彭慧译契诃夫《草原》,读书出版社。

苏夫译普式庚(普希金)《奥尼金》(《叶甫盖尼·奥涅金》),丝文出版社。 9月

杨丙辰发表《赫贝尔文艺日记摘译(续)》,《创作月刊》第1卷第2号。

张若谷译福禄特尔(伏尔泰)《中国孤儿》,商务印书馆。 3月

中华剧艺社文学部译果戈理《钦差大臣》,重庆文风书店。 1月

周钢鸣发表《关于〈欧根·奥尼金〉的几个问题》,《诗创作》第15号。

周扬发表《唯物主义的美学——介绍车尔尼雪夫斯基的美学》,《解放日报》。 4月16日

1943年

美国废止《排华法案》。

《时与潮文艺》在重庆创办,至1946年6月终刊,共出版5卷26期。国立中央大学迁至重庆后,该校外文系的教师孙晋三、范存忠、柳无忌、赵瑞麒、盛澄华、方重、徐仲年等学者创办该刊物。主编孙晋三在《发刊词》中称:"《时与潮文艺》的主要对象,是世界文学。所以我们对世界文学名著,对中外的作家,将逐个加以分析和评介,研究与批评。对于外国作家的作品,我们要以超出一般水准的译文,把它介绍进来。"该刊发表过俞大絪的《文学里的女性自我表现》(第4卷第4号)、《曼殊斐尔论》(第5卷第3号),范存忠的《鲍士伟尔的约翰生传》(第1卷第1号)、《卡莱尔的英雄与英雄崇拜》(第2卷第1号),吴景荣的《奥斯登(Jane Austen)的恋爱观:从"劝导"讲起》(第1卷第2号)。该刊与《世界文艺季刊》集中体现了20世纪40年代国统区外国文学研究的成果。 3月15日

《时与潮文艺》第2卷第1号刊登方重《乔叟和他的康妥波雷故事》(名著介绍)、范存忠《卡莱尔的英雄与英雄崇拜》(名著译介)、谢庆垚《英国女小说家吴尔芙夫人》(介绍)、吴景荣《吴尔芙夫人的〈岁月〉》(书评)。 9月15日

10月 《时与潮文艺》第2卷第2号推出“美国当代小说专号”,发表了林疑今《美国当代问题小说》、胡仲持译斯坦倍克《约翰熊的耳朵》、陈瘦竹译休斯《掉了一件好差使》、钟宪民译德莱塞《自由》、谢庆尧节译海明威《非洲大雪山》(《乞力马扎罗的雪》)、吴景荣译伦敦泰晤士报《汇论美国小说》。

11月 巴金译斯托姆(施笃姆)《迟开的蔷薇》,文化生活出版社。

7月 巴金译屠格涅夫《父与子》,文化生活出版社,收入“译文丛书”。

10月 卞之琳译A. 纪德《新的粮食》,明日社。

常荪波发表《尼采的悲剧学说》,《中德学志》第5卷第1、2号合刊。

陈北鸥发表《高尔基的写作技巧》,《东方杂志》第39卷第16号。

5月 陈汉年译辛克莱《不许通行》,中西书局。

5月 陈铨编著《文学批评的新动向》,正中书局。

6月 范纪美译H. 海涅《还乡纪》,木简书屋。

10月 冯亦代译海明威《蝴蝶与坦克》,美学出版社。

3月 浮尘译屠格涅夫《虔诚的姑娘》,立体出版社。

5月 高植译托尔斯泰《复活》,文化生活出版社。

戈宝权发表《莱蒙托夫的诗》,《中原》创刊号。

4月16日—6月1日 戈宝权译《列宁论托尔斯泰》(含《列·尼·托尔斯泰》《列·尼·托尔斯泰和现代工人运动》和《列·尼·托尔斯泰和他的时代》),《群众》周刊第6号至9号。

9月 华林一译柴霍甫(契诃夫)《吻》,古今出版社。

10月 荆凡编著《俄国七大文豪》,理知出版社。

8月 雷石榆译《海涅诗抄》(上集),文汇书店。

11月 李劼人译阿尔风司·都德《小东西》,作家书屋。始译于1922年11月,原名《小物件》,中华书局1924年初版。1943年改译《小东西》。

11月 李一鸣著《中国新文学史讲话》,世界书局,第八章“翻译整理及其他”。

9月 李长之著《德国的古典精神》,东方书社。

梁宗岱于《民族文学》第1卷第2号至4号发表所译莎士比亚十四行诗30首，并发表《莎士比亚的商籁》，这是中国最早公开发表的莎士比亚十四行诗的翻译及评论。 8月—10月

林焕平译契诃夫《红袜子》，科学书店。 7月

楼风译约翰·史坦倍克(斯坦贝克)《人鼠之间》，东方书社。 3月

鲁彦译显克微支《老仆人》，文学书店。早先于1927年1月10日《小说月报》第18卷第1号刊载。 9月

罗念生著《希腊漫话》，中国文化服务社。 2月

罗念生译攸里辟得斯(欧里庇得斯)《阿尔刻提斯》，古今出版社。 6月

马耳译梅里美《加尔曼》，建国书店。 4月

马耳译斯坦贝克《月亮下落》(《月落》)，《时与潮文艺》第1卷第1号。 3月

弥沙译奥斯特罗夫斯基《钢铁是怎样炼成的》，国讯书店。 10月

平凡译辛克莱《沙米尔》，中心书局。 6月

齐蜀夫译冈察洛夫《奥勃洛摩夫》，远方书店。 12月

盛澄华译纪德《地粮》，新生图书文具公司。 7月

侍桁译托尔斯泰《哥萨克人》，建国书店，收入“文学名著译丛”。 8月

司马文森发表《向〈静静的顿河〉学些什么》，《艺丛》第1卷第2号。

王家棫译赛珍珠《龙种》，正中书局，收入“现代文艺丛书”。 8月

王语今译奥斯特洛夫斯基《从暴风雨里所诞生的》，读书出版社。 1月

小畏译莱蒙托夫《毕巧林日记》(《当代英雄》下部)，星球出版社，收入“世界文学名著丛刊”。 11月

徐迟译《依利阿德选译》，美学出版社。该书为《荷马史诗》选译本，根据七种英文本译出。 7月

徐伟著《欧洲近代文学史讲话》，世界书局。 10月

徐霞村、高滔译托思妥以夫斯基(陀思妥耶夫斯基)《白痴》，重庆文艺奖助金管理委员会出版部。 3月

之江节译密哲尔(玛格丽特·米切尔)《乱世佳人》，上海译 12月

者书店,收入"名著译丛"。

12月 周行译杰克·伦敦《马丁·伊登》,文学编译社,收入"世界文学译丛"。

6月 朱光潜著《诗论》,国民图书出版社。

10月 诸侯译巴尔扎克《伪装的爱情》,自强出版社。

12月 邹狄帆译托尔斯泰《爱情!爱情!》,文禺出版社。

1944年

9月 在上海以《时代》《苏联文艺》等杂志为中心,苏联反法西斯文学被适时引入。在国统区出现了介绍俄国及西方经典文学作品、现代作品的热潮,这是继"五四"以后又一次大规模的艺术引进。

方重应英国文化协会邀请,先后在剑桥、伦敦、爱丁堡等大学讲学,并继续研究乔叟,同时翻译陶渊明的诗文。

黄禄生主持的上海艺术团在卡尔登戏院公演顾仲彝根据《李尔王》改编的《三千金》,由乔奇主演。

3月15日 《时与潮文艺》第3卷第1号刊登"叶芝特辑",发表了陈麟瑞、朱光潜、谢文通、杨宪益翻译的叶芝诗歌作品。

6月 巴金译屠格涅夫《处女地》,文化生活出版社,收入"译文丛书"。

9月 鲍屡平译乔治·桑《魔沼》,商务印书馆。

10月 曹靖华译瓦希列夫斯卡《虹》,新知书店。

10月 曹靖华译西蒙诺夫《望穿秋水》,新地出版社。

5月 曹未风译莎士比亚《错中错》(《错误的喜剧》),文通书局。

3月 曹禺译莎士比亚《柔蜜欧与幽丽叶》(《罗密欧与朱丽叶》),文化生活出版社。1月3日,本剧曾在重庆公演,易名为《铸情》,神鹰社演出,张骏祥导演,曹禺自译自编,金焰、白杨主演,盛况空前,被誉为中国舞台上最成功的一次莎剧演出。本年度,柳无忌译《该撒大将》、杨晦译《雅典人台满》等均由重庆几家出版社出版。其中,"杨晦译本的长序是中国第一篇马列主义式的莎评”。

陈铨著《从叔本华到尼采》，在创出版社。1946 年大东书局再版。 5 月

陈占元译 A. 纪德《青鸟》，明日社。 5 月

芳信译高尔基《下层》，世界书局。 2 月

芳信译亚·奥斯特罗夫斯基《大雷雨》，世界书局。 2 月

冯亦代译雷蒙·莫蒂美《伍尔芙记》，《中原》月刊第 1 卷第 3 号。

高植译托尔斯泰《幼年·少年·青年》，文化生活出版社。 10 月

葛一江译左琴科《新时代的黎明》，北门出版社，收入“苏联文学丛刊”。 11 月

郭沫若发表《契珂夫在东方》，《新华日报》。 6 月 1 日

罕全译科希夫尼可夫、李陀夫合著《苏联抗战故事集》，国民出版社。 9 月

贺之才译罗曼·罗兰《李柳丽》，世界书局。 11 月

贺之才译罗曼·罗兰《哀尔帝》，世界书局。 11 月

贺之才译罗曼·罗兰《爱与死之赌》，世界书局。 4 月

贺之才译罗曼·罗兰《丹东》，世界书局。 4 月

贺之才译罗曼·罗兰《圣路易》，世界书局。 11 月

胡明树译海涅《海涅政治诗集》，新大地出版社。 1 月

胡随译柴霍甫(契诃夫)《海鸥》，南方印书馆，收入“近代名剧译丛”。 2 月

胡曦译加尔·凡·多兰《现代美国小说》，新生图书文具公司。

胡仲持译斯坦倍克《馒头坪》(《煎饼坪》)，《当代文艺》第 1 卷第 1 号至 4 号。 1 月

金满成译纪德《女性的风格》，作家书屋。 11 月

李健吾将莎剧《麦克白》改编成中国古装剧《王德明》，剧本分 4 期连载于《文章》杂志。

李长之著《北欧文学》，商务印书馆。

丽尼译契诃夫《万尼亚舅舅》，文化生活出版社，收入“译文丛书”。 9 月

5月 刘盛亚译歌德等《少年游》(译诗集),群益出版社。

柳无忌著《印度文学》,中华文化服务社。

4月 罗稷南、周笕译托尔斯泰《安娜·卡列尼娜》,桂林文学出版社。

10月 罗念生译攸里辟得斯(欧里庇得斯)《特罗亚妇女》,商务印书馆。

5月 罗塞、卢布兰改写梅特林克《青鸟》,黎明社。

2月 吕荧译普式庚(普希金)《欧根·奥涅金》(《叶甫盖尼·奥涅金》),希望社。

3月 马耳译列夫·托尔斯泰《农奴的故事》,美学出版社。

2月 马耳译托尔斯泰《结婚的幸福》,大时代书局,收入"世界文艺名著译丛"。

6月15日 茅灵珊发表《英国女诗人葵丝琴娜·罗色蒂的情诗》,《东方杂志》第40卷第11号。

2月 穆木天译巴尔扎克《两诗人》,耕耘出版社。

10月 邱存真译莎士比亚《知法犯法》(《一报还一报》),商务书屋。

荃麟(邵荃麟)发表《对于安东·柴霍夫的认识》,《青年文艺》第1卷第6号。

11月 汝龙译高尔基《阿托莫诺夫一家》,文化生活出版社。

12月 沈起予译卢骚(卢梭)《忏悔录》,作家书屋。

9月 宋慧选译《德意志短篇小说集》,开明图书公司。

孙晋三发表《介绍参桑:从卡夫卡说起》,《时与潮文艺》第4卷第3号,在谈到卡夫卡小说的风格特征时对"卡夫卡式的小说"进行了言简意赅的阐述,抓住了卡夫卡作品的主要特色。

2月 孙用译普式庚(普希金)《甲必丹女儿》(《上尉的女儿》),世界书局。

7月 徐迟译《托尔斯泰散文集》(第一册),美学出版社。

2月 徐蔚南译莫泊桑《老处女》,现代出版社,收入"现代文艺丛书"。

10月 徐蔚南译莫泊桑《新婚之夜》,大华书局。

杨丙辰发表《两派文艺之性质》,《文学集刊》第2号。

10月 杨晦译莎士比亚《雅典人吕满》(《雅典的泰门》),新地出版社。

姚可昆译卡罗萨(Hans Carossa)《引导和同伴》,开明书店。

袁昌英著《法国文学》,商务印书馆。 8月

袁水拍等译拜伦、雪莱等《哈罗尔德的旅行及其他》,文阵社。 2月

袁水拍译《彭斯诗十首》,《中原》第1卷第3号。 3月

袁水拍译彭斯、霍斯曼《我的心呀在高原》,美学出版社,收入译诗30首。

赵清阁依据重庆商务印书馆出版的梁实秋译本《咆哮山庄》改编成五幕剧《此恨绵绵》,新中华文艺社。

赵瑞蕻译斯丹达尔(司汤达)《红与黑》,作家书屋。 10月

郑学稼、吴苇合编《欧美小说名著精华》,中国文化服务社。 3月

郑学稼著《苏联文学的变革》,国民图书出版社。

之江译果戈理《续死魂灵》(《异样的爱情》),译者书店,收入"名著译丛"。 8月

知堂(周作人)发表《希腊的神话》,《华北新报》。文章认为希腊文学对现今充满"丑恶与恐怖"的中国有"清风似的拔除力"。 6月11日

钟宪民、齐蜀夫译罗曼·罗兰《若望·葛利斯朵夫》(《约翰·克利斯朵夫》),世界出版社。 12月

周扬编《马克思主义与文艺》,解放社。该书集中了马克思主义文艺理论核心论述,出版前由毛泽东亲自审阅。周扬在"序言"中指出,"从本书当中,我们可以看到毛泽东同志的这个讲话一方面很好地说明了马克思、恩格斯、列宁等人的文艺思想,另一方面,他们的文艺思想又恰好证实了毛泽东同志文艺理论的正确"。 5月

周作人译阿波罗多洛斯《希腊神话》,《艺文杂志》第10、11和12号连载。 10月

邹绿芷译狄更司(狄更斯)《黄昏的故事》,自强出版社。 2月

1945年

4月—6月　中国共产党第七次全国代表大会召开。

8月15日　日本宣布投降。

中共和谈代表毛泽东等飞抵重庆,进行谈判。《双十协定》签字。

8月　《世界文艺季刊》创刊。孟繁华言:"百年中国的思想文化到了40年代,逐渐形成了两种不尽相同的传统,这就是以延安为代表的革命文化传统和以北京大学西南联大为代表的学院文化传统。"20世纪40年代国统区研究的主要力量在高校,随着战争的爆发,北京大学、清华大学、南开大学合并组建西南联合大学。该校教师杨振声、李广田创办《世界文艺季刊》,刊登卢式的《爱密尔·白朗代及其〈咆哮山庄〉》《A. N. 奥斯特洛夫斯基的〈大雷雨〉》《罗曼·罗兰的〈悲多汶传〉》,杨周瀚的《路易麦克尼斯的诗》《论近代美国诗歌》,以及卞之琳的《新文学与西洋文学》《小说六种》、君平的《冈察洛夫的〈悬崖〉》、方敬的《托尔斯泰的两个中篇》、闻家驷的《罗曼罗兰的思想、艺术和人格》、杨振声的《传记文学的歧途》等。

5月　巴金译屠格涅夫《散文诗》,文化生活出版社。

7月　北芝译托尔斯泰《高家索的回忆》,独立出版社。

冰菱(路翎)发表《〈欧根·奥尼金〉和〈当代英雄〉》,《希望》第1卷第1号。

苍木、继纯译西蒙诺夫《日日夜夜》,外国文书籍出版社。

2月　曹靖华译邵洛霍夫(肖洛霍夫)《死敌》,文光书店。

4月　陈原译《巴尔扎克讽刺小说集续编》,五十年代出版社。

9月　陈原译狄更司(狄更斯)《人生的战斗》,国际文化服务社。

11月　董秋斯译革拉特珂夫《士敏土》,志凯堂。

7月　端木蕻良译高尔斯华绥《苹果树》,建国书店。

宋云彬编著《中国文学史简编》,香港文化供应社,第十章为"西洋文学的传来"。

方敬译托尔斯泰《家庭幸福》，文化生活出版社，收入“文化生活丛刊”。 4月

方敬译迭更斯（狄更斯）《圣诞欢歌》，文化生活出版社，收入“文化生活丛刊”。 2月

戈宝权译高尔基《我怎样学习写作》，读书出版社。 8月

何炳棣发表《杜思退益夫斯基与俄国民族性》，《新中华》复刊第2卷第5号。

何敬译莫泊桑《美男子》，文风书局。 1月

胡风发表《A. P. 契诃夫断片》，《中原》第2卷第1号。

焦菊隐译高尔基《未完成三部曲》，上海杂志公司，收入“译文丛书”。 1月

君平发表《冈察洛夫的悬崖》，《世界文艺季刊》第1卷第1号。

柯夫（慕柯夫）译辛克莱《前线》，草原出版社，收入“时代译文丛刊”。 10月

黎央发表《论叶赛宁及其诗》，《诗文学》丛刊第2号。

李霁野译勃朗特《简·爱》，文化生活出版社。 7月

李劼人译述罗曼·罗兰《彼得与露西》，晨钟书局。 8月

李岳南译《屠格涅夫散文诗集》，正风出版社。 6月

李岳南译雪莱、拜伦《小夜曲》，正风出版社。 1月

梁实秋译哀利奥特《吉尔菲先生的情史》，黄河书局。 5月

林疑今译思尼·派尔《勇士们》，中外出版社。 8月

卢式发表《爱密莱·白朗代及其咆哮山庄》，《世界文艺季刊》第1卷第2号，详细介绍了作者艾米莉·勃朗特的家庭身世，评述了这部小说名作。 11月

芦蕻发表《从奥布洛莫夫、罗亭论中国知识分子的几种病态生活》，《中原》第2卷第2号。

罗塞译巴尔扎克《戴依夫人》，黎明社。 1月

吕天石译哈代《微贱的裘德》（《无名的裘德》），大时代书局。 6月

马宗融译屠格涅夫《春潮》，文化生活出版社。 4月

茅盾发表《近年来介绍的外国文学——国际反法西斯文学的轮廓》，《文哨》第1卷第1号。原题为《〈现代翻译小说选〉序 5月4日

文》,收入《茅盾文艺杂论集》时改为现题。

6月 茅盾译格罗斯曼《人民是不朽的》,中苏文化协会。

12月 孟克之译托尔斯泰《早春絮语》,长风书店。

2月 盛澄华译 A. 纪德《伪币制造者》(上、下册),文化生活出版社,收入"译文丛书"。

4月 侍桁译霍桑《红字》,文风书局,收入"文风世界文学名著译丛"。

4月 叔夜译陀思退夫斯基(陀思妥耶夫斯基)《白夜》,文光书店。

7月 孙承佩译史诺(斯诺)《战时苏联游记》,中外出版社。

10月 孙用译裴多菲《勇敢的约翰》,湖风书局。

8月 索夫译莫泊桑《爱情的火焰》,重庆出版社。

王西彦发表《论屠格涅夫的罗亭》,《时与潮文艺》第5卷第1号。

1月 魏荒弩译果戈理《结婚》,华侨书店。

1月 郐侣梅译易卜生《赫达夫人传》(《海达·高布乐》),文化生活出版社。

11月 谢庆尧译述伍尔夫夫人《到灯塔去》,商务印书馆,为"中英文化协会文艺丛书"之一种。

11月 徐蔚南译大仲马《基督山恩仇记》(《基度山伯爵》),独立出版社。

5月 徐蔚南译法朗士《泰绮思》,正风出版社。

1月 许天虹译迭更司(狄更斯)《双城记》(上、中、下册),文化生活出版社。

阳翰笙发表《关于契诃夫的戏剧创作》,《中原》第2卷第1号。

杨丙辰发表《科学知识是怎样的知识》,《读书杂志》第1卷第3号。

杨丙辰发表《科学知识之特征》,《中华周刊》第2卷第11号。

杨丙辰发表《文化究竟是甚么?(未完)》,《立国周刊》第3号。

杨丙辰发表《文化究竟是甚么?(续)》,《立国周刊》第4号。

于绍方译亨利·詹姆士《诗人的信件》,人生出版社。 7月

愚卿译别克《恐惧与无畏:潘菲洛夫师捍卫莫京要述记》,外国文书籍出版局。 11月

雨林译吉尔波丁《真实——苏联艺术的基础》,《希望》杂志第1卷第1号。 12月

袁昌英发表《关于〈莎乐美〉》,《行年四十》,商务印书馆。

赵蔚青译屠格涅夫《不幸的少女》,文化生活出版社,收入“文化生活丛刊”。 4月

赵蔚青译屠格涅夫《静静的洄流》,文化生活出版社,收入“文化生活丛刊”。 7月

钟宪民译德莱赛《嘉里妹妹》(上、下册),进文出版社。 5月

钟宪民译德莱赛《人间悲剧》,建国书店。 4月

紫英重译都德《热恋》,万光书局。 4月

1946年

国民党发动全面内战,人民解放战争开始。 6月

正在美国芝加哥大学深造的赵萝蕤与陈梦家一起,在哈佛大学俱乐部与T.S.艾略特共进晚餐,后者将签有自己姓名的照片和《1909—1925年诗集》《四个四重奏》赠给赵萝蕤。 7月

上海举行“纪念高尔基逝世10周年大会”。

巴金等译高尔基《草原故事及其他》,国民书局。

曹葆华译左琴科《新时代的曙光》,东北书店。

曹靖华译A.托尔斯泰《保卫察里津》,北门出版社。

曹靖华译卡达耶夫《孤村情劫》,辽宁中苏友好协会。

曹未风发表《莎士比亚全集的出版计划》,《申报·出版界》。曹未风翻译莎剧始于1931年,当年陆续出版《安东尼得枯娄葩》(《安东尼与克莉奥佩特拉》)、《暴风雨》《凡隆纳的二绅士》(《维洛那二绅士》)、《罗米欧与朱丽叶》(《罗密欧与朱丽叶》)、《如愿》(《终成眷属》),上海文化合作公司。此后他又陆续译莎剧二十余部。曹未风是截至20世纪40年代后半期中国翻译出版莎剧 4月27日

最多者之一,也是中国第一位计划以白话诗体翻译莎剧全集的翻译家。

董秋斯译加德维尔(考德威尔)《烟草路》,骆驼书店。

董秋斯译史坦倍克(斯坦贝克)《相持》,骆驼书店。

法捷耶夫著《毁灭》,东北中苏友好协会出版部,译者不详。

方重译乔叟《康特波雷故事》(《坎特伯雷故事集》),云海出版社。

桴鸣译西蒙诺夫《俄罗斯人》,大连中苏友好协会。

傅雷译巴尔扎克《高老头》,骆驼书店。

高名凯译巴尔扎克《杜尔的教士》《毕爱丽黛》《葛兰德·欧琴妮》,海燕书店。

耿济之等译《高尔基选集》,上海铁流书店。

贺绿波译显克微支《爱的幻变》,亚洲图书社。

贺玉波译吉卜林《野兽世界》,商务印书馆。

胡堪译屠格涅夫《爱莎》,敏汝出版社。

胡明译高尔基《自杀》,光华出版社。

胡双歌译王尔德《莎乐美》,星群出版公司。

磊然译西蒙诺夫《日日夜夜》,时代出版社。

李凤鸣译 G. 史坦因《红色中国的挑战》,希望书店。

李兰译高尔基《胆怯的人》,上海杂志公司。

李林译阿志跋绥夫《战争》,文化生活出版社,收入"文化生活丛刊"。

李儒勉译述 J. B. Priestly《英国小说概论》,商务印书馆。

立波译普式庚(普希金)《复仇艳遇》,生活书店。

丽尼译契诃夫《海鸥》,文化生活出版社。

丽尼译契诃夫《伊凡诺夫》,文化生活出版社,收入"译文丛书"。

梁香译奥斯特罗夫斯基(奥斯特洛夫斯基)《没有陪嫁的女人》,时代出版社。

林陵等译《高尔基早期作品集》(第一集,中俄文对照),时代出版社。

林陵等译《苏联卫国战争诗选》,苏商时代书报出版社。

林陵译高尔基《索莫夫及其他》，苏商时代书报出版社。

凌心渤编卢骚（卢梭）《卢骚忏悔录》（《忏悔录》），自力出版社。

柳无忌著《西洋文学的研究》，大东书局。

鲁迅、茅盾译马克·吐温《女性的秘密》，西安书报精华社。

陆蠡译屠格涅夫《罗亭》，文化生活出版社。 **12月**

罗塞译《挪威最佳小说选》，云海出版社。

罗塞译斯坦倍克《被遗弃的人》，云海出版社。

罗贤译歌德《歌德小曲集》，四维出版社。

茅盾编《现代翻译小说选》，文通出书局。

茅盾译《苏联爱国战争短篇小说译丛》，永祥印书馆。

绮纹译施托谟（施笃姆）《大学时代》，进化书局。

秦似译斯坦培克《人鼠之间》，新知书店。

丘融译史沫德莱《中国之战歌（序曲篇）》，展望出版社。

适夷（楼适夷）译高尔基《意大利故事》，开明书店。

述云、王玢译赛珍珠《生命》（《生命的旅途》），现代出版社。

田瑛译史沫特莱《随军漫记》，上海出版社。

吴达元编著《法国文学史》（上、下册），商务印书馆。

夏伯阳、柯尔曹夫等著《前线小集》，国民图书公司，译者不详。

谢颂羔编译《苏联名小说选》，国光书店。

徐仲年著《法国文学的主要思潮》，商务印书馆。

杨丙辰发表《知识之危机及青年之使命》，《新动力》第1卷第1号。

杨翰笙发表《关于契诃夫的戏剧创作》，《中原》第2卷第1号。

赵瑞蕻译斯丹达尔《热爱与毁灭》，正风出版社。

梓江译契诃夫《樱桃园》，小民出版社。

1947年

在英国文化委员会旅居研究奖的资助下，卞之琳应邀赴英，在牛津大学拜里奥学院作客座研究员一年半。

朱生豪译《莎士比亚戏剧全集》(三辑),世界书局,收入其所译27种莎剧。第1辑收录9部喜剧和传奇剧,第2辑收录8部剧本(主要是悲剧),第3辑收录10部喜剧和杂剧。世界书局在出版广告词中强调这是朱生豪历时10年方才译成的重要成果,每辑均附有戏剧的内容提要,还附有莎士比亚年谱。朱生豪在译者序中将莎士比亚放置在西方重要诗人中加以突出,传达出中国读者的感受。

W. 瓦希列夫斯卡等著《苏联红军英雄故事》,东北书店,译者不详。

白寒等译高尔基《高尔基早期作品集》(第三集,中俄文对照),时代出版社。

葆荃、水夫全译日丹诺夫等《战后苏联文学之路》,时代书报出版社。

卞之琳译纪德《窄门》,文化生活出版社。

曹靖华译斐定《城与年》,骆驼书店。

陈瘦竹译雨果《欧那尼》,群益出版社。

陈原译托尔斯泰《狗的故事》,生活书店。

陈原译狄更司(狄更斯)《爱情的故事》,国际文化服务社。

董秋斯译迭更司(狄更斯)《大卫·科波菲尔》(上、下),骆驼书店。

傅雷译杜哈曼《文明》,南国出版社。

高寒译尼采《查拉斯图拉如是说》,文通书局。

5月 高名凯译巴尔扎克《发明家的苦恼》,海燕书店。

高名凯译巴尔扎克《外省伟人在巴黎》,海燕书店。

高名凯译巴尔扎克《单身汉的家事》,海燕书店。

高名凯译巴尔扎克《幽谷百合》,海燕书店。

戈宝权编辑、罗果夫主编《普希金文集》,时代书报出版社,附胡风《A. S. 普希金与中国》,载郭沫若《向普希金看齐!》。

耿济之译陀思托也夫斯基(陀思妥耶夫斯基)《卡拉马助夫兄弟们》(《卡拉马佐夫兄弟》)(共四册),晨光出版公司,收入"晨光文学丛书"。

耿济之译陀司妥也夫斯基(陀思妥耶夫斯基)《死屋手记》,开明书店。

郭沫若、高地译托尔斯泰《战争与和平》(共四册),骆驼书店。

郭沫若编述《浮士德百三十图》,群益出版社。

郭沫若译歌德《浮士德》,群益出版社。

禾金译奥斯特洛夫斯基《暴风雨所诞生的》,潮锋出版社。

蒋天佐译萨尔蒂可夫·谢德林《萨尔蒂可夫寓言》,海燕书店。

蒋天佐译迭更司(狄更斯)《匹克威克外传》,骆驼书店。

蒋学模译大仲马《基度山恩仇记》(第二分册),文摘出版社。

焦菊隐译契诃夫《樱桃园》,作家书屋。

焦菊隐译左拉《娜娜》,文化生活出版社。

磊然译帕郭列尔斯基(波戈列利斯基)《黑母鸡》,时代出版社。

李霁野译史蒂文生(史蒂文森)《化身博士》,开明书店。

李健吾译博马舍《好事近》,怀正文化馆。

李祁著《华茨华斯及其序曲》,商务印书馆。李祁在牛津的导师戴璧霞女士是专门研究弥尔顿与华兹华斯的专家。

李青崖译左拉《饕餮的巴黎》,大地书局。

李葳译陀思退夫斯基(陀思妥耶夫斯基)《醉》,文光书店。

林凡译德语诗歌集《春情曲》,正风出版社,收歌德、席勒、海涅、郭欧尔格(Stefan George,格奥尔格)和波姆(Jocob Bohme)的诗。

林陵等译《高尔基早期作品集》(第二集,中俄文对照),时代出版社。

刘恩久著《尼采哲学之主干思想》,永康书局。

柳无忌、曹鸿昭译莫逊·勒樊脱《英国文学史》,国立编译馆。

罗果夫、戈宝权主编《高尔基研究年刊(一九四七年)》,时代书报出版社。

罗稷南译高尔基《没落》,神州国光社。

罗念生译埃斯库罗斯《普罗密修斯》(《普罗米修斯》),商务印书馆。

蓬子译斯特林堡《爱情与面包》,作家书屋。

钱谦吾译《高尔基名著精选》,新陆书局。

商章孙(商承祖)发表《柯莱斯之平生及其创作》,《学原》第1卷第2号。

苏桥译杰克·伦敦《白牙》,国际文化服务社,收入"古典文学名著选译"。

杜沧白节译宓尔西(玛格丽特·米切尔)《飘》,陪都书店。

沈祈真译肖洛霍夫《他们为祖国而战》,冀鲁豫新华书店。

沈起予译罗曼·罗兰《狼群》,骆驼书店。

邵荃麟译陀思退夫斯基(陀思妥耶夫斯基)《被侮辱与被损害的》,文光书店。

石人译高尔基《不平常的故事》,诚文出版社。

适夷译赫尔詹(赫尔岑)《谁之罪》,大用图书公司。

叔夜译陀思退夫斯基(陀思妥耶夫斯基)《白夜》,文光书店。

水夫译普希金《驿站长》,时代书报出版社。

水夫译法捷耶夫《青年近卫军》,时代书报出版社。

孙剑译屠格涅夫《初恋》,草原书店。

孙用译普式庚(普希金)《上尉的女儿》,文化生活出版社,收入"译文丛书"。

唐绍华译奥尼尔《人性》,中国文化事业社。

王还译伍尔孚(弗吉尼亚·伍尔夫)《一间自己的屋子》,文化生活出版社,收入"文化生活丛刊"。

王维镐译陀思退夫斯基(陀思妥耶夫斯基)《淑女》,文光书店。

韦丛芜译陀思妥耶夫斯基《死人之家》(《死屋手机》),正中书局。

肖赛著《柴霍夫传》,文通书局。

徐迟译荷马《依利阿德选译》(《伊利亚特》),群益出版社。

许天虹译迭更司(狄更斯)《双城记》,上海平津书店。

许天虹译迭更司(狄更斯)《大卫·高柏菲尔》(《大卫·科波

菲尔》)(上、下册),文化生活出版社。

严既澄译金斯莱《水孩子》,商务印书馆。

杨丙辰发表《从主义上看,苏联有与美国合作的可能否?》,《正论》第6号。

杨丙辰发表《赫尔曼·海塞(Hermann Hesse)和他的作品》,《正风月刊》第1号。

杨丙辰译多布林(德布林)《论叙事文艺作品底结构(续)》,《文艺与生活》第3卷第3号。

杨烈译秋田雨雀等《文学名著研究》,协进出版社。

杨时英译托尔斯泰《猎熊》,启明书局。

逸尘译索洛维约夫《俄罗斯水兵》,晋察冀新华书店。

翟一我译易卜生《傀儡家庭》,世界出版社。

赵家璧译斯坦贝克《月亮下去了》,晨光出版公司,收入"晨光世界文学"。

郑效洵译迭更斯(狄更斯)《一个家庭的故事》,通惠印书馆。

中苏文化协会妇女委员会编译拉甫纶由夫《苏联女英雄》,生活书店。

周行译杰克·伦敦《马丁·伊登》,新新出版社,收入"世界文艺译丛"。

1948年

东北大学文学系俄文科创建,为东北师范大学外国语学院的前身。1950年俄文科改称俄文系,同年东北大学更名为东北师范大学。

3月 邵荃麟批评20世纪40年代国统区革命文艺运动的右倾状态:"大量的古典作品在这时候翻译过来了。托尔斯太、弗罗贝尔,被人疯狂地、无批判地崇拜着。研究古典作品的风气盛极一时。安娜卡列尼娜的性格,成为许多青年梦寐以求的对象。在接受文学遗产的名义下,有些人渐渐走向对旧世纪意识的降服。于是旧现实主义、自然主义以及其他过去的文艺思想,一齐涌入人们的头脑里,而把许多人征服了。这个情形,和战前国家革命文艺思想对我们的影响相比较,实在是一种可惊的对照。”而且19世纪欧洲资产阶级古典文学具有“烦琐的和过分强调技巧的倾向……所谓超阶级的人性,以至所谓‘圣洁的爱’与‘永恒的美’的追求。……对于历史中与现实批判的软弱无力,人道主义的微温的感叹与怜悯;以‘含泪的微笑’代替当前中国艰苦的战斗”。(《对当前文艺运动的意见》,《大众文艺丛刊》第1号)

巴金等译《高尔基代表作》,合众书店。

巴金译王尔德《快乐王子集》,文化生活出版社。

毕修勺译左拉《磨坊之役》,文化生活出版社。

毕修勺译左拉《娜薏·米枯伦》,世界书局。

卞之琳译奥登《战时在中国作》,《中国新诗》第2号。抗战期间,卞之琳译介奥登5首诗,是为了让正浴血于战火中的中国读者从这些“亲切而严肃,朴素而崇高”的诗中获得自审、自尊、自强的精神力量。

曾季肃译哈代《玖德》(《无名的裘德》),生活书店。

董秋斯译欧文·斯通《杰克·伦敦传——马背上的水手》,海燕书店。

董秋斯译斯坦倍克《红马驹》,骆驼书店。

董时光译嚣俄(雨果)《九十三年》,商务印书馆。

杜畏之译施特林堡(斯特林堡)《男子的悲剧》,新中国出版社。

杜晦之译高尔基《盐场上》,人间书屋。

费明君译显克微支《你往何处去》,神州国光社。

冯至著《歌德论述》,正中书局。

戈宝权、林陵编《俄罗斯大戏剧家奥斯特罗夫斯基研究》,时代书报出版社。

戈宝权译勃洛克《十二个》,时代书报出版社。

耿济之译陀思妥也夫斯基(陀思妥耶夫斯基)《少年》,开明书店。

黄药眠译德莱赛《永逝了的菲比》(英汉对照),文化供应社。

蒋天佐译杰克·伦敦《荒野的呼唤》,骆驼书店。

蒋天佐译杰克·伦敦《雪虎》，骆驼书店。

蒋天佐译罗果托夫编《斯大林与文化》，时代出版社。

蒋天佐译迭更司（狄更斯）《奥列佛尔》（《雾都孤儿》），骆驼书店。

李健吾译福楼拜《包法利夫人》《情感教育》，文化生活出版社。

李祁著《英国文学》，华夏图书出版公司。

李葳译注《契诃夫短篇小说选》，正风出版社。

林海发表《"咆哮山庄"及其作者》，《时与文》第3卷第10号。

刘辽逸译托尔斯泰《哈泽·穆拉特》，光华书店，收入"世界文学译丛"。

刘辽逸译法捷耶夫《论文学批评的任务》，光华书店。

罗果夫、戈宝权主编《高尔基研究年刊（一九四八）》，时代出版社。

罗稷南译高尔基《旁观者》，生活书店。

罗稷南译高斯华绥（高尔斯华绥）《有产者》，上海骆驼书店。

罗贤译歌德《野蔷薇》，正风出版社。

倪明译左拉《萌芽》，读书出版社。

齐鸣译杰克·伦敦《深渊》，光明书局。

钱公侠、施瑛译赛珍珠《爱国者》，古今书店，收入"世界文学名著丛书"。

钱谦吾译高尔基《我的教育》，新陆书局。

汝龙译库普林《亚玛》，文化生活出版社，收入"译文丛书"。

沙金译英国拜伦、雪莱等《幽会与黄昏》，中兴出版社，列为"中兴诗丛"。该书收录的均为英国诗歌，分为"浪漫主义全盛时代"与"维多利亚时代"两个部分。

沈子复译易卜生《鬼》《海妇》《建筑师》《曼克卜》，永祥印书馆。

适夷译高尔基《面包房里》，上海杂志公司。

叔夜译陀思退夫斯基（陀思妥耶夫斯基）《女房东》，文光书店，收入"世界文学名著译丛"。

孙大雨译莎士比亚《黎琊王》(《李尔王》)(上、下),商务印书馆,为译作写了长篇导言和注解。孙大雨这部莎剧译本第一次采用了以“音组”代“步”的传达方式,开创了莎剧诗体翻译的先河。

唐允魁译赛珍珠《儿子们》,古今书店。

屠岸译惠特曼《鼓声》,青铜出版社。

王维镐译陀思退夫斯基(陀思妥耶夫斯基)《地下室手记》,文光书店。

王维克译但丁《神曲·净界》《神曲·天堂》,商务印书馆,收入“汉译世界名著”。

王西彦发表《论罗亭》,《文艺春秋》第7卷第3号。

文颖译列夫·托尔斯泰《活尸》,文化生活出版社。

文颖译朵思托也夫斯基(陀思妥耶夫斯基)《穷人》,文化生活出版社。

萧赛著《柴霍甫的戏剧》,文通书局。

徐迟译司汤达《帕尔玛宫闱秘史》(《帕尔马修道院》),上海书报杂志联合发行所。

杨宪益译《近代英国诗抄》,中华书局。

俞徵译哈代《玖德》(《无名的裘德》),潮锋出版社。

张毕来著《欧洲文学史简编》,文化供应社。

朱光潜著《克罗齐哲学述评》,中正书局。

朱雯译雷马克《凯旋门》,文化生活出版社,收入“译文丛书”。

朱雯译雷马克《流亡曲》,文化生活出版社,收入“译文丛书”。

1949年

10月1日 中华人民共和国成立。在第一年里同苏联等17个国家建立外交关系。

7月 中国文学艺术工作者代表大会召开。大会在总结历史经验的基础上，一致拥护毛泽东《在延安文艺座谈会上的讲话》中提出的文艺新方向，并确定其为今后文艺运动的总方针。大会选举产生了中华全国文学艺术工作者联合会全国委员会，郭沫若为主席，茅盾、周扬为副主席。同时分别成立中国文联下属的各个协会，选举产生了各协会的领导机构。这次大会是国民党统治区与解放区长期被分割开的两支文艺大军的胜利会师，是中国文艺运动史上一次空前大团结的盛会。

10月 第一届全国性质的出版工作会议召开，对全国尚待改进和整合的出版业提出了各项要求，整合出版社，实行出版工作的协调和统一管理，实行出版工作的集中领导，这次会议为新中国出版事业的蓬勃发展打下了重要的基础。

12月16日—1950年2月17日 毛泽东主席应邀访问苏联。他在车站发表的演说中指出，目前的主要任务是巩固以苏联为首的世界和平阵线，反对战争的挑衅者，发展中苏人民的友谊。此次访问也确定了新中国在成立初期的外国文学翻译和引进将以苏联文学作品为主的方向。

9月1日 《翻译月刊》创刊。创刊词《翻译工作的新方向》指出，对帝国主义的思想文化的介绍要先经过翻译工作者的清滤，通过翻译工作者的精密深入地了解帝国主义思想文化，它的腐败性、反动性等，针对帝国主义思想的弱点，进行有效的攻击与战斗。

10月25日 《人民文学》创刊。作为新中国第一份文学期刊，《人民文学》由中国作家协会主管，主要刊登小说、散文、诗歌和报告文学等纯文学作品。毛泽东曾为《人民文学》创刊号题词“希望有更多好作品出世”。发刊词指出：“我们的最大的要求是苏联和新民主主义国家的文艺理论，群众性文艺运动的宝贵经验，以及卓越的短篇作品。”它对于外国文学的引入进行了初步的规划。在中国当代文学的历史上，无论从哪方面来看，创刊迄今的《人民文学》无疑都堪称最为重要、最为突出也最具权威性和代表性的文学刊物。《人民文学》的这种独特的历史和文学地位，是由中国当代具体的政治、社会和文化条件所决定的，这从它的创刊和复刊过程就能得到鲜明的验证。

2月24日 清华大学校委会聘燕卜逊为清华兼任教授，授“当代英国诗歌”。

4月20日 郭沫若为团长,刘宁一、马寅初为副团长,郑振铎、丁玲、田汉、曹禺、曹靖华、艾青、徐悲鸿、萧三、戈宝权等文艺界和学术界著名人士共40人参加的中国代表团出席在布拉格召开的世界和平大会。

晨光出版公司陆续出版一批美国文学作品。焦菊隐译爱伦·坡的《海上历险记》和《爱伦坡故事集》(收入《大旋涡底余生记》《瓶中手稿》和《毛格街血案》等5篇小说),马彦祥译海明威的《没有女人的男人》《在我们的时代里》(小说集),徐迟译亨利·梭罗的《华尔腾》,楚图南译惠特曼的《草叶集选》,冯亦代译阿弗雷·卡静的《现代美国文艺思潮》等。

巴金等译《苏联短篇小说选》,启明书局。

巴金译鲁多夫·洛克尔《六人》,文化生活出版社。

巴金译屠格涅夫《蒲宁与巴布林》,平明出版社。

白刃译奥斯特罗甫斯基(奥斯特洛夫斯基)《钢铁是怎样炼成的》(缩写本),华中新华书店盐阜分店。

葆荃、梁香译日丹诺夫《论文学、艺术与哲学诸问题》,时代书报出版社。

卞之琳发表《开讲英国诗想到的一些体验》,《文艺报》第4期。

陈冰夷译法捷耶夫《论文学和文学批评》,《文艺报》第6期。

陈敬容译雨果《巴黎圣母院》(上、下册),骆驼书店。

陈学昭译舍宾那《列宁与文学及其他》,东北书店。

董每戡著《西洋诗歌简史》,文光书店。

董秋斯译托尔斯泰《战争与和平》(上、下),上海书报杂志联合发行所。

杜秉正译拜伦《海盗》《可林斯的围攻》,文化工作社。

芳信译高尔基《仇敌》,旅大中苏友好协会。

冯雪峰发表《鲁迅创作的独立特色和他受俄罗斯文学的影响》,《人民文学》创刊号。

冯亦代译卡静《现代美国文艺思潮》,晨光出版公司。

傅雷译巴尔扎克《欧也妮·葛朗台》,生活·读书·新知三联书店。

高寒(楚图南)译惠特曼《草叶集》,晨光出版公司,收入“晨光世界文学丛书”。

高寒(楚图南)译斯威布(Gustav Schwab,施瓦布)《希腊的神话和传说》(上、下册),上海书报杂志联合发行所。1958年人民文学出版社重版。

高植译托尔斯泰《安娜·卡列尼娜》(上、下册),文化生活出版社。

戈宝权译顾尔希坦《论文学中的人民性》,群益出版社。

戈宝权译马尔夏克《十二个月》,时代书报出版社。

戈宝权译玛耶柯夫斯基(马雅可夫斯基)等《灯塔》,东北书店。

戈宝权著《苏联文学讲话》,新中国书局。

郭沫若译马克思、恩格斯《艺术的真实》,群益出版社。

海岑译屠格涅夫《三肖像》,平明出版社。

胡明译高尔基《夜店》(插画本),光华出版社。

胡仲持著《世界文学小史》,生活·读书·新知三联书店。

荒芜译奥尼尔《悲悼》,晨光出版公司,收入“晨光世界文学丛书”。

荒芜译范西里夫《社会主义的现实主义》,天下图书公司。

荒芜译阿玛卓夫等《苏联文艺论集》,五十年代出版社。

黄裳译冈察洛夫《一个平凡的故事》,文化生活出版社,收入“译文丛书”。

简企之译朗费罗《朗费罗诗选》,晨光出版公司,收入“晨光世界文学丛书”。

蒋牧良著《高尔基》,生活·读书·新知上海联合发行所。

蒋路译屠格涅夫《文学回忆录》,文化生活出版社,收入“译文丛书”。

蒋路译托尔斯泰《少年时代》,文化供应社。

蒋路译卡札凯维奇《星》,时代书报出版社。

焦菊隐译爱伦坡《爱伦坡故事集》《海上历险记》,晨光出版公司,收入“晨光世界文学丛书”。

焦菊隐译高尔基《布利乔夫》,天下图书公司。

金人、鲍群译契诃夫《契诃夫小说集》(共三册),光明书局。

李健吾译福楼拜《三故事》,文化生活出版社。

李健吾译《契诃夫独幕剧集》,文化生活出版社。

李健吾译莫里哀《党·璜》(《唐·璜》)《可笑的女才子》《吝啬鬼》(《悭吝人》)、《没病找病》(《无病呻吟》)、《乔治·党丹》(《乔治·唐丹》)《向贵人看齐》(《贵人迷》),上海开明书店。

李健吾译高尔基《仇敌》《野蛮人》,上海出版公司。

梁启迪译莱蒙托夫《逃亡者》,东北书店。

林林译海涅《织工歌》,人间书屋。

林陵译奥斯特罗夫斯基(奥斯特洛夫斯基)《智者千虑必有一失》,时代书报出版社。

刘重德译奥思婷(简·奥斯汀)《爱玛》,正风出版社,收入"世界文学名著译丛"。

马彦祥译海敏威(海明威)《康波勒托》《没有女人的男人》《在我们的时代里》,晨光出版公司,收入"晨光世界文学丛书"。

麦青著《普式庚》,生活·读书·新知上海联合发行所。

梅林译叶戈林《提高苏维埃文学底思想性》,新中国书局。

穆木天译巴尔扎克《绝对之探求》,文通书局。

穆木天译马尔夏克《快乐的日子》,立化出版社。

秦南林译巴巴耶夫斯基《金星骑士》,时代书局。

荃麟发表《珍贵的经验:略谈十月革命时期的苏联文学运动》,《新华月报》第12期。

汝龙译库普林《决斗》,文化生活出版社,收入"译文丛书"。

沈起予译胡理契《欧洲文学发展史》,群艺出版社。

侍桁译高尔基《俄罗斯人剪影》,国际文化服务社。

水夫译季莫菲叶夫《苏联文学史》,"苏联研究丛刊",海燕书店。

斯嘌译左琴科《新时代的曙光》,海燕书店。

苏联文艺选丛编辑委员会编辑《苏联报告文学选》(一、二),大东书局,收入"苏联文艺选丛"。

苏联文艺选丛编辑委员会编纂、林陵等译《苏联名作家专集》(一、二),大东书局。

苏联文艺选丛编辑委员会编纂、柔石等译《苏联名作家专集》(四),大东书局。

苏联文艺选丛编辑委员会编纂、尚佩秋等译《苏联名作家专集》(三),大东书局。

苏联文艺选丛编辑委员会编纂、张仲实等译《苏联作家创作经验》(第一辑),大东书局。

苏桥译绥夫特(斯威夫特)《格列佛游记》,上海书报杂志联合发行所。

天明译史诺(斯诺)《二万五千里长征》,文学出版社。

铁弦译别克《康庄大道》(《恐惧与无畏》),中兴出版社。

汪仑编选、耿济之等译《高尔基作品选》,惠民书店。

吴岩译安德森《温士堡·俄亥俄》,晨光出版公司,收入"晨光世界文学丛书"。

西因译升曙梦《高尔基的一生和艺术》,上海杂志公司。

萧叔夜编译莎士比亚《仲夏夜之梦》,永年书局。

徐蔚南译莫泊桑《巴朗先生》,现代出版社。

杨任译述《苏联诗选》,启明书局。

亦愚译爱特伽·史诺(斯诺)《西行漫记》(《二万五千里长征》),急流出版社。

于绍方译鲍姆(Vicki Baum)《柏林大饭店》,五十年代出版社。

袁水拍译《现代美国诗歌》,晨光出版公司,收入"晨光世界文学丛书"。

袁水拍译 A. 冈察尔《旗手》,新群出版社。

张亦朋译《格林童话全集》(上、下册),启明书局。

章铎声译马克·吐温《孤儿历险记》,光明书局。

赵瑞蕻译斯丹达尔(司汤达)《嘉思德乐的女主持》,正风出版社。

赵蔚青译屠格涅夫《幽静的田园》,文化生活出版社。

钟宪民译德莱塞《嘉丽妹妹》,上海教育书店。

朱葆光译德莱塞《珍妮小传》(《珍妮姑娘》)(上、下卷),晨光出版公司,收入“晨光世界文学丛书”。

朱海观译法捷耶夫等《苏联文艺论集——社会主义现实主义的问题》,棠棣出版社。

朱厚锟译乔治・吉辛《威尔・瓦伯顿》,文化工作社。

庄寿慈译《谈苏联文学》,天下图书公司。

庄寿慈译玛雅可夫斯基《我自己》,时代出版社。

1950 年

抗美援朝战争爆发。

《中华人民共和国土地改革法》施行,土地改革开始。

翻译局召开各机关翻译部门座谈会,决定创办刊物作为翻译工作者协作的开端。

3 月 26 日 《人民日报》发表文章《用严肃的态度对待翻译工作》,引起翻译界强烈反响。这是新中国成立后第一次公开谈及外国文学翻译的严谨问题,表明新中国的外国文学翻译工作即将迈入正轨。

5 月 中共中央发出《关于在全党全军开展整风运动的指示》。《指示》指出,这次整风运动是为了克服党内存在的思想作风不纯问题,主要是领导干部中的居功自傲情绪、命令主义作风,以及少数人贪污腐化、政治上堕落颓废、违法乱纪等错误。整风运动很大程度上稳固了党内秩序,剔除了违法乱纪的人员,密切党和人民的联系,但同时也对其他领域产生了不小的影响,一部分外国文学工作者受到牵连和冲击。

7 月 出版总署翻译局主办的《翻译通报》创刊,其宗旨为:加强翻译工作者的联系,交流翻译经验,展开翻译批评和自我批评,提高翻译水准。相比于刊登翻译作品的其他期刊,《翻译通报》更倾向于提供一个供广大翻译工作者交流切磋的平台,对于提升新中国外国翻译团队的整体水平有着重大的意义。

8 月 董秋斯在《翻译通报》发表题为《怎样建立翻译界的批评和自我批评》的文章,探讨了翻译界的批评和自我批评问题,引起了广大读者和翻译工作者的强烈反响，一场自发的、以《翻译通报》为平台的批评和自我批评运动展开。

3月 诗人、学者和翻译家冯至代表全国文联出访东欧，先后参加庆祝匈牙利解放五周年纪念大会和捷克斯洛伐克解放五周年纪念大会。

4月23日 英国文化协会在上海召开纪念莎士比亚诞生386周年纪念会，会后由石挥、丹尼演出《乱世英雄》片段。

6月 胡风在杭州浙江大学中文系发表演讲，谈及莎士比亚的理解与接受问题，指出："学习莎士比亚，要从作品里理解一个作家的基本精神。应该理解他是怎样地反映了现实而又推动了现实，正是这些给我们以力量来对待今天的现实，帮助我们更成功地创造自己的东西。"

艾思奇译海涅《德国——一个冬天的童话》，生活·读书·新知三联书店。

巴金译高尔基《回忆托尔斯泰》，平明出版社。

毕树棠译马克·吐温《密士失必河上》(《密西西比河上的生活》)，晨光出版公司，收入"晨光世界文学丛书"。

冰夷等译《论文艺中的世界主义》，时代出版社。

伯符译伊凡诺夫《列宁和苏联文学的诞生》，中华书局。

曹靖华译阿·托尔斯泰《保卫察里津》，生活·读书·新知三联书店。

陈伯吹译鲍姆《绿野仙踪》，中华书局。

陈伯吹译普希金《沙皇萨尔丹》，中华书局。

成时译屠格涅夫《克莱拉·密里奇》，平明出版社。

丁明译辑《美国文学的作家与作品》，生活·读书·新知三联书店，《文艺报》主持编辑的"文艺建设丛书"之一。

董秋斯译C.狄根斯(狄更斯)《大卫·科波菲尔》，生活·读书·新知三联书店，为第一个白话译本。

董秋斯译加德维尔等《跪在上升的太阳下》，生活·读书·新知三联书店。

董任坚译洛夫丁《一个老太婆的故事》，商务印书馆。

杜秉正译拜伦《该隐》，文化工作社。

芳信译果戈里(果戈理)《钦差大臣》,海燕书店。

芳信译卡泰维尔(卡达耶夫)《新婚交响曲》,海燕书店。

芳信译柴霍夫(契诃夫)《海鸥》,海燕书店。

芳信译屠格涅夫《村居一月》,海燕出版社。

费明君译阪本胜编《戏剧资本论》,神州国光社。

费明君译车尔尼舍夫斯基(车尔尼雪夫斯基)《做什么?》,泥土社。

高寒译尼克拉索夫《在俄罗斯谁能快乐而自由》,生活·读书·新知三联书店。

高名凯译巴尔扎克《杜尼·玛西美拉》,海燕书店。

何家槐译福克斯《小说与人民》,生活·读书·新知三联书店。

胡春冰译萧伯纳《奇双会》,大众书局。

蒋孔阳译库尼兹《从苏联看文艺》,商务印书馆。

蒋天佐译狄根斯(狄更斯)《奥列佛尔》(《雾都孤儿》)、《匹克威克外传》,生活·读书·新知三联书店。

蒋天佐译杰克·伦敦《荒野的呼唤》《雪虎》,生活·读书·新知三联书店。

焦菊隐译阿菲诺盖诺夫《前夜》,平明出版社。

焦菊隐译巴甫连柯《草原的太阳》,平明出版社。

焦菊隐译高尔基《夫妇》《骨肉之间》,天下图书公司。

金人辑译《苏联文学与艺术的方向》,东北新华书店。

金人译阿·托尔斯泰等《奇怪的故事》,万叶书店。

李健吾译托尔斯泰《头一个造酒的》《文明的果实》《光在黑暗里头发亮》,平明出版社。

李俍民译奥陀也夫斯基《霜公公》,启明书局。

刘之根译注凯诺尔《阿丽思漫游记》,正风出版社。

罗稷南译狄根斯(狄更斯)《双城记》,生活·读书·新知三联书店。

罗稷南译高尔基《克里·萨木金的生平:四十年》,生活·读书·新知三联书店。

罗淑译加尔勒雪夫斯基(车尔尼雪夫斯基)《何为》,平明出版社。

吕漠野译柯丘宾斯基《妖怪莫尔加纳》，文化生活出版社。

汝龙译安德烈叶夫《总督大人》，平明出版社。

汝龙译高尔基《旅伴集》，平明出版社。

汝龙译契诃夫《嫁妆集》《苦恼集》《亮光集》《三年集》《食客集》《巫婆集》，平明出版社。

侍桁译列·托尔斯泰《哈吉·慕拉》，平明出版社。

适夷译契诃夫、高尔基《契诃夫高尔基通信集》，海燕书店。

适夷译柯罗连科《童年的伴侣》，上海出版公司。

屠岸译莎士比亚《莎士比亚十四行诗集》，文化工作出版社，为首个全译本。

王子野译法捷耶夫等《苏联文艺界的批评与自我批评》，新华书店。

韦丛芜、韦德培译蒲思托夫斯基《卡拉布格海湾及其他》，文化工作社。

韦丛芜译 A. 托尔斯泰《里吉达的童年》，文化工作社。

韦丛芜译陀思退夫斯基(陀思妥耶夫斯基)《西伯利亚的囚犯》《罪与罚》，文光书店。

魏荒弩译潘斐洛夫《真人真事》，晨光出版公司。

文颖译托尔斯泰《活尸》，平明出版社。

吴伯萧译海涅《波罗的海》《织工歌》，文化工作社。

许君远译狄更斯《老古玩店》，上海文艺联合出版社。1955年重版。

余振译西蒙诺夫《远在东方》，晨光出版公司。

袁水拍译汤姆生(汤姆逊)《马克思主义与诗歌》，生活·读书·新知三联书店。

张毕来译艾丽奥特(艾略特)《亚丹·比德》，上海书报杂志联合发行所。

张古梅译《列宁给高尔基的信》，时代书局。

周笕(周扬)、罗稷南译列夫·托尔斯泰《安娜·卡列尼娜》，生活·读书·新知三联书店。

立波译肖洛霍夫《被开垦的处女地》，生活·读书·新知三联书店。

周遐寿译劳斯《希腊的神与英雄》,文化生活出版社。

朱维之译弥尔顿《复乐园》,广学会。

朱文澜译泰拉森科夫《苏联文学中的社会主义现实主义》,中华书局。

1951年

《翻译通报》发表了几篇关于莎士比亚作品翻译的讨论文章,分别是:朱文振、孙大雨《关于莎士比亚的翻译》(第3卷第1期)、顾绶昌《谈翻译莎士比亚》(第3卷第3期)、《评莎剧〈哈姆雷特〉的三种译本》(第3卷第5期),对以后的莎译有不小影响。

1月

由新成立不久的出版总署编译局召开座谈会,对新中国的外国文学翻译工作进行部署;同年12月,出版总署又召开了第一届全国翻译工作会议,署长胡愈之主持,中心议题就是提高翻译质量,强化翻译计划。沈志远呼吁全国翻译从以往的“无组织、无计划的盲目状态,走向有组织、有计划的状态”,并制订了全国性的翻译工作计划,发布了两个“草案”——《关于公私合营出版翻译书籍的规定草案》和《关于机关团体编译机构翻译工作的规定草案》。从此,翻译工作被当成政治建设和经济建设的任务,组织化、计划化、制度化等方面的建设得到了加强。

3月26日

《高等学校教材编审委员会暂行组织条例》颁布,除了部分1944年以前的翻译作品被重印之外,对苏联的文学史、苏联编写的外国文学史的翻译迅速形成规模。

3月

人民文学出版社成立,属文化部领导。冯雪峰任社长兼总编辑,蒋天佐任副社长,聂绀弩、周立波、张天翼、曹靖华、冯至任副总编辑。由文化部艺术局编审处和三联书店总管理处调来部分人员组成基本干部队伍,建立了现代文学、古典文学、外国文学等编辑部和总编辑室、经理部、办公室。人民文学出版社在刚刚建立之时就极为活跃,即便是在动荡年代仍然有大批高质量的图书出版。人民文学出版社着力组织出版社当代文学作品,中国当代作家的代表作大多由其出版。

华东师范大学外文系建立。学者方重、葛传槼、徐燕谋、周煦良、孙大雨等先后在此执教。

1月

曹葆华译罗可托夫编《斯大林与文化》，人民出版社。

曹靖华发表《谈苏联文学》，《人民文学》第5期。

曹靖华译凯尔升《粮食》，新文艺出版社。

曹靖华译拉甫列涅夫《苏联作家七人集》，生活·读书·新知三联书店。

曹靖华译绥拉菲摩维支《铁流》，人民文学出版社。

曹靖华译卡达耶夫《我是劳动人民的儿子》，生活·读书·新知三联书店。

曾敏达译格里戈罗维奇《渔人》，文化工作社。

陈伯吹译普希金《牧师和工人巴尔达》，中华书局。

陈汉章等译叶高林等《列宁斯大林与苏维埃文学》，人民文学出版社。

陈铨译弗里德利希·沃尔夫(Friedrich Wolf)《两人在边境》，自由出版社。

陈原译锡且特林(萨尔蒂科夫·谢德林)《戈罗维略夫老爷们》，生活·读书·新知三联书店。

董秋斯译列昂诺夫《索特》，生活·读书·新知三联书店。

董秋斯译加德维尔等《美国黑人生活纪实》，生活·读书·新知三联书店。

杜亮译摩斯塔芬(格比敦·莫斯达凡)《百万富翁》，时代出版社。

芳信译爱伦堡《广场上的狮子》，新文艺出版社。

傅雷译巴尔扎克《贝姨》，平明出版社。

高岳清译塞狄克《道里亚》，文艺翻译出版社。

郭沫若译歌德《少年维特之烦恼》，新文艺出版社。

海岑译屠格涅夫《两朋友》，平明出版社。

蒋璐译车尔尼雪夫斯基《怎么办?》(上、下册)，时代出版社。

焦菊隐译阿·托尔斯泰《A. 托尔斯泰小说选集》(第一册)、《阿·托尔斯泰小说选集》(第二册)，人民文学出版社。

金人译冈察尔《摩拉瓦河对岸的春天》,新文艺出版社。

金人译、海天改写梭罗维约夫《俄罗斯的水兵》,元昌印书馆。

磊然译普希金《射击》,时代出版社。

李健吾译屠格涅夫《落魄》,平明出版社。

李江发表《苏联文学的多民族性》,《光明日报》。

丽尼发表《苏联文学中的爱国主义》,《长江文艺》第5卷第7期。

刘辽逸等译法捷耶夫等《苏联文学批评的任务》,生活·读书·新知三联书店。

刘辽逸等译法捷耶夫、爱伦堡等《作家与生活——第二届全苏青年作家会议论文集》,文艺翻译出版社。

刘辽逸译尤·伏契克《绞索套着脖子时的报告》,生活·读书·新知三联书店。

刘文贞译康拉德《芙丽亚》,文化工作社。

罗稷南译高斯华绥(高尔斯华绥)《有产者》,生活·读书·新知三联书店。

梦海译克雷洛夫《克雷洛夫寓言》,时代出版社。

穆木天译巴尔扎克《从兄蓬斯》(《邦斯舅舅》)、《夏贝尔上校》《勾利尤老头子》《恺撒比罗图盛衰史》,文通书局。

曲秉诚、蒋锡金译阿伯拉莫维奇等《文艺理论教学大纲》,东北教育出版社。

汝龙译高尔基《碎裂集》《秋夜集》,开明书店。

汝龙译契诃夫《爱情集》《镜子集》《恐怖集》《妻子集》,平明出版社。

沈起予译宫本百合子《播州平野》,文化工作社。

侍桁译勃兰兑斯《法国作家评传》,国际文化服务社。

侍桁译陀思妥耶夫斯基《赌徒》,文光书店。

王科一译述《德莱塞和他的〈美国悲剧〉》,潮锋出版社。

韦丛芜译 A. 瓦洛辛《库斯尼兹克地方》,文化工作社。

韦丛芜译杨金《一个斯塔哈诺夫工人的手记》,时代出版社。

韦丛芜译柴珂夫斯基(柴可夫斯基)《库页岛的早晨》,海燕书店。

魏荒弩译穆季瓦尼《善良的人们》，晨光出版公司。

徐克刚译冈察尔《黄金的布拉格》，新群出版社。

许汝祉译罗塞福《皮匠街的革命》，文化工作社。

余振译莱蒙托夫《莱蒙托夫诗选》，时代出版社。

赵瑞蕻译马雅可夫斯基《列宁》，正风出版社。

周遐寿（周作人）著《希腊女诗人萨波》，上海出版公司。

1952年

年底土地改革基本完成，结束了我国存在了两千多年的封建土地制度。

教育部发布首部《师范学院教学计划（草案）》。这个计划由教育部委托北京师范大学在苏联专家直接指导之下，根据苏联高等教育部1951年批准的《苏联师范学院教学计划》起草，其中中文系教学计划中包含了外国文学课程。

国家对民营出版机构进行整合、改造和压缩，但仍保留了相当一部分具有影响力的民营出版机构，如文化工作社。

1月 中共中央发出《关于在城市中限期展开大规模的坚决彻底的“五反”斗争的指示》。

6月—9月 在全面学习苏联的方针指导下进行第一次教育改革，开展全国院系大调整，外国文学课程在综合性大学被取消，只在师范院校中文系中予以保留。清华大学外国语文学系撤销，主要师资力量及学生并入北京大学、北京外国语学院（现北京外国语大学）和中国社会科学院外国文学研究所。

7月 《出版总署关于中央一级各出版社的专业分工及其领导关系的规定（草案）》颁布，为人民文学出版社制定任务：(1)编辑出版现代中国的文学作品；(2)编译出版文艺理论和文学史；(3)编选出版“五四”以来的重要文学作品；(4)编选出版优秀的通俗文学读物和民间文学作品；(5)校勘整理、翻印古典的文学名著；(6)翻译出版苏联、新民主主义国家的重要文学作品；(7)介绍资本主义国家的进步文学作品;(8)译校出版外国的古典文学名著;(9)出版文学期刊。

8月　群益出版社、海燕书店和大孚出版公司合并为新文艺出版社。

11月　冯雪峰发表《中国文学中从古典现实主义到无产阶级现实主义的发展的一个轮廓》,《文艺报》。这篇文章不仅第一次使用了"无产阶级现实主义"这一概念,而且还将它与中国古典现实主义结合在一起,意在表明外来马克思主义文学观念与中国传统文学精华相结合是中国当代文学的未来理想图景。

5月　周扬在《毛泽东同志〈在延安文艺座谈会上的讲话〉发表十周年》的文章中,第一次明确提出:"革命的艺术的新方法——社会主义现实主义应当成为我们创作方法的最高准绳。"

巴金译屠格涅夫《木木》,平明出版社。

蔡慧、陈松雪、李文俊译霍华德·法斯特《最后的边疆》,新文艺出版社。

曹靖华发表《瞿秋白同志为介绍苏联文学所进行的斗争》,《人民日报》。

曹靖华译克雷莫夫《油船"德宾特"号》,人民文学出版社。

陈敬容译伏契克《绞刑架下的报告》,人民文学出版社。

方平译莎士比亚《维纳斯与阿童妮》,文化工作社。

冯雪峰发表《鲁迅和果戈理》,《人民日报》。

傅雷译巴尔扎克《邦斯舅舅》,平明出版社。

胡风辑译高尔基《人与文学》,泥土社。

李荷珍译莱蒙托夫《歌手凯里布》,中华书局。

李健吾译屠格涅夫《贵族长的午宴》,平明出版社。

刘辽逸对梅益译奥斯特洛夫斯基《钢铁是怎样炼成的》进行校订,并由人民文学出版社重新出版。

刘辽逸译果戈理《外套》,人民文学出版社。

卢承志译P.鲁克尼茨基《妮索》,文艺翻译出版社。

鲁迅译果戈里(果戈理)《鼻子》《死魂灵》,人民文学出版社。

罗稷南译爱伦堡《暴风雨》,时代出版社。

满涛译别林斯基《别林斯基选集》(第一、二卷),时代出版社。

梅益译尼·奥斯特洛夫斯基《钢铁是怎样炼成的》，人民文学出版社。

梦海译盖达尔《林中烟》，时代出版社。

梦海译吉洪诺夫《巴基斯坦故事》，时代出版社。

梦海译卡塔耶夫《雾海孤帆》，时代出版社。

汝龙译高尔基《绿猫集》，开明书店。

汝龙译托尔斯泰《复活》，平明出版社。

汝龙译契诃夫《父亲集》《新娘集》《宴会集》，平明出版社。

沈凤威译托尔斯泰《克莱采朔拿大》，平明出版社。

树生、若信译法斯脱（法斯特）《文学与现实》，文艺翻译出版社。

王民泉译尼古拉耶娃《收获》，时代出版社。

徐克刚译布宾诺夫《白桦》，文化工作社。

徐克刚译 B.凯巴巴耶夫《土库曼尼亚的春天》，文光书店。

徐克刚译陀甫静科《战斗的前夜》，正风出版社。

许汝祉译德莱塞《堡垒》，文化工作社。

许汝祉译法斯特《美国人》，文化工作社。

许天虹译杰克·伦敦《强者的力量》，文化工作社。

么洵译留·柯斯莫捷绵斯卡亚《卓娅与舒拉的故事》，青年出版社。

么洵译维尔塔《伟大的日子》，时代出版社。

以群译高尔基《给初学写作者》，平明出版社。

以群译维诺格拉多夫《新文学教程》，新文艺出版社。

翟松年译卡维林《刚毅学校》，光明书局。

翟松年译米哈依里克《今日的苏联 11：草原生活》，上海出版公司。

郑伯华等译 K.西蒙诺夫等《社会主义现实主义的几个问题》，文艺翻译出版社。

左海译符肖伏洛日斯基《聂莫上尉的洞》，永祥印书馆。

左海译卡维林《俄罗斯的孩子》，文化工作社。

1953年

社会主义改造开始。

1月11日 周扬发表《社会主义现实主义——中国文学前进的道路》,原载苏联文学杂志《旗》1952年第12期,1953年1月11日《人民日报》转载。"斯大林同志关于文艺的指示,联共中央关于文艺思想问题的历史性的决议,日丹诺夫同志的关于文艺问题的讲演,以及最近联共十九次代表大会上马林科夫同志的报告中关于文艺部分的指示,所有这些,为中国和世界一切进步文艺提供了最丰富和最有价值的经验,给予了我们以最正确、最重要的指南。"

3月 1953年3月,教育部组织北京师范大学相关教师和苏联专家对先前的草案进行了修订。在中文系教学计划中,外国文学课程被列为本科生必修课,在教学内容上突出俄罗斯苏联文学。

7月 《译文》创刊。《译文》是新中国成立后最具代表性的外国文学刊物,由中华全国文学工作者协会(中国作家协会前身)创办。为了纪念鲁迅先生,继承他20世纪30年代创办老《译文》杂志的传统,刊物当时定名《译文》(月刊),并由鲁迅创办《译文》时的战友茅盾担任首任主编。1959年,刊物改名为《世界文学》,以一定的篇幅发表中国学者撰写的评论。1964年改由中国科学院外国文学研究所(今中国社会科学院外国文学研究所)主办。"文化大革命"前,它是我国唯一一个介绍外国文学作品与理论的刊物。"文化大革命"期间一度停办,1977年恢复出版,内部发行一年,1978年正式复刊。

9月23日—10月6日 中国文学艺术工作者第二次代表大会召开。与会代表对文艺工作的各个方面进行了全面深入的讨论,对于1949年以来文艺工作上出现的各种僵化、教条化等问题有所认识,决定减少行政干预,用符合文艺工作自身发展规律的方法去引导文艺的发展。这也是从国际问题的角度再一次放宽对于欧美文学翻译的限制。

作家老舍和剧作家骆文在布拉格观摩捷克斯洛伐克全国职业剧团会演。 4月—5月

北京大学俄文系举办两年俄罗斯文学研究班，专家卡普斯金主讲，培养高校俄文专业俄罗斯文学教员。 11月—1956年6月

北京师范大学中文系教研室制订了《中国语文研究班苏联文学组教学计划》，并于同年9月得到学校批准。

蔡慧译霍华德·法斯特《孕育在自由中》，新文艺出版社。

蔡时济等译法捷耶夫等《苏联文学艺术工作的任务》，新文艺出版社。

蔡时济译苏联《真理报》专论《克服戏剧创作的落后现象》，新文艺出版社。

蔡时济译苏尔科夫《苏维埃文学发展的几个问题》，新文艺出版社。

曹葆华等译《苏联文学艺术问题》，人民文学出版社。

曹葆华译高尔基《苏联的文学》，新文艺出版社。

曹靖华发表《关于研究和介绍苏联文学》，《文艺月报》第10、11期。

曹靖华辑译《关于列宁的传说》，中国青年出版社。

曹靖华辑译《关于斯大林的传说》，中国青年出版社。

曹靖华辑译《关于夏伯阳的传说及其他》，中国青年出版社。

曹靖华译卡达耶夫等《梦》，文化工作社。

曹靖华译西蒙诺夫《望穿秋水》，新文艺出版社。

曹未风译莎士比亚《如愿》，上海出版公司。

陈伯吹译玛约丽·佛拉克《改过的小老鼠》，中华书局。

陈伯吹译斯·梅德改写《出卖心的人》，启明出版社。

陈伯吹译斯蒂泼涅克《一文奇怪的钱》，中华书局。

董秋斯译革拉特珂夫《士敏士》，新文艺出版社。

方平译莎士比亚《捕风捉影》，平明出版社。

芳信译肖洛霍夫等《仇恨》，文艺翻译出版社。

高名凯译巴尔扎克《钢巴拉》《玛拉娜母女》，新文艺出版社。

高叔眉译苏联《十月》杂志专论《过渡到共产主义的几个问题与文学》，新文艺出版社。

高叔眉译洛米哲《为在文学中真实反映生活冲突而斗争》,《人民文学》第2期。

顾用中译奥斯特罗夫斯基《来得容易去得快》,时代出版社。

顾用中译冈察尔《冈察尔短篇小说集》,新文艺出版社。

海岑译安·柯普嘉叶娃《阿尔查诺夫医生》,平明出版社。

蒋路译车尔尼雪夫斯基《怎么办?》,人民文学出版社。

焦菊隐译劳克《爱国者——谢尔盖耶夫工程师》,平明出版社。

金人、林秀、张孟恢、刘辽逸译波列伏依《斯大林时代的人》,作家出版社。

李健吾译屠格涅夫《单身汉》《落魄》,平明出版社。

7月 李俍民译伏尼契《牛虻》,中国青年出版社。这是新中国成立后十七年间发行量最大的一本英国小说。

李俍民译勒·班台莱耶夫《新来的》,少年儿童出版社。

李俍民译勒·斯科林诺《论巴若夫的传说》,北新书局。

丽尼译鲍·波列伏依《伟大水道建筑者》,中南人民文学艺术出版社。

林念松译涅克拉索夫《俄罗斯女人》,平明出版社。

刘大杰译杰克·伦敦《野性的呼唤》,国际文化服务社。

刘辽逸、金人合译波列伏依《贡献》,人民文学出版社。

刘辽逸、谢素台合译阿札耶夫《远离莫斯科的地方》,人民文学出版社。

刘芃如、江士晔译阿尔德里奇《外交家》,上海出版公司。

鲁迅译契诃夫《坏孩子和别的奇闻》,人民文学出版社。

满涛发表《关于别林斯基思想的一些理解》,《人民日报》。

孟永祈译安德烈·斯梯《论党与作家》,上海出版公司。

齐放译罗杰·瓦扬《弗斯特上校服罪了》,人民文学出版社。

清华大学外国语文系英文组集体译法斯特等《美国短篇小说选》,文艺翻译出版社。

瞿秋白译高尔基《高尔基论文选集》,人民文学出版社。

瞿秋白译普希金《茨冈》,人民文学出版社。

汝龙译契诃夫《醋栗集》《决斗集》《邻居集》《农民集》《艺术

集》,平明出版社。

汝龙译特里佛诺夫《大学生》,平明出版社。

桑宾译维里琴斯基《斯大林与苏联文学问题》,人民文学出版社。

邵荃麟发表《沿着社会主义现实主义的方向前进》,《人民文学》第11期。

沈凤威编《俄罗斯短篇杰作选》,上海出版公司。

叔夜等译陀思妥夫斯基(陀思妥耶夫斯基)《陀思妥夫斯基短篇小说集》,文光书店。

孙楚良译柏林斯基(别林斯基)《论普希金的"奥尼金"》,泥土社。

孙梁译巴甫连柯《和平战士》,泥土社。

孙维世译布列曼改编达既安尼《星星之火》,人民文学出版社。

田森、陈国维译苏联《哲学问题》杂志专论《论艺术在社会生活中的地位和作用》,人民文学出版社。

汪向荣译无着成恭编《山彦学校》,光明书局。

王科一译玛尔兹《十字奖章与箭火》,文化工作社。

王仲年译季洛姆《杰瑞美的明灯》,文化工作社。

韦丛芜译陀思妥夫斯基(陀思耶夫斯基)《卡拉玛卓夫兄弟》(《卡拉马佐夫兄弟》),文光书店。

文之译藏原惟人《艺术中的阶级性与民族性》,上杂出版社。

文之译升曙梦《翻译与研究五十年》,上杂出版社。

萧珊译屠格涅夫《阿细亚》,平明出版社。

萧萧译德永直《静静的群山》,文化生活出版社。

萧萧译高仓辉《箱根风云录》,文化生活出版社。

徐克刚译卡达耶夫《风暴》,火星出版社。

徐克刚译潘诺娃《光明的河岸》,新文艺出版社。

杨必译埃杰窝斯《剥削世家》,平明出版社。

姚良译巴巴耶夫斯基《金星英雄》,人民文学出版社。

叶维之、施咸荣译法斯特《斯巴达克思》,文化工作社。

于树生译奥尔德里奇《外交家》,文化工作社。

余振译多勃罗沃尔斯基《三个穿灰大衣的人》,人民文学出版社。

余振译马雅可夫斯基《列宁》,人民文学出版社。

查良铮译季摩菲耶夫《文学概论》,平明出版社。

查良铮译季摩菲耶夫《怎样分析文学作品》,平明出版社。

张威廉译维利·勃赖特尔(威利·布莱德尔)《五十天》《一德国兵的遭遇》,文化生活出版社。

种觉译奥斯特罗夫斯基《肥缺》,上杂出版社。

种觉译普拉托希金《车间主任》,光明书局。

朱葆光译斯蒂芬·赫姆林《前列》,人民文学出版社。

朱章甦译阿菲诺盖诺夫《遥远的泰加》,平明出版社。

1954 年

第一届全国人民代表大会第一次会议召开,通过《中华人民共和国宪法》。

4 月

教育部颁布《师范学院暂行教学计划》,修订后的教学计划规定中文系的任务是“培养中等学校中国语言文学教师”,修业年限为四年。本科必修科目学程表规定,外国文学于第三学年和第四学年讲授,总计讲授 200 学时,课堂实习讨论及练习占 14 学时,共计 214 学时。在具体的内容分配上,第三学年上学期讲授古代至 18 世纪末外国文学,共 40 学时;第三学年下学期讲授 19 世纪欧洲文学(不包括俄罗斯文学),共 40 学时;第四学年上、下学期全部讲授苏联文学(包括 19 世纪俄罗斯文学),共 120 学时。

8 月

中国作家协会与人民文学出版社联合召开第一届全国文学翻译工作会议。在会上,茅盾做了题为《为发展文学翻译事业和提高翻译质量而奋斗》的报告,该报告成了中华人民共和国成立后翻译工作的纲领性文件。茅盾在文章中不仅表达了对于社会主义文学、殖民地文学、半殖民地文学的深切关怀和肯定,同时也对资产阶级文学遗产提出了正面的看法,肯定了外国文学对于中国文学发展的积极作用。相对于中华人民共和国成立后到1954年之间的这段时期对于苏联文学的大力追捧和对欧美文学的贬低，茅盾没有否定欧美文学的积极意义，并且暗示了对于欧美文学进行翻译和研究的可能性，这就给欧美文学翻译高潮的到来埋下了伏笔。萧乾在会议小组讨论时发言，认为对劳伦斯这样的作家不能因为写过一本《查泰莱夫人的情人》就把他看作是黄色作家，予以全盘否定。

12月

吉洪诺夫在第二次全苏作家代表大会上做报告，重申了早在1934年就已经提出的"世界进步文学"概念：世界进步文学观念的核心是对世界文学进行阶级分析，以甄别出代表先进的无产阶级利益、反映人类发展方向的进步文学。在吉洪诺夫报告中，太阳是苏联文学占有核心领导地位的象征，并以苏联文学为核心，勾画了五层分级的世界文学新图景：第一层是保加利亚、罗马尼亚等东欧各国的文学；第二层是中国、越南、朝鲜等亚洲社会主义国家文学；第三层是尚未实现民族独立但有希望建立社会主义国家的东南亚和西亚各国，例如印度、伊朗和土耳其等国的文学；第四层由欧美国家的进步作家与文学组成，尤其是有反抗官方迫害倾向的作家和文学；第五层将拉丁美洲各国文学涵盖在内，苏联同情拉美各国所受到的殖民统治。苏联文学以"社会主义现实主义创作方法"居于世界文学的领导地位，"这一观念彻底颠覆了由约定俗成的经典作品为支撑、以民族国家作为基本单元的世界文学体系，转而以文学的阶级属性作为划分世界文学等级的标准"。

3月—7月

胡风撰写《关于解放以来的文艺实践情况的报告》(《三十万言书》)。文章坚持将社会主义现实主义看成"一个广泛的概念"，就是"社会主义思想所领导的革命斗争时期和苏联的历史现实中的现实主义"，"同时也是体现了最高原则性的概念，它要求通过文艺的特殊机能进行艰苦的实践斗争，通过实践斗争的胜利(现实主义的胜利)达到马克思主义"。胡风的"社会主义现实主义"话语不同于斯大林、日丹诺夫的"社会主义现实主义"话语，也不同于周扬、林默涵的"社会主义现实主义"话语。

文化生活出版社、光明书局等民营出版机构并入上海新文艺出版社。

10月 《北京师范大学进修班、研究班教学计划》由北京师范大学研究部印行。中文系苏联文学组开设的科目有外国文学(与本科三、四年级合开)、苏联文学和19世纪俄罗斯文学(与本科四年级合开)等课程,目标是培养高等师范学校苏联文学教师,修业年限为二年(1953年10月至1955年8月)。外国文学组开设的科目有“十九世纪俄罗斯文学”和“外国文学”等课程,目标是培养高等师范学校外国文学教师,修业年限为二年(1954年9月至1956年8月)。1955年10月公布的《中文系外国文学专业研究生教学计划》规定,教学目标是培养高等师范院校教师,学习期限为三年(1954年9月至1957年8月),主修“外国文学”“俄罗斯文学”两门专业课。

5月 爱伦堡《解冻》在《旗》杂志上发表,立刻引起了巨大的反响,一股暖流涌入苏联文坛之中。这一时期的报刊文章都流露出这样的气息,《克服戏剧创作的落后现象》《帮助作家正确地描写矛盾和斗争》《不应该忽视生活中的矛盾斗争》《谈谈抒情诗》等大量探讨文学理论方面的著作被发表,这些都标志着文学风向的转动,以往空洞教条式的、无冲突式的、光明梦式的、假大空式的文学作品开始受到批判和质疑,苏联人在探索着一条新的文学发展路径。

3月—8月 本年为莎士比亚诞辰390周年纪念。作家出版社陆续出版12卷本《莎士比亚戏剧集》,由朱生豪译本整理,共收录了莎士比亚的31种剧作。这是新中国成立以来第一次大规模地出版莎士比亚剧作。莎剧结集出版后,中国出现介绍和研究莎士比亚的高潮。大家“一致把莎士比亚看作是英国文艺复兴最伟大的代表者,认为只有根据马克思主义的观点和方法来解析莎士比亚才能正确地理解他的作品和他创作的伟大成就”。

在北京首都青年宫举行纪念会,隆重纪念菲尔丁逝世200周年,把菲尔丁归属于人类历代所有的伟大的文学作家之列。

巴金译赫尔岑《家庭的戏剧》,平明出版社。

白琳译约·里克斯丹诺夫《第一个名字》,光明书局。

曹靖华译斐定《城与年》,新文艺出版社。

曹靖华译契诃夫《契诃夫独幕剧集》《三姐妹》，人民文学出版社。

曹靖华译赛甫琳娜《庄稼人关于列宁的故事》，新文艺出版社。

曹靖华、尚佩秋译萧洛霍夫（肖洛霍夫）等《死敌》，文光书店。

曹靖华译亚菲诺甘诺夫《恐惧》，新文艺出版社。

曹未风译莎士比亚《仲夏夜之梦》，上海出版公司。

陈复庵、种觉译布宾诺夫《白桦》（第二卷），上海文艺联合出版社。

成钰亭译圣·勃夫《论乔治·桑》，平明出版社。

芳信译果戈理《钦差大臣》，作家出版社。

冯至译海涅《哈尔次山游记》，作家出版社。

傅雷译巴尔扎克《夏倍上校》，平明出版社。

戈宝权译普希金《普希金文集》，时代出版社。

耿济之发表《〈钦差大臣〉的写作经过》，《厦门日报》。

海岑译屠格涅夫《多余人日记》，平明出版社。

黄裳译谢德林《哥略夫里奥夫家族》，平明出版社。

蒋路、孙玮译布罗茨基主编《俄国文学史》（上卷），作家出版社。

焦菊隐译安东·契诃夫《契诃夫戏剧集》，平明出版社。

焦菊隐译塞·安东诺夫《在工地上》，平明出版社。

金克木译泰戈尔《我的童年》，人民文学出版社。

李霁野译卢斯达维里《虎皮武士》，作家出版社。

李健吾译屠格涅夫《内地女人》，平明出版社。

李健吾译伊·科切尔加《钟表匠与母鸡》，平明出版社。

丽尼译契诃夫《万尼亚舅舅》《海鸥》，人民文学出版社。

刘大杰译屠格涅夫《一个无可救药的人》，泥土社。

刘德中译玛丽亚·兰格诺尔《钢》，新文艺出版社。

刘辽逸译列夫·托尔斯泰《哈泽·穆拉特》，作家出版社。

罗念生等译《阿里斯托芬喜剧集》，人民文学出版社。罗念生翻译三种，周作人翻译一种，杨宪益翻译一种。

吕萤译普希金《叶甫盖尼·奥涅金》，人民文学出版社。

满涛译契诃夫《樱桃园》,人民文学出版社。

梅韬译新藤兼人《新的力量在生长》,平明出版社。

孟昌发表《苏联文学的丰收》,《世界知识》第21期。

梦海译普希金《普希金童话诗》,新文艺出版社。

汝龙发表《关于契诃夫的小说》,《文艺报》第13期。

汝龙译契诃夫《儿童集》《歌女集》《老年集》《校长集》,平明出版社。

汝龙译斯密尔诺夫《儿子》,中国青年出版社。

沈凤威译阿拉米列夫《猎人的故事》,时代出版社。

施咸荣译朗斯敦·休士等《黑人短篇小说选》,上海文艺联合出版社。

侍桁译霍桑《红字》,上海文艺联合出版社。

孙广英译波·儒尔巴《普通一兵——马特洛索夫》,中国青年出版社。

孙用译《裴多菲诗选》,作家出版社。

王古鲁译青木正儿《中国近世戏曲史》,中华书局。

王维克译迦梨陀娑《沙恭达罗》,人民文学出版社。

王西彦发表《读果戈理和契诃夫零札》,《从生活到创作》,新文艺出版社。

王仲明译契尔柯芙斯卡雅等《苏联文学理论简说》,上海文艺联合出版社。

巫宁坤译阿兰、戈登《白求恩大夫的故事》,平明出版社。

吴人珊译屠格涅夫《浮士德》,平明出版社。

吴岩译克雷诺夫《克雷洛夫寓言》,新文艺出版社。

吴岩译列夫·托尔斯泰《哥萨克》,新文艺出版社。

伍光建译亨利·菲尔丁《约瑟·安特路传》,作家出版社。

萧珊译屠格涅夫《初恋》《奇怪的故事》《阿细亚》,平明出版社。

谢再善译巴·索特那木《蒙古文学发展史》,文化生活出版社。

辛未艾译杜勃罗留波夫《杜勃罗留波夫选集》(第一卷),新文艺出版社。

徐声越、王宜光合译屠格涅夫《爱的凯歌》，泥土社。

姚艮译列鲍柯列奇《丰收的故事》，时代出版社。

叶冬心译安东诺夫《汽车在大路上行进》，上海文艺联合出版社。

尹夫译杰克·伦敦《热爱生命》，新文艺出版社。

于平、熊源平译代·蔡拜格密德等《太阳照耀着自由蒙古》，上海文艺联合出版社。

余振等译柯恩编《苏联儿童文学论文集》（第一集），中国青年出版社。

余振译玛·约·阿丽盖尔《卓娅》，中国青年出版社。

查良铮译季摩菲耶夫《文学发展过程》，平明出版社。

查良铮译普希金《高加索的俘虏》《欧根·奥涅金》《波尔塔瓦》《青铜骑士》，平明出版社。

张光年发表《学习苏联戏剧工作的先进经验》，《剧本》第11期。

张万里译马克·吐温《哈克贝利·芬历险记》，上海文艺联合出版社。

张威廉译维利·勃赖特尔（威利·布莱德尔）《父亲们》（亲戚和朋友三部曲之一），文化生活出版社。

张友松译马克·吐温《马克·吐温短篇小说选》，人民文学出版社。

张友松译马克·吐温《竞选州长》，《译文》第8期。同期刊载张由今译奥尔洛娃《马克·吐温论》。

郑振铎译泰戈尔《新月集》，人民文学出版社。

周煦良、叶封合译史悌芬·海姆《理性的眼睛》，平明出版社。

朱孟津译阿夫杰因柯《蒂萨河畔擒谍记》，泥土社。

朱维基译但丁《神曲：地狱篇》，新文艺出版社。

左海译古里亚《卡玛小说》，新文艺出版社。

左海译马久森娜《生命的胜利》，时代出版社。

1955年

4月 万隆召开亚非会议。周恩来在万隆会议上做了发言和补充发言,提出了"求同存异"方针。他说,根据互相尊重主权和领土完整、互不侵犯、互不干涉内政、平等互利的原则,社会制度不同的国家可以实现和平共处。

9月30日 根据中罗文化合作协定1955年执行计划,罗马尼亚作家彼得鲁·杜米特里乌和国家奖金得奖者杰奥·博格扎抵京访华。

11月26日 中国作家协会在北京举行报告会,纪念波兰伟大诗人密茨凯维支逝世一百周年。

上海新文艺出版社开始编辑出版"文艺理论译丛",到1958年共出版40部著作。

1月 《译文》在1月号刊出"稿约","欢迎苏联、人民民主国家及其它国家古今文学作品译稿"。

巴人发表《苏联冒险小说有什么意义?》,《文艺学习》第1期。

巴人著《从苏联作品中看苏维埃人》,中国青年出版社。

白琳、周爱琦合译普里列扎耶娃《玛莎的青春》,光明书局。

毕树棠译马克·吐温《密士失必河上》,新文艺出版社。

曹未风译莎士比亚《第十二夜》《汉姆莱特》《马克白斯》,新文艺出版社。

成时译马丁·安得逊·尼克索《沦落》《小母亲狄蒂》,平明出版社。

楚图南译惠特曼《草叶集选》,人民文学出版社。

方平译白朗宁(勃朗宁)夫人《抒情十四行诗集》,上海文艺联合出版社。

方平译莎士比亚《亨利第五》,平明出版社。

方重译乔叟《坎特伯雷故事集》《特洛勒斯与克丽西德》,新文艺出版社。

芳信译列夫·托尔斯泰《活尸》,作家出版社。

傅韦译保尔·弗里德伦戴尔《席勒评传》,作家出版社。

富鸿铭译列夫·托尔斯泰《阿尼霞》《勃里库斯卡》,平明出版社。

高殿森译狄更斯《着魔的人》,上海文艺联合出版社。

高尔基《社会主义现实主义的主要任务是激发革命的世界观》被《文艺报》第1期转发。

郭沫若译歌德《少年维特之烦恼》,人民文学出版社。

郭沫若译席勒《华伦斯坦》,人民文学出版社。

江泽玖译萨克莱(萨克雷)《破落户的故事》,平明出版社。

蒋炳贤发表《苏联文学中的正面人物及其创作方法》,《浙江师院学报》创刊号。

蒋路译卡扎凯维奇《星》,人民文学出版社。

蒋路、孙玮译布罗茨基《俄国文学史》(中卷),作家出版社。

金人译华西列夫斯卡娅《只不过是爱情》,人民文学出版社。

金人译潘菲洛夫《磨刀石农庄》,人民文学出版社。

景行、万紫译菲尔丁《大伟人华尔德传》,上海文艺联合出版社。

君强、冰夷合译奥维奇金《奥维奇金特写集》,作家出版社。

李克异译小林多喜二《党生活者》,作家出版社。

丽尼译契诃夫《伊凡诺夫》,人民文学出版社。

梁真(查良铮)译拜伦《拜伦抒情诗选》,平明出版社。

廖辅叔译席勒《阴谋和爱情》,人民文学出版社。

刘让言译拜伦《曼弗雷德》,平明出版社。

鹿金译果戈理《圣诞节前夜》,平明出版社。

马焵南、伊风译雷恩《战争》,上海文艺联合出版社。

满涛译果戈理《狄康卡近乡夜话》,人民文学出版社。

梅韬、文洁若译春川铁男《日本劳动者》,作家出版社。

孟昌译苏联高尔基《工人阶级应该培养自己的文化巨匠》,《文艺报》第16期。

诺尔博、陈乃雄译洛德依当巴《我们的学校》,作家出版社。

平白译岛崎藤村《破戒》,平明出版社。

全增嘏发表《谈狄更斯》,《复旦大学学报》第2期,是1949

年后中国第一篇比较全面介绍和评价狄更斯的文章。

任钧译托尔斯泰《托尔斯泰最后的日记》,上海文艺联合出版社。

汝龙译契诃夫《仇敌集》《打赌集》《美人集》《医生集》,平明出版社。

色道尔吉译达·僧格《阿尤喜》,作家出版社。

商章孙、商志馨译威利·布莱德尔《考验》,新文艺出版社。

适夷译小林多喜二《蟹工船》,作家出版社。

侍桁、淑勤译托玛斯·哈代《卡斯特桥市长》,上海出版公司。

王科一译奥斯汀《傲慢与偏见》,上海文艺联合出版社。

王仲年译亨利·菲尔丁《约瑟夫·安德鲁斯的经历》,平明出版社。

巫宁坤译德莱塞《德莱塞短篇小说选》,平明出版社。

吴钧陶、姚叔高译史蒂文生《错箱记》,上海文艺联合出版社。

吴岩译叶夫根尼·盖拉西莫夫《重建斯大林格勒》,新文艺出版社。

吴岩译列夫·托尔斯泰《塞瓦斯托波尔的故事》,新文艺出版社。

萧萧译高仓辉《猪的歌》,人民文学出版社。

谢冰心译泰戈尔《吉檀迦利》,人民文学出版社。

谢素台译阿札耶夫《丹妮亚的露营地》,人民文学出版社。

徐继曾译法国让-保罗·萨特《法国的作家与争取和平的斗争》,《文艺报》第 22 期。

徐汝椿、陈良廷合译史悌芬·海姆《人质》,平明出版社。

荀枚、佘贵棠译盖斯盖尔(盖斯凯尔)夫人《玛丽·白登》(《玛丽·巴顿》),上海文艺联合出版社。

杨霞华译尼克索《尼克索短篇小说选》,上海文艺联合出版社。

杨苡译艾·勃朗特《呼啸山庄》,平明出版社。

叶冬心译费什《石松林》,上海文艺联合出版社。

伊·霍尔查、陶·莫南译塔·纳楚克道尔基等《我的祖国(蒙古人民共和国诗集)》,新文艺出版社。

以群等译高尔基《给青年作者》,中国青年出版社。

余振译马雅可夫斯基《好!——十月的诗》,人民文学出版社。

袁水拍译汤姆逊《论诗歌源流》,作家出版社。

查良铮译普希金《加甫利颂》,平明出版社。

以群等译高尔基《给青年作者》,中国青年出版社。

张达三、刘健鸣译阿富捷因柯《底萨河畔》,新文艺出版社。

张威廉译威利·布莱德尔《沉默的村庄》,作家出版社。

张威廉译席勒《威廉·退尔》,新文艺出版社。

张友松译马克·吐温《汤姆·索亚历险记》,人民文学出版社。

兆星、序东合译列夫·托尔斯泰《马的故事(黑尔斯托米尔)》《谢尔该神父》,平明出版社。

周启明(周作人)译《伊索寓言》,人民文学出版社。

祝融、郑乐合译乔治·爱略特《弗洛斯河上的磨坊》,平明出版社。

1956 年

2月

苏联共产党召开第二十次代表大会。在苏共二十大闭幕前夕,即2月24日夜11时至25日凌晨,苏共二十大召开内部会议,赫鲁晓夫以苏共中央第一书记的身份向代表们作了《关于个人崇拜及其后果》的报告,即通常所说的秘密报告。秘密报告打破了对斯大林的个人崇拜,震惊了世界。在国际上,帝国主义借此掀起反苏反共浪潮,一度造成东欧政局的动荡。

3月

作协会议上,周扬表示:“苏联的东西决不是我们所要学习的全部,这只是要学习的一部分;我们要向自己民族的优秀传统学习,要向我们的老作家学习;要向世界的文学学习。”

4月28日

在中共中央政治局扩大会议上,毛泽东正式提出了要在科学文化工作中实行"百花齐放,百家争鸣"的方针,即艺术问题上"百花齐放",学术问题上"百家争鸣"。

到年底三大改造基本完成,社会主义制度基本建立,进入社会主义初级阶段。

《译文》稿约变为"苏联、人民民主国家和其它国家反映人民的现实生活、思想和斗争的现代优秀文学作品以及富有代表性的古典文学的译稿"。《译文》杂志曾推出"埃及,我们支持你!"专辑。

中央实验歌剧院排演匈牙利作家西兹马瑞克·马蒂阿斯等创作的三幕六景喜歌剧《小花牛》。

1月 北京大学俄语系举办了卡普斯金研究班,北京俄语学院举办了库拉科娃研究班。教育部在北京师范大学中文系举办了迄今为止规模最大、人数最多、教学组织形式与体系最为完整的苏联文学进修班。苏联文学研究班最初本来交给以穆木天先生、彭慧先生和李江先生任职的东北师范大学主办,但由于穆木天、彭慧调到了北京师范大学工作,后改为北京师大主办。进修班、研究生班邀请苏联专家娜杰日达·伊凡耶夫娜·格拉西莫娃和科尔尊任教。这两个班的创办,是中文系世界文学学科建设第一次系统化、体制化、铺设全国网络的开始,也是世界文学观念在20世纪50年代中国的具体实践中,以苏联文学为中心和走向东方文学这两个维度在学科层面被落实的起始点。

1月18日 国家颁布《高等学校教材编写暂行办法》,随后又发布《关于高等学校自编教材出版分工暂行规定》。

10月19日 鲁迅先生逝世20周年纪念大会在北京隆重举行,周恩来总理出席。大会由中国科学院院长、中国文学艺术家联合会主席郭沫若主持。南斯拉夫作家伊伏·安得利奇、阿尔巴尼亚作家斯捷利奥·斯巴赛、波兰作家魏得志、保加利亚作家尼古拉·马里诺夫、罗马尼亚作家阿乌埃勒·米哈尔、匈牙利作家萨米奥·乔治、捷克斯洛伐克作家沙利·斯蒂芬等先后发表讲话。

马朗主编《文艺新潮》(月刊)杂志在香港创刊,其译介范围几乎涵盖了战后西方各个国家的现代主义文学。

中外戏剧界和其他各界人士1000多人在北京集会,纪念世界文化名人萧伯纳100周年诞辰。

阿英发表《俄罗斯与苏联文学在中国》,《文艺报》第21期。

巴金发表《燃烧的心——我从高尔基的短篇中所得到的》,《文艺报》第11期。

白永译克莱斯特《破瓮记》,新文艺出版社。

卞之琳发表长篇论文《莎士比亚的悲剧〈哈姆莱特〉》,北京大学文学研究所编《文学研究集刊》(第二册),人民文学出版社。本年度学界发表多篇莎评论文,均从政治角度分析莎士比亚作品及其笔下人物,突出表现莎剧以及莎士比亚创作思想的人民性和阶级性。

卞之琳译莎士比亚《哈姆雷特》,作家出版社。

曹未风译莎士比亚《尤利斯·该撒》,新文艺出版社。

常风、赵全章、赵荣普译安娜·西格斯(Anna Seghers)《第七个十字架》,作家出版社。

常晓帆译布良采夫《敌后》,时代出版社。

陈伯吹译威·萨克莱节写《吉诃德先生的冒险故事》,少年儿童出版社。

陈敬容译伏契克《二六七号牢房》,通俗读物出版社。

陈绵、靳骖译普希金、卡拉姆秦编剧《鲍利斯·戈杜诺夫》,音乐出版社。

陈乃雄译达·塔尔瓦《达米伦一家》,作家出版社。

程代熙译萨莫依连柯《年青的接班人》,中国青年出版社。

戴镏龄译克利斯朵夫·马洛《浮士德博士的悲剧》,作家出版社。

董秋斯译列昂诺夫《索溪》,新文艺出版社。

芳信译亚·奥斯特罗夫斯基《贫非罪》,作家出版社。

芳信译特列尼约夫《伟大的统帅》,作家出版社。

冯亦代译萧伯纳《皇帝和小女孩》,少年儿童出版社。

冯至译海涅《海涅诗选》,人民文学出版社。

海戈译列·托尔斯泰《两个骠骑兵》,新文艺出版社。

季羡林译迦梨陀娑《沙恭达罗》,人民文学出版社。

蒋一平译马克·吐温《神秘的陌生人》,新文艺出版社。

金福译狄更斯《钟乐》,上海文艺联合出版社。

金福译高仓辉《狼》《农民之歌》,新文艺出版社。

金克木译迦梨陀娑《云使》,人民文学出版社。

金人译萧洛霍夫(肖洛霍夫)《静静的顿河》,人民文学出版社。

磊然译鲍·波列伏依《真正的人》,人民文学出版社。

黎新译马雅可夫斯基《列宁》,人民文学出版社。

廖辅叔译弗里德里希·赫贝尔《玛利亚·玛格达莲》,作家出版社。

林陵、陆风、焦菊隐译高尔基《戏剧集》,人民文学出版社。

刘辽逸译高尔基《童年》,人民文学出版社。

刘云译沙克莱改写《吉诃德先生传》,中国青年出版社。

刘仲平译高尔基《高尔基书信抄》,《文艺报》第5、6期。

楼适夷译赫尔岑《谁之罪》,新文艺出版社。

楼适夷译志贺直哉《志贺直哉小说集》,作家出版社。

梦海译特瓦尔朵夫斯基《华西里·焦尔金:战士的书》,新文艺出版社。

缪灵珠译苏联高尔基著《俄国文学史》,新文艺出版社。

诺敏译策伯格米德《在墓旁》,作家出版社。

潘家洵译易卜生《易卜生戏剧集》,人民文学出版社。

齐蜀夫译冈察洛夫《奥勃洛摩夫》,人民文学出版社。

钱春绮译席勒《威廉·退尔》,人民文学出版社。

秦顺新、白祖芸译伏罗宁《不需要的荣誉》,作家出版社。

瞿秋白、巴金译高尔基《短篇小说集》,人民文学出版社。

荃麟译陀思妥耶夫斯基《被侮辱与被损害的》,人民文学出版社。

汝龙译契诃夫《契诃夫小说选》,人民文学出版社。

色道尔吉译洛德依当巴《在阿尔泰山》,作家出版社。

商章孙译莱辛《爱美丽雅·迦洛蒂》,新文艺出版社。

施蛰存译马丁·安德逊·尼克索《征服者贝莱》,作家出版社。

孙青译壶井荣《二十四颗眼珠》,新文艺出版社。

孙用译普希金《上尉的女儿》,人民文学出版社。

唐锡光译述但·狄福(笛福)《鲁滨孙飘流记》(《鲁滨孙漂流记》),少年儿童出版社。

王蕾译多丽思·莱辛《野草在歌唱》,新文艺出版社。

王智量发表《列夫·托尔斯泰的世界观和创作方法》,北京大学文学研究所编《文学研究集刊》(第四册),人民文学出版社。

魏荒弩译涅克拉索夫《严寒,通红的鼻子》,作家出版社。

魏以新译格林兄弟《格林童话》(第一、二集),少年儿童出版社。

文洁若译山田歌子《活下去》,作家出版社。

吴岩译泰戈尔《园丁集》,新文艺出版社。

伍蠡甫译哈代《哈代短篇小说集》,新文艺出版社。

夏衍译高尔基《母亲》,人民文学出版社。

项星耀译戈尔巴托夫《平凡的北极带》,新文艺出版社。

项星耀译革拉特珂夫《母亲》,新文艺出版社。

项星耀译拉齐斯《拉齐斯短篇小说选》,作家出版社。

萧萧译德永直《静静的群山》,作家出版社。

萧萧译野间宏《真空地带》,作家出版社。

萧乾译菲尔丁《大伟人江奈生·魏尔德传》,作家出版社。

辛未艾译车尔尼雪夫斯基《车尔尼雪夫斯基论文学》(上卷),新文艺出版社。

徐克刚译维格多罗娃《一个女教师的笔记》,中国青年出版社。

杨文震、李长之译席勒《强盗》,人民文学出版社。

杨熙龄译拜伦《恰尔德·哈洛尔德游记》,新文艺出版社。

叶冬心译塞迪克别科夫《我们时代的人》,作家出版社。

翟松年译莱蒙托夫《当代英雄》,人民文学出版社。

张健译霍桑《丹谷故事》,少年儿童出版社。

张孟恢译马尔采夫《全心全意》,作家出版社。

张天麟译席勒《奥里昂的姑娘》,人民文学出版社。

震先译小林多喜二《不在地主》,作家出版社。

郑启愚出版个人编纂讲义《外国文学》,安徽师范学院中国语言文学系。

郑振铎译泰戈尔《飞鸟集》,新文艺出版社。

中山大学编《文史译丛》创刊号上刊《英国文学概要》,由吴志谦根据《苏联大百科全书》"大不列颠"条中关于英国文学的部分译出。这篇长文对英国文学的诸多评价成为中国评价英国文学的标准和参照。

周翰(杨周翰)译谢立丹《情敌》,作家出版社。

周扬、谢素台译列夫·托尔斯泰《安娜·卡列尼娜》,人民文学出版社。

朱陈出版个人编纂讲义《外国文学讲义》,东北人民大学出版社。

朱光潜、张谷若等译萧伯纳《萧伯纳戏剧集》,人民文学出版社。

朱维基译拜伦《唐璜》,新文艺出版社。

1957 年

1月7日

《人民日报》发表文章《我们对目前文艺工作的几点意见》,这篇文章对于"双百方针"的政策提出了多点质疑。他们认为,在过去的一年中文学艺术的战斗性减弱了,时代的面貌模糊了,时代的声音低沉了,社会主义建设的光辉在文学艺术该面镜子里光彩暗淡了,"为工农兵服务的文艺方向和社会主义现实主义的创作方法,越来越很少有人提倡了"。这种声音可以说代表了相当一部分人的观点,即便是在党内,这种声音也并不罕见。"双百方针"在这些人看来是一种过快的转向,在这个时期担当主旋律的文艺创作依然应该服务工农兵,不应该搞什么"家务事、儿女情、惊险故事"。

3月8日

全国宣传工作会议召开,毛泽东在会上对陈其通等人的文章进行了严厉批评,认为他们的言论是在阻碍"双百方针"的推进,"现在刚刚批评一下陈其通等就发表文章,无非是来阻止百花齐放、百家争鸣"。"现在还没有造成放的环境,还是放得不够,是百花想放而不敢放,是百家想鸣而不敢鸣。陈其通他们四人的文章,我就读了两遍,他们无非是'忧心如焚',唯恐天下大乱。"毛泽东对于"双百方针"后出现的各种提意见的声音是欢迎的:"那时的文学团体'拉普'曾经对作家采取命令主义,强迫别人必须怎样写作。但听说那个时期还有一些言论自由,还有'同路人','同路人'还有刊物。我们可不可以让人家办个唱反调的刊物?不妨公开唱反调。"

4月27日

中共中央下发《关于整风运动的指示》,指出为了克服近年来党内新滋长的脱离群众和脱离实际的官僚主义、宗派主义和主观主义,有必要在全党进行一次普遍的深入的整风运动,以提高全党的马克思主义的思想水平,改进作风,适应社会主义改造与建设的需要。

9月

中国作家协会党组扩大会议召开,周扬在会议上发言:"我们要争取在文学艺术事业上也来一个大跃进。我国人民正以排山倒海的气势从事改造世界、改变历史面貌的伟大工作,他们的高度劳动热情和革命干劲在一切方面不可遏止地表现出来,也必然要在文学艺术这种特殊的意识形态上得到它应有的反映。劳动人民在创造物质财富的同时也在不断地创造精神财富。"作协会议召开,朱光潜等翻译家表示,只重视苏联文学"会使我们自己吃亏的,使得我们目光狭窄","对西方文学的忽视,正是新文学达不到应有水平的原因"。

关于"人道主义"的讨论。冯至发表《从右派分子窃取的一种"武器"谈起》(《人民日报》1957年11月21日)、《略论欧洲资产阶级文学里的人道主义和个人主义》(《北京大学学报》1958年第1期),巴人发表《论人情》(《新港》1957年4月号),钱谷融发表《论"文学是人学"》(《文艺月报》1957年第5期),还有相当多的批判文章。

9月1日

《人民日报》发表题为《为保卫社会主义文艺路线而斗争》的社论,批判"右派分子"企图在提倡艺术真实性的旗号下"暴露社会生活阴暗面"的罪恶用心。9月16日,中共中央宣传部部长陆定一在中国作协党组扩大会议上强调,即便"社会主义现实主义"不是唯一的创作方法,也是"最好的一种创作方法"。

5月

冯钟璞发表《打开通向世界文学的大门》,《文艺报》第12期。《文艺报》召集社科院文学研究所外国文学专家进行座谈,讨论怎样向世界文学敞开大门的问题。罗大冈认为,当时中国文学创作不够繁荣与不注意广泛介绍西欧文学很有关系;袁可嘉指出,外国现代文学的研究太不受重视,呼吁开办专门的外国文学杂志;吴兴华更是直言外国文学研究有中断绝种的危机。随着“反右”运动轰轰烈烈展开,文艺路线迅速转向,一度“放开”的文学译介与研究再次“收紧”。《文艺报》在7月14日出版的第15期上开始了自我批评,检讨前一段时间所犯的错误。

杜金采夫的作品《不是单靠面包》受到赫鲁晓夫的批判,同年中国便以“黄皮书”内部刊行的方式将其打为“毒草”,政治问题成为中国译介并出版苏联文学作品的动因。

中国科学院文学所创办《文艺理论译丛》,《文艺理论译丛》是这个时期对于外国文学理论进行集中讨论和研究的最大平台。

《西方语文》创刊,同时发表杨周翰、吴兴华、巫宁坤对翻译作品的批评文章,极大促进了翻译工作的深入交流和探讨。

7月

《译文》杂志曾经对现代主义进行了一次全面而系统地介绍,不仅有《恶之花》的第一版的封面和波特莱尔(波德莱尔)本人的画像,更有和当时苏联文学氛围大不相同的出自列维克之手的《波特莱尔和他的“恶之花”》、阿拉贡的《比冰和铁更刺人心肠的快乐——“恶之花”百周年纪念》,并且刊发了由《译文》编者编写按语的陈敬容所翻译的波特莱尔的《恶之花》部分章节,共九首。

8月

《译文》杂志停止了之前的“稿约”,即1月号刊登的“世界各国优秀的现代文学作品以及富有代表性的古典文学作品的译稿”。

阿拉贡发表《关于苏联文学》,《译文》第10期。

白歌乐翻译整理《成吉思汗的两匹骏马》,内蒙古人民出版社。

葆煦译富尔曼诺夫《恰巴耶夫》,人民文学出版社。

曹庸译麦尔维尔《白鲸(莫比-迪克)》,新文艺出版社。

曹庸译乔治·爱略特《织工赛拉斯·马南》,新文艺出版社。

草婴译米·萧洛霍夫(肖洛霍夫)《一个人的遭遇》,新文艺出版社。

陈乃雄译焦吉等《红旗勋章》,作家出版社。

芳信译亚·奥斯特罗夫斯基《自己人—好算账》,作家出版社。

丰子恺、丰一吟译柯罗连科《我的同时代人的故事》(第一卷),人民文学出版社。

冯俊岳译斯梯《走向社会主义现实主义》,作家出版社。

葛一虹发表《俄罗斯、苏联戏剧在中国传播的三十年》,《戏剧论丛》第 4 期。

郭恕可译拉克司奈斯《原子站》,作家出版社。

海观译厄·海明威《老人与海》,新文艺出版社。

黄雨石译泰戈尔《沉船》,人民文学出版社。

霍松林编著《文艺学概论》,陕西人民出版社。

江泽玖译斯蒂芬孙(史蒂文生)、奥士本《退潮》,新文艺出版社。

蒋孔阳著《文学的基本知识》,中国青年出版社。

老舍发表《中苏文学的亲密关系》,《北京文艺》1957 年第 11 期。

李葆真译喀赛尔《魔窟余生》,新文艺出版社。

李赋宁发表《乔叟诗中的形容词》(上、下),《西方语文》第 1 卷第 2、3 期。

李健吾发表《科学对法兰西十九世纪现实主义小说艺术的影响——纪念"包法利夫人"成书百年》,《文学研究》第 4 期。

李克异、王振仁译德永直《街》,新文艺出版社。

李俍民译拉·乔万尼奥里《斯巴达克思》,新文艺出版社 。

李平沤译朗费罗《伊凡吉琳》,新文艺出版社。

李时译冯维辛《纨绔少年》,人民文学出版社。

林疑今译海明威《永别了,武器》,新文艺出版社。

刘芃如译格拉罕·格林《沉静的美国人》,新文艺出版社。

鲁迅译蒲力汗诺夫(普列汉诺夫)《艺术论》,人民文学出版社。

罗念生、周启明译欧里庇得斯《欧里庇得斯悲剧集》,人民文学出版社。

吕荧译普列汉诺夫《论西欧文学》,人民文学出版社。

吕铮译霍普特曼《织工们》,新文艺出版社。

马少波发表《一朵冬天开的花——记新西兰诗人雷纳德·梅逊》,《旅行家》第2期。

马宗融译屠格涅夫《春潮》,新文艺出版社。

满涛译果戈理《彼得堡故事》,人民文学出版社。

梦海译施企巴乔夫《爱情诗》,新文艺出版社。

缪灵珠译车尔尼雪夫斯基《美学论文选》,人民文学出版社。

诺敏译达·纳楚克道尔基《三座山》,新文艺出版社。

坪父、郝苏民、哈斯译德·塔尔代等《英勇的女坦克手》,少年儿童出版社。

钱诚、王雨译马雷什金《来自穷乡僻壤的人们》,人民文学出版社。

钱春绮译海涅《诗歌集》《罗曼采罗》,新文艺出版社。

钱谷融发表《论"文学是人学"》,《文艺月报》第5期。

全增嘏、胡文淑译狄更斯《艰难时世》,新文艺出版社。

汝龙译高尔基《阿尔达莫诺夫家的事业》,人民文学出版社。

汝龙译契诃夫《出诊集》,新文艺出版社。

山珊译威尔基·柯林斯《月亮宝石》,新文艺出版社。

商章孙等译海涅《海涅散文选》,新文艺出版社。

商章孙译克莱斯特《马贩子米赫尔·戈哈斯》,新文艺出版社。

邵洵美译雪莱《解放了的普罗米修斯》,人民文学出版社。

沈长钺译高尔斯华绥《高尔斯华绥短篇小说选集》,新文艺出版社。

施蛰存译马丁·安德逊·尼克索《征服者贝莱》(第二卷),作家出版社。

斯庸译戈利雅奇金娜《谢德林》,作家出版社。

苏公隽译摩里斯《约翰·保尔的梦想》,新文艺出版社。

隋树森译青木正儿《元人杂剧概说》,中国戏剧出版社。

孙光宇译上野英信《"煎黄连"笑了》,新文艺出版社。

孙维世译哥尔多尼《哥尔多尼戏剧集》,人民文学出版社。

汤永宽译泰戈尔《游思集》,新文艺出版社。

唐芸聪、王知还译《短篇小说三篇》,《译文》第9期。

王佐良发表《读蒲伯》,《西方语文》第1卷第1期。

魏荒弩译《伊戈尔远征记》,人民文学出版社。

吴伯萧译海涅《波罗的海》,新文艺出版社。

吴晓铃译首陀罗迦《小泥车》,人民文学出版社。

吴兴华译莎士比亚《亨利四世》,人民文学出版社。

熊友榛译狄更斯《雾都孤儿》,通俗文艺出版社。

许国璋发表《鲍士威文稿及其他》,《西方语文》第1卷第3期。

许天虹译杰克·伦敦《杰克·伦敦短篇小说选集》,新文艺出版社。

颜华译阿川弘之《恶魔的遗产》,作家出版社。

杨必译萨克雷《名利场》,人民文学出版社。

杨绛发表《菲尔丁在小说方面的理论和实践》,《文学研究》第2期。

杨立信、侯巩译霍桑《福谷传奇》,新文艺出版社。

杨熙龄译雪莱《希腊》,新文艺出版社。

杨宪益译维吉尔《牧歌》,人民文学出版社。

叶冬心译契什维里《列洛》,人民文学出版社。

叶逢植、韩世钟译席勒《斐哀斯柯》,新文艺出版社。

易定山译阿·伊万诺夫《在远东》,新文艺出版社。

余桂林、姚宝汉译查夫查瓦则《他是人吗》,长江文艺出版社。

余振译马雅可夫斯基《一亿五千万》,人民文学出版社。

袁可嘉发表《布莱克的诗——威廉·布莱克诞生二百周年纪念》,《文学研究》第4期。该文从思想性角度论述了布莱克诗歌的几个主要特点,把布莱克看作英国革命浪漫主义诗歌的伟大先驱。

袁可嘉选译米列《米列诗选》,新文艺出版社。

袁可嘉译布莱克《布莱克诗选》,人民文学出版社。

查良铮译普希金《欧根·奥涅金》《普希金抒情诗一集》,新文艺出版社。

张奇译朗斯敦·休士等《黑人诗选》,作家出版社。

8月

张威廉发表《从〈论浪漫派〉一书看海涅进步的文艺理论和进步思想》,《教学与研究丛刊》(人文科学版)。

张友松、张振先译马克·吐温等《镀金时代》,人民文学出版社。

张月超著《西欧经典作家与作品》,长江文艺出版社。

赵萝蕤译朗弗罗《哈依瓦萨之歌》(《海华沙之歌》),人民文学出版社。

郑谦发表《屠格涅夫〈父与子〉中主人公巴札洛夫研究》,《人文科学杂志》第4期。

周启明(周作人)、罗念生译欧里庇得斯《欧里庇得斯悲剧集》,人民文学出版社。

周启明(周作人)译倍因编《俄罗斯民间故事》,天津人民出版社。

周扬译车尔尼雪夫斯基《生活与美学》,人民文学出版社。

左海译马·派·普里列查叶伐《伏尔加河上》,中国青年出版社。

1958年

5月

中国共产党第八次全国代表大会第二次会议正式通过了社会主义建设总路线,号召全党和全国人民,争取在15年或者更短时间内,在主要工业产品的产量方面赶上和超过英国。会上通过了第二个五年计划,会后全国各条战线迅速掀起了“大跃进”的高潮。

7月

《光明日报》发表署名“北京师范大学外国文学教研组”的文章《外国文学大革命》(马家骏执笔),全面报道了三卷本《俄罗斯与苏联文学》以及七卷本《外国文学参考资料》的成就，随后不少高等院校的苏联文学课将其采用为教材。

8月24日

中国作家协会与北京图书馆联合举行阿尔巴尼亚诗人米吉安尼逝世20周年纪念会。出席活动的有楚图南、老舍、萧三、戈宝权等中国文化界人士，以及阿尔巴尼亚驻华大使巴利里、一等秘书比诺和诗人恰奇。

10月

亚非作家会议(文学的万隆会议)召开，会议将文学的社会功能定义为：反帝反殖民、争取民族独立、保卫世界和平。

谭微在《新民晚报》发表文章《列夫·托尔斯泰没得用》，斥责列夫·托尔斯泰的写作方式不适用于新中国。张光年在《新民晚报》发表文章《谁说"列夫·托尔斯泰没得用"?》，对《列夫·托尔斯泰没得用》进行反击。

新文艺出版社与上海文化出版社、上海音乐出版社合并为上海文艺出版社。

白歌乐译策·达姆丁苏荣《格斯尔的故事的三个特征》，内蒙古人民出版社。

葆荃辑译高尔基《高尔基谈自己的作品》，《文艺报》第5期。

北京大学东方语言系波斯语专业同学集体译拉胡蒂《伊朗人民的呼声》，人民文学出版社。

北京大学陈焜等著《论艾米莉·勃朗特的〈呼啸山庄〉》，人民文学出版社。此为西语系的青年教师和学生们关于艾米莉·勃朗特《呼啸山庄》的讨论文集，旨在运用马克思主义文艺理论批判地接受外国古典主义文学遗产。

北京大学张学信等著《论夏绿蒂·勃朗特的〈简·爱〉》，人民文学出版社。本书对简·爱的社会历史局限性做了批判，认为她"对现存社会制度的不满和反抗从未上升为真正的革命精神"。

北京大学中文系文艺理论教研室译依·萨·毕达可夫《文艺学引论》，高等教育出版社。

北京师范大学俄罗斯及苏联文学进修班、研究班编《十九世纪俄罗斯及苏维埃文学参考资料》，北京师范大学出版社。

北京师范大学中文系外国文学教研组编《外国文学参考资

料》《外国文学教学大纲》,高等教育出版社。

曹未风译莎士比亚《罗米(密)欧与朱丽叶》,新文艺出版社。

曹庸译格文・托玛斯《风中树叶》,上海文艺出版社。

常建译马克・吐温《败坏了赫德莱堡的人》,人民文学出版社。

陈伯吹等译史蒂文生《黑箭》,中国青年出版社。

陈笃忱译八木保太郎《米》,中国电影出版社。

陈逵、王培德译萨克雷《亨利・艾斯芒德的历史》,人民文学出版社。

陈蔚译马丁・安德逊・尼克索《征服者贝莱》(第三卷),作家出版社。

陈漪译司各特《一个医生的女儿》,新文艺出版社。

陈语更译马绍尔改写《威廉・退尔的故事》,中国青年出版社。

陈占元译巴尔扎克《高利贷者》,人民文学出版社。

成时译温・卡维林《一本打开的书》(第一、二部),人民文学出版社。

楚图南译古斯塔夫・斯威布《希腊的神话和传说》,人民文学出版社。

达基译仁亲《曙光》(第一部),人民文学出版社。

戴望舒译尤・里别进斯基《一周间》,人民文学出版社。

董秋斯译多丽斯・莱辛《高原牛的家》,作家出版社。

方平、王科一自英译本转译卜迦丘(薄伽丘)《十日谈》,新文艺出版社。

方重发表《乔叟的现实主义道路》,《上海外国语学院季刊》第2期。

丰陈宝译列夫・托尔斯泰《艺术论》,人民文学出版社。

丰子恺等译石川啄木《石川啄木小说集》,人民文学出版社。

冯至、田德望、张玉书、孙凤城、李淑、杜文堂编著《德国文学简史》(上、下卷),人民文学出版社。《德国文学简史》的出版,对外国文学史的编著起到了重要的引导和模范作用。

冯至发表《略论欧洲资产阶级文学里的人道主义和个人主

义》,《文艺报》第 11 期。

冯至译海涅《西利西亚的纺织工人》,人民文学出版社。

傅东华译荷马《伊利亚特》,人民文学出版社。

傅东华译约翰·弥尔顿《失乐园》,人民文学出版社。

高殿森译司各特《皇家猎宫》,上海文艺出版社。

戈宝权、乌兰汗译马克西姆唐克《唐克诗选》,人民文学出版社。

耿济之译陀思妥耶夫斯基《白痴》,人民文学出版社。

顾用中等译阿萨德·萨伊德等《黎巴嫩和平战士诗选》,新文艺出版社。

郭恕可译奥尔汉·凯末尔《为面包而斗争》,人民文学出版社。

何江译路德维希·雷恩《特里尼》,人民文学出版社。

胡雪、由其译夏目漱石《夏目漱石选集》(第一卷),人民文学出版社。

华夫发表《杜勒斯看中了〈日瓦戈医生〉》,《文艺报》第 21 期。

江树峰编著《苏联文学小史》,江苏文艺出版社。

蒋路译卢那察尔斯基《论俄罗斯古典作家》,人民文学出版社。

金人、林秀、张孟恢译波列伏依《两个女伴》,人民文学出版社。

金人译李亚什柯《熔铁炉》,人民文学出版社。

金中、周鸿民、李长信译小林多喜二《小林多喜二选集》(第二卷),人民文学出版社。

蒋路译卢那察尔斯基《论俄罗斯古典作家》,人民文学出版社。

开西、丰子恺译夏目漱石《夏目漱石选集》(第二卷),人民文学出版社。

李德容、沈凤威译别利亚耶夫《神奇的眼睛》,科学普及出版社。

李德容、沈凤威译温格洛夫、爱弗洛斯《富尔曼诺夫》,中国青年出版社。

李俍民译雅·柯拉斯《游击老英雄》,新文艺出版社。

李统汉译山田清三郎《天总会亮的》,新文艺出版社。

李文俊译介福克纳《胜利》和《拖死狗》,《译文》4月号。

力生译江马修《冰河》(第一部),新文艺出版社。

梁遇春、袁家骅译康拉德《吉姆爷》,人民文学出版社。

梁遇春译笛福《摩尔·弗兰德斯》,人民文学出版社。

梁真译别林斯基《别林斯基论文学》,新文艺出版社。

林秀译毕尔文采夫《从小要爱护名誉》,人民文学出版社。

刘宁发表《别林斯基的美学观点》,《北京师范大学学报》第3期。

卢永等译何塞·马蒂《马蒂诗选》,人民文学出版社。

吕漠野译珂丘宾斯基《珂丘宾斯基短篇小说选》,新文艺出版社。

罗念生译欧里庇得斯《欧里庇得斯悲剧二种》,人民文学出版社,收入"外国古典文学名著丛书"。

麻乔志译奥斯丁(简·奥斯丁)《诺桑觉寺》,新文艺出版社。

马雍译阿尔塔蒙诺夫《伏尔泰评传》,作家出版社。

满涛译果戈理《五月之夜》,人民文学出版社。

茅盾发表《夜读偶记》,《文艺报》第1、2、8、10期,8月百花文艺出版社出版单行本。茅盾针对的是当时国内文艺界讨论中的两大热点,即创作方法和世界观的关系、现实主义和反现实主义的斗争。

孟昌、曹葆华译苏联高尔基著《高尔基选集:文学论文选》,人民文学出版社。

缪灵珠发表《高尔基的文学史观点和方法》,《文学研究》(季刊)第1期。

倪亮译格利戈罗维奇《苦命人安东》,新文艺出版社。

倪蕊琴发表《列夫·托尔斯泰在中国》,《俄罗斯文学》(俄语)第4期。

潘家洵译易卜生《易卜生戏剧四种》,人民文学出版社。

平凡等译阿里·阿舒尔等《约旦和平战士诗选》,新文艺出版社。

钱克新译布莱德尔《运粮侠盗》，新文艺出版社。

汝龙译契诃夫《契诃夫论文学》《第六病室》，人民文学出版社。

汝信发表《论车尔尼雪夫斯基对黑格尔艺术哲学的批判》，《哲学研究》第1期。

盛澄华、王承言译阿尔达莫诺夫《司汤达》，新文艺出版社。

盛澄华等译阿拉贡《阿拉贡文艺论文选集》，人民文学出版社。

盛澄华译阿拉贡、斯梯《法国进步作家论社会主义现实主义》，作家出版社。

施咸荣译丘尔契《希腊悲剧故事集》，中国青年出版社。

石真、谢冰心译泰戈尔《诗集》，人民文学出版社。

石真译泰戈尔《摩克多塔拉》，新文艺出版社。

侍桁译该奥尔格·勃兰戴斯(勃兰兑斯)《十九世纪文学主潮》(第一卷)，人民文学出版社。

轼光译萨巴哈钦·阿里《我们心中的魔鬼》，作家出版社。

适夷、王康、震先译小林多喜二《小林多喜二选集》(第一卷)，人民文学出版社。

适夷译小林多喜二《一九二八年三月十五日》，人民文学出版社。

汪倜然译高尔斯华绥《白猿》，新文艺出版社。

王汶译柯丘宾斯基《马没有罪过》，人民文学出版社。

王延龄译小池富美子《大波斯菊盛开的人家》，新文艺出版社。

王仲年译欧·亨利《麦琪的礼物》，人民文学出版社。

文西译达·纳楚克道尔基《曙光》(第二部)，人民文学出版社。

文艺报编辑部编《感谢苏联文学对我的帮助》，作家出版社。

项星耀译谢德林《谢德林寓言选集》，新文艺出版社。

萧萧译高仓辉《箱根风云录》，作家出版社。

萧萧译宫本百合子《宫本百合子选集》(第一卷)，人民文学出版社。

晓萌、王无为译蜂谷道彦《广岛日记》,世界知识出版社。

徐公肃译作家出版社编辑部编《加香论巴尔扎克》,作家出版社。

徐声越译普伊曼诺娃《十字路口的人们》,人民文学出版社。

严仁曾译柯南·道尔《四签名》,群众出版社。

杨成寅译涅陀希文著《艺术概论》,朝花美术出版社。

杨绛译勒萨日《吉尔·布拉斯》,人民文学出版社。

杨熙龄译弥尔顿《科马斯》,新文艺出版社。

杨周翰等译伊瓦肖娃《十九世纪外国文学史》(第一卷),人民文学出版社。

杨周翰译奥维德《变形记》,作家出版社。

叶冬心译柯普佳叶娃《安娜同志》,上海文艺出版社。

叶君健译安徒生《安徒生童话选》,人民文学出版社。

叶维之译马克·吐温《在亚瑟王朝廷里的康涅狄克州美国人》,人民文学出版社。

以群著《苏联文学的光辉成就从哪里来》,上海文艺出版社。

译文社编《现代阿拉伯诗集》,作家出版社。

殷宝书发表《诗人密尔顿的革命精神》,《文学研究》第3期,"纪念三位世界文化名人专辑"。

由其译岛崎藤村《破戒》,人民文学出版社。

俞大缜译格莱葛瑞夫人《格莱葛瑞夫人独幕剧选》,人民文学出版社。

臧传真译柯罗连科《盲音乐家》,人民文学出版社。

查良铮译济慈《济慈诗选》,人民文学出版社。

查良铮译普希金《高加索的俘虏》,新文艺出版社。

查良铮译雪莱《雪莱抒情诗选》《云雀》,人民文学出版社。

张谷若译哈代《无名的裘德》,人民文学出版社。

张梦麟译间宫茂辅《在喷烟之下》,中国青年出版社。

张威廉译布莱德尔《布莱德尔小说选集》,作家出版社。

张威廉译威利·布莱德尔《孙子们》(亲戚和朋友三部曲之三),新文艺出版社。

种觉译陀思妥耶夫斯基《二重人格》，新文艺出版社。

重玉发表《诺贝尔奖金是怎样授予帕斯捷尔纳克的》，《文艺报》第21期。

周启明译式亭三马《浮世澡堂》，人民文学出版社。

周煦良译高尔斯华绥《福尔赛世家》(第一部：有产业的人)，新文艺出版社。

周扬、缪灵珠、辛未艾译车尔尼雪夫斯基《车尔尼雪夫斯基选集》(上卷)，生活·读书·新知三联书店。

朱嘉等译阿斯-萨亚勒等著《伊拉克和平战士诗选》，上海文艺出版社。

朱雯译雷马克《生死存亡的时代》，人民文学出版社。

邹绿芷译尼克索《活着的姑娘》，上海文艺出版社。

1959年

在江西庐山连续举行中共中央政治局扩大会议和中国共产党第八届中央委员会第八次全体会议。 7月—8月

中宣部主持召开全国文化工作会议。 12月

茅盾出席苏联第三次作家代表大会，热情称赞“光荣的苏联文学”，认为“在这段时间里，它给苏联人民建设共产主义社会的创造性劳动和英勇斗争以深刻的反映，做出了巨大的贡献。可以毫不夸大地说，具有伟大的思想感情和丰富经验的苏联文学，正在向世界艺术创作的新的高峰前进”(《大会祝词》)。

《译文》杂志更名为《世界文学》。

《世界文学》2月号以亚非拉文学为主，4月号则设有“黑非洲诗选”专栏，这一系列举措无疑将亚非拉文学译介推向高潮。

北京首都文化界举行世界文化名人罗伯特·彭斯诞辰200周年纪念会，称罗伯特·彭斯是英国和世界文学史上最伟大的诗人之一。

安柯钦夫译达·纳楚克道尔基、策·达木丁苏荣《三座山》，中国戏剧出版社。

巴金、曹葆华译高尔基《回忆录选》,人民文学出版社。

包德基译达·僧格《阿尤喜》,人民文学出版社。

北京师范大学中文系外国文学教研组译维·波·柯尔尊《文艺学概论》,高等教育出版社。

贝金译雪莉·格雷汉姆《从前有个奴隶》,人民文学出版社。

卞之琳、叶水夫、袁可嘉、陈燊发表《十年来的外国文学翻译和研究工作》,《文学评论》第5期。

曹都译策登扎布《策登扎布诗选》,上海文艺出版社。

曹靖华发表《弗兰克·哈代的新作〈赛马彩票〉》,《世界文学》第3期。

曹靖华译斐定《城与年》,上海文艺出版社。

曹未风译莎士比亚《安东尼与克柳巴》《错中错》《凡隆纳的二绅士》,上海文艺出版社。

草婴译米·萧洛霍夫(肖洛霍夫)《顿河故事》(《静静的顿河》),上海文艺出版社。

常健译马克·吐温《傻瓜威尔逊》,人民文学出版社。

常健译屠格涅夫《世外桃源》,上海文艺出版社。

陈蔚译马丁·安德逊·尼克索《征服者贝莱》(第四卷),人民文学出版社。

程雨民译赫尔岑《喜鹊贼》,上海文艺出版社。

储元熹、林玉波译德永直《怎样走上战斗道路的》,上海文艺出版社。

储元熹译宫本百合子《宫本百合子选集》(第四卷),人民文学出版社。

10月

戴镏龄、吴志谦等译阿尼克斯特《英国文学史纲》,人民文学出版社。这部文学史完全按照阶级分析法对英国文学做了梳理评价,是马克思主义文论的机械化运用。

戴镏龄译托马斯·莫尔《乌托邦》,商务印书馆。

董秋斯译欧文·斯通《马背上的水手:杰克·伦敦传》,中国青年出版社。

方原译笛福《鲁滨孙飘流记》(《鲁滨孙漂流记》),人民文学出版社。

方重译莎士比亚《理查三世》，人民文学出版社。

丰子恺等译达姆丁苏隆《蒙古短篇小说集》，上海文艺出版社。

冯淑兰、石坚白译宫本百合子《宫本百合子选集》（第二卷），人民文学出版社。

冯至、杜文堂译布莱希特《布莱希特选集》，人民文学出版社。

傅东华译德莱塞《珍妮姑娘》，上海文艺出版社。

傅东华译塞万提斯《堂吉诃德》，人民文学出版社。

高殿森译史悌芬·海姆《高尔兹镇》，人民文学出版社。

高年生、刘萍君译史悌芬·海姆《食人者》，上海文艺出版社。

戈宝权等译日丹诺夫《日丹诺夫论文学与艺术》，人民文学出版社。

戈宝权译法·吉亚泰《吉亚泰诗选》，人民文学出版社。

顾仲彝发表《评“大雷雨”——从奥斯特洛夫斯基的剧本谈起》，《上海戏剧》第2期。

管珑发表《〈俄国情史〉的发现》，《光明日报》6月6日。

郭恕可、李醒译赫·拉克司奈斯《被出卖的摇篮曲》，人民文学出版社。

何兆武译让-雅克·卢梭《论科学与艺术》，商务印书馆。

胡仲持译斯坦培克《愤怒的葡萄》，人民文学出版社。

黄贤俊译爱德华·克劳迪乌斯《站在我们一边的人》，上海文艺出版社。

黄星圻译泰戈尔《戈拉》，人民文学出版社。

金福译德富芦花《黑潮》，上海文艺出版社。

金福译费尼莫尔·库柏《最后一个莫希干人》，中国青年出版社。

金福译高仓辉《狼》，上海文艺出版社。

金隄译列·索波列夫《绿光》，人民文学出版社。

金人译绥拉菲莫维奇《草原上的城市》，上海文艺出版社。

开西译夏目漱石《哥儿》，人民文学出版社。

雷成德发表《论普希金的〈欧根·奥涅金〉的思想意义和人物形象——兼评教学中的资产阶级思想》,《内蒙古师范学院学报》第1期。

李时译冯维辛《旅长》,人民文学出版社。

李正伦译八住利雄《浮草日记》,中国电影出版社。

刘德中译布莱希特《巴黎公社的日子》,上海文艺出版社。

刘志谟译阿尔德里奇《光荣的战斗》,上海文艺出版社。

刘仲平等译德永直《德永直选集》(第四卷),人民文学出版社。

梅绍武译格文·琼斯编《斯堪的纳维亚民间故事》,上海文艺出版社。

梦迴、陈北鸥合译堀田清美《岛》,中国戏剧出版社。

慕珍发表《"玛丽·吉尔摩夫人"奖金揭晓》,《世界文学》第8期。

彭克巽发表《纪念伟大的俄罗斯作家果戈理诞生一百五十周年》,《北京大学学报》,1959年第2期。

裴培译米吉安尼《米吉安尼诗文集》,人民文学出版社。

齐星宝译策·罗·代丹巴《戴帽子的狼》,内蒙古人民出版社。

绮雨译高尔基《福玛·高尔杰耶夫》,人民文学出版社。

钱春绮译魏纳特等《德意志民主共和国诗选》,上海文艺出版社。

钱春绮译海涅《诗歌集》,上海文艺出版社。

秦水译狄莫夫《烟草》(第一部),人民文学出版社。

荣如德、竺一鸣译田德里亚柯夫《死结》,人民文学出版社。

盛澄华、李宗杰译萨瓦青珂《福楼拜》,上海文艺出版社。

石璞发表《论〈当代英雄〉中毕乔林的形象》,《四川大学学报》第4期。

石真等译泰戈尔《两亩地》,人民文学出版社。

叔昌、张梦麟译宫本百合子《宫本百合子选集》(第三卷),人民文学出版社。

舒畅、李克异等译小林多喜二《小林多喜二选集》(第三卷),

人民文学出版社。

舒畅、肖肖合译壶井荣《壶井荣小说集》,人民文学出版社。

孙凤城译布莱希特《大胆妈妈和她的孩子们》,中国戏剧出版社。

王科一译朗费罗《海华沙之歌》,上海文艺出版社 。

王佐良译彭斯《彭斯诗选》,人民文学出版社。

维群译威·艾·伯·杜波伊斯《黑人的灵魂》,人民文学出版社。

吴钧燮译贝奇柯夫《列夫·托尔斯泰评传》,人民文学出版社。1962 年重版。

项星耀译舍甫琴柯(舍甫琴科)《音乐家》,上海文艺出版社。

萧珊、巴金译屠格涅夫《屠格涅夫中短篇小说集》,人民文学出版社。

辛未艾译杜勃罗留波夫《杜勃罗留波夫选集》(第二卷),上海文艺出版社。

熊佛西发表《〈大雷雨〉演出百年纪念》,《文汇报》第 19 期。

徐声越译尼克索《红莫尔顿》,上海文艺出版社。

严宝瑜等译安娜·西格斯等《民主德国作家短篇小说集》,人民文学出版社。

杨德豫译朗费罗《朗费罗诗选》,人民文学出版社。

于光译温·卡维林《船长与大尉》(上、下),人民文学出版社。

余牧、诸葛霖译约翰·高尔斯华绥《岛国的法利赛人》,上海文艺出版社。

袁可嘉译彭斯《彭斯诗抄》,上海文艺出版社。本书收录彭斯的 89 首诗歌。本年为罗伯特·彭斯诞辰 200 周年,为纪念这位苏格兰著名诗人,中国举办了纪念活动并发表了多篇相关文章。

张孟恢译萨尔蒂科夫-谢德林《一个城市的历史》,人民文学出版社。

种觉译乌比特《往事的影子》,上海文艺出版社。

左海译马明-西比利亚克《粮食》,上海文艺出版社。

左海译纳·切尔托娃《穿军装的姑娘》,中国青年出版社。

1960年

7月22日—8月14日

第三届中国文学艺术工作者代表大会召开,大会主要回顾总结了中华人民共和国成立后文艺工作的成就,肯定“我国的社会主义文学艺术是在两条道路的斗争中成长起来的”。关于今后任务,大会强调反对帝国主义、反对现代修正主义和批判资产阶级人性论和人道主义,提倡掌握革命现实主义和革命浪漫主义相结合的艺术方法。会上选举了新的领导机构。周扬做了以《我国社会主义文学艺术的道路》为题的报告,将中国文学的国家话语确立为“革命现实主义和革命浪漫主义相结合”。

7月

苏联政府突然撤回在华工作的全部苏联专家,撕毁了中苏两国经济技术合作的所有协议,中苏关系恶化。

《世界文学》分别开设了“美国黑人文学作品”和“坚决粉碎日美反动派的军事同盟”两大专栏,还将6月号设为“反美斗争特刊”。

中国人民保卫世界和平委员会、中国人民对外文化协会、中国文学艺术界联合会、中国作家协会举行世界文化名人英国作家笛福诞辰300周年纪念会。

《苏联文学是中国人民的良师益友》,新华书店北京发行所编印。

阿英编《晚清文学丛钞:小说戏曲研究卷》,中华书局。

曹靖华等译契诃夫《契诃夫戏剧集》,人民文学出版社。

曹靖华发表《澳大利亚人民的道路》,《世界文学》第1期。

曹禺译莎士比亚《柔蜜欧与幽丽叶》(《罗密欧与朱丽叶》),人民文学出版社。

常健译马克·吐温《赤道环游记》《马克·吐温中短篇小说选》,人民文学出版社。

陈伯海发表《关于巴尔扎克的世界观和创作方法问题》,《文学评论》第6期。

陈澂莱等译缪塞《缪塞诗选》,人民文学出版社。

陈小曼译聂格鲁吉《聂格鲁吉小说选》,人民文学出版社。

范存忠发表《英国进步浪漫主义的先驱——威廉·布莱克》,《江海学刊》第1期。这是一篇针对1949年以来中国学者介绍和研究布莱克的总结性文章。

芳信译高尔基《陀斯契加耶夫和别的人》,中国戏剧出版社。

高年生译弗兰茨·费曼《费曼短篇小说集》,上海文艺出版社。

戈宝权发表《契诃夫和中国》,《文学评论》第1期。

合肥师范学院中文系1956级学员发表《论毕乔林形象的个人主义本质》,《合肥师范学院学报》第4期。

侯浚吉译阿诺德·茨威格《格里沙中士案件》,上海文艺出版社。

黄素封译马罗礼《亚瑟王之死》,人民文学出版社。

焦菊隐译高尔基《耶戈尔·布雷乔夫和别的人:几场戏》,中国戏剧出版社。

李芒译德永直《德永直选集》(第一卷),人民文学出版社。

李爽发表《阴暗河流上的曙光——读〈阴暗的河流〉》,《世界文学》第1期。

刘仲平、储元熹、包容译德永直《童年的故事》,少年儿童出版社。

卢永译马雅可夫斯基《马雅可夫斯基论美国》,人民文学出版社。

鲁清译乔·敖伊道布《路》,中国戏剧出版社。

茅盾等译比昂逊《比昂逊戏剧集》,人民文学出版社。

茅盾发表《契诃夫的时代意义》,《世界文学》第1期。

明瑞发表《澳共推荐司杜华的〈土著居民〉进步作家创刊〈现实主义作家〉》,《世界文学》第9期。

秦水、林耘译高尔基《苏联游记》,人民文学出版社。

秦水译查尔卡《查尔卡小说选》,人民文学出版社。

秦水译狄莫夫《烟草》(第二部),人民文学出版社。

秦水译伊雷什·贝拉《祖国的光复》(上、下册),人民文学出版社。

汝龙译契诃夫《契诃夫小说选》(上、下),人民文学出版社。

商志秀、蒋宗德译威利·布莱德尔《莱茵河特派员》,上海文艺出版社。

孙广英译勒罗夫卡《当河水汇流的时候》,人民文学出版社。

孙用译奥洛尼《多尔第》,人民文学出版社。

汤真译约卡伊·莫尔《黄蔷薇》,人民文学出版社。

万紫、雨宁译杰克·伦敦《热爱生命》,人民文学出版社。

万紫译阿列克塞耶夫《继承人》,人民文学出版社。

王寿彭发表《略谈何塞·曼西西杜尔和他的现实主义创作》,《世界文学》第1期。

王思敏等发表《试评十九世纪俄罗斯文学的进步性和局限性》,《合肥师范学院学报》第3期。

王央乐发表《拉丁美洲文学在中国》,《人民日报》。

吴岩发表《喜读〈列宁颂〉》,《文汇报》。

吴玉莲、陈绵译阿丰索·斯密特《远征:圣保罗的秘密》,人民文学出版社。

夏衍译高尔基《没用人的一生》,人民文学出版社。

杨乐云、孔柔译萨波托斯基《黎明》,人民文学出版社。

伊信译高尔基《三人》,人民文学出版社。

袁可嘉译艾·琼斯等《英国宪章派诗选》,上海文艺出版社。

袁可嘉发表《托·史·艾略特——美英帝国主义的御用文阀》,《文学评论》第6期。文章称艾略特是第一次世界大战以来美英资产阶级反动颓废文学界一个极为嚣张跋扈的垄断集团的头目。

张守慎译叶尔米洛夫《论契诃夫的戏剧创作》《契诃夫传》,人民文学出版社。

郑雪来等译伏尔宾等著《列宁的故事》,中国电影出版社。

中国科学院文学研究所苏联文学组编《苏联作家论社会主义现实主义:第一次苏联作家代表大会前后的有关言论》,人民文学出版社。

1961年

中共中央宣传部会同高等教育部、文化部在京召开全国高等学校文科和艺术院校教材编选计划会议，拟订了中文、历史、哲学、政治经济学、政治、教育、外语7种专业和艺术院校7类专业的教学方案。

古典文艺理论译丛编辑委员会编“古典文艺理论译丛”（第1—11辑）。

国家制订了翻译出版“三套丛书”的编选计划，初步确定“马克思主义文艺理论丛书”12种、“外国古典文艺理论丛书”39种、“外国古典文学名著丛书”120种，成立了专家阵容强大的三套丛书编委会。

《苏联学者关于奥涅金是否系“多余人”的讨论》，《文学评论》第2期。

曹靖华发表《澳大利亚玛丽·吉尔摩文学奖金揭晓》，《世界文学》第2期。

曹靖华发表《澳大利亚作家弗兰克·哈代的近作〈艰苦的道路〉问世》，《世界文学》第10期。

草婴译肖洛霍夫《被开垦的处女地》（第二部），作家出版社。

陈北鸥译木下顺二《夕鹤》，中国戏剧出版社。

樊可发表《略谈别林斯基的思想和作品》，《文汇报》。

冯增义发表《略谈车尔尼雪夫斯基的美学思想》，《文汇报》。

海梦、阮遥译莱辛《敏娜·封·巴尔海姆》，上海文艺出版社。

韩长经发表《在一九三一年前后——鲁迅与苏联文学》，《文史哲》第2期。

力生译江马修《冰河》（第二部），上海文艺出版社。

刘德中译克莱斯特《赫尔曼战役》，上海文艺出版社。

柳鸣九译雨果《〈克伦威尔〉序言》《〈欧那尼〉序》《〈玛丽·都铎〉序》，《世界文学》第3期。

罗念生译《埃斯库罗斯悲剧二种》《索福克勒斯悲剧二种》,人民文学出版社,收入“外国古典文学名著丛书”。

马家骏发表《别林斯基的斗争生活和文艺思想》,《西安晚报》。

孟安译加缪《局外人》,上海编译所(内部发行)。

南京大学外文系德语专业1959级和1960级毕业班译约翰尼斯·贝希尔等《锤与笔》,上海文艺出版社。

钱稻孙、叔昌译山代巴《板车之歌》,作家出版社。

秦水译玛·哈克奈斯《城市姑娘》,人民文学出版社。

孙广英译波列伏依《大后方》,作家出版社。

汪倜然译约翰·高尔斯华绥《银匙》,上海文艺出版社。

王士菁发表《鲁迅——“中俄文字之交”的开路先锋》,《人民日报》。

萧珊译普希金《别尔金小说集》,上海文艺出版社。

杨周翰译斯末莱特《蓝登传》,上海文艺出版社。

易漱泉发表《鲁迅对待俄罗斯文学的态度》,《湖南文学》第10期。

余振等译马雅可夫斯基《马雅可夫斯基选集(第五卷)》,人民文学出版社。

张玉元译达木丁苏伦《达木丁苏伦诗文集》,作家出版社。

赵清慎译迦尔杜斯《悲翡达夫人》,人民文学出版社。

周丰一译德永直《妻呵,安息吧》,上海文艺出版社。

周煦良译高尔斯华绥《骑虎》,上海文艺出版社。

朱曼华译史密斯《我们这一群人》,上海文艺出版社。

1962年

4月

中共中央批准了文化部党组和全国文联党组共同提出的《关于当前文学艺术工作若干问题的意见》(草案),即“文艺八条”,包括:进一步贯彻执行百花齐放、百家争鸣的方针;努力提高创作质量;批判地继承民族遗产和吸收外国文化;正确地开展文艺批评等。其中提到有“西方资产阶级的反动文学艺术和现代修正主义的文艺思潮”也“应该有条件地向专业文学艺术工作者介绍”,“有条件地”就是内部发行。因为封面简单、黄色胶版纸做封面封底,并印有“内部发行”字样,这些书被俗称“黄皮书”。一批包括苏联、欧美、日本在内的当代外国文学,由人民文学出版社的副牌作家出版社和中国戏剧出版社出版,供司局级以上干部和著名作家阅读。

5月23日 中共中央宣传部转发周扬《关于高等学校文科教材编选情况和今后工作意见的报告》。《报告》对教材提出了围绕马克思列宁主义、毛泽东思想的要求。

9月 中国共产党第八届中央委员会第十次全体会议重提“阶级斗争”问题。俄罗斯经典作品的翻译陷入了低谷,而中国对于苏联文学的译介态度也并非如第一个时期那般如饥似渴,更多呈现的是一种谨慎的态度。儿童文学的译介占据了所有俄苏译介的一半,最有价值的作品都以“内部发行”的方式刊行,它所译介的大都是苏联争议最大、价值很高的作品。

本年是狄更斯诞辰150周年,中国发表多篇关于狄更斯及其作品的评述文章,从思想和阶级性层面分析狄更斯的作品。王佐良在1962年12月20日《光明日报》上发表的《狄更斯的特点及其他》则是当时唯一一篇侧重于讨论狄更斯小说艺术的文章。

3月 《世界文学》刊登了第二届亚非作家会议上六个国家代表的发言,这次会议还通过了《关于翻译在加强亚非人民的团结精神和促进他们之间的文化交流方面的作用》的决议。这项决议旨在加强亚非人民的文学交流,以促进这些国家之间的进一步团结。

6月 北京作家、学者、文艺界人士等150多人集会,纪念爱尔兰著名作家詹姆斯·乔伊斯100周年诞辰。

安旗发表《读外国叙事诗笔记片断》(在俄罗斯谁能快乐而自由),《世界文学》第10期。

卞之琳发表《布莱希特戏剧印象记》《布莱希特戏剧印象记(续)》《布莱希特戏剧印象记(续完)》,《世界文学》第5、6、7/

8期。

伯永译沙米索《彼得·史勒密奇遇记》,人民文学出版社。

曹葆华、渠建明译高尔基《文学书简》(上卷),人民文学出版社。

曹葆华等译普列汉诺夫《没有地址的信·艺术与社会生活》,人民文学出版社。

曹靖华发表《澳大利亚作家发表声明抗议政府修改刑事法》,《世界文学》第4期。

曹未风译莎士比亚《无事生非》,上海文艺出版社。

草婴译加里宁《加里宁论文学和艺术》,人民文学出版社。

陈乃雄译仁亲《曙光》(第三部),人民文学出版社。

陈之骅编写《车尔尼雪夫斯基》,商务印书馆。

杜承南译弗拉舍里《弗拉舍里诗选》,人民文学出版社。

范存忠发表《论拜伦与雪莱的创作中现实主义与浪漫主义相结合的问题》,《文学评论》第1期。

方重译乔叟《乔叟文集》(上、下卷),上海文艺出版社。

飞白译涅克拉索夫《货郎》,人民文学出版社。

丰子恺译屠格涅夫《猎人笔记》,人民文学出版社。

傅东华译塞万提斯《堂吉诃德》(第一、二部),人民文学出版社。

傅雷译巴尔扎克《搅水女人》,人民文学出版社。

傅雷译梅里美《嘉尔曼》,人民文学出版社。

傅惟慈译托马斯·曼《布登勃洛克一家》(上、下册),人民文学出版社。

高宗禹译阿列克塞斯·基维《七兄弟》,人民文学出版社。

戈宝权发表《谈普希金的〈俄国情史〉——翻译文学史话》,《世界文学》第1/2期。

功良译普伊曼诺娃《生与死的搏斗》,人民文学出版社。

龚桐、荣如德译柯切托夫《叶尔绍夫兄弟》,作家出版社。

郭恕可、郭开兰译西古德逊《西古德逊短篇小说集》,作家出版社。

黄雨石译奥斯本《愤怒的回顾》,中国戏剧出版社。

季羡林译迦梨陀娑《优哩婆湿》,人民文学出版社。

蒋路译屠格涅夫《回忆录》,人民文学出版社。

蒋璐、刘辽逸译布罗茨基主编《俄国文学史》(上、下卷),作家出版社。

金福译中本高子《跑道》,上海文艺出版社。

柯青译阿诺尔德·茨威格《凡尔登的教训》,人民文学出版社。

柯青译约那士·李《吉尔约岭上的一家》,人民文学出版社。

匡兴发表《论“奥涅金”是多余人的典型》,《北京师范大学学报》第2期。

李芒等译黑岛传治《黑岛传治短篇小说选》,上海文艺出版社。

柳鸣九发表《拉法格的文学批评——读〈拉法格文学论文选〉》,《文学评论》第6期。

楼适夷、李芒译壶井繁治《壶井繁治诗钞》,作家出版社。

楼适夷译小林多喜二《安子》,上海文艺出版社。

罗念生、杨周翰译亚理斯多德、贺拉斯《诗学·诗艺》,人民文学出版社,收入“外国文艺理论丛书”。

罗念生发表《亚理斯多德的〈诗学〉》,《文学评论》第5期。

马白发表《正确地估价车尔尼雪夫斯基的美学遗产》,《江海学刊》第12期。

满涛译陀思妥耶夫斯基《冬天记的夏天印象》,人民文学出版社。

裴培译弗罗什马蒂·米哈尔《钟哥与金黛》,人民文学出版社。

钱锺书发表《读〈拉奥孔〉》,《文学评论》第5期。

裘柱常、石灵译德莱塞《嘉莉妹妹》,上海文艺出版社。

石坚白、秦柯译二叶亭四迷《二叶亭四迷小说集》,人民文学出版社。

石荣、文慧如译杰克·克茹亚克《在路上》(节译本),作家出版社。

叔昌译石川啄木《我们的一伙儿和他》,人民文学出版社。

孙广英等译柯切托夫《州委书记》(上、下部),作家出版社。

王道乾译司汤达《拉辛与莎士比亚》(选译),《文汇报》。

王科一译雪莱《伊斯兰的起义》,上海文艺出版社。

王央乐发表《具有光荣革命传统的古巴文学》,《人民日报》。

王仲年译欧·亨利《欧·亨利短篇小说选》,人民文学出版社。

乌兰汗、船甲译米耶达《米耶达诗选》,人民文学出版社。

吴达元译博马舍《博马舍戏剧二种》,人民文学出版社。

萧萧译樋口一叶《樋口一叶选集》,人民文学出版社。

谢素台译康·西蒙诺夫《生者与死者》(第一部),作家出版社。

徐汝椿、陈良廷译史悌芬·海姆《十字军》(上、下册),上海文艺出版社。

杨成夫等译狄尔《狄尔戏剧集》,人民文学出版社。

杨绛译无名氏《小癞子》,人民文学出版社。

杨文震、常文译席勒《强盗》,人民文学出版社。

杨永译瓦奥维奇金《艰难的春天》,上海文艺出版社。

余绍裔发表《什么是美——介绍车尔尼雪夫斯基关于美的学说》,《南京大学学报》第1期。

袁可嘉发表《"新批评派"述评》,《文学评论》第2期。

张健译斯威夫特《格列佛游记》,人民文学出版社。

张守慎译《回忆契诃夫》,人民文学出版社。

张仲清译密契尔(P. M. Mitchell)《当代丹麦文学批评——园地、方法和人物》,《斯堪的纳维亚研究》8月号。

赵少侯译都德《柏林之围》,人民文学出版社。

中国科学院哲学社会科学部学术资料研究室编《美国文学近况》(内部参考),介绍美国(1952—1962)文学发展的概况。

周启明、卞立强译石川啄木《石川啄木诗歌集》,人民文学出版社。

周煦良等译艾略特《托·史·艾略特论文选》(内部发行),上海文艺出版社。

朱葆光译洛卜·德·维迦《羊泉村》,人民文学出版社。

庄重译伊巴涅斯《茅屋》,人民文学出版社。

邹绛译策维格米丁·盖达布《苏赫·巴托尔之歌》,上海文艺出版社。

1963年

本年是萨克雷逝世100周年,国内发表多篇文章以示纪念。

卞立强译手冢英孝《小林多喜二传》,作家出版社。

陈佳荣编写《何塞·马蒂》,商务印书馆。

陈乃雄译达西策伯格·僧格《深厚的情感》,作家出版社。

陈燊发表《沃罗夫斯基的文艺观点——纪念他的逝世四十周年》,《文学评论》第4期。

陈之骅编《别林斯基》,商务印书馆。

傅雷译巴尔扎克《都尔的本堂神甫:比哀兰德》,人民文学出版社。

傅蘧寰译豪夫《豪夫童话集》,人民文学出版社。

金福译霜多正次《冲绳岛》,上海文艺出版社。

磊然译法捷耶夫《最后一个乌兑格人》,人民文学出版社。

李芒、文洁若译堀田善卫《鬼无鬼岛》,作家出版社。

林秀、倪亮、魏簪译格利戈罗维奇《格利戈罗维奇中短篇集》,上海文艺出版社。

楼适夷译井上靖《天平之甍》,作家出版社。

满涛译果戈理《果戈理小说戏剧选》,人民文学出版社。

潘家洵、朱光潜、林浩庄译萧伯纳《萧伯纳戏剧三种》,人民文学出版社。

潘家洵译易卜生《玩偶之家》,人民文学出版社。

钱稻孙等译木下顺二《民间故事剧》,作家出版社。

汝龙译契诃夫《草原》,人民文学出版社。

盛澄华译莫泊桑《一生》,人民文学出版社。

施咸荣译塞林格《麦田里的守望者》,作家出版社。

田德望译凯勒《凯勒中篇小说集》,人民文学出版社。

佟荔译里柯克《里柯克小品选》,人民文学出版社。

万青发表《进步的拉丁美洲文学》,《光明日报》。

王金陵译玛·契诃娃《给契诃夫的信》,人民文学出版社。

王央乐著《拉丁美洲文学》,作家出版社。

吴兴华发表《〈威尼斯商人〉——冲突和解决》,《文学评论》第6期。

兴万生译裴多菲《使徒》,人民文学出版社。

杨周翰发表《欧洲文学史研究工作中的一些问题》,《文学评论》第1期。

叶乃方发表《屠格涅夫小说〈前夜〉的思想和艺术特点》,《南开大学学报》,第1期。

袁可嘉译爱德华·扬格《试论独创性作品》,人民文学出版社。

张谷若译狄更斯《游美札记》,上海文艺出版社。

周启明译安万侣《古事记》,人民文学出版社。

朱光潜译柏拉图《柏拉图文艺对话集》,人民出版社。

1964年

中国社会科学院外国文学研究所创建,是中国外国文学研究的高等学术机构。著名诗人冯至先生出任首任所长,历任所长还有叶水夫、张羽、吴元迈、黄宝生等,该所卞之琳、李健吾、罗大冈、罗念生、戈宝权、杨绛等学者的学术成就在我国外国文学界产生了深远影响。

为了纪念莎士比亚诞生400周年,人民文学出版社请吴兴华、方重、方平等人将朱生豪所译莎剧31种进行了校订增补,以《莎士比亚全集》为名重新排版发行。

由李伯钊率领的中国戏剧家代表团,应邀参加阿尔巴尼亚人民戏剧院成立20周年庆祝活动。

草婴译托尔斯泰《高加索故事》,人民文学出版社。

董衡巽发表《文学艺术的堕落——评美国“垮掉的一代”》,

《文学研究集刊》(第二册),人民文学出版社。

飞白译马雅可夫斯基《列宁》,人民文学出版社。

丰子恺、丰一吟译柯罗连科《我的同时代人的故事》(第三、四卷),人民文学出版社。

戈宝权、孙玮、卢永译恰佑比《恰佑比诗选》,人民文学出版社。

何映发表《外国文学研究工作需要联系现实斗争》,《文学评论》第4期。文章提出了外国文学研究的两种立场:“一种是紧密联系当前的现实斗争,为阶级斗争服务;一种是脱离实际,为研究而研究,为学术而学术。”文章明确地批评了脱离现实斗争、与现实毫无关联的学院式研究,“外国文学研究如果不和现实斗争相联系,它也将是苍白无力的”。

蒋天佐译狄更斯《匹克威克外传》(上、下册),人民文学出版社。

金克木著《梵语文学史》,人民文学出版社。

李芒、祖秉和译龟井胜一郎《北京的星星》,作家出版社。

刘锡诚发表《十九世纪俄国古典作家的民间文学观概述》,《文史哲》第3期。

罗大冈发表《“无边的现实主义”还是无耻的“现实主义”?——评加罗迪近著〈无边的现实主义〉》,《文学评论》第6期。

罗念生译希腊佚名作者《喜剧论纲》,人民文学出版社,收入“古典文艺理论译丛”。

钱学熙译锡德尼《为诗辩护》,人民文学出版社。

汤真、万紫译肖洛姆-阿莱汉姆《卖牛奶的台维》,人民文学出版社。

杨周翰、吴达元、赵萝蕤主编《欧洲文学史》(上卷),人民文学出版社。下卷1965年完成,但直到1979年上卷重新修订时才一同问世。

袁可嘉发表《英美意识流小说述评》,《文学研究集刊》(第一册),人民文学出版社。

臧克家发表《南越英雄赞——读〈南方来信〉》,《人民文学》

第6期。

张梦麟译江口涣《新娘子和一匹马》,作家出版社。

左海译马明-西比利亚克《普里瓦洛夫的百万家私》,上海文艺出版社。

1965年

由于国内文艺界的整风运动,《世界文学》停刊一年。

黄雨石译弗里德利希·杜伦马特《老妇还乡》,中国戏剧出版社。

楼适夷译小林多喜二《小林多喜二小说选》,人民文学出版社。

钱稻孙、文洁若译有吉佐和子《木偶净琉璃》,作家出版社。

施咸荣译萨缪尔·贝克特《等待戈多》,中国戏剧出版社。

孙用等译斯米尔宁斯基《瓦普察洛夫诗选》,人民文学出版社。

王敦旭译城山三郎《辛酸》,作家出版社。

文洁若译松本清张《日本的黑雾》,作家出版社。

姚文元发表《评新编历史剧〈海瑞罢官〉》,《文汇报》11月10日。

叶冬心译菲·革拉特珂夫《自由人》,人民文学出版社。

1966年

"文化大革命"开始。

北京文艺界在北京大学礼堂集会,纪念阿尔巴尼亚著名诗人安东·扎柯-恰佑比诞辰100周年。中国作家协会副主席、中国阿尔巴尼亚友好协会副会长刘白羽主持纪念会。中国作家协会理事、诗人冯至在纪念会上作了关于恰佑比生平的报告。阿尔巴尼亚驻中国大使瓦西里·纳塔奈利和使馆外交官员等应邀出席。

《世界文学》改为双月刊，出了一期后从3月起停刊。

李文俊、曹庸译卡夫卡《审判及其他》，作家出版社上海编辑所。

9月 梁实秋主编《莎士比亚诞辰四百周年纪念集》，台湾中华书局，书中收录有关莎士比亚研究的多篇重要论文。

姚一苇《诗学笺注》，台湾中华书局。

朱光潜发表《研究美学史的观点和方法》，《文学评论》第4期。

1967年

梁实秋译《莎士比亚戏剧全集》，远东图书公司，收入译者37年间(1930—1967)所译出的莎翁全部戏剧37部。

林以亮等译威廉·范·俄康纳《美国现代七大小说家》，今日世界出版社。

1968年

知识青年"上山下乡"，进行劳动改造。知识青年所带书籍大部分都属于人文社科类，尤其是欧美文学作品在知识青年之中流传最广。

1969年

韩迪厚著《近代翻译史话》，辰冲图书公司。

3月—5月 郭沫若翻译英国诗歌10首，当时未发表，后发表于《战地》1980年第1期。

1971年

"黄皮书"重新开始出版,主要是对苏日美当代文学进行翻译。作品本身思想性强,可读性强,部分作品有大胆创新,采取"内部发行"方式。

中华人民共和国恢复在联合国合法席位。

张沅长等著《英国小品文的演进与艺术》,学生书局。

陈铨著《中国纯文学对德国文学的影响》,学生书局。

1972年

2月　美国总统尼克松访华,在上海签署《中美联合公报》。

12月　16名留学生赴英国学习英语,连同此前派赴法国的留学生20人,共派出留学生36人。这是自1966年停止派出留学生以来首批派出留学生。

9月　日本内阁大臣田中角荣应邀访华,中日关系解冻。

6月　《中外文学》创刊并一直延办至今,其主创者是台大文学系所的核心成员颜元叔、胡耀恒和叶庆炳等人,此刊在译介西方各式文学理论及推动中外文学比较研究等方面起到了重要作用。

11月　专门译介外国当代文学作品的内部发行刊物《摘译》在上海创刊,到"文化大革命"结束前共出版了31期。先后出现的其他刊物如《学习与批判》《朝霞》《苏修文艺资料》《苏修文艺简况》和《外国文学动态》等,也刊登部分外国文学作品和评论文章。苏、美、日三国当代文学作品是此时的译介重点。

1974年

《外国文学简编》编写组编写《外国文学简编》。《外国文学简编》采取“厚今薄古”方针，对于古希腊、古罗马及其中世纪的文学发展情况都被省略，文学史的第一章便是“文艺复兴时期文学和莎士比亚”，最后一章也是颇具时代特色的“苏修文学及其鼻祖肖洛霍夫批判”。

上海人民出版社出版《美国小说两篇》，含理查德·贝奇的《海欧乔纳森·利文斯顿》（晓路译），以及埃里奇·西格尔的《爱情故事》（蔡国荣译）。随书刊登任文钦《海鸥为什么走了红运？》和司马平《一份向垄断资产阶级投降的号召书》两篇批判文章。 **3月**

1975年

毛泽东发表了关于文艺工作的谈话，放宽文艺工作要求，引导中国文学艺术界文艺方向的转变。 **7月14日**

应中国人民对外友好协会邀请，罗马尼亚作家波普·西蒙、约恩·霍利亚和亚历山德鲁·西蒙一行三人访华。 **11月—12月**

著名瑞士德语作家马克斯·弗里施（Max Frisch）随当时联邦德国总理施密特一行访华。 **10月—11月**

《外国文学简论》指出：“我们必须继承一切优秀的文学艺术遗产，批判地吸收其中一切有益的东西，作为我们从此时此地的人民生活中的文学艺术原料创造作品时候的借鉴”，加大对无产阶级文学论述比重，对欧美的资产阶级文学主要采取批判继承的态度。国内对于外国文学作品的态度开始出现转变。

周维德译遍照金刚《文镜秘府论》，人民文学出版社。 **5月**

李德纯译小松左京《日本沉没》，人民文学出版社。 **6月**

1976年

“文化大革命”结束。

《摘译》出版“增刊”刊登米·切纳的长篇小说《百年》的节译。该小说是1975年美国的十大畅销书之一，主要探讨“美国 **6月**

精神"的演进历程。

复旦大学出刊的"内部参考"杂志《现代外国文学》(第2期)以专辑的方式摘译并评介约瑟夫·海勒的《第二十二条军规》和《烦恼无穷》。

何欣著《索尔·贝娄研究》,远行出版社。

1月　齐干译吉田精一《现代日本文学史》,上海人民出版社。

人民文学出版社编辑部译拉萨尔《弗兰茨·冯·济金根》,人民文学出版社。

1977年

9月　高考制度恢复。

10月　当时中国唯一一份翻译介绍外国文学的刊物《世界文学》在停刊10年后复刊。随后,《外国文学研究》(1978年)、《外国文学》(1980年)、《国外文学》(1981年)等相继创刊,为中国外国文学研究提供了重要的学术科研平台。

陈寿朋发表《俄国社会生活的生动图景——评高尔基三部自传体小说》,《内蒙古大学学报》第5期。

林耀福著《文学与文化:美国文学论集》,源成文化图书供应社。

唐月梅译井上靖《井上靖小说选》,人民文学出版社。

王金陵译瓦西里耶夫《这儿的黎明静悄悄》(《这里的黎明静悄悄》),《世界文学》第1期。

1978年

十一届三中全会召开,重新确立解放思想、实事求是的思想路线,把工作重心转移到经济建设上来,实行改革开放,形成以邓小平为核心的党中央领导集体。文艺创作迎来又一个春天。

《光明日报》所刊载的文章《实践是检验真理的唯一标准》掀

起了全国性的关于“真理标准”的讨论热潮。

6月13日 《新华日报》发表题为《认真调整党的文艺政策》的文章，改变了以往文艺为政治服务的提法。

11月25日—12月5日 全国外国文学研究工作规划会议在广州召开，参加会议的有全国70多个单位的140多位代表。周扬和梅益参加了会议。在会议的后一阶段，为成立全国外国文学学会进行了讨论。经过充分酝酿和民主选举，在12月5日的全国外国文学成立大会上产生了全国外国文学学会理事会，并选出了会长、副会长，原则通过了学会章程。第一任会长为冯至，第二任会长为季羡林，第三任会长由黄宝生担任。杨周翰在会议上作了《关于提高外国文学史编写质量的几个问题》的报告，回顾当时撰写文学史所面临的核心问题，确定了接下来的外国文学发展方向。

中宣部批准恢复“三套丛书”出版工作。“三套丛书”编委会在北京召开全国性大会，重新制订工作方案，进一步明确新的工作要求。这次会议最主要的成果之一，就是重新议定选题，将“外国古典文学名著丛书”和“外国古典文艺理论丛书”分别改成“外国文学名著丛书”和“外国文艺理论丛书”，扩大了选题的范围，使得丛书的规模不断扩大，增强了丛书的涵盖面与权威性。

中国社会科学院研究生院成立，研究生院外国文学系设在外国文学研究所。

4月 华中师范大学主编的《外国文学研究》创刊。该刊“是普及与提高相结合的专业性学校刊物，以广大文学青年、中小学语文和外语老师、大专院校学生、中等学校部分高年级学生，以及业余和专业文学工作者为主要服务对象”(《致读者作者》,《外国文学研究》第1期)。

10月 当代美国著名剧作家阿瑟·米勒与其夫人一起访问中国，其间和曹禺、英若诚、于是之等人曾有过会面。

《外国文艺》创刊。《外国文艺》是专门刊登外国文学译作为主的期刊，时任主编是英美文学著名的翻译家汤永宽先生。为了保证翻译的质量，汤主编还分别设置了各个语种的编审。

由中国社会科学院外国文学研究所编辑、中国社会科学出版社等五家出版社联合出版发行的《外国文学研究资料丛刊》开始启动。

经过挑选的外国文学名著《悲惨世界》《安娜·卡列尼娜》《高老头》《红与黑》等,逐步在各地新华书店出售,曾造成抢购局面。

现代派文学论争。1978年起,外国文学研究界发起了重新评价西方现代派文学的讨论。在1978年的"全国外国文学研究工作规划会议"上,柳鸣九做了题为《现当代资产阶级文学评价的几个问题》的发言,提出要一分为二地看待现当代资产阶级文学。发言稿刊登于1979年第1期的《外国文学研究》上,同期还登载了陈焜的《西方现代派文学和梦魇》。同年社科院外国文学研究所主办的《外国文学研究集刊》第一辑开展"关于现当代资产阶级文学评价问题"的讨论。随后,《外国文学研究》从1980年第4期又开始长达一年的"西方现代派文学讨论",将前半段讨论推向高潮。1982年,主编徐迟在该刊第1期上发表《现代化与现代派》进行总结。这场论争因"清污"而告一段落。论争主要围绕三个问题展开:现代派文学的起因,如何评价和对待西方现代派、"现代化"和"现代派"的联系,以及我国文学的发展方向。

巴金译高尔基《文学写照》,人民文学出版社。

草婴译莱蒙托夫《当代英雄》,上海译文出版社。

程代熙发表《略论别林斯基的文学民族化思想》,《社会科学战线》第2期。

董衡巽等编选《美国短篇小说集》,人民文学出版社。

金福译德富芦花《黑潮》,上海译文出版社。

金福译国木田独步《国木田独步选集》,人民文学出版社。

磊然译法捷耶夫《毁灭》,人民文学出版社。

李尚信发表《谈俄国革命民主主义者美学》,《吉林大学社会科学学报》第4期。

刘德中译歌德等《德国古典中短篇小说选》,上海译文出版社。

鲁膺译雨果《笑面人》,上海译文出版社。

陆协新编《苏修文艺大事记》,南京师范学院中文系,内部印刷。

孟昌等译苏联高尔基著《论文学》,人民文学出版社。

倪蕊琴发表《驳"托尔斯太(泰)是富农的代言人"》,《文汇报》4 月 7 日。

倪蕊琴发表《也谈"托尔斯太(泰)主义"——与马家骏同志商榷》,《陕西师大学报》第 3 期。

钱中文发表《推倒诬蔑,还其光辉——批判"四人帮"诽谤俄国革命民主主义者的种种谬论》,《文学评论》第 1 期。

汝信发表《列宁是怎样评价车尔尼雪夫斯基的?》,《红旗》第 1 期。

上海师范大学中文系外国文学教研室发表《批"洋为帮用"——揭批"四人帮"利用苏联文学搞篡党夺权的罪恶阴谋》,《外国文学研究》第 1 期。

施康强译加缪《不贞的妻子》,《世界文学》第 3 期。

王秋荣发表《推倒"四人帮"强加给车尔尼雪夫斯基的罪名》,《解放日报》4 月 29 日。

魏玲发表《列宁论车尔尼雪夫斯基》,《北京大学学报》第 2 期。

辛未艾发表《谈谈俄国三大批评家》,《上海文艺》第 7 期。

杨汉池发表《创作心理与文学的形象性——谈谈别林斯基、高尔基、法捷耶夫的形象思维论》,《文艺论丛》第 5 辑。

杨绛译塞万提斯《堂吉诃德》(上、下),人民文学出版社。

朱光潜译爱克曼辑录《歌德谈话录》,人民出版社。

朱生豪译《莎士比亚全集》再次出版,由人民文学出版社重新发行。 4 月

朱维之发表《论〈威尼斯商人〉》,《外国文学研究》创刊号,为中国莎评间断十几年之后的第一篇莎评。据统计,本年发表的比较重要的莎评有 20 多篇。

1979 年

中美正式建交,两国关系走向正常化。

8月28日　　邓小平与美国副总统沃尔特·弗雷德里克·蒙代尔共同签署了中美1980年和1981年文化交流执行计划,并指出两国在文化和科技领域的合作交流,有助于进一步促进中美两国人民之间的友谊。从1980年到1990年,中国与外国总共签订了79个文化合作协定。

10月30日—11月16日　　中国文学艺术工作者第四次代表大会召开,邓小平代表党中央在大会上作的《在中国文学艺术工作者第四次代表大会上的祝辞》,为文学研究在历史新时期从复苏走向繁荣奠定了基石。邓小平指出,我们要在建设高度物质文明的同时,提高全民族的科学文化水平,发展高尚的丰富多彩的精神文化生活,建设高度的社会主义精神文明。他宣布“十七年”的文艺路线“基本正确”,重申“百花齐放、百家争鸣”方针,重建文艺界的管理体制。

许多外国文学刊物积极响应“现代化”的号召。当时作为“内部刊物”的《外国文学动态》在“编后记”中指出:“本刊本期出版,正逢我国革命道路上发生伟大转变的重要时刻。按照党的三中全会的决定,全党全国工作的着重点今年将转移到社会主义现代化建设上来。与此相应,我国的外国文学工作也必将有更大的发展。”

中国苏联文学研究会(苏联解体后改成俄罗斯文学学会)和黑龙江大学等单位在哈尔滨召开了“当代苏联文学讨论会”,关于肖洛霍夫的创作和对肖洛霍夫的评价是会上重要的议题之一。

作家王蒙受到西方意识流小说的影响,开始自己的“意识流”写作,并于一年半时间内相继推出《布礼》《春之声》《夜的眼》《蝴蝶》等六部中短篇小说。全新的审美体验很快在评论界燃起“意识流”争鸣的热情,之后不断涌现作家追随王蒙的脚步进入“意识流”小说创作。

《译林》创刊。该刊以“打开窗口,了解世界”为宗旨,坚持以最快的速度译介具有较强可读性和较高品位、思想内容深刻、反映当代社会现实的外国最新畅销佳作的办刊方针。

北京师范大学《苏联文学》创刊,持续出刊至今,现名《俄罗斯文艺》。

5月 高等学校文艺理论研究会成立。研究会由从事文艺理论教学、研究、评论和编辑出版工作的专业人员自愿组成，是非营利性的社会组织，新时期以来最早也是影响最大的全国性学会之一。陈荒煤为第一届学会会长，黄药眠、陈白尘、徐中玉任副会长，周扬为名誉会长，学会挂靠华东师范大学。1985年改名为中国文艺理论学会。

8月 经国务院批准，“北京对外翻译出版处”改称“对外翻译出版公司”。

8月 美国文学研究会在烟台成立，拉开了我国美国文学界改革开放的序幕，标志着中国的美国文学研究已经进入了一个全国性复苏与发展的重要阶段。该学会一方面通过年会和专题会的形式大力推进美国文学在中国的研究，另一方面组织力量创办专门的美国文学研究刊物《美国文学研究丛刊》(1981年创刊)。第一届年会宣读的论文有杨仁敬的《海明威〈永别了，武器〉和〈丧钟为谁而鸣〉中的人物形象》、万培德的《海明威小说的艺术特点》和倪受禧的《〈老人与海〉中的圣地亚哥形象》等。

10月 中国西班牙葡萄牙拉丁美洲文学研究会在南京宣告成立，拉美文学研究开始进一步的学科化和机构化。陈光孚、段若川、尹承东、朱景冬、赵德明、陈众议、林一安等学者相继投入马尔克斯小说研究。

君特·格拉斯来华访问，在北京大学和上海外国语大学做报告。

4月16日—5月16日 应美中学术交流委员会约请，中国社会科学院代表团包括文学在内的等各方面的专家一行十人访问了美国，这是中美隔绝三十年后中国派出的第一个社会科学界的访美代表团。

冰夷等译高尔基《论文学·续集》，人民文学出版社。

草婴译托尔斯泰《暴风雪》，上海译文出版社。

陈尧光等译阿历克斯·哈利《根——一个美国家族的历史》，生活·读书·新知三联书店。

陈良廷译亚瑟·米勒《推销员之死》，《外国戏剧资料》第1期。

丁方、施文发表《卡夫卡和他的作品》,《世界文学》第1期。

方平译莎士比亚《莎士比亚喜剧五种》,上海译文出版社。

飞白译马雅可夫斯基《开会迷》,广东人民出版社。

飞白译涅克拉索夫《谁在俄罗斯能过好日子》,上海译文出版社。

冯汉律发表《卡缪和荒诞派》,《译林》第1期。

傅惟慈译亨利希·曼《臣仆》,上海译文出版社。

林旸发表《哥伦比亚魔幻现实主义作家加西亚·马尔克斯及其新作〈家长的没落〉》,《外国文学动态》第8期。这是第一篇专门评介马尔克斯及其小说的文章。

柳鸣九、郑克鲁、张英伦著《法国文学史》(上册),人民文学出版社。

陆凡发表《美国当代作家索尔·贝娄》,《文史哲》第1期。

鹿金、吴劳译艾·巴·辛格《卢布林的魔术师》,上海译文出版社。

马兆熊著《十九世纪俄国文学十四家评传》,台北华冈出版公司。

满涛译别林斯基《别林斯基选集》(第一、二卷),上海译文出版社。

倪蕊琴发表《车尔尼雪夫斯基和托尔斯泰是资产阶级文艺家吗?》,《外国文学研究》第2期。

施咸荣、任吉生、苏玲译赫尔曼·沃克《战争风云》(共三册),人民文学出版社。

汤永宽、李文俊等编《当代美国短篇小说集》,上海译文出版社。

王道乾译司汤达《拉辛与莎士比亚》,上海译文出版社。

王央乐翻译阿根廷作家博尔赫斯四篇小说作品,刊载于《外国文艺》第1期,分别为《交叉小径的花园》《南方》《马可福音》和《一个无可奈何的奇迹》。

王兆徽编著《俄国文学论集》,皇冠文化教育奖助基金会。

向叙典发表《车尔尼雪夫斯基的哲学思想》,《甘肃师大学报》第2期。

萧乾、张梦麟译辛克莱《屠场》，人民文学出版社。

杨岂深译福克纳《纪念艾米丽的一朵玫瑰》，杨小石译《干旱的九月》，蔡慧译《烧马棚》，《外国文艺》第 6 期。

杨宪益译荷马史诗《奥德修纪》，上海译文出版社。

杨周翰、吴达元、赵萝蕤主编《欧洲文学史》（下卷），人民文学出版社。

袁可嘉、董衡巽、郑克鲁等开始主编《外国现代派作品选》，自 1980 年出版，到 1985 年 10 月出齐。

袁可嘉发表《结构主义文学理论述评》，《世界文学》第 2 期。该文提及作为结构主义先驱的“俄罗斯形式主义”。

袁可嘉发表《象征派诗歌 · 意识流小说 · 荒诞派戏剧——欧美现代派文学述评》，《文艺研究》第 1 期。

张玉书译茨威格《斯蒂芬 · 茨威格小说四篇》，人民文学出版社。

赵澧发表《美国现代戏剧家——尤金 · 奥尼尔》，《戏剧学习》第 2 期。

郑克鲁发表《略论福楼拜的小说创作》，《外国文学研究》第 1 期。这是我国新时期最早出现的福楼拜研究文章之一，重点分析了福楼拜作品的“艺术成就”和“思想局限”。

中国社会科学院外国文学研究所编《七十年代社会主义现实主义问题》，中国社会科学出版社。该书客观地、不加任何评论地向中国读者介绍了苏联学者马尔科夫等人的“社会主义现实主义开放体系”，与“文化大革命”时对苏修言论大张挞伐的做法判然有别。

中国社会科学院外国文学研究所苏联文学研究室编《苏联文学纪事：1953—1976》，生活 · 读书 · 新知三联书店。

中国社会科学院外国文学研究所外国文学研究资料丛刊编辑委员会编《莎士比亚评论汇编》（上），中国社会科学出版社。

朱光潜译莱辛《拉奥孔》，人民文学出版社。

朱光潜译黑格尔《美学》（第一、二、三卷），商务印书馆。

朱光潜著《西方美学史》（第 2 版），人民文学出版社。首版为 1963 年。

朱虹发表《略谈霍桑的浪漫主义》,《世界文学》第1期。

1980年

中国社科院哲学所推出"美学译文丛书"(李泽厚主编),由中国社会科学出版社、光明日报出版社、辽宁人民出版社三家分别出版,主要是西方现代美学方面的译作。

联邦德国著名文学史家、文学批评家迈耶尔(Hans Mayer)应邀来中国进行了为期两周的讲学。他在北京大学的讲演对于中国的卡夫卡热有推动作用。

中国外国文学学会成立,为一级社团,挂靠单位为中国社会科学院外国文学研究所。

1月 《翻译通讯》改为正式期刊(双月刊)公开出版发行。

6月 《文艺理论研究》创刊,由陈荒煤先生出任主编,黄药眠、陈白尘、徐中玉三位先生任副主编,挂靠华东师范大学。1985年,徐中玉、钱谷融先生出任主编。

中国文学艺术界联合会、中国作家协会、中国人民对外友好协会、中国罗马尼亚友好协会在北京国际俱乐部联合举办"罗马尼亚伟大的作家萨多维亚努、诗人阿尔盖齐诞辰一百周年纪念会"。

11月 冯志臣翻译罗马尼亚剧作家奥·巴琅格的喜剧《公正舆论》,分别在北京人民艺术剧院和武汉话剧院上演。人艺版导演为方瑄德、林兆华,武汉版导演为周元白。

上海和杭州等地召开了纪念托尔斯泰的讨论会,并分别汇集出版了《托尔斯泰论集》(浙江人民出版社,1982年)和《托尔斯泰研究论文集》(上海译文出版社,1983年)。

复旦大学林同济教授参加在斯特拉福举行的第十九届国际莎士比亚会议,发表论文《应该是"被玷污"的这个词——〈哈姆莱特〉评论之一见》("Sullied" is the Word—A Note in Hamlet Critism),引起很大反响,这是中国学者第一次参加国际莎学会议。本年发表重要莎评五十多篇。

《欧美古典作家论现实主义的浪漫主义》(一),中国社会科学出版社。此系首次译介欧美(并且是古典)作家对“现实主义”的相关看法,第一次出现了关于美俄现实主义文学之外的讨论。这意味着国内学界开始借助“新”的眼光重新审视现实主义。

《中国大百科全书:外国文学》(Ⅰ、Ⅱ),中国大百科全书出版社(1980、1982)。

北京大学中文系文艺理论教研室编《马克思恩格斯列宁斯大林论文艺》,人民文学出版社。

董鼎山发表《所谓“后现代派”小说》,《读书》第12期。

董衡巽编著《海明威研究》,中国社会科学出版社。

董问樵译亨利希·曼《亨利四世》(上、中、下),上海译文出版社。

方平译莎士比亚《奥瑟罗》,上海译文出版社。

高士彦等译布莱希特《布莱希特戏剧选》(上、下),人民文学出版社。

国家出版事业管理局版本图书馆编《1949—1979翻译出版外国古典文学著作目录》,中华书局。

江枫译雪莱《雪莱诗选》,湖南人民出版社。

蒋孔阳发表《西方美学研究中的一项重要成果——评介〈西方美学史〉》,《文学评论》第2期。

金人译肖洛霍夫《静静的顿河》(第一至四部),人民文学出版社重版。

李健吾著《福楼拜评传》,湖南人民出版社。

李文俊编选《福克纳评论集》,中国社会科学出版社。

力冈等译艾特玛托夫《艾特玛托夫小说集》(上、下),外国文学出版社。同时,《苏联文学》第3期刊登了粟周熊翻译的艾特玛托夫中篇小说《面对面》。

刘梦溪发表《关于发展马克思主义文艺学的几点意见》,《文学评论》第1期。

柳鸣九译《雨果论文学》,上海译文出版社。

柳鸣九著《论遗产及其他》,上海文艺出版社。

陆凡发表《索尔·贝娄小说中的妇女形象》,《文史哲》第

4 期。

陆凡译哈桑《当代美国文学:1945—1972》,山东人民出版社。

罗念生译琉善《琉善哲学文选》,商务印书馆。

梅绍武、苏绍亨、傅惟慈、董乐山译柏拉威尔《马克思和世界文学》,生活·读书·新知三联书店。

欧茵西著《俄国文学史》,中国文化学院出版部。

石璞著《欧美文学史》(上、下),四川人民出版社。

王道乾译杜拉斯《琴声如诉》,《外国文艺》第 2 期。

王金陵译瓦西里耶夫《这里的黎明静悄悄》,湖南人民出版社。

王智亮译乔伊斯《死者》,宗白译乔伊斯《阿拉比》,《小人物》,《外国文艺》第 4 期。

王佐良编选《美国短篇小说选》(上、下册),中国青年出版社。

王佐良发表《英国浪漫主义诗歌的兴起》,中国社会科学院外国文学研究所编《外国文学研究集刊》第二辑,中国社会科学出版社。

王佐良著《英国文学论文集》,外国文学出版社。

魏荒弩译涅克拉索夫《涅克拉索夫诗选》,上海译文出版社。

文宝译特里·伊格尔顿《马克思主义与文学批评》,人民文学出版社。

吴元迈发表《普列汉诺夫论现实主义》,《文学评论》第 5 期。

袁可嘉、董衡巽、郑克鲁选编《外国现代派作品选》,上海文艺出版社,至 1984 年出齐全部四册。该书拉开了大量译介现代主义和后现代主义文学的序幕。象征主义、表现主义、意识流、存在主义、荒诞派、新小说、黑色幽默等最先得到译者的关注,相关的文学作品和理论著作亦纷纷出版。

张禹九译莫·夏波特《房间》,余德予译乔·考雷《丝绸》,《世界文学》第 5 期。

郑树森、周英雄、袁鹤翔合编《中西比较文学论集》,时报文化出版企业有限公司。

中国社会科学院外国文学研究所编《七十年代的苏联文学》,中国社会科学出版社。

朱维之、赵澧主编《外国文学简编》(欧美部分),中国人民大学出版社。2015 年出至第 7 版。该教材前身是华北地区部分高校合编的《外国文学简编》,1974 年内部发行。从第 4 版起增加主编黄晋凯。

祝庆英译夏洛蒂·勃朗特《简·爱》,上海译文出版社。

1981 年

第一批外国语言文学博士点设立。北京大学、南京大学、中国社会科学院研究生院、中山大学获得英语语言文学博士学位授予权。此外,北京大学获德语语言文学博士学位授予权,南京大学获法语语言文学博士学位授予权,中国社会科学院研究生院获法语语言文学、德语语言文学博士学位授予权。

为纪念雨果诞生 180 周年,雨果学术研讨会在长沙举行,共收到论文九十余篇。

裘克安参加在斯特拉福举行的第三届世界莎士比亚大会。

《世界文学》设立"阿根廷作家博尔赫斯作品小辑",共刊载了他的 8 篇作品(3 篇小说和 5 篇散文)。

上海戏剧学院演出爱德华·阿尔比的剧作《动物园的故事》,由美国导演贝百董执导。上海人民艺术剧院演出了亚瑟·米勒的剧作《萨勒姆的女巫》,由黄佐临执导。

《译林》第 3 期开设"翻译技巧探讨"的专栏,之后又有"翻译家谈翻译""翻译家漫话""翻译评论""翻译漫谈"等栏目。

安徽大学大洋洲文学研究所主编"大洋洲文学研究丛书"。这套丛书包括《自由树上的狐蝠》《街上的面容》《安着木腿的人》《烟草》《拘留所里的图书馆》《大洋洲民间故事集》《盛宴前后》《古老的植物湾》《病骑手》《灰马》《白河》《何处为家》《丛林之声》《鳄鱼》《凤凰木开了花》等。

第一次高尔基学术研讨会在大连召开,《俄苏文艺》第 3 期为此设“纪念马克西姆·高尔基逝世四十五周年”的专栏。

《苏联文艺》第5期重新发表草婴译肖洛霍夫《一个人的遭遇》。

北京师范大学苏联文学研究所编《苏联现实主义问题讨论集》,外国文学出版社。

毕修勺译左拉《论司汤达》,《文艺理论研究》第3期。

陈惇著《莫里哀和他的喜剧》,北京出版社。

陈嘉著《英国文学史》(英文版)(第二册),商务印书馆。至1986年出齐四卷,100余万字,是当时规模最大的英国文学史教材。

陈焜著《西方现代派文学研究》,北京大学出版社。

东秀译田纳西·威廉斯《玻璃动物园》,《当代外国文学》第4期。

范存忠著《英国文学论集》,外国文学出版社。

范希衡译《法国近代名家诗选》,外国文学出版社。

飞白译马雅可夫斯基《马雅可夫斯基诗选》,上海译文出版社,至1982年出齐三卷。

冯汉律发表《福楼拜的艺术追求和他的〈情感教育〉》,《读书》第9期。

高行健著《现代小说技巧初探》,花城出版社。

高铦、文贯中、魏章玲译佩里·安德森《西方马克思主义探讨》,人民出版社。

高中甫著《德国伟大的诗人:歌德》,北京出版社。

黄晋凯著《巴尔扎克和〈人间喜剧〉》,北京出版社。

李万春、胡真真编《东欧文学资料索引》,东北师范大学外语系苏联东欧文学研究室。

李文俊选译福克纳《喧哗与骚动》,《外国文学》第2期。

廖可兑著《西欧戏剧史》,中国戏剧出版社。

刘国云译福克纳《两个战士》,《外国文学》第4期。

柳鸣九编选《萨特研究》,中国社会科学出版社。

柳鸣九主编《法国文学史》(中册),人民文学出版社。

罗经国编选《狄更斯评论集》,上海译文出版社。这是国人编选的第一部狄更斯研究著作。该著作选取了三十多位欧美著名作家和评论家对狄更斯的评论，广泛涉及了狄更斯的思想观点、人物塑造、艺术手法，并对多部狄更斯长篇小说进行了细致的评论。

罗念生译阿里斯托芬《阿里斯托芬喜剧二种》，湖南人民出版社。

南文、赵守垠、王德明译约瑟夫·赫勒《第二十二条军规》，上海译文出版社。

钱锺书等著《林纾的翻译》，商务印书馆。

秦似译斯坦贝克《人鼠之间》，漓江出版社。

施咸荣编《莎士比亚和他的戏剧》，北京出版社。

舒心译伍尔夫《邱园记事》，《外国文艺》第3期。

孙家琇编《马克思恩格斯和莎士比亚戏剧》，中国戏剧出版社。

孙宗白发表《真诚的女作家多丽丝·莱辛》，《外国文学研究》第3期。这是国内发表的第一篇专门评介莱辛的文章，重点介绍了《暴力的儿女》五部曲小说和《金色的笔记》《为下地狱者指引》《黑暗前的夏天》《幸存者的回忆录》中的主要人物形象和创作特色，说明莱辛是“英国当代杰出的女作家主义”。

屠岸译莎士比亚《十四行诗集》，上海译文出版社。

瓦西里耶夫《未列入名册》同时出现两个译本：王守仁译，安徽人民出版社；裴家勤、白春仁译，湖南人民出版社。

万培德著《美国20世纪小说选读》(上、下册)，华东师范大学出版社。

王克千、樊莘森著《存在主义述评》，上海人民出版社。

王书云、赵德泉译巴克兰诺夫《永远的十九岁》，《苏俄文学》第1期。

吴劳译杰克·伦敦《马丁·伊登》，上海译文出版社。

吴元迈、张捷编辑《论当代苏联作家》，外语教学与研究出版社。

许昌汉译肖洛霍夫《一个人的命运》，《外国小说报》第10期。

杨德豫译《拜伦抒情诗七十首》,湖南人民出版社。

杨江柱发表《捕捉瞬间的印象——曼斯菲尔德和印象派》,《长江文艺》第9期。

张玉法编《晚清革命文学》,经世书局。

周传基译田纳西·威廉斯《欲望号街车》,《译丛》第1期。

周兆祥著《汉译哈姆莱特研究》,香港中文大学出版社。

中国社会科学院外国文学研究所外国文学研究资料丛刊编辑委员会编《莎士比亚评论汇编》(下),中国社会科学出版社。

朱虹发表《美国当前的"妇女文学"——〈美国女作家作品选〉序》,《世界文学》第4期,首次介绍当时在美国文学界刚刚登场的"妇女文学"。文章指出,"妇女文学"的出发点在于"重新发掘和评价文学史上女作家的作品,批判过去文学史对女作家的贬低和忽略"。

1982年

9月1日—11日

中国共产党第十二次全国代表大会召开,邓小平提出"建设有中国特色的社会主义"的新命题。

加西亚·马尔克斯获得诺贝尔文学奖,当代文坛兴起"拉美文学热",到1985—1987年达到鼎盛,余温一直持续到20世纪90年代前期。

杨周翰、陆谷孙参加第二十届国际莎士比亚会议。

《译林》发表了杨仁敬从哈佛大学到普林斯顿大学访问海明威专家卡洛斯·贝克而写的《卡洛斯·贝克教授谈海明威》,介绍了贝克教授对海明威艺术风格、象征主义、人物塑造、思想倾向、对青年作家的影响和美国的研究现状等12个问题的看法。

在冯至先生带领下,多位中国德语文学研究者参加在德国海德堡举办的"歌德与中国,中国与歌德"国际学术研讨会,该会议是"欧华学会"的首次会议。

6月

中国翻译协会成立大会在北京举行。译协下设社会科学、文学艺术、科学技术、军事科学、民族语文、外事、中译外、翻译理论和翻译教学等学术委员会,负责指导并组织本专业相关的学术活动。

首都文艺界人士集会纪念乔伊斯100周年诞辰。 6月22日

北京大学俄语系俄罗斯苏联文学研究室编译《关于〈解冻〉及其思潮》,北京大学出版社。

北京大学俄语系俄罗斯苏联文学研究室编译《西方论苏联当代文学》,北京大学出版社。

陈思和、李辉发表《巴金与俄国文学》,《文学评论》第1辑。

董问樵译歌德《浮士德》,复旦大学出版社;钱春绮译《浮士德》,上海译文出版社。

冯春译普希金《叶甫盖尼·奥涅金》,上海译文出版社。

冯春译普希金《普希金小说集》,安徽人民出版社。

顾蕴璞选译莱蒙托夫《莱蒙托夫抒情诗选》,外语教学与研究出版社。

贺祥麟等著《莎士比亚研究文集》,陕西人民出版社。

孟复编《西班牙文学简史》,四川人民出版社。

钱春绮译海涅《诗歌集》,上海译文出版社。

钱兆明译乔伊斯《阿拉比》,笔生译乔伊斯《小云》,《外国文学》第8期。

荣如德译布尔加科夫《屠尔宾一家的日子》,《外国文艺》第4期,是布尔加科夫的作品首次被译为中文。

上海译文出版社(程中瑞、程彼德译)、北京地质出版社(《战地钟声》,德玮、增瑚译)和内蒙古人民出版社(《钟为谁鸣》,李尧、温小钰译)分别出版了美国海明威《丧钟为谁而鸣》的三种不同中译本。

唐宝心、王嘉龄、李自修译曼斯菲尔德《曼斯菲尔德短篇小说集》,天津人民出版社。

王乃卓译拉斯普京《拉斯普京小说选》,外国文学出版社。

王佐良发表《乔伊斯与"可怕的美":记乔伊斯百年纪念国际学术研讨会》,《世界文学》第6期。

文美惠编选《司各特研究》,外语教学与研究出版社。

徐崇温、刘放桐、王克千等著《萨特及其存在主义》,人民出

版社。

郑克鲁著《法国文学论集》,漓江出版社。

中国社会科学院外国文学研究所编《法兰西十七世纪古典主义文艺理论》(《外国文学研究集刊》第四辑),中国社会科学出版社。

中国社会科学院外国文学研究所苏联文学研究室编《苏联文学史论文集》,外语教学与研究出版社。

1983年

人道主义讨论。该讨论1979年后由呼吁文艺表现无产阶级的人性进入理论层面的探讨,1983年进入高潮。(详细索引参见复旦大学中文系资料室编:《新时期文艺学论争资料(1976—1985)》,复旦大学出版社,1988年)《外国文学研究》在1979年第1期便开设“人道主义笔谈”专栏,刊登沈国经《昨日的人道主义与今日的封建法西斯主义》、周乐群《人道主义断想》、李鹜《从读莎氏喜剧的一点感受谈起》、秦德儒《人道主义的历史进步意义无容否定》。1983年第2期,《外国文学研究》再次开设“外国文学中的人道主义”专栏。“本刊拟先从个别作家、作品入手,然后再转入普遍性的问题。来稿请密切结合作家、作品实际,特别是结合文学形象进行分析,论述,不要从概念、定义出发,脱离了文学作品,泛泛而论。”探讨人道主义问题,将“从概念、定义出发”,以阶级分析为中心的话语模式转变为“以作品为中心”,以文学形象剖析为主。(《编者话》,《外国文学研究》,1983年第2期)罗大冈发表《再论罗曼·罗兰的人道主义和个人主义》,完全改写了从前的文章。

“清除精神文学污染运动”全面开展,西方现代派成了一个精神污染源,受到了严厉的批判。《外国文学研究》第4期发表《认真学习文件积极消除精神污染——本刊编辑部座谈会学习体会》,文章指出:“西方现代派文学作品内容大多数消极、颓废、甚至反动;它们所标榜的技巧上的创新,实际上不少是陈腐的东西，是我们早就应该抛弃的糟粕。”随后两年，英美通俗小说的翻译比重明显下降。

上海外国语大学获英语语言文学、俄语语言文学博士学位授予权。复旦大学获英语语言文学专业博士学位授予权。

复旦大学外国语言文学学院创立于1905年。复旦大学成立之初，开设英语班和法语班。1949年前后，同济大学德语系以及上海圣约翰大学、沪江大学、震旦大学和浙江大学等近十所院校的英文专业部分并入复旦大学外文系。1956年按照教育部部署停办俄文专业，20世纪70年代后期恢复招生。全增嘏、林同济、戚叔含、伍蠡甫、徐燕谋、葛传槼、杨岂深、杨烈、潘世兹、董问樵、余日宣、余楠秋、孙大雨、黄有恒、姚善友、李振麟、杨必、刘德中、陆国强等学者曾在此任教。

清华大学外语系重建。

中国外国文学学会、华东十所高校与安徽省外国文学研究会联合举办了西方浪漫主义文学讨论会。这是国内第一次以西方浪漫主义文学为专题的大型学术会议，会议主题就“现实主义”“浪漫主义”等基本概念及其特征、浪漫主义文学流派的形成和嬗变等展开。

在“中美双边比较文学讨论会”上，钱中文的论文《“复调小说”及其理论问题——巴赫金的叙述理论之一》拉开了以复调小说理论为中心的巴赫金研究的序幕。

1月 中国翻译工作者协会会刊《翻译通讯》杂志正式创刊。

3月 首都800多名翻译、新闻、出版、文化、教育界知名人士集会，庆祝中国对外翻译出版公司成立10周年。

3月 亚瑟·米勒应北京人民艺术剧院的邀请，再次来到中国，为北京人民艺术剧院成功导演了他的作品《推销员之死》。

屠格涅夫逝世100周年，《外国文学研究》等七家知名杂志在该年全都设立纪念栏目，尤其是《俄苏文学》杂志，开辟了特刊专辑，论文、译文、屠氏创作佚事以及大事年表全套推出。这一年，各类屠格涅夫研究文章约八十五篇。厦门召开的全国纪念屠氏逝世100周年学术研讨会当属本年度屠格涅夫研究的最大盛世，是我国迄今为止唯一一次以屠格涅夫研究为专题的学术会议,会议出版了论文集《屠格涅夫研究》(李兆林、叶乃方编,上海译文出版社,1989年)。

11月

中国译协理事戈宝权、高莽应苏联作家协会的邀请前往莫斯科参加第六届苏联文学翻译家国际会议。

北京大学俄语系俄罗斯苏联文学研究室编译《叶赛宁评介及诗选》,北京大学出版社。

陈良廷、郑启吟等译《金丝雀曼斯菲尔德短篇小说选》,上海译文出版社。

陈小川、郭振铎、吕殿楼、吴泽义著《文艺复兴史纲》,中国人民大学出版社。

董学文著《马克思与美学问题》,北京大学出版社。

范存忠著《英国文学史提纲》,四川人民出版社。

范岳译菲兹杰拉德《大人物盖茨比》,辽宁人民出版社。

方平著《和莎士比亚交个朋友吧》,四川人民出版社。

飞白译涅克拉索夫《红鼻子雪大王》,人民文学出版社。

丰子恺译紫式部《源氏物语》(上、中、下)出齐,人民文学出版社(1980、1982、1983)。

冯春译《普希金抒情诗选》,安徽文艺出版社。

冯汉津等编译《当代法国文学词典》,江苏人民出版社。

冯亦代、傅惟慈编译小库特·冯尼格《回到你老婆孩子身边去吧——短篇黑色幽默小说选》,福建人民出版社。

冯亦代译海明威《第五纵队及其他》,江西人民出版社。

黄雨石译詹姆斯·乔伊斯《一个青年艺术家的画像》,外国文学出版社。

李清安著《巴尔扎克》,北京师范大学出版社。

力冈译巴巴耶夫斯基《野茫茫》,浙江文艺出版社。

梁实秋著《永恒的剧场:莎士比亚》,时报文化出版事业有限公司。

灵珠译埃斯库罗斯《奥瑞斯提亚三部曲》(附《普罗米修斯被囚》),上海译文出版社,包括埃斯库罗斯悲剧四种:《阿伽门农》《奠酒人》《福灵》(《报仇神》)、《普罗米修斯被囚》。

刘伦振等译德·奥布洛米耶夫斯基《巴尔扎克评传》,中国社会科学出版社。

刘小蕙译维克多·雨果《安琪罗》,上海外语教育出版社。

柳鸣九等著《雨果创作评论集》,漓江出版社。

孟宪义著《福楼拜:1821—1880》,辽宁人民出版社。

施咸荣译塞林格《麦田里的守望者》,漓江出版社。

汪义群著《奥尼尔创作论》,中国戏剧出版社。

王富仁著《鲁迅前期小说与俄罗斯文学》,陕西人民出版社。

王央乐译博尔赫斯《博尔赫斯短篇小说集》,上海译文出版社。

王佐良等主编《英国文学名篇选注》,商务印书馆。

萧乾译亨利克·易卜生《培尔·金特》,四川人民出版社。

辛未艾译《杜勃罗留波夫选集》(第一、二卷),上海译文出版社。

颜元叔著《英国文学:中古时期》,尧水出版社。

杨静远编著《勃朗特姐妹研究》,中国社会科学出版社。

赵隆勷著《司汤达和〈红与黑〉》,北京出版社。

中国莎士比亚研究会编《莎士比亚研究》(创刊号),浙江人民出版社。曹禺撰写"发刊词",发表了我国一批著名莎评家的论文。

朱维基译济慈《济慈诗选》,上海译文出版社。

朱维之、雷石瑜、梁立基主编《外国文学简编(亚非部分)》,中国人民大学出版社,至 2014 年出至第 5 版。第 2 版主编为梁立基、陶德臻,第 3 版起为梁立基、何乃英。

朱雯译雷马克《西线无战事》,外国文学出版社。

主万等译劳伦斯《劳伦斯短篇小说集》,上海译文出版社,收入《普鲁士军官》《菊花的幽香》等 15 部短篇小说。

1984 年

9月19日

《人民日报》刊登文化部原副部长吕志先《新中国三十五年来的对外文化交流》,阐述了我国对外文化交流的方针:"在对外文化交流中,我们坚持对外开放政策,努力借鉴、吸收一切有利于发展我国文化艺术的外国优秀文化艺术成果,同时,也欢迎外国研究我国的文化艺术成果。我们的原则是:在分享人类文化财富方面,要相互学习,共同提高,在平等互利的基础上,加强合作,增进友谊。"

苏联文学研究会和吉林大学主办了"第一届肖洛霍夫创作研讨会",与会的几十位学者就肖洛霍夫的创作问题展开了广泛而热烈的讨论。20世纪80年代初对肖洛霍夫创作的讨论还带有明显的拨乱反正、重新评价的意味。

《中国比较文学》(季刊)创刊,是中国唯一的比较文学专业期刊。该刊关注国内外文学理论、思潮、流派、作家及作品的研究;致力于探讨具有中国特色的比较文学研究;关注中外文学关系研究、翻译研究、跨学科研究及比较文学教学研究;及时反映中外比较学界研究和出版的最新动态和信息。

金斯伯格、斯奈德随美国作家代表团访华,一度激起了中国作家对"垮掉的一代"的兴趣。

5月10日 中央戏剧学院莎士比亚研究中心举行莎士比亚诞辰421周年纪念会,以展示莎士比亚作品为主要活动内容。

9月 美国奥尼尔研究中心主席乔治·怀特应中国戏剧家协会的邀请,到中国执导黄宗江改编自奥尼尔剧作《安娜·克里斯蒂》的《安娣》。10月16日《安娣》在中央戏剧学院的试验剧场首次演出,主演鲍国安、麻淑云、薛山。

9月6日 波兰驻华大使沃伊塔西克在大使馆代表波兰文化艺术部长授予中国社会科学院外国文学研究所东欧文学研究室副主任林洪亮、北京外国语学院波兰语教研室副教授易丽君"波兰文化荣誉奖章",以表彰他们为翻译、介绍波兰文学所做出的贡献。

12月3日—5日 中国莎士比亚研究会在上海举行成立大会暨首届年会,选举曹禺为会长,巴金为基金会董事长。

卢康华、孙景尧著《比较文学导论》,黑龙江人民出版社。该书首次提出"译介学"。此后涉及译介学的教材或论著有:乐黛云等主编《中西比较文学教程》(1988)中的孙景尧所撰专节,谢天振著《比较文学与翻译研究》(1994)、《译介学》(1999)、《翻译研究新视野》(2003)、《译介学导论》(2007),陈惇、孙景尧、谢天振主编《比较文学》(1997)。

生活·读书·新知三联书店推出“现代外国文艺理论译丛”,其中影响较大的有:韦勒克、沃伦《文学理论》(刘象愚等译,1984年),弗里德里克·J.霍夫曼《弗洛伊德主义与文学思想》(王宁等译,1987年),巴赫金《陀思妥耶夫斯基诗学问题》(白春仁、顾亚铃译,1988年)。

“走向未来”丛书由四川人民出版社出版。该丛书用时5年,出版74种社会科学和自然科学的外文译作和原创著作,代表了当时中国思想解放最前沿的探索与思考,影响巨大。

北京师范大学苏联文学研究所编译《苏联当代作家谈创作》,北京师范大学出版社。

草婴译肖洛霍夫《新垦地》(《被开垦的处女地》)(第一、二部),安徽人民出版社。

陈伯通著《法国浪漫主义文学旗手雨果》,商务印书馆。

董问樵著《席勒》,复旦大学出版社。

胡壮麟发表《谈康拉德的〈黑暗的内心深处〉》,《国外文学》第4期。

黄锦炎等译马尔克斯《百年孤独》,上海译文出版社。同年9月,高长荣译《百年孤独》,北京十月文艺出版社。

黄雨石译康拉德《黑暗深处》,百花文艺出版社。

季羡林译蚁垤《罗摩衍那》七卷八本出齐,人民文学出版社。

江枫译狄金森《狄金森诗选》,湖南人民出版社。

姜其煌、万为文译斯·茨威格《罗曼·罗兰传》,湖南人民出版社。

李丹等译雨果《悲惨世界》五册出齐,人民文学出版社。

李文俊译福克纳《喧哗与骚动》,上海译文出版社。

廖鸿钧等编译《苏联文学词典》,江苏人民出版社。

柳鸣九、罗新璋编选《马尔罗研究》,漓江出版社。

陆谷孙主编《莎士比亚专辑》,复旦大学出版社。

罗大冈著《论罗曼·罗兰》(修订本),上海文艺出版社。

罗新璋编《翻译论集》,商务印书馆。

马祖毅著《中国翻译简史》,中国对外翻译出版公司。

孟宪强辑注《马克思恩格斯与莎士比亚》,陕西人民出版社。

纳训译《一千零一夜》六册出齐,人民文学出版社。

钱春绮译席勒《席勒诗选》,人民文学出版社。

孙梁等译詹姆斯·乔伊斯《都柏林人》,上海译文出版社。

王忠琪等译《法国作家论文学》,生活·读书·新知三联书店。

吴元迈、邓蜀平编《五、六十年代的苏联文学》,外语教学与研究出版社。

萧乾著《菲尔丁——英国现实主义小说奠基人》,上海译文出版社。

袁可嘉译艾·琼斯等《英国宪章派诗选》,上海译文出版社。

张冠尧等译狄德罗《狄德罗美学论文选》,人民文学出版社。

张国培编《加西亚·马尔克斯研究资料》,南开大学出版社。

赵静男译海明威《太阳照常升起》,上海译文出版社。

中国翻译工作者协会《翻译通讯》编辑部编《翻译研究论文集(1894—1948)》,外语教学与研究出版社。

钟玲著《文学评论集》,时报文化出版事业有限公司。

朱虹著《英美文学散论》,生活·读书·新知三联书店。

朱维之译弥尔顿《失乐园》,上海译文出版社。

1985年

中国比较文学学会成立,前身是北京比较文学研究会。学会最初由中国社会科学院、北京大学、北京师范大学等三十四个单位联合发起,是经国务院批准的国家一级学会。比较文学作为一门伴随改革开放发展起来的新兴学科,发展迅猛。迄今,全国已有30多所高校设有比较文学博士点,北京大学等学校拥有该专业国家重点学科。目前,学会已经成为领导和协调中国比较文学研究工作、促进国内外比较文学的教学与研究、加强中国比较文学与国际的学术交流、推动中国比较文学事业发展的重要平台。

西方理论译介呈井喷之势，西方现代文学思潮、文论思潮和流派规模化引入。相对来说，得到更为集中介绍的是形式主义、新批评和结构主义、符号学、存在主义、精神分析学说、表现主义与法兰克福学派等。一些开拓性研究包括赵毅衡《新批评——一种独特的形式主义文论》（中国社会科学出版社，1986 年）、伍蠡甫《欧洲文论简史：古希腊至十九世纪末》（人民文学出版社，1985 年）、张隆溪《二十世纪西方文论述评》（生活·读书·新知三联书店，1986 年）等。

全国高校外国文学教学研究会（"中国高等教育学会外国文学专业委员会"的前身）成立，先后由杨周翰、季羡林、杨正润等学者担任学会会长，在外国文学教学与研究领域拥有广泛影响。

"席勒与中国·中国与席勒"国际学术讨论会在重庆举行。杨武能选编的会议论文集《席勒与中国》，1989 年由四川文艺出版社出版。

4 月 22 日 中国莎士比亚研究会举行莎士比亚诞辰 421 周年纪念会，副会长张君川做学术报告。

9 月—12 月 应北京大学比较文学研究所和国际政治系的邀请，詹姆逊在北京大学进行了为期四个月的以"后现代主义与文化理论"为题的演讲（1987 年结集出版）。"北大演讲"对中国学界的意义和影响是巨大的。詹姆逊的著作也使得 20 世纪 80 年代末和 90 年代初的中国文学和文化批评出现了一股"后现代"的热潮。

草婴译列夫·托尔斯泰《伊凡·伊里奇的死》，山西人民出版社。

草婴译列夫·托尔斯泰《地主的早晨：中短篇小说 1852—1856》，上海译文出版社。

草婴译列夫·托尔斯泰《舞会以后》，浙江人民出版社。

草婴译柯切托夫《落角》，上海译文出版社。

曾小逸主编《走向世界文学：中国现代作家与外国文学》，湖南文艺出版社。

陈周方著《罗曼·罗兰》，辽宁人民出版社。

董衡巽编选《海明威谈创作》，生活·读书·新知三联书店。

董乐山译乔治·奥威尔《1984》,花城出版社。

杜拉斯《情人》出现四个译本:蒋庆美译,《当代外国文学》第4期;王道乾译,《外国文艺》第5期;颜保译,北京语言学院出版社;王东亮译,四川人民出版社。

方晓光译莫里斯·迪克斯坦《伊甸园之门——六十年代美国文化》,上海外语教育出版社。

侯维瑞著《现代英国小说史》,上海外语教育出版社。

蓝梦著《梅里美:1803—1870》,辽宁人民出版社。

蓝仁哲编《加拿大短篇小说选》,重庆出版社。

李金波、鲁效阳译斯蒂芬·茨威格《巴尔扎克传》,福建人民出版社。

李万春编《苏联当代文学研究资料索引》,东北师范大学外文系资料室。内部发行。

李之义译雅·阿尔文、古·哈塞尔贝里《瑞典文学史》,外国文学出版社。

柳鸣九发表《巴尔扎克的小说艺术》,《外国文学研究》第1期。

罗念生编译《希腊罗马散文选》,湖南人民出版社。

罗念生著《论古希腊戏剧》,中国戏剧出版社。

缪朗山著《西方文艺理论史纲》,中国人民大学出版社。

钱诚选译布尔加科夫《大师和玛格丽塔》,《苏联文学》第5期至6期。

石天河发表《〈蝴蝶〉与“东方意识流”》,《当代文艺思潮》第1期。文章首次提出“东方意识流”这一概念,并探讨其与“西方意识流”的异同。

孙席珍、蔡一平编《东欧文学史简编》,湖南人民出版社。

陶德臻主编《东方文学简史》,北京出版社。

王克千、夏军著《论萨特》,福建人民出版社。

王忠祥、宋寅展、彭端智主编《外国文学教程》(上、中、下册),湖南教育出版社。

望宁译卡内蒂《迷惘》,湖南人民出版社。

魏荒弩译格林卡等《十二月党人诗选》,上海译文出版社,收入格林卡、卡杰宁、拉耶夫斯基、雷烈耶夫、丘赫尔别凯、奥陀耶夫斯基等作家的207首诗。

吴守琳编著《拉丁美洲文学简史》,中国人民大学出版社。

吴元迈著《苏联文学思潮》,浙江文艺出版社。

伍蠡甫著《欧洲文论简史》,人民文学出版社。

杨周翰著《十七世纪英国文学》,北京大学出版社。该书试图从比较文学的角度叙述17世纪英国文学史,从中国文学传统的立场去处理外国文学,分辨两者异同,探索其相互影响,以期对两种文学的理解有所助益。

郁龙余发表《印度文学在中国的流传与影响》,《深圳大学学报》第1、2期合刊。

袁可嘉著《现代派论·英美诗论》,中国社会科学出版社。

张连奎发表《雨果作品在中国的译介、影响和研究》,《国外文学》第3期。

朱虹编选《奥斯丁研究》,中国文联出版公司。

朱虹著《狄更斯小说欣赏》,山西人民出版社。

1986年

北京大学获法语语言文学、日语语言文学博士学位授予权。北京外国语学院获俄语语言文学、德语语言文学、阿拉伯语语言文学博士学位授予权。上海外国语学院获法语语言文学博士学位授予权。中国社会科学院研究生院获俄语语言文学博士学位授予权。黑龙江大学获俄语语言文学博士学位授予权。北京师范大学获英语语言文学博士学位授予权。

中国作家协会中外文学交流委员会决定设立“彩虹翻译奖”。

张君川、索天章、任明耀、沈林参加第四届世界莎士比亚大会。

西葡拉美文学研究会在上海隆重纪念塞万提斯逝世370周年,会议论文既有研究《堂吉诃德》在我国不同时期的出版及对中国文学的影响,也有分析《堂吉诃德》对加西亚·马尔克斯的《百年孤独》的影响。

杨仁敬应邀去意大利里阿诺市出席第二届海明威国际会议,并在大会上作了《30年代以来海明威作品在中国的翻译和评论》,受到与会者热烈欢迎。

1月14日 为纪念海明威逝世25周年,江苏省翻译协会和作家协会联合在南京大学召开了中美作家和学者的海明威座谈会。在南京大学任教的美国学者詹姆斯·弗兰德教授应邀介绍美国小说研究的新成果。

4月 中国翻译工作者协会在北京召开第一次全国代表大会。

4月10日—23日 在北京、上海两地举行了首届中国莎士比亚戏剧节,盛况空前,震动国际莎坛,在中国出现"莎士比亚热"。

6月 中央戏剧学院在第二届国际古希腊戏剧节上演出了《俄狄浦斯王》,随后导演罗锦鳞发表了《关于〈俄狄浦斯王〉的导演分析与构思》(《戏剧》第4期),李利宏发表了《朝圣者的自白——〈俄狄浦斯王〉给我的……》(《戏剧》第4期)等,从戏剧表演角度来探讨该剧的情节结构、主题思想、语言风格等。

7月 戈宝权捐献35000元作为戈宝权文学翻译奖励基金。

11月 全国美国文学研究会委托厦门大学承办"海明威与迷惘的一代"研讨会。在厦门大学任教的美国专家凯因教授和斯泰特教授、在山东大学任教的康乃迪教授夫妇以及来自美国的弗兰德教授应邀出席会议并分别做学术报告。中外学者就海明威小说中的妇女形象、硬汉形象、艺术风格、海明威与电影、海明威与生存主义、海明威与"迷惘的一代"等话题进行热烈讨论。

12月 挪威王国驻华大使向萧乾授予挪威国家勋章。

生活·读书·新知三联书店开始出版"现代西方学术文库",主要有尼采《悲剧的诞生》(周国平译,1986年)、卡西尔《语言与神话》(于晓等译,1988年)、荣格《心理学与文学》(冯川、苏克译,1987年),马利坦《艺术与诗中的创造性直觉》(刘有无、罗选民等译,1991年)等。

《苏联文学》编辑部编《鲍·瓦西里耶夫优秀作品选》,国际文化出版公司。其中包括《这里的黎明静悄悄》《未列入名册》和

《后来发生了战争》。

《外国文艺》第3期推出五位新西兰当代作家的五篇小说：詹·卡里奇《地震之后》、莫·达根《爱花情》、奥·爱·米德尔顿《独来独往者》、莫·谢德博尔特《房间》及威·伊希玛埃拉《曲棍球赛》。

邦达列夫的《戏》两年内出现五种译本。1986年：范国恩、述韬译《戏》，中国文联出版公司；贾福云、叶薇译《影幕内外》，北京群众出版社。1987年：王燎译《人生舞台》，外国文学出版社；珊友、开石译《新星之陨》，湖南人民出版社；胥真理译《女演员之死》，海峡文艺出版社。

蔡宗齐译威廉·福克纳《老人》，广东人民出版社。

草婴译《托尔斯泰中短篇小说选》，上海译文出版社。

陈光孚著《魔幻现实主义》，花城出版社。

陈洪文、水建馥选编《古希腊三大悲剧家研究》，中国社会科学出版社。

董衡巽、朱虹、施咸荣、李文俊著《美国文学简史》两册出齐，人民文学出版社。上册1978年出版，下册1986年出版。

冯至著《论歌德》，上海文艺出版社。

郭家申译雅洪托娃等《法国文学简史》，辽宁教育出版社。

郝运译司汤达《红与黑》，上海译文出版社。

黄颂杰、吴晓明、安延明著《萨特其人及其“人学”》，复旦大学出版社。

李辉凡著《苏联文学思潮综览》，湖南人民出版社。

李欧梵著《中西文学的徊想》，香港三联书店。

李小江发表《英国女性文学的觉醒》，《外国文学研究》第2期。

力冈、冀刚译帕斯特尔纳克(帕斯捷尔纳克)《日瓦戈医生》，漓江出版社。

力冈译肖洛霍夫《静静的顿河》(全四册)，漓江出版社。

凌继尧著《苏联当代美学》，黑龙江人民出版社。

柳鸣九编选《新小说派研究》，中国社会科学出版社。

罗钢著《浪漫主义文艺思想研究》，陕西人民出版社。

钱春绮译波德莱尔《恶之花》,人民文学出版社。

秦小孟主编《当代美国文学:概述及作品选读》(全三册),上海译文出版社。

裘小龙译《抒情诗人叶芝诗选》,四川文艺出版社。

沈宝基译《雨果抒情诗选》,江苏人民出版社。

沈志明编选《阿拉贡研究》,中国社会科学出版社。

施咸荣著《西风杂草》,漓江出版社。

宋耀良发表《意识流文学的东方化过程》,《文学评论》第1期。文章进一步探讨了西方意识流与中国文化的渊源,及其落户中国之后烙上的中国特点、染上的东方色彩。

索天章著《莎士比亚——他的作品及其时代》,复旦大学出版社。

谭大立发表《理论风暴中的一个经验孤儿——西方女权主义批评的产生和发展》,《南京大学学报》增刊。

唐小兵译弗·詹姆逊《后现代主义与文化理论——弗·詹姆逊教授讲演录》,陕西师范大学出版社。

唐在龙、尹建新译维吉尼亚·吴尔夫(伍尔夫)《黑夜与白天》,湖南人民出版社。

王逢振发表《关于女权主义批评的思索》,《外国文学动态》第3期。

王秋荣编《巴尔扎克论文学》,中国社会科学出版社。

闻家驷译《雨果诗抄》,外国文学出版社。

伍晓明译特里·伊格尔顿《二十世纪西方文学理论》,陕西师范大学出版社。

徐崇温主编《存在主义哲学》,中国社会科学出版社。

徐继曾译斯达尔夫人《论文学》,人民文学出版社。

许渊冲译《雨果戏剧选》,人民文学出版社。

杨义著《中国现代小说史》(第一卷),人民文学出版社。

叶廷芳著《现代艺术的探险者》,花城出版社。

易漱泉、雷成德、王远泽等著《俄国文学史》,湖南文艺出版社。

臧传真、俞灏东、边国恩主编《苏联文学史略》,宁夏人民出版社。

张黎著《德国文学随笔》,外国文学出版社。

张隆溪著《二十世纪西方文论评述》,生活·读书·新知三联书店。

张秋红译《雨果诗选》,上海译文出版社。

张世华著《意大利文学史》,上海外语教育出版社。

张秀筠、周铧、达理译纳·雷巴克《巴尔扎克的错误》,天津人民出版社。

赵毅衡著《新批评——一种独特的形式主义文论》,中国社会科学出版社。

郑克鲁著《繁花似锦:法国文学小史》,武汉大学出版社。

朱延生译皮埃尔·加克索特《莫里哀传》,中国戏剧出版社。

1987 年

中国共产党第十三次全国代表大会召开,阐述社会主义初级阶段理论,提出党在社会主义初级阶段的基本路线。 10 月 25 日—11 月 1 日

中国社科院外国文学研究所主持召开了"法国文学研讨会"。以此会为起点,理论界开始扭转对自然主义的看法,发表了不少肯定或者客观评价自然主义的文章,创作界的写实文学也出现了向自然主义回归的现象,对自然主义的价值也进行了重新评判。

《外国文学研究》推出"外国文学与新时期文学"专栏,与"中国作家与外国文学"专栏各自独立,仍然讨论中外文学关系,只是将时间锁定在新时期。"该栏重点放在现当代外国文学对中国的影响研究",它为打破学科隔阂、增加学科交流创造了一个新空间。

《世界文学》开辟了"中国作家谈外国文学"栏目,邀请我国相关作家、翻译家、评论家、编辑家等谈有关外国文学的一些问题。

联邦德国国际交流中心授予冯至 1987 年艺术奖。 1 月

2月　　法国巴黎第八大学授予戈宝权"荣誉博士"学位。

2月24日—27日　　中央戏剧学院和山东大学在北京主办了中国第一届尤金·奥尼尔学术研讨会。

4月25日　　中国西葡拉美文学研究会与云南出版社签署了为期五年的"拉美文学丛书"出版协议,自此之后云南人民出版社逐渐成为出版拉美文学的"专业户"。

7月　　中国译协在青岛举行第一次全国翻译理论研讨会。

8月　　国际翻译工作者联合会在荷兰举行第11次世界翻译大会,接纳中国翻译工作者协会为国际译联团体会员。

9月　　国际海涅学术讨论会在北京召开。(张玉书编《海涅研究——1987年国际海涅学术讨论会》,北京大学出版社,1988年)

上海译文出版社开始分辑出版"当代学术思潮译丛"。

陈良廷译劳伦斯《儿子与情人》,外国文学出版社。

陈平原著《在东西方文化碰撞中》,浙江文艺出版社。

陈宣良等译萨特《存在与虚无》,生活·读书·新知三联书店。

出现5本阐释学、接受美学和读者理论经典译著:海德格尔《存在与时间》(陈嘉映、王庆节译,生活·读书·新知三联书店),伽达默尔《真理与方法》(王才勇译,辽宁人民出版社),H. R. 姚斯、R. C. 霍拉勃《接受美学与接受理论》(周宁、金元浦译,辽宁人民出版社),保罗·利科尔《解释学与人文科学》(陶远华等译,河北人民出版社),D. C. 霍埃《批评的循环》(兰金仁译,辽宁人民出版社)。

董问樵著《〈浮士德〉研究》,复旦大学出版社。

戈宝权发表《谈中俄文字之交》,周一良主编《中外文化交流史》,河南人民出版社。

郭宏安译波德莱尔《波德莱尔美学论文选》,人民文学出版社。

胡允桓译托妮·莫瑞森《所罗门之歌》,外国文学出版社。

黄梅发表"'女人与小说'杂谈"三篇,《读书》第6、8、10期。

季羡林等编《简明东方文学史》,北京大学出版社。

金隄选译乔伊斯《尤利西斯》(节译单行本),百花文艺出版社。

乐黛云著《比较文学与中国现代文学》,北京大学出版社。

黎慧《谈西方女权主义文学批评》,《文学自由谈》第6期。

李宜燮、常耀信主编《美国文学选读》,南开大学出版社。

梁一三编著《弥尔顿和他的失乐园》,北京出版社。

柳鸣九、罗新璋编选《尤瑟纳尔研究》,漓江出版社。

柳鸣九编《未来主义 超现实主义 魔幻现实主义》,中国社会科学出版社。

柳鸣九选编《法国自然主义作品选》,天津人民出版社。

钱诚译布尔加科夫《大师和玛格丽特》,外国文学出版社。

钱满素编《美国当代小说家论》,中国社会科学出版社。

钱中文著《现实主义和现代主义》,人民文学出版社。

瞿铁鹏译特伦斯·霍克斯《结构主义和符号学》,上海译文出版社。

孙尚文编著《当代苏联文学》,辽宁大学出版社。

汤永宽译雪莱《钦契》,上海译文出版社。

王玉莲编《俄苏文学译文索引(1949—1985)》,北京外国语学院外国文学研究所。内部发行。

吴劳译海明威《老人与海》,上海译文出版社。

夏基松、段小光编著《存在主义哲学评述》,江苏人民出版社。

徐玉明编著《拉丁美洲的“爆炸”文学》,复旦大学出版社。

徐育新等译詹·乔·弗雷泽《金枝:巫术与宗教之研究》,中国民间文艺出版社。

许磊然译普希金《黑桃皇后》,人民文学出版社。

阳天译贝·布莱希特《布莱希特诗选》,湖南人民出版社。

袁树仁译莫洛亚《从普鲁斯特到萨特》,漓江出版社。

翟世镜发表《伍尔夫·意识流·综合艺术》,《当代文艺思潮》第5期。

张秉真、黄晋凯著《结构主义文学批评论》,辽宁大学出版社。

张中载著《托马斯·哈代——思想和创作》,外语教学与研究出版社。

中国莎士比亚研究会编《莎士比亚在中国》,上海文艺出版社。

周乐群、朱宪生、梁异华著《俄苏文学史话》,湖北教育出版社。

周敏显编撰《俄国文学杰作赏析》,上海外语教育出版社。

朱虹发表《“女权主义”批评一瞥》,《外国文学动态》第7期。

1988年

中国社会科学院外国文学研究所召开“青年学者外国文学理论研讨会”,对文学理论进行了清晰的界定。

“欧华学会”第三次会议在德国海德堡召开。会议论文集《远东的架桥——论20世纪德中文学关系》由夏瑞春(Adrian Hsia)和霍费尔特(Sigfrid Hoefert)主编,1992年在德国出版。

2月 中国译协文学艺术翻译委员会在北京举行亚洲国家当代文学翻译座谈会。

6月 德意志联邦共和国驻上海总领事授予张威廉“德意志联邦共和国大十字勋章”。

6月 中国译协军事科学翻译委员会在北京召开当代外国军事文学翻译座谈会。

8月 王佐良去英国斯特拉福参加第二十三届国际莎士比亚会议。

10月 中国译协在桂林召开第二次全国中青年文学翻译经验交流会。

10月 中国译协在长沙召开全国文学翻译研讨会。

12月 中国艺术研究院马克思主义文艺理论研究所、中国社会科学院外国文学研究所、四川大学中文系等单位联合召开“西方马克思主义文艺理论和美学理论学术讨论会”,会议就当代欧美马克思主义文艺理论的发展和特征、代表性理论家的观点等问题进行了讨论。

中央戏剧学院在哈尔滨和北京演出罗锦鳞导演《安提戈涅》。

卞之琳译莎士比亚《莎士比亚悲剧四种》,人民文学出版社。

曹顺庆著《中西比较诗学》,北京出版社。

陈圣生译泰奥菲尔·戈蒂耶《回忆波德莱尔》,辽宁人民出版社。

陈众议著《魔幻现实主义大师——加西亚·马尔克斯》,黄河文艺出版社。

丁子春著《左拉 1840—1902》,辽宁人民出版社。

董衡巽著《美国现代小说家论》,中国社会科学出版社。

都本伟、赵桂琴译埃利希·弗洛姆《人之心——爱欲的破坏性倾向》,辽宁大学出版社。

杜小真著《一个绝望者的希望——萨特引论》,上海人民出版社。

黄勇民、俞宝发译米歇尔·福柯《性史》,上海文化出版社。

雷成德主编《苏联文学史》,辽宁人民出版社。

磊然、水夫译普希金《村姑小姐》,人民文学出版社。

李明滨、李毓榛主编《苏联当代文学概观》,北京大学出版社。

李淑言、吴冰编选《杰克·伦敦研究》,漓江出版社。

李文俊译威·福克纳《我弥留之际》,《世界文学》第 5 期。

李野光选编《惠特曼研究》,漓江出版社。

李野光著《惠特曼评传》,上海文艺出版社。

李幼蒸译罗兰·巴尔特《符号学原理——结构主义文学理论文选》,生活·读书·新知三联书店。

力冈、吴笛译帕斯捷尔纳克《含泪的圆舞曲——获诺贝尔文学奖诗人帕斯捷尔纳克诗选》,浙江文艺出版社,收抒情诗 113 首。

林书武等译佛克马、易布思《二十世纪文学理论》,生活·读书·新知三联书店。

刘海平、朱栋霖著《中美文化在戏剧中交流——奥尼尔与中国》,南京大学出版社。

刘祥光、张凤珠、郑荣珍译《纽澳短篇小说精选》,园神出版社。

刘小枫著《拯救与逍遥:中西方诗人对世界的不同态度》,上海人民出版社。

柳鸣九主编《自然主义》,中国社会科学出版社。

龙飞、孔延庚著《契诃夫传》,南开大学出版社。

罗大冈编选《认识罗曼·罗兰:罗曼·罗兰谈自己》,中国社会科学出版社。

罗新璋选编《莫洛亚研究》,漓江出版社。

毛信德著《美国小说史纲》,北京出版社。

彭克巽著《苏联小说史》,北京十月文艺出版社。

绮纹译梅勒什可夫斯基(梅列日科夫斯基)《诸神复活:雷翁那图·达·芬奇传》,生活·读书·新知三联书店。

裘克安著《莎士比亚年谱》,商务印书馆。

瞿世镜编选《伍尔夫研究》,上海文艺出版社。

孙家琇著《论莎士比亚四大悲剧》,中国戏剧出版社。

孙梁、苏美/瞿世镜译弗吉尼亚·伍尔夫《达洛卫夫人·到灯塔去》,上海译文出版社。

万俊人著《萨特伦理思想研究》,北京大学出版社。

王逢振译特里·伊格尔顿《当代西方文学理论》,中国社会科学出版社。

王逢振著《今日西方文学批评理论》,漓江出版社。

王逢振著《意识与批评:现象学、阐释学和文学的意思》,漓江出版社。

王乐央译乔治·艾略特《情与仇》,人民文学出版社。

魏荒弩译《俄国诗选》,湖南人民出版社,共收录诗歌160首。

闻家驷译斯丹达尔(司汤达)《红与黑》,人民文学出版社。

吴亮、章平、宗仁发编《象征主义小说》,时代文艺出版社。

吴茂生著《现代中国小说中俄国文学人物》,香港中文大学出版社、美国纽约州立大学出版社。

吴泽林发表《公猫——布尔加科夫的笑声——〈大师和玛格丽特〉艺术风格初探》,《苏联文学》第2期。

乐黛云主编《中西比较文学教程》,高等教育出版社。

乐黛云著《比较文学原理》,湖南文艺出版社。

张泗洋主编《莎士比亚的三重戏剧——研究、演出、教学》,东北师范大学出版社。

1989年

东欧发生剧变,深刻影响并改变了东欧国家的历史进程,也波及了包括文学在内的东欧社会的各个领域。我国对东欧文学译介一度面临困境,几年之后才逐渐得到改观。随着世界格局的变化和全球现代化进程的展开,中国与东欧文学的交流和相互关系找到了新的契合。到世纪之交,东欧文学译介和研究渐趋正常,从而使改革后三十年的东欧文学译介与研究在整体上形成了新的热潮。

在海明威90岁诞辰之时,北京和桂林相继举行热烈而隆重的学术活动。在北京,中国翻译协会和中国社科院外文所联合召开学术研讨会,董衡巽、冯亦代、陶洁、李文俊和王逢振等在会上发言,各大报刊也对此加以报道。在桂林,广西师范大学和厦门大学联合举办了桂林海明威国际学术研讨会。美国海明威学会会长罗伯特·路易斯特地发来贺电。他认为这是由美国以外的学者主办的第一次海明威国际会议,具有重大历史意义。

1月 译林出版社成立。

3月10日 《世界文学》编辑部召开"五四运动与外国文学"座谈会,林林、杨宪益、冯至等先后在此次座谈会上发言,主要是重申了鲁迅先生的"拿来主义"和毛泽东的"洋为中用"思想,但同时几位专家也不约而同地提出了对于"赶时髦"思想的反对。所谓"赶时髦"主要是指在商业利益追求过程中为了迎合读者兴趣而发行品味低下的畅销书和通俗文学。这次会议形成的一些想法,对于中国文学的发展有借鉴意义,并成了翻译文学期刊应该遵循的重要的选材标准。

5月 上海译文出版社在北京举行“当代学术思潮译丛和研究”座谈会。

6月 《世界文学》杂志组织第二次会议“外国文学工作笔谈”。此次笔谈的目的是“为了坚持四项基本原则,坚决反对资产阶级自由化,是外国文学工作更好地为人民服务、为社会主义服务、更好地坚持百花齐放、百家争鸣的方针”。

罗锦鳞以河北梆子的演出形式导演了《美狄亚》,将古希腊悲剧中的歌队形式运用于中国传统戏曲中。

包承吉译马修·约瑟夫森《司汤达传》,江西人民出版社。

卞之琳著《莎士比亚悲剧论痕》,生活·读书·新知三联书店。

蔡鸿滨译茨维坦·托多罗夫编选《俄苏形式主义文论选》,中国社会科学出版社。

曹靖华主编《俄国文学史》,人民文学出版社。

曹树钧、孙福良著《莎士比亚在中国舞台上》,哈尔滨出版社。

陈平原、夏晓虹编《二十世纪中国小说理论资料》(第一卷),北京大学出版社。

陈世雄著《苏联当代戏剧研究》,厦门大学出版社。

陈玉刚主编《中国翻译文学史稿》,中国对外翻译出版公司。

陈振尧主编《法国文学史》,外语教学与研究出版社。

董学文主编《文艺学当代形态论》,北京大学出版社。

方珊等译什克洛夫斯基等《俄国形式主义文论选》,生活·读书·新知三联书店。

冯春译《普希金作品选》,上海译文出版社。

郭宏安著《重建阅读空间》,中国社会科学出版社。

胡敏、陈彩霞、林树明译玛丽·伊格尔顿编《女权主义文学理论》,湖南文艺出版社。这是第一部进入我国的西方女性主义文学批评集。

黄嘉德著《萧伯纳研究》,山东大学出版社。

黄晋凯、张秉真、杨恒达主编《象征主义·意象派》,中国人民大学出版社。

贾文华、高中毅主编《苏联文学》，河南教育出版社。

磊然译普希金《上尉的女儿》，人民文学出版社。

李恒基、徐继曾译M.普鲁斯特《追忆似水年华Ⅰ：在斯万家那边》，译林出版社。

李辉凡、张捷译巴赫金《文艺学中的形式主义方法》，漓江出版社。

力冈译艾特玛托夫《白轮船——故事外的故事》，人民文学出版社。

刘同英译邦达列夫《美·孤寂·女人的气质——邦达列夫人生、艺术随想集》，知识出版社。

刘小枫选编《接受美学译文集》，生活·读书·新知三联书店。

刘亚丁著《十九世纪俄国文学史纲》，四川大学出版社。

柳鸣九主编《意识流》，中国社会科学出版社。

柳鸣九著《自然主义大师左拉》，上海文艺出版社。

龙文佩、庄海骅编《德莱塞评论集》，上海译文出版社。

卢龙等译塔·莫蒂列娃《罗曼·罗兰的创作》，上海译文出版社。

倪蕊琴主编《列夫·托尔斯泰比较研究》，华东师范大学出版社。

瞿世镜著《意识流小说家伍尔夫》，上海文艺出版社。国内第一部伍尔夫评传。

王福曾、李玉贞、孙维韬译B.C.格罗斯曼《生活与命运》（上、下），中国友谊出版公司；严永兴、郑海凌译《生存与命运》（上、下），中国工人出版社。

王还译伍尔夫《一间自己的屋子》，生活·读书·新知三联书店。

魏金声著《“探索”人生奥秘——萨特与存在主义》，北京出版社。

辛未艾译《赫尔岑论文学》，上海译文出版社。

徐稚芳著《俄罗斯诗歌史》，北京大学出版社。

许崇山、钟燕萍译克洛德·莫里亚克《普鲁斯特》,中国社会科学出版社。

薛君智著《回归:苏联开禁作家五论》,社会科学文献出版社。

严家炎著《中国现代小说流派史》,人民文学出版社。

杨江柱、胡正学主编《西方浪漫主义文学史》,武汉出版社。

杨武能选编《席勒与中国》,四川文艺出版社。

杨武能著《野玫瑰——歌德抒情诗咀华》,北岳文艺出版社。

余丹、阿良译札米亚京《我们》,花城出版社,"反面乌托邦三部曲"之一。

余匡复、陈海珊著《歌德与〈浮士德〉》,上海教育出版社。

余培源、夏耕著《一个"孤独者"对自由的探索:萨特的〈存在与虚无〉》,云南人民出版社。

虞建华编著《20 部美国小说名著评析》,上海外语教育出版社。

袁可嘉等编选《现代主义文学研究》(上、下),中国社会科学出版社。

袁澍涓、徐崇温著《卡缪的荒谬哲学》,辽宁人民出版社。

张静二著《阿瑟·米勒的戏剧研究》,书林出版有限公司。

张泗洋、徐斌、张晓阳著《莎士比亚引论》(上、下),中国戏剧出版社。

张旭东、魏文生译本雅明《发达资本主义时代的抒情诗人——论波德莱尔》,生活·读书·新知三联书店。

张寅德编选《叙述学研究》,中国社会科学出版社。

赵德明、赵振江、孙承敖编著《拉丁美洲文学史》,北京大学出版社。

朱维之著《圣经文学十二讲——圣经、次经、伪经、死海古卷》,人民文学出版社。

1990 年

"科教兴国"战略提出。教育部启动了将北大、清华等大学建设成世界一流大学和高水平大学的工作。

北京大学获俄语语言文学博士学位授予权。北京师范大学获俄语语言文学博士学位授予权。南开大学获英语语言文学博士学位授予权。

姚乃强出席密西西比大学举办的福克纳年会,详细深入地介绍了福克纳在中国的接受和影响。

北京举行"纪念左拉诞辰150周年学术座谈会"。

董衡巽应邀赴美国波士顿出席第四届海明威国际会议,并在大会上发言。

中国社会科学出版社、百花洲文艺出版社、百花文艺出版社联合推出"20世纪欧美文论丛书",在国内学界产生较大影响。

这一年出现5种俄苏文学译介和研究的专刊,分别为《苏联文学》《当代苏联文学》《俄苏文学》(武汉)、《俄苏文学》(济南)、《俄苏文艺》。

《外国文学评论》召开以"传统与创新"为主题的研讨会,是学界在新形势下对20世纪80年代学术研究的一次总结和反思。其中既有对文学界与学术界"创新强迫症"的反思,也表达了重新审视西方文学传统、建构新认识范式的创新意识。

1月 《外国文学评论》编辑部于1月召开"西方后现代主义"座谈会,首次在外国文学界集中讨论这一热点话题。第4期推出"叙事学研究",发表了由赵毅衡、黄梅、微周、申丹、胡再明等人撰写的5篇论文。

7月 中国译协在北京召开第一届亚洲翻译家讨论会。

8月 中国译协代表团出席国际译联第12次世界翻译大会,叶水夫当选国际译联理事。

11月 全国中青年翻译家笔会在南京师范大学召开。

12月 中国译协在北京召开全国中译英学术研讨会。

中国·日本日耳曼语文学学者大会在北京召开。(《中国·日本日耳曼语文学学者大会北京1990年大会文集》,国际文化出版公司,1994年)

《世界文学》《外国文艺》和《译林》三家杂志及杭州大学外语系发起并组织名为"全国外国文学研究现状研讨会"的外国文学

工作会议。此次会议主题是“对80年代外国文学的现状进行回顾,并对90年代外国文学的走向与发展前景做出预测和展望,以便从宏观的角度加强对外国文学的了解和研究,在坚持四项基本原则、反对资产阶级自由化的基础上进一步做好外国文学工作”。在闭幕式上,作为四个发起、组织单位的代表,译林出版社社长李景端对外国文学工作提出三点要求,其中第三点是:“面对存在的问题,要更加积极努力,实事求是地介绍和评论外国文学,宣传外国文学工作的成绩,批判、抵制黄色与资产阶级自由化的浊流,为社会主义精神文明建设做出贡献。”

常耀信著《美国文学简史》,南开大学出版社。

陈良廷等译玛格丽特·米切尔《乱世佳人》,上海译文出版社。

程正民著《俄国作家创作心理研究》,百花文艺出版社。

顾蕴璞译《苏联现代朦胧诗大师帕斯捷尔纳克抒情诗选》,花城出版社。

桂裕芳、袁树仁译M.普鲁斯特《追忆似水年华Ⅱ:在少女们身旁》,译林出版社。

郭延礼著《中国近代文学发展史》(第一卷),山东教育出版社,1991年出版第二卷,1993年出版第三卷。

胡其鼎译君特·格拉斯《铁皮鼓》,上海译文出版社。

贾植芳主编《中国现代文学的主潮》,复旦大学出版社。

江文琦著《苏联二十年代文学概论》,上海外语教育出版社。

磊然译屠格涅夫《罗亭》,人民文学出版社。

黎皓智著《苏联当代文学史》,百花洲文艺出版社。

李明滨著《中国文学在俄苏》,花城出版社。

廖炳惠著《形式与意识形态》,联经出版事业公司。

凌继尧著《美学和文化学——记苏联著名的16位美学家》,上海人民出版社。

邱平壤编著《海明威研究在中国》,黑龙江教育出版社。

饶建华编著《英诗概论》,国防科技大学出版社。

田德望译但丁《神曲:地狱篇》,人民文学出版社。

涂淦和著《简明莎士比亚辞典》,农村读物出版社。

王友轩译托妮·毛里森(莫里森)《娇女》,湖南文艺出版社。

魏家骏著《文艺批评新视角——结构主义批评与中国文学》,南京大学出版社。

吴洁敏、朱宏达著《朱生豪传》,上海外语教育出版社。

吴伟仁编《美国文学史及选读》(第一、二册),外语教学与研究出版社。

伍晓明、张文定等译马立安·高利克《中西文学关系的里程碑》,北京大学出版社。

杨德豫译华兹华斯《湖畔诗魂——华兹华斯诗选》,人民文学出版社。

杨仁敬编著《海明威在中国》,厦门大学出版社。

杨周翰著《镜子和七巧板》,中国社会科学出版社。

中国社会科学院外国文学所东欧文学室编著《东欧文学史》(上、下册),重庆出版社。

周敏显编著《俄罗斯文学史》,上海外语教育出版社。

1991年

苏联解体,对中俄(苏)文学关系产生影响。最直接的现象是苏联当代文学作品和近期的俄罗斯文学作品的译介量锐减。 **12月**

苏联驻华使馆向高莽颁发“友谊”奖章和奖状。 **5月**

第五届美国文学研究会年会召开,主题为“二次大战后美国文学的状况”。

匈牙利文教部授予中国社会科学院外国文学研究所东欧文学研究室主任、匈牙利文学翻译家和研究家兴万生“为了匈牙利文化”奖章,以表彰他在译介匈牙利著名诗人裴多菲作品方面做出的突出贡献。 **7月**

“《追忆似水年华》首发式暨普鲁斯特国际学术研讨会”在北京举行,新闻出版总署、作协、译协等单位的有关负责人和法国文学翻译家、评论家、研究学者共60多人参加了研讨会。出席会议的专家和学者就《追忆似水年华》的社会意义、文学价值和 **11月5日—6日**

艺术成就开展了热烈讨论。

11月

上海译文出版社与人民文学出版社、外国文学出版社合作出版的"外国文学名著丛书""二十世纪外国文学丛书"获第一届全国优秀外国文学图书特别奖。

为纪念莎士比亚诞辰427年,《外国文学》第2期编发"莎士比亚作品及研究"专辑。

《巴尔扎克全集》24卷出齐,人民文学出版社。

《列夫·托尔斯泰文集》17卷出齐,人民文学出版社。

艾珉著《法国文学的理性批判精神》,北京大学出版社。

曹乃云译《北欧童话》,上海文艺出版社。

曹顺庆主编《比较文学史》,四川人民出版社。

陈家宁编,杨阳等译曼斯菲尔德《曼斯菲尔德书信日记选》,百花文艺出版社。

丁子春著《法国小说与思潮流派》,团结出版社。

董衡巽编选《美国十九世纪文论选》,上海译文出版社。

范存忠著《中国文化在启蒙时期的英国》,上海外语教育出版社。

方平译莎士比亚《李尔王》,上海译文出版社。

黄仲文主编《加拿大英语文学简史》,南京大学出版社。

韩少功、韩刚译米兰·昆德拉《生命中不能承受之轻》,作家出版社,从此开始了中国的"昆德拉热"。

黎舟、阚国虬著《茅盾与外国文学》,厦门大学出版社。

李青崖译莫泊桑《莫泊桑短篇小说全集》(共四卷),湖南文艺出版社。

力冈译格罗斯曼《风雨人生》,漓江出版社。

连燕堂著《梁启超与晚清文学革命》,漓江出版社。

刘方、陆秉慧译M.普鲁斯特《追忆似水年华Ⅵ:女逃亡者》,译林出版社。

刘宪之等主编《劳伦斯研究》,山东友谊书社。

柳鸣九主编《法国文学史》(下册),人民文学出版社。

罗念生译亚理斯多德(亚里士多德)《修辞学》,生活·读书·新知三联书店。

满涛、辛未艾译《别林斯基选集》(第四卷),上海译文出版社。

倪蕊琴主编《论中苏文学发展进程》,华东师范大学出版社。

盛宁译乔纳森·卡勒《结构主义诗学》,中国社会科学出版社。

孙淑强、金筑云译米歇尔·福柯《癫狂与文明——理性时代的精神病史》,浙江人民出版社。

施康强选译萨特《萨特文论选》,人民文学出版社。

王佐良著《莎士比亚绪论——兼及中国莎学》,重庆出版社。

王佐良著《英国浪漫主义诗歌史》,人民文学出版社。这本断代诗歌史是“第一部中国学者撰写的英国诗歌史”,奠定了中国英国浪漫主义诗歌批评的基本范式。

王佐良著《英诗的境界》,生活·读书·新知三联书店。

伍晓明译米列娜编《从传统到现代——19 至 20 世纪转折时期的中国小说》,北京大学出版社。

夏晓虹著《觉世与传世——梁启超的文学道路》,上海人民出版社。

许光华著《司汤达比较研究》,华东师范大学出版社。

许贤绪著《当代苏联小说史》,上海外语教育出版社。

杨武能著《歌德与中国》,生活·读书·新知三联书店。

伊恩·戈登选编《未发现的国土——凯瑟琳·曼斯菲尔德新西兰短篇小说集》,上海外语教育出版社。

余匡复著《德国文学史》,上海外语教育出版社。

臧仲伦编著《中国翻译史话》,山东教育出版社。

张泗洋、孟宪强主编《莎士比亚在我们的时代》,吉林大学出版社。

张泗洋、徐斌、张晓阳著《莎士比亚戏剧研究》,时代文艺出版社。

张玉书主编《外国抒情诗赏析辞典》,北京师范学院出版社。

张志扬等译伽达默尔《美的现实性》,生活·读书·新知三联书店。

张竹明、蒋平译赫西俄德《工作与时日·神谱》,商务印书馆。

赵澧著《莎士比亚传论》,中国人民大学出版社。

赵萝蕤译惠特曼《草叶集》(上、下册),上海译文出版社。

郑克鲁等译布吕奈尔等《20世纪法国文学史》,四川文艺出版社。

智量等著《俄国文学与中国》,华东师范大学出版社。

周作人译《卢奇安对话集》,人民文学出版社。

1992年

邓小平视察中国南方城市的经济改革状况,发表南方谈话。高科技的迅猛发展,信息化社会的日益强大,国际经济文化交流的愈益频繁,跨文化的相互影响,形成了20世纪90年代文学演进的大时代条件。而国内市场经济体制的全面确立,以"经济建设为中心"观念的不断深化,图书竞争市场新格局的出现,文化传媒手段的多样化、丰富化,造就了20世纪90年代文学艺术生存多元化的生态环境的文化格局。

毛泽东《在延安文艺座谈会上的讲话》发表50周年。《外国文学评论》编辑部于2月召开"《讲话》与外国文学"座谈会。此次座谈会的目的首先是要表明外国文学界的政治立场,重申毛泽东文艺思想的绝对指导地位,重提鲁迅传统;其次就是以"二为"方向为标准,批判20世纪80年代外国文学译介研究中出现的"现代派文学热"和"全盘西化"倾向。

北京大学英文系和中国社科院美国研究所举办福克纳讨论会,这是国内第一次福克纳研讨会。

美国诗人惠特曼逝世100周年之际,第六届美国文学研究会年会召开,主题为"惠特曼与美国文学"。除了有关惠特曼研究的内容以外,美国黑人小说、黑人女作家、印第安诗歌以及少数族裔文学与话语这些议题也是此次会上的热点话题。

我国成为《伯尔尼公约》和《世界版权公约》的成员国,1993年翻译出版英、美文学图书的种类数目分别从1992年的128种和189种下降到91种和80种。

中国比较文学学会后现代研究中心、中国社会科学院文学研究所联合主办“后现代:台湾和大陆的文学形势”专题研讨会。会上,学者们就佛克马的“后现代主义之后工业社会的产物”观点以及其他欧美后现代文化现象、文学批评进行激烈的讨论。此次会议的意义有两点:第一,人们对现代主义文学和后现代主义文学理论的异质性不再质疑;第二,人们承认后现代文化现象对中国当代文学的发展有影响。

雪莱200周年诞辰,中国学界召开了纪念会,发表了多篇论文,如袁可嘉《雪莱:矢志变革的伟大战士和诗人——纪念雪莱诞辰200周年》(《文艺报》1992年8月)、郑敏《诗歌与科学——世纪末重读雪莱〈诗辩〉的震动与困惑》(《外国文学评论》1993年第1期)、陆建德《雪莱的流云与枯叶——关于〈西风颂〉第二节的争论》(《外国文学评论》1993年第1期)。

杨仁敬赴西班牙波普洛纳出席第五届海明威国际会议,当选为美国海明威学会《海明威评论》国际顾问委员会委员。

4月18日—19日 中国莎士比亚研究会在上海举行朱生豪诞辰80周年学术研讨会。

6月 中国翻译工作者协会在北京召开第二次全国代表会议。

10月 中国译协和外国文学研究所在珠海举行海峡两岸外国文学翻译研讨会。

中国译协与《世界文学》编辑部在京召开全国第二届英语诗歌翻译研讨会。

曹靖华主编《俄苏文学史》(共三卷),河南教育出版社,第一、二卷1992年出版,第三卷1993年出版。曹靖华主编《俄国文学史》于1989年由人民文学出版社出单行本。因曹老卧病,后两卷实际由张秋华、岳凤麟与李明滨主编,更名为《俄苏文学史》。

常耀信主编《美国文学研究评论选》,南开大学出版社,上册1992年出版,下册1993年出版。

陈焘宇编选《哈代创作论集》,中国社会科学出版社。

高惠群、乌传衮著《翻译家严复传论》,上海外语教育出版社。

戈宝权著《中外文学因缘——戈宝权比较文学论文集》,北京出版社。华东师范大学出版社2013年新版。

郭宏安译评夏尔·波德莱尔《恶之花》(插图本),漓江出版社。

亢西民主编《莎士比亚戏剧赏析辞典》,山西教育出版社。

顾嘉琛译让-皮埃尔·理查《文学与感觉:司汤达与福楼拜》,生活·新书·新知三联书店。

桂裕芳、王森译让-伊夫·塔迪埃《普鲁斯特和小说》,上海译文出版社。

郭继德著《加拿大文学简史》,河南人民出版社。

胡文仲主编《澳大利亚研究论文集》(第一集),厦门大学出版社。

怀宇译罗杰·法约尔《法国文学评论史》,四川文艺出版社。

李清安、金德全选编《西蒙娜·德·波伏瓦研究》,中国社会科学出版社。

李清安编选《圣爱克苏贝里研究》,中国社会科学出版社。

李益荪著《马克思主义文学社会学原理》,四川文艺出版社。

刘白羽总主编《世界反法西斯文学书系》开始出版,重庆出版社。

刘龙主编《赛珍珠研究》,云南人民出版社。

柳鸣九主编《二十世纪现实主义》,中国社会科学出版社。

马家骏著《十九世纪俄罗斯文学》,陕西师范大学出版社。

孙家琇主编《莎士比亚辞典》,河北人民出版社。

唐逸著《西方文化与中世纪神哲学思想》,东大图书股份有限公司。

汪义群著《当代美国戏剧》,上海外语教育出版社。

王长荣著《现代美国小说史》,上海外语教育出版社。

王岳川、尚水编《后现代主义文化与美学》,北京大学出版社。

王岳川著《后现代主义文化研究》,北京大学出版社。

吴持哲、徐炳勋译罗宾·麦格拉思等《加拿大的文学》,内蒙古大学出版社。

吴岳添编选《马丁·杜加尔研究》，中国人民大学出版社。

许钧著《文学翻译批评研究》，译林出版社，为国内第一本文学翻译批评理论著作。

杨自伍译艾·阿·瑞恰慈《文学批评原理》，百花洲文艺出版社。

叶君健翻译、评注《安徒生童话》（新注全本，共四册），辽宁少年儿童出版社。

余匡复著《战后瑞士德语文学史》，上海外语教育出版社。

张京媛主编《当代女性主义文学批评》，北京大学出版社。

张寅德著《意识流小说的前驱——普鲁斯特及其小说》，远流出版事业股份有限公司。

朱雯、张君川主编《莎士比亚辞典》，安徽文艺出版社。

1993年

北京大学、中国社会科学院文学研究所、中国比较文学学会后现代研究中心、德国歌德学院北京分院和南京《钟山》杂志社联合发起的“后现代文化与中国当代文学”国际研讨会在北京大学举行。

7月 广西师大举办了第二届海明威国际学术研究会。美国、英国、瑞典、加拿大等国多位学者莅会，会上宣读的论文多达60篇。论文分别用女权主义、读者反应理论、新历史主义和生态文学批评和叙事学等理论，采用不同方法解读海明威的作品。

11月26日 北京大学召开“巴赫金研究：西方与中国”研讨会。

《世界文学》第2期推出“捷克作家博·赫拉巴尔作品小辑”。

中国社会科学院外国文学研究所的学刊《世界文论》第2辑以“后现代主义”为主题，“后现代主义文论选”专栏刊发表了10篇国外学者的汉译。

《屠格涅夫选集》13卷出齐，人民文学出版社。

陈燕著《清末民初的文学思潮》,华正书局。

范伯群、朱栋霖主编《中外文学比较史:1898—1949》(上、下卷),江苏教育出版社。

冯洁音译安东尼·阿尔伯斯《一次轻率的旅行:凯瑟琳·曼斯菲尔德的一生》,知识出版社 。

高中甫、孙坤荣著《德语文学简史》(上、下册),海南出版社。

高中甫著《歌德接受史:1773—1945》,社会科学文献出版社。

侯外庐著《中国近代启蒙思想史》,人民出版社。

黄云亭等著《在喧哗与骚动中沉思——福克纳及其作品》,海南出版社。

蒋承俊等著《东欧文学简史》(上、下册),海南出版社。

蒋卫杰、熊国胜著《打不垮的硬汉:海明威的评传》,海南出版社。

柳鸣九著《法国廿世纪文学散论》,花城出版社。

马相武、刘岳著《拉丁美洲文学简史》,海南出版社。

孟华著《伏尔泰与孔子》,新华出版社。

欧茵西著《新编俄国文学史》,书林出版有限公司。

苏玲、刘文飞著《俄罗斯—苏联文学简史》(上、下册),海南出版社。

汪剑鸣、詹志和著《法国文学简史》(上、下册),海南出版社。

汪介之著《俄罗斯命运的回声:高尔基的思想与艺术探索》,漓江出版社。

王德威著《小说中国——晚清到当代的中文小说》,麦田出版有限公司。

王佐良著《英国诗史》,译林出版社。

杨育乔编著《白俄罗斯文学简史》,河南大学出版社。

叶廷芳著《现代文学之父——卡夫卡评传》,海南出版社。

袁可嘉著《欧美现代派文学概论》,上海文艺出版社。

张京媛主编《新历史主义与文学批评》,北京大学出版社。

张锦著《当代美国文学史纲》,辽宁教育出版社。

张容著《当代法国文学史纲》,辽宁教育出版社。

张志强著《世纪的孤独——马尔克斯与〈百年孤独〉》,海南出版社。

章国锋编《文学批评的新范式——接受美学》,海南出版社。

周启超著《俄国象征派文学研究》,社会科学文献出版社。

朱立民著《爱情·仇恨·政治:汉姆雷特专论及其他》,三民书局。

朱宪生著《俄罗斯抒情诗史》,陕西人民教育出版社。

1994年

第二次全国文学翻译研讨会在浙江杭州召开。 11月

中国比较文学学会翻译研究会成立大会暨学术研讨会在长沙铁道学院召开。 11月

国家新闻出版署评奖办公室宣布"第一届国家图书奖名单"。 1月

"'存在'文学与20世纪文学中的'存在'问题"学术研讨会在西安召开。会议认为,存在主义是20世纪西方最重要的哲学思潮,存在主义哲学和存在文学是20世纪不可回避的现实。 5月5日—10日

"国际莎士比亚戏剧节"在上海举行。 9月20日—26日

厦门大学获英语语言文学博士学位授予权。

钱青应邀赴巴黎出席海明威和菲茨杰拉德国际会议,并在大会上发言。

第七届美国文学研究会年会召开,主题为"美国文学中的少数话语"。少数族裔文学研究是一个中心议题,"少数话语"、理论及方法、"少数"与"多数"之间的关系、"少数话语"与"少数文化"的关系、20世纪80年代美国少数族裔作家创作主题是讨论的主要内容。与此同时,美国妇女文学和亚裔文学、犹太文学以及美国文学中的多元化倾向性等也是会上热议的话题。

中国现代外国哲学学会联合陕西师范大学等高校在西安召开"后现代主义在当代中国"学术研讨会。

首届希伯来文学翻译家国际会议在耶路撒冷召开。中国应

邀出席的代表有高秋福、傅浩、徐新。

陈世雄著《现代欧美戏剧史》,四川教育出版社。

陈晓明著《解构的踪迹:历史、话语与主体》,中国社会科学出版社

傅浩译叶芝《叶芝抒情诗全集》,中国工人出版社,当时最全的汉译叶芝诗集。

江伙生、肖厚德著《法国小说论》,武汉大学出版社。

金隄译乔伊斯《尤利西斯》(上卷),人民文学出版社,下卷1996年出版。

赖芳伶著《清末小说与社会政治变迁(1895—1911)》,大安出版社。

李醒著《二十世纪的英国戏剧》,文化艺术出版社。

刘建军著《西方长篇小说结构模式论》,东北师范大学出版社。

刘硕良主编《屠格涅夫全集》(共12册),河北教育出版社。

刘小枫著《走向十字架的真:20世纪基督教神学引论》,上海三联书店。

柳鸣九主编《从现代主义到后现代主义》,中国社会科学出版社。

罗念生、王焕生译荷马《伊利亚特》,人民文学出版社。

孟宪强著《中国莎学简史》,东北师范大学出版社。

钱青主编《美国文学名著精选》(上、下册),商务印书馆。

钱善行著《当代苏联小说的嬗变——主要倾向、流派及其它》,社会科学文献出版社。

盛宁著《二十世纪美国文论》,北京大学出版社。

谭立德编选《法国作家·批评家论左拉》,安徽文艺出版社。

王佐良、周珏良主编《英国二十世纪文学史》,外语教学与研究出版社。

王佐良著《英国散文的流变》,商务印书馆。

肖明翰著《大家族的没落:福克纳和巴金家庭小说比较研究》,广西师范大学出版社。

萧乾、文洁若译乔伊斯《尤利西斯》(上、下卷),译林出版社。

杨俊峰著《二十世纪加拿大英语作家及作品研究》,辽宁大学出版社。

叶胜年著《澳大利亚当代小说研究》,东南大学出版社。

叶水夫主编《苏联文学史》(共三卷),中国社会科学出版社。

余匡复著《当代德国文学史纲》,辽宁教育出版社。

虞建华著《新西兰文学史》,上海外语教育出版社。

郁龙余、孟昭毅主编《东方文学史》,陕西人民出版社。

张秉真、黄晋凯主编《未来主义·超现实主义》,中国人民大学出版社。

张捷著《苏联文学的最后七年》,社会科学文献出版社。

张若名著《纪德的态度》,生活·读书·新知三联书店。

周珏良著《周珏良文集》,外语教学与研究出版社。

朱通伯等译埃默里·埃利奥特《哥伦比亚美国文学史》,四川辞书出版社。

1995年

11月 中国社会科学院召开"纪念巴赫金诞辰100周年学术座谈会"。

4月19日—20日 中国社科院外文所与译林出版社共同举办第一届"乔伊斯与《尤利西斯》国际研讨会",为中国乔学研究走向世界打开了大门。

中国翻译界围绕《红与黑》的译本展开一场大辩论,就"忠实与再创作""异国情况与归化""作者风格与译者风格"等一系列问题进行了针锋相对的阐述。这是中国翻译历史上第一次在理论指导下系统讨论文学翻译批评。

根据国家《社团法》之规定,全国高校外国文学教学研究会加入中国高等教育学会,并更名为中国高等教育学会外国文学专业委员会。学会是由全国高等学校从事外国文学教学和研究的教师组成的群众性学术团体,是中国高等教育学会下属的专业委员会。

鲍晓兰主编《西方女性主义研究评介》,生活·读书·新知三联书店。

陈众议著《拉美当代小说流派》,社会科学文献出版社。

崔志海、葛夫平译张灏《梁启超与中国思想的过渡(1890—1907)》,江苏人民出版社。

冯季庆著《劳伦斯评传》,上海文艺出版社。

冯植生著《匈牙利文学史》,社会科学文献出版社。

黄梅主编《现代主义浪潮下:1914—1945》,中国社会科学出版社。

黄源深著《澳大利亚文学论》,重庆出版社。

季羡林主编《东方文学史》(共三卷),吉林教育出版社。

蒋炳贤编选《劳伦斯评论集》,上海文艺出版社。

钱林森著《法国作家与中国》,福建教育出版社。

任光宣著《俄国文学与宗教:基辅罗斯——十九世纪俄国文学》,世界图书出版公司。

汪介之著《现代俄罗斯文学史纲》,南京出版社。

汪介之著《选择与失落——中俄文学关系的文化观照》,江苏文艺出版社。

王邦维校注义净《南海寄归内法传校注》,中华书局。

王彤福主编《加拿大文学词典(作家专册)》,上海外语教育出版社。

文美惠主编《超越传统的新起点:英国小说研究 1875—1914》,中国社会科学出版社。

吴岳添著《法国文学流派的变迁》,北京大学出版社。

吴岳添著《法朗士——人道主义斗士》,长春出版社。

徐稚芳编著《俄罗斯文学中的女性》,北京大学出版社。

杨慧林著《罪恶与救赎:基督教文化精神论》,东方出版社。

叶凤美译本杰明·史华兹《寻求富强:严复与西方》,江苏人民出版社。

张容著《加缪——西绪福斯到反抗者》,长春出版社。

张子清著《二十世纪美国诗歌史》,吉林教育出版社。

郑伊编选《女智者共谋——西方三代女性主义理论回展》,

作家出版社。

朱景冬著《马尔克斯——魔幻现实主义巨擘》，长春出版社。

1996年

第八届美国文学研究会年会召开，主题为“20世纪的美国文学”，在世纪末对美国文学在20世纪的发展进行总结。

杨仁敬应邀赴美国第七届海明威国际会议，并宣读论文《〈老人与海〉与生态批评》。

5月20日 北京大学成立全国性的“普希金研究会”。

10月 北京大学召开纪念高尔基逝世60周年学术研讨会。与会代表围绕“重新认识高尔基”的议题展开了热烈的讨论。

塞万提斯诞辰450周年之际，人民文学出版社推出8卷本《塞万提斯全集》，这是国内有史以来最全面的塞万提斯译介。

陈中梅译注亚里士多德《诗学》，商务印书馆。

高旭东著《鲁迅与英国文学》，陕西人民教育出版社。

顾蕴璞主编《莱蒙托夫全集》（共五卷），河北教育出版社。

黄晋凯主编《荒诞派戏剧》，中国人民大学出版社。

蒋承勇著《十九世纪现实主义文学的现代阐释》，高等教育出版社。

李德恩著《拉美文学流派的嬗变与趋势》，上海译文出版社。

刘文飞著《二十世纪俄语诗史》，社会科学文献出版社。

刘亚丁著《苏联文学沉思录》，四川大学出版社。

吕正惠著《大陆的外国文学翻译》，台北文化建设委员会。

钱满素著《爱默生和中国：对个人主义的反思》，生活·读书·新知三联书店。

佟景韩译巴赫金《巴赫金文论选》，中国社会科学出版社。

王宁、徐燕红编《弗莱研究：中国与西方》，中国社会科学出版社。

王永年、陈众议等译博尔赫斯《博尔赫斯文集》（共三卷），海南国际新闻出版中心。

王佐良、何其莘著《英国文艺复兴时期文学史》,外语教学与研究出版社。

王佐良著《英国文学史》,商务印书馆。

卫茂平著《中国对德国文学影响史述》,上海外语教育出版社。

徐贲著《走向后现代与后殖民》,中国社会科学出版社。

许钧主编《文字·文学·文化——〈红与黑〉汉译研究》,南京大学出版社。

薛君智主编《欧美学者论苏俄文学》,社会科学文献出版社。

杨周翰著《十七世纪英国文学》,北京大学出版社。

袁进著《中国文学观念的近代变革》,上海社会科学院出版社。

张中载著《当代英国文学论文集》,外语教学与研究出版社。

赵炎秋著《狄更斯长篇小说研究》,社会科学文献出版社。

赵一凡著《欧美新学赏析》,中央编译出版社。

郑克鲁著《法国诗歌史》,上海外语教育出版社。

郑体武著《危机与复兴——白银时代俄国文学论稿》,四川文艺出版社。

周小仪著《超越唯美主义:奥斯卡·王尔德与消费社会》,北京大学出版社。

周子平等译周策纵《五四运动:现代中国的思想革命》,江苏人民出版社。

朱徽编著《中英比较诗艺》,四川大学出版社。

1997年

9月12日—18日

中国共产党第十五次全国代表大会召开。江泽民在阐述中国文化建设时明确指出:“我国文化的发展,不能离开人类文明的共同成果。要坚持以我为主、为我所用的原则,开展多种形式的对外文化交流,博采各国文化之长,向世界展示中国文化建设的成就。”

北京大学英语系和香港浸会大学、香港中文大学等单位举办了第二届“福克纳国际研讨会”，会议论文集《福克纳的魅力》在1998年由北京大学出版社出版。所收论文都是用英文撰写的，美国系统评估并介绍近期学术论著、有专章介绍福克纳研究的杂志 *American Literary Scholarship* 对这些论文进行了逐篇评论。

9月 南京大学塞万提斯中心举办了亚洲第一届塞万提斯国际学术研讨会，研讨的主题有塞万提斯对20世纪西班牙和拉丁美洲文学的影响、博尔赫斯眼中的堂吉诃德、伏尔泰与塞万提斯等。

10月 中国译协和北京外国语大学联合举办“国际翻译学术研讨会”，来自国内外的专家学者共95人，分别就“翻译与跨文化交往”和“当前翻译研究的趋势”两个主题进行了广泛探讨。

柳鸣九主编、数十位译者翻译“法国20世纪文学丛书”由漓江出版社和安徽文艺出版社出版。该丛书系“八五”重点出版工程，也是我国对法国20世纪文学译介的一个里程碑式的工程。

陈伯海主编《近四百年中国文学思潮史》，东方出版中心。

陈建华、倪蕊琴编著《当代苏俄文学史纲》，辽宁教育出版社。

陈铨著《中德文学研究》，辽宁教育出版社。

董衡巽著《美国现代小说风格》，中国社会科学出版社。

高丕忠著《巴尔扎克：漫步在她们心间》，远方出版社。

郭宏安、章国锋、王逢振著《二十世纪西方文论研究》，中国社会科学出版社。

何云波著《陀思妥耶夫斯基与俄罗斯文化精神》，湖南教育出版社。

黄源深著《澳大利亚文学史》，上海外语教育出版社。

黄源深编《澳大利亚文学选读》，上海外语教育出版社。

金元浦著《文学解释学：文学的审美阐释与意义生成》，东北师范大学出版社。

孔范今主编《二十世纪中国文学史》（上、下册），山东文艺出版社。

老高放著《超现实主义导论》，社会科学文献出版社。

李银河主编《妇女:最漫长的革命——当代西方女权主义理论精选》,生活·读书·新知三联书店。

刘树森发表《重新认识中国近代的外国文学翻译》,《中国翻译》第5期。

刘文飞著《墙里墙外——俄语文学论集》,中央编译出版社。

柳鸣九著《巴黎名士印象记》,社会科学文献出版社。

陆建德主编《现代主义之后:写实与实验》,中国社会科学出版社。

盛宁著《人文困惑与反思:西方后现代主义思潮批判》,生活·读书·新知三联书店。

盛宁著《文学:鉴赏与思考》,生活·读书·新知三联书店。

石南征著《明日观花——七八十年代苏联小说的形式、风格问题》,社会科学文献出版社。

孙凤城编选《德国浪漫主义作品选》,人民文学出版社。

唐珍著《莫泊桑:神秘的"漂亮朋友"》,远方出版社。

屠岸译济慈《济慈诗选》,人民文学出版社。

王炳钧编著《文学与认识》,外语教学与研究出版社。

王焕生译荷马《荷马史诗·奥德赛》,人民文学出版社。

王克非编著《翻译文化史论》,上海外语教育出版社。

王向远著《东方文学史通论》,上海文艺出版社。

王晓明主编《二十世纪中国文学史论》,东方出版中心。

王艳凤编著《巴尔扎克研究》,内蒙古大学出版社。

王岳川著《文化话语与意义踪迹》,四川人民出版社。

吴持哲编《诺思洛普·弗莱文论选集》,中国社会科学出版社。

肖明翰著《威廉·福克纳研究》,外语教学与研究出版社。

谢翰如译梅列日科夫斯基《诸神死了》(一、二),辽宁教育出版社。

许贤绪著《20世纪俄罗斯诗歌史》,上海外语教育出版社。

严锋译《权力的眼睛:福柯访谈录》,上海人民出版社。

杨晓明著《欣悦的灵魂:罗曼·罗兰》,四川人民出版社。

袁可嘉译叶芝《叶芝抒情诗精选》,太白文艺出版社。

张绪华著《20世纪西班牙文学》,上海外语教育出版社。

郑克鲁等译皮埃尔·布吕奈尔等《十九世纪法国文学史》,上海人民出版社。

周维培著《现代美国戏剧史1900—1950》,江苏文艺出版社。

朱虹著《英国小说的黄金时代1813—1873》,中国社会科学出版社。

朱立元主编《法兰克福学派美学思想论稿》,复旦大学出版社。

1998年

解放军外国语学院获英语语言文学、俄语语言文学博士学位授予权。东北师范大学获日语语言文学专业博士学位授予权。华东师范大学获英语语言文学专业博士学位授予权。

第九届美国文学研究会年会召开,主题为"美国文学:现代主义及其反拨",讨论涉及的作家有安德森、海明威、福克纳、索尔·贝娄等。

5月22日—23日 北京外国语大学与中国社会科学院召开"巴赫金学术思想研讨会暨《巴赫金全集》首发式"。

6月 北京语言文化大学举行"后现代主义之后的西方理论思潮"国际研讨会。学者们探讨了后现代主义理论思潮在西方和中国的不同表现形式、后现代主义之后的西方理论思潮态势、后殖民理论与第三世界批评、女权主义和女性研究、文化研究的方法和策略以及中国当代文化建设的策论等论题。

《基督教文化学刊》创刊,至今已连续出版30多辑,初步形成了"文学与宗教的跨学科研究"系列。

曹顺庆著《中外比较文论史:上古时期》,山东教育出版社。

陈建华著《二十世纪中俄文学关系》,学林出版社。高等教育出版社2002年新版。

陈众议著《20世纪墨西哥文学史》,青岛出版社。

董燕生著《西班牙文学》,外语教学与研究出版社。

董学文著《走向当代形态的文艺学》,高等教育出版社。

杜小真编选《福柯集》,上海远东出版社。

傅浩著《英国运动派诗学》,译林出版社。

高中甫、宁瑛著《20世纪德国文学史》,青岛出版社。

郭延礼著《中国近代翻译文学概论》,湖北教育出版社。

韩瑞祥、马文韬著《20世纪奥地利、瑞士德语文学史》,青岛出版社。

蒋承勇著《现代文化视野中的西方文学》,上海社会科学院出版社。

漓江出版社推出君特·格拉斯“但泽三部曲”:《铁皮鼓》(胡其鼎译)、《狗年月》(刁承俊译,1999年)和《猫与鼠》(蔡鸿君、石沿之译,1999年)。

李辉凡、张捷著《20世纪俄罗斯文学史》,青岛出版社。

李克臣、周音编著《历史书记:巴尔扎克》,太白文艺出版社。

李明滨主编《俄罗斯二十世纪非主潮文学》,北岳文艺出版社。

李明滨撰《中国与俄苏文化交流志》,上海人民出版社。

李维屏著《英美现代主义文学概观》,上海外语教育出版社。

林洪亮主编《东欧当代文学史》,中央编译出版社。

刘建军著《演进的诗化人学——文化视界中西方文学的人文精神传统》,东北师范大学出版社。

柳鸣九主编《雨果文集》(共20卷),河北教育出版社。

陆亚东译皮埃尔·德·布瓦岱弗尔《1900年以来的法国小说》,商务印书馆。

吕健忠、李奭学编译《新编西洋文学概论:上古迄文艺复兴》,书林出版有限公司。

马祖毅著《中国翻译简史——“五四”以前部分》(增订版),中国对外翻译出版公司。

潘绍中编著《美国文化与文学选集1607—1914》,商务印书馆。

钱中文主编《巴赫金全集》(共六卷),河北教育出版社。

瞿世镜、任一鸣、李德荣主编《当代英国小说》,外语教学与研究出版社。

阮炜、徐文博、曹亚军著《20 世纪英国文学史》,青岛出版社。

阮炜著《社会语境中的文本——二战后英国小说研究》,社会科学文献出版社。

申丹著《叙述学与小说文体学研究》,北京大学出版社。

谈文闻、王炜编著《巴尔扎克传》,花山文艺出版社。

王德威著《想像中国的方法——历史·小说·叙事》,生活·读书·新知三联书店。

王逢振、秦明利译诺思洛普·弗莱《批评之路》,北京大学出版社。

王逢振、希尔斯·米勒主编“知识分子图书馆”丛书,中国社会科学出版社。其中有乔纳森·卡勒《论解构》(陆扬译)、J. 希利斯·米勒《重申解构主义》(郭英剑等译)、保罗·德曼《解构之图》(李自修等译),是美国解构主义在中国最为隆重的一次集体登陆。

王焕生著《古罗马文艺批评史纲》,译林出版社。

吴定柏编著《美国文学大纲》,上海外语教育出版社。

吴岳添著《世纪末的巴黎文化》,社会科学文献出版社。

徐和瑾译安德烈·莫洛亚《普鲁斯特传》,浙江文艺出版社。

许钧、袁筱一编著《当代法国翻译理论》,南京大学出版社。

杨冬著《西方文学批评史》,吉林教育出版社。

杨乃乔著《悖立与整合:东方儒道诗学与西方诗学的本体论、语言论比较》,文化艺术出版社。

翟厚隆、张捷编选《十月革命前后苏联文学流派》(上、下编),上海译文出版社。

张容著《形而上的反抗——加缪思想研究》,社会科学文献出版社。

张泽乾、周家树、车槿山著《20 世纪法国文学史》,青岛出版社。

张振辉著《二十世纪波兰文学史》,青岛出版社。

郑克鲁著《现代法国小说史》,上海外语教育出版社。

中国社会科学出版社出版“当代以色列名家名作选”。

周启超主编“俄罗斯白银时代精品文库”,中国文联出版公司,包括小说卷、诗歌卷、名人剪影卷、文化随笔卷,共四卷。

周启超著《俄国象征派文学的理论建树》,安徽教育出版社。

周启超著《守望白桦林:二十世纪俄罗斯文学散论》,昆仑出版社。

朱炎著《海明威、福克纳、厄普代克:美国小说阐论》,九歌出版社。

1999 年

7 月

北京外国语大学与国际庞德协会于北京共同举办庞德学术研讨会,参会人员有来自美国、日本、韩国、中国等 15 个国家和地区的 80 名学者。会议围绕“庞德与东方”展开。本次会议为中国庞德学术界带来了最新的研究成果,同时也标志着中国的庞德研究开始登上世界舞台。

10 月 27 日—30 日

中国外国文学学会第六届年会在上海召开。会议主题为“外国文学工作 50 年回顾”和“外国文学的现状及走向”。第一个问题主要回顾总结国内的外国文学工作情况,第二个问题着重谈国外的外国文学现状,以此确定今后的工作重点和方向。

“北京外国语大学外国文学史丛书”由外语教学与研究出版社推出。丛书包括易丽君著《波兰文学》、冯志臣著《罗马尼亚文学》(1999)、杨燕杰著《保加利亚文学》(2000),以及李梅、杨春著《捷克文学》等。

残雪著《灵魂的城堡——理解卡夫卡》,上海文艺出版社。

昌切著《清末民初的思想主脉》,东方出版社。

陈本益、向天渊、唐健君著《西方现代文论与哲学》,重庆大学出版社。

陈中梅著《柏拉图诗学和艺术思想研究》,商务印书馆。

陈众议著《加西亚·马尔克斯评传》,浙江文艺出版社。

董衡巽著《海明威评传》,浙江文艺出版社。

方成著《霍桑与美国浪漫传奇研究》(英文版),陕西人民出版社。

方仁杰译弗莱德里克·勒贝莱《杜拉斯生前的岁月》,海天出版社。

冯品佳主编《重划疆界:外国文学研究在台湾》,台湾交通大学外文系。

甘雨泽、乐莉、常丽著《俄罗斯诗学》,黑龙江人民出版社。

郭继德著《加拿大英语戏剧史》,河南人民出版社。

郭延礼著《中西文化碰撞与近代文学》,山东教育出版社。

何怀宏著《道德·上帝与人——陀思妥耶夫斯基的问题》,新华出版社。

何其莘著《英国戏剧史》,译林出版社。

侯维瑞主编《英国文学通史》,上海外语教育出版社。

胡日佳著《俄国文学与西方——审美叙事模式比较研究》,学林出版社。

黄燎宇著《托马斯·曼》,四川人民出版社。

金莉、秦亚青著《美国文学》,外语教学与研究出版社。

孔慧怡著《翻译·文学·文化》,北京大学出版社。

李文俊著《福克纳评传》,浙江文艺出版社。

廖可兑著《尤金·奥尼尔剧作研究》,中国美术学院出版社。

林一安主编《博尔赫斯全集》(共三卷五册),浙江文艺出版社。

刘北成、杨远婴译米歇尔·福柯《疯癫与文明:理性时代的疯癫史》,生活·读书·新知三联书店。

刘北成、杨远婴译米歇尔·福柯《规训与惩罚》,生活·读书·新知三联书店。

刘洊波著《南方失落的世界——福克纳小说研究》,西南师范大学出版社。

刘禾著《语际书写——现代思想史写作批判纲要》,上海三联书店。

刘乃银著《巴赫金的理论与〈坎特伯雷故事集〉》,华东师范大学出版社。

刘宁主编《俄国文学批评史》,上海译文出版社。

刘树森《李提摩太与〈回头看记略〉——中译美国小说的起源》,《美国研究》第1期。

刘晓眉著《秘鲁文学》,外语教学与研究出版社。

柳鸣九著《塞纳河岸的桐叶》,社会科学文献出版社。

罗钢、刘象愚主编《后殖民主义文化理论》,中国社会科学出版社。

马永波译马克·斯特兰德编《当代美国诗人:1940年后的美国诗歌》,北京师范大学出版社。

彭克巽主编《苏联文艺学学派》,北京大学出版社。

彭伟川译雅恩·安德烈亚《我的情人杜拉斯》,海天出版社。

汝龙译《契诃夫文集》16卷出齐,上海译文出版社。

沈睿、黄伟等译塞·贝克特等《普鲁斯特论》,社会科学文献出版社。

盛力著《阿根廷文学》,外语教学与研究出版社。

司空草发表《文学的生态学批评》,《外国文学评论》第4期。

孙成敖著《巴西文学》,外语教学与研究出版社。

孙绳武、卢永福主编《普希金与我》,人民文学出版社。

涂卫群著《普鲁斯特评传》,浙江文艺出版社。

汪剑钊著《中俄文字之交——俄苏文学与二十世纪中国新文学》,漓江出版社。

王纯译詹姆斯·伍德尔《博尔赫斯:书镜中人》,中央编译出版社。

王东风发表《中国译学研究:世纪末的思考》,《中国翻译》第1期。

王诺著《外国文学——人学蕴涵的发掘与寻思》,科学出版社。

王守仁、吴新云著《性别·种族·文化——托妮莫里森与二十世纪美国黑人文学》,北京大学出版社。

王宇根译爱德华·W.萨义德《东方学》,生活·读书·新知三联书店。

王岳川著《后殖民主义与新历史主义文论》,山东教育出版社。

韦建国著《高尔基再认识论》,陕西师范大学出版社。

肖明翰著《威廉·福克纳:骚动的灵魂》,四川人民出版社。

谢天振著《译介学》,上海外语教育出版社。

解志熙著《生的执着——存在主义与中国现代文学》,人民文学出版社。

杨昌龙著《萨特评传》,浙江文艺出版社。

杨仁敬著《20世纪美国文学史》,青岛出版社。

杨武能著《走近歌德》,河北教育出版社。

叶舒宪主编《性别诗学》,社会科学文献出版社。

殷国明著《20世纪中西文艺理论交流史论》,华东师范大学出版社。

余匡复著《〈浮士德〉——歌德的精神自传》,上海外语教育出版社。

张京媛主编《后殖民理论与文化批评》,北京大学出版社。

张首映著《西方二十世纪文论史》,北京大学出版社。

郑克鲁主编《外国文学史》(上、下),高等教育出版社。

周维培著《当代美国戏剧史(1950—1995)》,南京大学出版社。

周仪、罗平著《翻译与批评》,湖北教育出版社。

朱景冬著《加西亚·马尔克斯》,四川人民出版社。

2000年

10月

北京大学英语系与美国爱荷华大学英语系共同举办了"惠特曼2000:全球化语境中的美国诗歌"国际研讨会,来自美国、英国、加拿大、德国、法国、中国等国家的六十余位惠特曼研究专家与会,共同探讨惠特曼的创作思想与诗歌艺术。这是国内召开的首次惠特曼国际学术研讨会。会议论文集在2002年由美国爱荷华大学出版社出版。

11月23日—26日 全国英国文学学会上海研讨会在上海外国语大学召开。

山东大学获英语语言文学博士学位授予权。东北师范大学获英语语言文学专业博士学位授予权。

残雪著《解读博尔赫斯》,人民文学出版社。

陈恕著《爱尔兰文学》,外语教学与研究出版社。

陈顺馨著《社会主义现实主义理论在中国的接受与转化》,安徽教育出版社。

陈振尧著《法国文学》,外语教学与研究出版社。

杜青钢著《米修与中国文化》,社会科学文献出版社。

刁绍华编《二十世纪俄罗斯文学词典》,北方文艺出版社。

范伯群主编《中国近现代通俗文学史》(上、下册),江苏教育出版社。

方平主编《新莎士比亚全集》(共十二卷),河北教育出版社。

高莽著《灵魂的归宿——俄罗斯墓园文化》,群言出版社。

高玉发表《论中国近代翻译文学的“古代性”》,《华中师范大学学报》(人文社会科学版)第4期。

郭麟阁编著《法国文学简史》(卷一、二),商务印书馆。

郭延礼著《近代西学与中国文学》,百花洲文艺出版社。

韩沪麟译罗曼·罗兰《约翰·克利斯朵夫》(上、下),译林出版社。

何云波著《肖洛霍夫》,四川人民出版社。

洪天富译殷克琪《尼采与中国现代文学》,南京大学出版社。

黄克武著《自由的所以然:严复对约翰弥尔自由思想的认识与批判》,上海出店出版社。

黄铁池著《当代美国小说研究》,学林出版社。

黄宗英著《一条行人稀少的路:弗洛斯特诗歌艺术管窥》,北京大学出版社。

季进发表《作家们的作家——博尔赫斯及其在中国的影响》,《当代作家评论》第3期。

蒋承勇主编《世界文学史纲》,复旦大学出版社。

蒋坚松、宁一中主编《英美文学研究》,中国社会科学出版社。

金人、草婴、孙美玲译《肖洛霍夫文集》(共八卷),人民文学出版社。

李公昭主编《20 世纪美国文学导论》,西安交通大学出版社。

李欧梵著《徘徊在现代和后现代之间》,上海三联书店。

李欧梵著《现代性的追求》,生活·读书·新知三联书店。

李平、杨启宁著《米兰·昆德拉:错位人生》,四川人民出版社。

李维屏著《乔伊斯的美学思想和小说艺术》,上海外语教育出版社。

李益荪著《马克思主义文艺思想新论》,四川大学出版社。

李毓榛主编《20 世纪俄罗斯文学史》,北京大学出版社。

力冈、亢甫译普希金《黑桃皇后》,北京燕山出版社。

连燕堂著《从古文到白话——近代文界革命与文体流变》,中央民族大学出版社。

梁工、赵复兴著《凤凰的再生——希腊化时期的犹太文学研究》,商务印书馆。

廖可兑主编《尤金·奥尼尔戏剧研究论文集(1999)》,外语教学与研究出版社。

廖七一编著《当代西方翻译理论探索》,译林出版社。

林精华著《想象俄罗斯》,人民文学出版社。

刘建军主编《20 世纪西方文学》,高等教育出版社。

刘精明译迈克·费瑟斯通《消费文化与后现代主义》,译林出版社。

刘文飞著《红场漫步》,云南人民出版社。

柳鸣九著《枫丹白露的桐叶》,社会科学文献出版社。

罗钢著《历史汇流中的抉择——中国现代文艺思想家与西方文学理论》,中国社会科学出版社。

吕进主编《文化转型与中国新诗》,重庆出版社。

孟昭毅著《比较文学通论》,天津人民出版社。

彭镜禧主编《发现莎士比亚:台湾莎学论述选集》,猫头鹰出版社。

邱运华著《诗性启示:托尔斯泰小说诗学研究》,学苑出版社。

瞿世镜等译《弗吉尼亚·伍尔夫文集》(共五种),上海译文出版社。

佘碧平译米歇尔·福柯《性经验史》,上海人民出版社。

申洁玲著《博尔赫斯是怎样读书写作的》,长江文艺出版社。

史志康主编《美国文学背景概观》,上海外语教育出版社。

史忠义著《20世纪法国小说诗学》,社会科学文献出版社。

苏文菁著《华兹华斯诗学》,社会科学文献出版社。

孙桂荣著《魁北克文学》,外语教学与研究出版社。

王春元著《伊利莎白女王时期的英国》,书林出版社。

王东风发表《翻译文学的文化地位与译者的文化态度》,《中国翻译》第4期。

王宏志编《翻译与创作——中国近代翻译小说论》,北京大学出版社。

王宁著《比较文学与当代文化批评》,人民文学出版社。

王士仪著《论亚里斯多德〈创作学〉》,里仁书局,将长期沿用的书名《诗学》改译为《创作学》。

王誉公著《埃米莉·迪金森诗歌的分类和声韵研究》,山东大学出版社。

翁德修、都岚岚著《美国黑人女性文学》,吉林大学出版社。

吴景荣、刘意青主编《英国十八世纪文学史》,外语教学与研究出版社。

吴晓东著《象征主义与中国现代文学》,安徽教育出版社。

吴泽霖著《托尔斯泰和中国古典文化思想》,北京师范大学出版社。

徐真华、黄建华编著《理性与非理性:20世纪法国文学主流》,外语教学与研究出版社。

徐志啸著《近代中外文学关系(19世纪中叶—20世纪初叶)》,华东师范大学出版社。

徐志啸著《中外文学比较》,文津出版社。

许纪霖编《二十世纪中国思想史论》(上、下卷),东方出版中心。

许钧主编“外国翻译理论研究丛书”(共五种),湖北教育出版社。

杨烈、黄果炘等译《王尔德全集》(共六卷),中国文学出版社,纪念王尔德逝世100周年。

张冰著《陌生化诗学——俄国形式主义研究》,北京师范大学出版社。

张杰、汪介之著《20世纪俄罗斯文学批评史》,译林出版社。

张捷著《俄罗斯作家的昨天和今天》,中国文联出版社。

张彤编著《法国文学简史》,上海外语教育出版社。

朱栋霖等主编《二十世纪中国文学史》(上、下册),文史哲出版社。

2001年

1月 中国翻译工作者协会举行首批资深翻译家表彰大会,共表彰50位翻译家。

3月16日—18日 由广州外语外贸大学和英国文化委员会广州办事处共同发起主办的当代英国文学文化研究国际研讨会在广州举行。这是改革开放以来在中国举行的第一次有着盛大规模的英国文学和文化研究国际研讨会,会议论文选集由北京大学出版社出版。

4月—5月 哈贝马斯应邀访问中国,在北京与上海做系列演讲,掀起了“哈贝马斯热”。上海人民出版社推出多卷本《哈贝马斯文集》(包括《合法化危机》《包容他者》《后民族结构》《交往行为理论》等)。

6月15日 中国作家王蒙在爱尔兰詹姆斯·乔伊斯纪念会上做了以《想起了詹姆斯·乔伊斯》为题目的演讲。

10月 北京大学举办名为“欧洲文学和文学史”的国际研讨会,其中,欧洲文学和文学史编写问题是讨论的焦点。

10月15日—17日 上海外国语大学召开“苏联解体之后的俄罗斯文学研讨会”,研究者从各个角度探讨了俄罗斯文坛的近况、文学思潮的走向、新的作家和新的作品的特点。

10月18日—22日 全国英国文学学会第三届年会暨学术研讨会在湖南湘潭师范学院举行。

《外国文艺》设置"作家译坛"栏目,邀请当代作家王安忆、王周生、须兰、王蒙、郜元宝等参与。

《英美文学研究论丛》创刊,上海外国语大学(文学研究院)主办,国内第一部专门刊载英美文学研究论文的集刊。

中国翻译工作者协会、陕西省翻译工作者协会主编《中国当代翻译工作者大辞典》(陕西旅游出版社)首发式暨2001年中国翻译论坛在西安举行。

曹顺庆主编《世界文学发展比较史》(上、下册),北京师范大学出版社。

陈凯先著《塞万提斯》,华夏出版社。

陈众议著《博尔赫斯》,华夏出版社。

程虹著《寻归荒野》,生活·读书·新知三联书店。

程锡麟、王晓路著《当代美国小说理论》,外语教学与研究出版社。

程锡麟著《虚构与现实:二十世纪美国文学》,四川人民出版社。

崔少元著《亨利·詹姆斯国际题材小说的欧美文化差异》,天津社会科学院出版社。

董学文、张永刚著《文学原理》,北京大学出版社。

冯玉芝著《肖洛霍夫小说诗学研究》,山西人民出版社。

高玉发表《"异化"与"归化"——论翻译文学对中国现代文学发生的影响及其限度》,《江汉论坛》第1期。

郜元宝编《尼采在中国》,上海三联书店。

宫宝荣著《法国戏剧百年:1880—1980》,生活·读书·新知三联书店。

胡家峦著《历史的星空:文艺复兴时期英国诗歌与西方传统宇宙论》,北京大学出版社。

蒋洪新著《英诗新方向——庞德、艾略特诗学理论与文化批评研究》,湖南教育出版社。

黎皓智著《俄罗斯小说文体论》,百花洲文艺出版社。

李德恩著《墨西哥文学》,外语教学与研究出版社。

李赋宁总主编《欧洲文学史》三卷四册出齐,商务印书馆。

李岫、秦林芳主编《二十世纪中外文学交流史》,河北教育出版社。

柳鸣九著《走近雨果:纪念雨果诞生200周年》,河北教育出版社。

陆建德著《破碎思想体系的残编:英美文学与思想史论稿》,北京大学出版社。

马生龙、李宗强、冯光著《党的文艺政策八十年》,《理论导刊》第9期。

孟昭毅、俞久洪著《古希腊戏剧与中国》,吉林人民出版社。

孟昭毅著《东方文学交流史》,天津人民出版社。

淼华编《回眸与前瞻:中国俄罗斯文学研究二十年(1979—1999)会议论文集》,外语教学与研究出版社。

倪平编著《萧伯纳与中国》,河北人民出版社。

乔续堂主编《伍尔芙随笔全集》(共四卷),中国社会科学出版社。

阮炜著《二十世纪英国小说评论》,中国社会科学出版社。

谭得伶、吴泽霖等著《解冻文学和回归文学》,北京师范大学出版社。

涂卫群著《从普鲁斯特出发》,社会科学文献出版社。

王向远著《东方各国文学在中国——著译介与研究史述论》,江西教育出版社。

王向远著《二十世纪中国的日本翻译文学史》,北京师范大学出版社。

王一川著《中国现代性体验的发生:清末民初文化转型与文学》,北京师范大学出版社。

王友贵著《翻译家周作人》,四川人民出版社。

吴冰、郭棲庆主编《美国全国图书奖获奖小说评论集》,外语教学与研究出版社。

狭间直树编《梁启超·明治日本·西方——日本京都大学

人文科学研究所共同研究报告》,社会科学文献出版社。

许宝强、袁伟选编《语言与翻译的政治》,中央编译出版社。

杨慧林、黄晋凯著《欧洲中世纪文学史》,译林出版社。

杨金才著《赫尔曼·麦尔维尔与帝国主义》,南京大学出版社。

殷企平、高奋、童燕萍著《英国小说批评史》,上海外语教育出版社。

袁进著《近代文学的突围》,上海人民出版社。

张大明编著《西方文学思潮在现代中国的传播史》,四川教育出版社。

张中载著《二十世纪英国文学:小说研究》,河南大学出版社。

朱维之著《古希伯来文学史》,高等教育出版社。

2002年

8月4日 为纪念爱尔兰伟大作家詹姆斯·乔伊斯诞辰120周年,中国现代文学馆举办"乔伊斯在中国"为主题的讲座。

10月15日 中国译协在北京召开庆祝成立20周年暨资深翻译家表彰大会。

4月 《上海翻译家》创刊。

6月1日—3日 21世纪中国莎学界的首次学术盛会"中国(杭州)莎士比亚论坛"在西子湖畔召开。会议期间,代表观摩了绍兴小百花越剧团根据莎剧《麦克白》改编的《马龙将军》和浙江传媒学院学生演出的莎士比亚戏剧片段和莎士比亚十四行诗朗诵,会后出版论文集《莎士比亚与二十一世纪》(洪忠煌主编,天马图书有限公司,2003年)。

南京大学英语语言文学专业被教育部批准为国家重点学科。

北京大学、四川大学"比较文学和世界文学"成为教育部认定的国家重点学科。

中国社会科学院与浙江大学在杭州召开“符号学与人文科学学科学术研究会”。

法国文化部将该年命名为“雨果年”。中国和世界上许多国家一样，举行了隆重的纪念活动。1月5日，中国社会科学院外文所举办了“‘纪念雨果诞辰二百周年’学术讨论会”。3月14日—17日，中国法国文学研究会在南宁举办了“‘雨果与浪漫主义’学术研讨会”。纪念活动结束后，活动组织者将大会和学术报告上的发言以及纪念文章等共21篇汇集成册，出版了《北京2002年纪念维克多·雨果诞辰200周年文集》(唐杏英等编，外语教学与研究出版社，2003年)。

曹卫东著《中国文学在德国》，花城出版社。

陈本益著《中外诗歌与诗学论集》，西南师范大学出版社。

陈大康著《中国近代小说编年》，华东师范大学出版社。

陈世丹著《美国后现代主义小说艺术论》，辽宁师范大学出版社。

程爱民著《20世纪英美文学论稿》，上海外语教育出版社。

董俊峰著《英美悲剧小说研究》，海南出版社。

董学文主编《马克思主义文论教程》，广西师范大学出版社。

都文伟著《百老汇的中国题材与中国戏曲》，上海三联书店。

高玉发表《翻译文学：西方文学对中国现代文学影响关系中的中介性》，《中国现代文学研究丛刊》第4期。

高玉发表《语言运动与思想革命——五四新文学的理论与现实》，《文学评论》第5期。

葛桂录著《雾外的远音：英国作家与中国文化》，宁夏人民出版社。

何仲生、项晓敏主编《欧美现代文学史》，复旦大学出版社。

贺伟译樽本照雄编《新编增补清末民初小说目录》，齐鲁书社。

胡全生著《英美后现代主义小说叙述结构研究》，复旦大学出版社。

蒋承勇等著《欧美自然主义文学的现代阐释》，复旦大学出版社。

金亚娜主编《俄语语言文学研究·文学卷》(第一辑),人民文学出版社。

李伯杰等著《德国文化史》,对外经济贸易大学出版社。

李明滨主编《世界文学简史》,北京大学出版社。

李欧梵著《中国现代文学与现代性十讲》,复旦大学出版社。

李伟民著《光荣与梦想——莎士比亚研究在中国》,天马图书有限公司。

林精华著《民族主义的意义与悖论——20—21世纪之交俄罗斯文化转型问题研究》,人民出版社。

刘成富著《20世纪法国"反文学"研究》,江苏文艺出版社。

刘海平、王守仁主编《新编美国文学史》四卷出齐,上海外语教育出版社。

刘洪一著《走向文化诗学:美国犹太小说研究》,北京大学出版社。

刘建华著《文本与他者:福克纳解读》,北京大学出版社。

刘文荣著《19世纪英国小说史》,中国社会科学出版社。

刘象愚、杨恒达、曾艳兵主编《从现代主义到后现代主义》,高等教育出版社。

刘小枫开始主编"经典与解释"丛书中的"西方传统:经典与解释"系列,主要以论文集的形式收录选译了晚近几年西方对古希腊文本研究的重要文献。

罗良功编著《英诗概论》,武汉大学出版社。

孟昭毅著《丝路驿花——阿拉伯波斯作家与中国文化》,宁夏人民出版社。

宁瑛著《托马斯·曼》,华夏出版社。

钱培鑫、陈伟译注普洛坎等编著《法国文学大手笔》,上海译文出版社。

佘协斌发表《雨果在中国:译介、研究及其他——纪念世界文化名人雨果诞辰200周年》,《中国翻译》第1期。

申丹发表"Defense and Challenge: Reflections on the Relation Between Story and Discourse"(《捍卫与挑战:对故事与话语之关系的思考》),*NARRATIVE*(美国《叙事》)Vol. 10,

No. 3(2002)。

申丹主编“新叙事理论译丛”由北京大学出版社出版，其中包括《解读叙事》《女性主义叙事理论》《新叙事学》《后现代叙事理论》等。

沈建青著《尤金·奥尼尔女性形象研究》，湖南教育出版社。

宋伟杰等译刘禾《跨语际实践——文学、民族文化与被译介的现代性(中国，1900—1937)》，生活·读书·新知三联书店。

孙白梅编著《西洋万花筒:美国戏剧概览》，上海外语教育出版社。

孙宜学译欧文·白璧德《法国现代批评大师》，广西师范大学出版社。

田德望译但丁《神曲·地狱篇》《神曲·炼狱篇》《神曲·天国篇》，人民文学出版社。

汪介之、陆建华著《悠远的回响——俄罗斯作家与中国文化》，宁夏人民出版社。

汪义群主编“外国现代作家研究丛书”，上海外语教育出版社，此书包括多种美国作家的专题著作。

王东风发表《文化认同机制假说与外来概念引进》，《中国翻译》第4期。

王诺发表《生态批评:发展与渊源》，《文艺研究》第3期。他首次以论文形式系统评介西方生态批评的发展与主要成就，同年还在《国外文学》第2期发表《雷切尔·卡森的生态文学成就和生态哲学思想》。

王守仁、侯焕镠编《雪林樵夫论中西——英语语言文学教育家范存忠》，南京大学出版社。

王向远著《比较文学学科新论》，江西教育出版社。

王忠祥著《易卜生》，华夏出版社。

卫景宜著《西方语境的中国故事》，中国美术学院出版社。

卫茂平、马佳欣、郑霞著《异域的召唤——德国作家与中国文化》，宁夏人民出版社。

文楚安著《“垮掉一代”及其他》，四川大学出版社。江西教育出版社2010年重版。

吴建国著《菲茨杰拉德研究》,上海外语教育出版社。

吴岳添著《法国文学散论》,东方出版社。

杨慧林著《基督教的底色与文化延伸》,黑龙江人民出版社。

杨慧林著《圣言·人言——神学诠释学》,上海译文出版社。

杨慧林著《移动的边界》,中国大百科全书出版社。

杨乃乔主编《比较文学概论》,北京大学出版社。

杨乃乔著《比较诗学与他者视域》,学苑出版社。

姚君伟著《文化相对主义:赛珍珠的中西文化观》,东南大学出版社。

易丽君著《波兰战后文学史》,外语教学与研究出版社。

余匡复著《布莱希特》,四川人民出版社。

余匡复著《布莱希特论》,上海外语教育出版社。

袁德成、李毅著《从莎士比亚到品特:英美作家创作艺术论》,四川大学出版社。

袁荻涌著《二十世纪初期中外文学关系研究》,中国文史出版社。

张铁夫著《群星灿烂的文学:俄罗斯文学论集》,东方出版社。

赵振江著《西班牙与西班牙语美洲诗歌导论》,北京大学出版社。

郑春著《留学背景与中国现代文学》,山东教育出版社。

郑家建著《中国文学现代性的起源语境》,上海三联书店。

周小仪发表《英国文学在中国的介绍、研究及影响》,《译林》第4期。

周小仪著《唯美主义与消费文化》,北京大学出版社。

2003年

3月12日 《中华读书报》刊登了由国内著名学者和出版家推荐的“优秀外国文学译本”目录,如人民文学出版社的“名著名译插图本60种”“20世纪外国文学丛书”(第三辑)、“21世纪年度最佳外国小说”(2001)等。

10月—2005年7月

“中法文化年”成为两国文化交流的盛事和创举，直接推动了法国文学在中国的传播与研究。中国的法国文学译介和研究显示出多角度、多层次、全方位的态势，形成了法国文学东渐中国“百花齐放、百家争鸣”的新高潮。

11月

中国社会科学院文学理论研究中心在北京师范大学举行了“纪念俄苏形式论学派诞生90周年学术研讨会”。

北京大学、北京外国语大学、上海外国语大学获外国语言文学一级学科博士学位授予权。广东外语外贸大学获法语语言文学博士学位授予权。清华大学获英语语言文学博士学位授予权。四川大学获英语语言文学博士学位授予权。复旦大学、南开大学设立外国语言文学博士后流动站。

吉林大学、天津师范大学获比较文学与世界文学博士学位授予权。

《外国文学研究》第3期开设“问题与学术”专栏，共刊发了7篇论文，从不同的视角出发，对外国文学研究中的问题意识进行了探讨。如杨恒达在《我国外国文学研究中的问题意识》中就指出，应提倡一种“个性化研究”，“对研究对象进行深入的探讨和对比分析，提出自己的问题”。

“中德文学关系国际研讨会”在上海举行，会后出版《中德文学关系研究文集》(卫茂平、威廉·屈尔曼主编，上海外语教育出版社，2006年)。

12月6日—7日

“纪念范存忠先生诞辰100周年暨当代英国文学学术研讨会”在南京大学举行。

Cay Dollerup主编《视角：翻译学研究》(第一卷)，清华大学出版社，王宁担任中文版主编。

草婴著《我与俄罗斯文学：翻译生涯六十年》，文汇出版社。

陈惇主编《西方文学史》(共三卷)，四川人民出版社。

陈良梅著《德国转折文学研究》，江苏文艺出版社。

陈平原著《中国小说叙事模式的转变》，北京大学出版社。

陈众议著《加西亚·马尔克斯传》，新世界出版社。

程爱民主编《美国华裔文学研究》，北京大学出版社。

程志敏译伯纳德特《弓弦与竖琴——从柏拉图解读〈奥德

赛〉》,华夏出版社。

董衡巽主编《美国文学简史》(修订本),人民文学出版社。

董学文主编《美学概论》,北京大学出版社。

方长安著《选择·接受·转化:晚清至20世纪30年代初中国文学流变与日本文学关系》,武汉大学出版社。

傅俊著《玛格丽特·阿特伍德研究》,译林出版社。

高玉发表《中国现代文学史"新文学"本位观批判》,《文艺研究》第5期。

高玉著《现代汉语与中国现代文学》,中国社会科学出版社。

葛桂录著《他者的眼光——中英文学关系论稿》,宁夏人民教育出版社。

辜正坤著《中西诗比较鉴赏与翻译理论》,清华大学出版社。

何云波著《回眸苏联文学》,湖南人民出版社。

黄梅著《推敲"自我"——小说在18世纪的英国》,生活·读书·新知三联书店。

黄宗英著《抒情史诗论:美国现当代长篇诗歌艺术管窥》,北京大学出版社。

蒋承勇著《西方文学"两希"传统的文化阐释:从古希腊到18世纪》,中国社会科学出版社。

蒋道超著《德莱塞研究》,上海外语教育出版社。

金亚娜、刘锟、张鹤等著《充盈的虚无:俄罗斯文学中的宗教意识》,人民文学出版社。

刘建军著《西方文学的人文景观》,吉林人民出版社。

刘文飞著《布罗茨基传》,新世界出版社。

刘小枫等译柏拉图等《柏拉图的〈会饮〉》,华夏出版社。

刘小枫著《圣灵降临的叙事》,生活·读书·新知三联书店。

刘心莲、喻燕静主编《罗伯特·斯蒂文森作品导读》,武汉大学出版社。

罗选民主编《外国文学翻译在中国》,安徽文艺出版社。

梅晓云著《文化无根:以V.S.奈保尔为个案的移民文化研究》,陕西人民出版社。

任光宣、张建华、余一中著《俄罗斯文学史》(俄文版),北京大学出版社。

宋伟杰著《中国·文学·美国——美国小说戏剧中的中国形象》,花城出版社。

孙宜学译美国欧文·白璧德《卢梭与浪漫主义》,河北教育出版社。

索金梅著《庞德〈诗章〉中的儒学》,南开大学出版社。

陶家俊著《文化身份的嬗变——E. M. 福斯特小说和思想研究》,中国社会科学出版社。

汪介之著《远逝的光华——白银时代的俄罗斯文化》,译林出版社。

王东风发表《一只看不见的手:论意识形态对翻译实践的操纵》,《中国翻译》第5期。

王建开著《五四以来我国英美文学作品译介史(1919—1949)》,上海外语教育出版社。

王诺著《欧美生态文学》,北京大学出版社。

王士仪译注《亚理斯多德〈创作学〉译疏》,联经出版事业股份有限公司。

王晓朝译柏拉图《柏拉图全集》四卷出齐,人民出版社。

王一川发表《晚清与文学现代性》,《江苏社会科学》第2期。

徐志啸著《古典与比较》,上海古籍出版社。

杨俊峰等译美国国务院编《美国文学概况》,辽宁教育出版社。

杨联芬著《晚清至五四:中国文学现代性的发生》,北京大学出版社。

杨荣著《茨威格小说研究》,巴蜀书社。

俞政著《严复著译研究》,苏州大学出版社。

张捷著《热点追踪:20世纪俄罗斯文学研究》,人民文学出版社。

张铠著《中国与西班牙关系史》,大象出版社。

张唯嘉发表《中国的罗伯·格里耶研究》,《外国文学研究》第5期。

赵德明主编《20世纪拉丁美洲小说》,云南人民出版社。

赵明著《历史的文学与文学的历史——五四文学传统与俄罗斯文学》,宁夏人民出版社。

郑克鲁编著《法国文学史》(上、下卷),上海外语教育出版社。

郑匡民著《梁启超启蒙思想的东学背景》,上海书店出版社。

钟玲著《美国诗与中国梦:美国现代诗里的中国文化模式》,广西师范大学出版社。

周启超著《白银时代俄罗斯文学研究》,北京大学出版社。

2004年

6月16日 由爱尔兰文化部、上海市文物管理委员会、上海市文联、上海市作协主办,爱尔兰驻沪总领事馆和上海鲁迅纪念馆承办的"世界的乔伊斯"开幕,主要活动包括为期两周的"乔伊斯和《尤利西斯》"展,以及为期两天的"乔伊斯和他的世界"国际学术研讨会。

10月23日 为纪念刚刚辞世的法国思想家、哲学家、结构批评大师德里达,中国学界在清华大学召开了"'德里达与中国——解构批评与思考'学术研讨会"。这次会议由国际文学理论学会、中国比较文学学会后现代研究中心,清华大学比较文学比文化研究中心主办、清华大学比较文学与研究中心承办。与会者对解构主义及其建立者德里达进行了深入的讨论,是中国学界深入理解德里达及其解构批评所做的一次有益尝试。

11月19日—23日 全国英国文学学会年会福州研讨会在福建师范大学举行。

12月 福建漳州师范学院召开全国首届叙事学研讨会,围绕叙事理论的现状与发展前景、文学叙事与文化诗学视角、叙事学的中国化及其实践、后现代叙事与经典叙事比较、文学叙事的文本实践等展开研讨,会后出版了论文集《叙事学的中国之路》(祖国颂主编,中国社会科学出版社,2006年)。

12月17日—18日 上海复旦大学主办"莎士比亚与中国:回顾与展望"全国研讨会,纪念莎士比亚诞辰440周年,会后出版论文集《同时代的莎士比亚:语境、互文、多种视域》(张冲主编,复旦大学出版社,2005年)。

6月18日—21日 湘潭大学召开"巴赫金学术思想国际研讨会"。

6月5日—8日 江西师范大学外国语学院、《外国文学研究》杂志社、江西省外国文学学会联合主办"中国的英美文学研究:回顾与展望"全国学术研讨会。

8月 《外国文学研究》杂志联合中国剑桥大学人文学者同学会、三峡大学、华中师范大学外语学院、上海财经大学、襄樊学院等,在宜昌三峡大学共同举办了"剑桥学术传统与批评方法"全国学术研讨会。大会通过对以剑桥为代表的英国学术传统和批评方法的研讨,突出反对伪理论和倡导优良学风的主题,反思我国外国文学研究中所存在的一些问题。

8月10日—13日 中国外国文学学会法国文学分会、广东外语外贸大学、武汉大学外语学院和西北师范大学文学院联合发起,西北师范大学文学院承办的"纪念乔治·桑诞生200周年暨法国女作家作品研讨会"在兰州举行。来自全国各地的30多名学者参加了会议,就乔治·桑的文学成就、思想观点与女权意识等展开了讨论。

四川大学召开"俄罗斯文学研究会年会",苏联解体后的俄罗斯文学是这次会议讨论的一个重要话题。

上海译文出版社在以色列希伯来文学翻译研究所资助下开始大型文学译丛,选收以色列当代最负盛名的10位作家、诗人的代表作品,准备推出10卷,试图打造国内最系统最全面展示以色列当代文学创作的丛书。

江西师范大学外国语学院、《外国文学研究》杂志、江西省外国文学学会联合主办了"中国的英美文学研究:回顾与展望"全国学术研讨会,对我国改革开放以来中国的英美文学研究走过的历程进行梳理和总结,目的是解决文学研究中理论脱离实际的倾向。聂珍钊做了题为《文学批评方法新探索:文学伦理学批评》的大会发言,揭开了国内学界建构这种新批评话语的序幕。

契诃夫逝世一百周年,联合国教科文组织将这一年定为"契诃夫年",在中国,《读书》主办了"永远的契诃夫"座谈会。

文学伦理学批评的提出。6月和8月分别在江西南昌和湖北宜昌举行讨论文学伦理学批评研究方法论的全国学术研讨会,聂珍钊教授于当年10月在《外国文学研究》杂志第5期上发表论文《文学伦理学批评:文学批评方法新探索》。

蔡春露著《威廉·加迪斯小说中的熵》,厦门大学出版社。

曾思艺著《俄国白银时代现代主义诗歌研究》,湖南人民出版社。

常耀信著《漫话英美文学:英美文学史考研指南》,南开大学出版社。

陈敬咏著《邦达列夫创作论》,译林出版社。

陈许著《美国西部小说研究》,北京大学出版社。

董洪川著《"荒原"之风:T.S.艾略特在中国》,北京大学出版社。

董洪川著《英美文学与比较文学论稿》,重庆出版社。

傅修延著《文本学——文本主义文论系统研究》,北京大学出版社。

甘文平著《论罗伯特·斯通和梯姆·奥布莱恩:有关越南战争的小说》,厦门大学出版社。

葛桂录著《中英文学关系编年史》,上海三联书店。

顾蕴璞著《诗国寻美——俄罗斯诗歌艺术研究》,北京大学出版社。

郭继德主编《尤金·奥尼尔戏剧研究论文集》,上海外语教育出版社。

郭继德著《20世纪美国文学:梦想与现实》,外语教学与研究出版社。

何成洲著《易卜生与中国话剧》(英文),挪威奥斯陆学术出版社。

贾植芳、陈思和主编《中外文学关系史资料汇编:1898—1937》(上、下),广西师范大学出版社。

蒋虹著《凯瑟琳·曼斯菲尔德作品中的矛盾身份》,中国社会科学出版社。

金莉著《文学女性与女性文学:19世纪美国女性小说家及

作品》,外语教学与研究出版社。

李伟昉著《说不尽的莎士比亚》,中国社会科学出版社。

梁亚平著《美国文学研究》,东华大学出版社。

刘文飞著《文学魔方——二十世纪的俄罗斯文学》,中国社会科学出版社。

刘文松著《索尔·贝娄小说中的权力关系及其女性表征》,厦门大学出版社。

刘意青著《〈圣经〉的文学阐释:理论与实践》,北京大学出版社。

柳鸣九著《法兰西文学大师十论》,复旦大学出版社。

柳珊著《在历史缝隙间挣扎:1910—1920年间的〈小说月报〉研究》,百花洲文艺出版社。

毛信德著《美国小说发展史》,浙江大学出版社。

彭予著《美国自白诗探索》,社会科学文献出版社。

蹇昌槐著《西方小说与文化帝国》,武汉大学出版社。

芮渝萍著《美国成长小说研究》,中国社会科学出版社。

陶洁著《灯下西窗:美国文学和美国文化》,北京大学出版社。

王秉钦著《20世纪中国翻译思想史》,南开大学出版社。

王东风发表《变异还是差异:文学翻译中文体转换失误分析》,《外国语》第1期。

王光林著《错位与超越:美、澳华裔作家的文化认同》(英文版),南开大学出版社。

王军著《诗与思的激情对话:论奥克塔维奥·帕斯的诗歌艺术》,北京大学出版社。

王立新著《古代以色列历史文献、历史框架、历史观念研究》,北京大学出版社。

王丽丹著《乍暖还寒时:"解冻"时期苏联小说的核心主题与文体特征》,上海译文出版社。

王宁、孙建主编《易卜生与中国:走向一种美学建构》,天津人民出版社。

王守仁发表《现代化进程中的外国文学与中国社会现代价

值观的构建》,《外国文学评论》第 4 期。

王向远著《翻译文学导论》,北京师范大学出版社。

王迎胜著《苏联文学图书在中国的出版和传播(1949—1991)》,黑龙江教育出版社。

王友贵著《翻译西方与东方:中国六位翻译家》,四川人民出版社。

卫茂平著《德语文学汉译史考辨——晚清和民国时期》,上海外语教育出版社。

吴持哲译诺思洛普·弗莱著《神力的语言——“圣经与文学”研究续编》,社会科学文献出版社。

吴笛著《比较视野中的欧美诗歌》,作家出版社。

吴元迈主编《20 世纪外国文学史》(共五卷),译林出版社。

谢天振、查明建主编《中国现代翻译文学史(1898—1949)》,上海外语教育出版社。

徐侠译韩南《中国近代小说的兴起》,上海教育出版社。

杨仁敬等著《美国后现代派小说论》,青岛出版社。

叶渭渠、唐月梅著《日本文学史》(四卷六册),经济日报出版社、昆仑出版社。叶渭渠、唐月梅伉俪还著有“20 世纪外国国别文学史丛书”中的《20 世纪日本文学史》(青岛出版社,1998 年)外教社外国文学简史中的《日本文学简史》(上海外语教育出版社,2006 年)等。

吟馨、慧梅译拉斯普京《活下去并且要记住》,上海译文出版社。

虞建华著《美国文学的第二次繁荣:二三十年代的美国文化思潮和文学表达》,上海外语教育出版社。

郁龙余等著《梵典与华章:印度作家与中国文化》,宁夏人民出版社。

张冲编著《莎士比亚专题研究》,上海外语教育出版社。

张和龙著《战后英国小说》,上海外语教育出版社。

张龙海著《属性和历史:解读美国华裔文学》,厦门大学出版社。

张铁夫等著《普希金新论——文化视域中的俄罗斯诗圣》,

中国社会科学出版社。

张中载、赵国新编《文本·文论:英美文学名著重读》,外语教学与研究出版社。

赵稀方发表《一种主义,三种命运——后殖民主义在两岸三地的理论旅行》,《江苏社会科学》第4期。

赵振江、滕威编著《山岩上的肖像:聂鲁达的爱情·诗·革命》,上海人民出版社。

支宇著《文学批评的批评:韦勒克文学理论研究》,中国社会科学出版社。

仲跻昆著《阿拉伯现代文学史》,昆仑出版社。

朱景冬、孙成敖著《拉丁美洲小说史》,百花文艺出版社。

朱振武著《在心理美学的平面上:威廉·福克纳小说创作论》,学林出版社。

2005年

11月

华中师范大学召开第二届全国叙事学研讨会,成立了中国中外文艺理论学会叙事学分会,就叙事学在国内外的建设与发展、叙事理论的重新审视、跨学科叙事学研究、中外学术作品分析、非文字媒介的叙事研究等诸多话题进行了深入研讨,会后出版论文集《叙事学研究》(乔国强主编,武汉出版社,2006年)。

11月

北京外国语大学易丽君教授和赵刚博士应波兰格但斯克大学邀请,参加该校举办的"纪念波兰诗人亚当·密茨凯维奇逝世150周年国际学术研讨会"。

11月26日—27日

中国学界为纪念德里达逝世一周年,召开了"解构的命运——德里达学术纪念会"。这次会议由首都师范大学比较文学系主办,北京大学哲学系协办。近30位学者围绕"解构的价值:否定与肯定的双重意义""解构的策略:从关键词入手""解构的定位:多学科跨越"等议题就德里达的解构思想展开了热烈的讨论和精彩的对话。

4月18日—20日

"'马尔罗与中国'国际学术研讨会"在北京举行。这次研讨会由北京大学外国语学院法语系、北京大学法国文化研究中心、法国驻华使馆文化处、法中文化年法方委员会、法国国家科研中心、巴黎第三大学等单位联合举办,有近50名中外专家学者参加。此次研讨会在“法国文化年”框架内举办,是“法国文化年”期间各种文化活动中涉及法国文学的重要国际学术研讨会。会议集中探讨了法国20世纪重要作家、文学批评家、政治活动家马尔罗与中国的关系。研讨会文集《马尔罗与中国》作为《马尔罗的影响》学刊第5卷于2006年在法国出版。

9月27日—28日 作为“中法文化年”重要活动之一的“中法作家文学对话国际研讨会”在上海大学举行。这次会议由法国人文科学之家基金会(MSH)、上海大学文学院中文系、复旦大学文学院中文系、《上海文学》杂志社和复旦大学出版社联合主办。

5月 中国社会科学院文学理论研究中心与北京外国语大学俄语学院在北京举办中国第一届“洛特曼学术思想国际研讨会”。会后,多卷本《洛特曼文集》汉译启动。

5月27日—29日 南京大学外国语学院和《当代外国文学》编辑部主办“当代外国文学学术研讨会”。

肖洛霍夫百年诞辰之际,北京大学和大连外国语学院分别举行了肖洛霍夫创作研讨会。

为纪念德国狂飙突进和古典时期的伟大作家席勒逝世二百周年,人民文学出版社推出张玉书选编,钱春绮、朱雁冰、章鹏高等翻译的《席勒文集》(共六卷)。

台湾南华大学举办“肖洛霍夫诞辰100周年学术会议”。

《外国文学研究》第1期开设“文学伦理学批评”专栏,挪威奥斯陆大学的克努特以及中国学者王宁、刘建军、邹建军等撰文发表各自看法。《外国文学研究》与东北师范大学等单位共同主办“文学伦理学批评:文学研究方法新探讨”全国学术研讨会。这是“文学伦理学”批评提出之后的首次全国性学术会议。近年来,《外国文学研究》成为新批评话语理论建构与实践的主要阵地。

常耀信著《精编美国文学教程》,南开大学出版社。

陈平原著《中国现代小说的起点——清末民初小说研究》,

北京大学出版社。初版为《二十世纪中国小说史(第一卷)(1897—1916)》(北京大学出版社,1989 年)。

陈世丹著《虚构亦真实:美国后现代主义小说研究》,外语教学与研究出版社。

代迅发表《中国古代文论:两种言说方式及其现代命运》,《文艺理论研究》第 3 期。

戴从容著《乔伊斯小说的形式实验》,中国戏剧出版社。

董洪川、邓仕伦发表《历史的关联:“九叶”诗派接受 T. S. 艾略特探源》,《外国文学研究》第 1 期。

方汉文主编《东西方比较文学史》,北京大学出版社。

方华文著《20 世纪中国翻译史》,西北大学出版社。

冯绍雷、相蓝欣主编《转型中的俄罗斯社会与文化》,上海人民出版社。

耿力平著《沼泽天使权威版及相关研究》,加拿大渥太华 Tecumseh 出版社。

龚翰熊著《西方文学研究》,福建人民出版社。

韩洪举著《林译小说研究——兼论林纾自撰小说与传奇》,中国社会科学出版社。

侯维瑞、李维屏著《英国小说史》,译林出版社。

黄玫著《韵律与意义:20 世纪俄罗斯诗学理论研究》,人民出版社。

季明举著《艺术生命与根基:格里高里耶夫“有机批评”理论研究》,中国文联出版社。

江宁康译哈罗德·布鲁姆《西方正典:伟大作家和不朽作品》,译林出版社。

江宁康著《美国当代文化阐释:全球视野中的美国社会与文化变迁》,辽宁教育出版社。

蒋承勇著《西方文学“人”的母题研究》,人民出版社。

孔慧怡著《重写翻译史》,香港中文大学翻译研究中心。

李红叶著《安徒生童话的中国阐释》,中国和平出版社。

李莉著《左琴科小说艺术研究》,人民文学出版社。

李伟昉著《黑色经典——英国哥特小说论》,中国社会科学出版社。

李伟著《中国近代翻译史》,齐鲁书社。

林精华著《误读俄罗斯:中国现代性问题中的俄国因素》,商务印书馆。

刘建军著《基督教文化与西方文学传统》,北京大学出版社。

刘文飞编《苏联文学反思》,中国社会科学出版社。

刘燕著《现代批评之始:T. S. 艾略特诗学研究》,广西师范大学出版社。

柳鸣九著《超越荒诞:法国 20 世纪文学史观(20 世纪初—抵抗文学)》,文汇出版社。

柳鸣九著《从选择到反抗:法国 20 世纪文学史观(50 年代—新寓言派)》,文汇出版社。

陆谷孙著《莎士比亚研究十讲》,复旦大学出版社。

孟昭毅、李载道主编《中国翻译文学史》,北京大学出版社。

荣洁著《茨维塔耶娃的诗歌创作研究》,黑龙江人民出版社。

申丹、韩加明、王丽亚著《英美小说叙事理论研究》,北京大学出版社。

石琴娥著《北欧文学史》,译林出版社。

宋伟杰译王德威《被压抑的现代性——晚清小说新论》,北京大学出版社。

孙宏等译萨克文·博科维奇主编《剑桥美国文学史》,中央编译出版社。

孙建主编《英国文学辞典·作家与作品》,复旦大学出版社。

谈瀛洲著《莎评简史》,复旦大学出版社。

谭好哲、任传霞、韩书堂著《现代性与民族性:中国文学理论建设的双重追求》,社会科学文献出版社。

汪介之著《高尔基研究——作家的思想探索与艺术成就》,北京理工大学出版社。

汪介之著《回望与沉思:俄苏文论在 20 世纪中国文坛》,北京大学出版社。

王邦维著《比较视野中的东方文学》,北岳文艺出版社。

王家湘著《20 世纪美国黑人小说史》,译林出版社。

王宁、葛桂录等著《神奇的想像:南北欧作家与中国文化》,宁夏人民出版社。

王雅华著《走向虚无:贝克特小说的自我探索与形式实验》,北京语言大学出版社。

王玉括著《莫里森研究》,人民文学出版社。

王卓著《后现代主义视野中的美国当代诗歌》,山东文艺出版社。

吴玲英、蒋靖芝著《索尔·贝娄与拉尔夫·埃里森的"边缘人"研究》,中南大学出版社。

吴元迈著《吴元迈文集》,上海辞书出版社。

吴岳添发表《百年回顾——法国小说在我国的译介和研究》,《北京化工学院学报(社会科学版)》第1期。

吴岳添著《法国文学简史》,上海外语教育出版社。

仵从巨主编《叩问存在——米兰·昆德拉的世界》,华夏出版社。

夏志清著《中国现代小说史》,复旦大学出版社。

肖明翰著《英语文学之父:杰弗里·乔叟》,社会科学文献出版社。

徐志啸著《20世纪中国比较文学简史》(修订本),湖北教育出版社。

严永兴著《辉煌与失落:俄罗斯文学百年》,译林出版社。

晏奎著《〈生命的礼赞〉:多恩"灵魂三部曲"研究》,北京大学出版社。

杨武能著《三叶集——德语文学·文学翻译·比较文学》,巴蜀书社。

叶隽著《另一种西学——中国现代留德学人及其对德国文化的接受》,北京大学出版社。

詹杭伦著《刘若愚:融合中西诗学之路》,文津出版社。

张介明著《唯美叙事:王尔德新论》,上海社会科学院出版社。

张薇著《海明威小说的叙事艺术》,上海社会科学院出版社。

张玉安、裴晓睿等《印度的罗摩故事与东南亚文学》,昆仑出版社。

朱徽著《加拿大英语文学简史》,四川大学出版社。

朱静、景春雨著《纪德研究》,上海外语教育出版社。

2006年

1月16日　中国社会科学院外国文学研究所举办“东欧文学座谈会”。

11月21日　保加利亚政府总理斯塔尼舍夫向中国社会科学院外国文学研究所研究员陈九瑛颁授“基里尔和麦多迪”奖章,以表彰她为加强保中两国文化与学术交流所作出的贡献。

2月　《外国文艺》第1期杂志推出2005年诺贝尔奖得主英国戏剧家品特专辑。

5月　北京外国语大学华裔文学研究中心与美国圣·汤姆斯大学(St. Thomas University)联合,成功地举办了一次题为“21世纪的亚裔美国文学”的国际研讨会。大会邀请华裔美国作家徐忠雄和亚裔美国评论家金惠做主持发言人,大会推动了国内外学者的交流和中国华裔美国文学的研究。

6月2日—5日　南京大学举行“当代英语国家文学研究的文化视角”学术研讨会。陆建德在发言中澄清了“英语文学”(literature in English)和“英国文学”(English literature)两个概念,他认为“英语文学研究”实质上反映出了当前为学科视野的拓展及学术研究疆域的扩大,并希望把中国文化的视角引入英国文学的研究中。

7月16日—20日　英国文学学会主办、东北师范大学外国语学院承办的“英国文学学会2006年专题研讨会”在长春举行。

9月　四川外语学院、电子科技大学、西南大学三校共同发起了成都莎学研讨会。会后出版论文集《中国学者眼里的莎士比亚》(冯文坤主编,中国文联出版社,2007年)。

浙江大学、北京语言大学、华中师范大学、广东外语外贸大学获英语语言文学博士学位授予权。广东外语外贸大学、解放军外国语学院获外国语言文学一级学科博士学位授予权。解放军外国语学院英语语言文学为国家重点学科。南京大学获外国语言文学一级学科博士学位授予权，设立俄语语言文学、德语语言文学博士点。陕西师范大学、湘潭大学文学院获比较文学与世界文学专业博士学位授予权。

中国举办“俄罗斯年”，翻译出版多种俄国当代文学作品。

台南、台北举办“俄罗斯文学三巨人特展”，展出由俄方提供的普希金、托尔斯泰、肖洛霍夫手稿等物。

常耀信著《英国文学简史》，南开大学出版社。

陈建华著《帝制末与世纪末：中国文学文化考论》，上海教育出版社。

陈民著《西方文学死亡叙事研究》，江苏文艺出版社。

陈思和发表《我对20世纪中国文学的世界性因素的思考与探索》，《中国比较文学》第2期。

陈薇监译樽本照雄著《清末小说研究集稿》，齐鲁书社。

陈遐著《时代与心灵的契合：十九世纪俄罗斯文学与前期创造社文学之关系》，浙江大学出版社。

陈晓兰著《城市意象：英国文学中的城市》，广西师范大学出版社。

陈众议、王留栓著《西班牙文学简史》，上海外语教育出版社。

程正民、王志耕、邱运华著《卢那察尔斯基文艺理论批评的现代阐释》，北京大学出版社。

代显梅著《传统与现代之间：亨利·詹姆斯的小说理论》，社会科学文献出版社。

代迅发表《十年回眸：再论中国古代文论的现代转换》，《文艺理论研究》第5期。

邓楠著《全球化语境下的民族文化身份认同——魔幻现实主义与寻根文学比较研究》，作家出版社。

董晓著《走进〈金蔷薇〉：巴乌斯托夫斯基创作论》，南京大学出版社。

杜隽著《乔治·艾略特小说的伦理批评》，学林出版社。

范大灿主编《德国文学史》(共五卷)，译林出版社。

方凡著《威廉·加斯的元小说理论与实践》,浙江大学出版社。

傅晓微著《上帝是谁:辛格创作及其对中国文坛的影响》,人民文学出版社。

高黎平著《美国传教士与晚清翻译》,百花文艺出版社。

高小刚著《乡愁以外:北美华人写作中的故国想象》,人民文学出版社。

郭宏安著《波德莱尔诗论及其他》,同济大学出版社。

胡志红著《西方生态批评研究》,中国社会科学出版社。

滑明达著《文化超越与文化认知:美国社会文化研究》,中国社会科学出版社。

黄源深、彭青龙著《澳大利亚文学简史》,上海外语教育出版社。

蒋承勇等著《英国小说发展史》,浙江大学出版社。

金惠经著《亚裔美国文学:作品及社会背景介绍》,外语教学与研究出版社、天普大学出版社。

黎皓智著《20世纪俄罗斯文学思潮》,北京大学出版社。

李凤亮著《诗·思·史:冲突与融合——米兰·昆德拉小说诗学引论》,商务印书馆。

李赋、何其莘主编《英国中古时期文学史》,外语教学与研究出版社。

李贵苍著《文化的重量:解读当代华裔美国文学》,人民文学出版社。

李今著《三四十年代苏俄汉译文学论》,人民文学出版社。

李美华著《琼·狄第恩作品中新新闻主义、女权主义和后现代主义的多角度展现》,厦门大学出版社。

李伟民著《中国莎士比亚批评史》,中国戏剧出版社。

李亚萍著《故国回望:20世纪中后期美国华文文学主题研究》,中国社会科学出版社。

李杨著《美国南方文学后现代时期的嬗变》,山东大学出版社。

梁工主编《莎士比亚与圣经》(上、下册),商务印书馆。

梁工主编《圣经与文学》,时代文艺出版社。

梁工主编《西方圣经批评引论》,商务印书馆。

梁工著《圣经叙事艺术研究》,商务印书馆。

梁景峰著《风景的变迁:德语文学评论选》,台北县政府文化局。

廖七一著《胡适诗歌翻译研究》,清华大学出版社。

林斌著《精神隔绝与文本越界:卡森·麦卡勒斯四十年代小说哥特主题之后女性主义研究》,天津人民出版社。

林国华著《古典的“立法诗”——政治哲学主题研究》,华东师范大学出版社。

林涧主编《问谱系:中美文化视野下的美华文学研究》,上海译文出版社。

林燕平、董俊峰著《英美文学教育研究》,上海外语教育出版社。

刘圣鹏著《叶维廉比较诗学研究》,齐鲁书社。

刘守兰著《狄金森研究》,上海外语教育出版社。

刘文飞著《思想俄国》,山东友谊出版社。

刘文飞著《伊阿诺斯,或双头鹰:俄国文学和文化中斯拉夫派和西方派的思想对峙》,中国社会科学出版社。

刘研著《契诃夫与中国现代文学》,上海社会科学院出版社。

刘意青主编《英国 18 世纪文学史》,外语教学与研究出版社。

马娅著《醒世之鼓——君特·格拉斯小说研究》,云南人民出版社。

毛信德著《美国黑人文学的巨星——托妮·莫里森小说创作论》,浙江大学出版社。

孟军译 J. M. 里奇《纳粹德国文学史》,文汇出版社。

彭克巽著《陀思妥耶夫斯基小说艺术研究》,北京大学出版社。

蒲若茜著《族裔经验与文化想象:华裔美国小说典型母题研究》,中国社会科学出版社。

钱青主编《英国 19 世纪文学史》,外语教学与研究出版社。

邱运华、林精华主编《俄罗斯文化评论》(第一辑),首都师范大学出版社。

邱运华等著《19—20世纪之交俄国马克思主义文学思想史论》,北京大学出版社。

任光宣主编《俄罗斯文学简史》,北京大学出版社。

任翔著《文化危机时代的文学抉择:爱伦·坡与侦探小说探究》,北京师范大学出版社。

单德兴著《重建美国文学史》,北京大学出版社。

尚晓进著《走向艺术:冯内古特小说研究》,上海大学出版社。

沈石岩编著《西班牙文学史》,北京大学出版社。

施康强译让-保尔·萨特《波德莱尔》,北京燕山出版社。

施袁喜编译《美国文化简史:19—20世纪美国转折时期的巨变》,中央编译出版社。

陶乃侃著《庞德与中国文化》,首都师范大学出版社。

田俊武著《约翰·斯坦贝克的小说诗学追求》,中国社会科学出版社。

田民著《莎士比亚与现代戏剧——从亨利克·易卜生到海纳·米勒》,中国社会科学出版社。

汪剑钊著《阿赫玛托娃传》,新世界出版社。

汪小玲著《美国黑色幽默小说研究》,上海外语教育出版社。

汪义群著《奥尼尔研究》,上海外语教育出版社。

王焕生著《古罗马文学史》,人民文学出版社。

王腊宝等著《最纯粹的艺术——20世纪欧美短篇小说样式批评》,东南大学出版社。

王守仁、方杰著《英国文学简史》,上海外语教育出版社。

王守仁、何宁著《20世纪英国文学史》,北京大学出版社。

王智量等主编《托尔斯泰览要》,贵州人民出版社。

吴其尧著《庞德与中国文化——兼论外国文学在中国文化现代化中的作用》,上海外语教育出版社。

肖厚国著《自然与人为:人类自由的古典意义——古希腊神话、悲剧及哲学》,华东师范大学出版社。

谢芳著《20世纪德语戏剧的美学特征——以代表性作家的代表作为例》,武汉大学出版社。

谢晓霞著《〈小说月报〉1910—1920:商业、文化与未完成的现代性》,上海三联书店。

徐颖果主译尹晓煌《美国华裔文学史》,南开大学出版社。

徐真华主编《法国文学导读:从中世纪到20世纪》,上海外语教育出版社。

颜学军《哈代诗歌研究》,人民文学出版社。

晏绍祥著《荷马社会研究》,上海三联书店。

杨海燕著《重访红云镇:薇拉·凯瑟生态女性主义研究》,四川大学出版社。

杨联芬著《二十世纪中国文学期刊与思潮(1897—1949)》,百花洲文艺出版社。

杨仁敬编著《海明威在中国》(增订本),厦门大学出版社。

杨素梅、闫吉青著《俄罗斯生态文学论》,人民文学出版社。

叶廷芳、王建主编《歌德和席勒的现实意义》,中央编译出版社。

余一中著《俄罗斯文学的今天和昨天》,黑龙江人民出版社。

袁进著《中国文学的近代变革》,广西师范大学出版社。

袁若娟主编《美国现代诗歌精选评析》,河南大学出版社。

曾艳兵著《卡夫卡与中国文化》,首都师范大学出版社。

张冰著《白银时代俄国文学思潮与流派》,人民文学出版社。

张国庆著《"垮掉的一代"与中国当代文学》,武汉大学出版社。

张剑著《T.S.艾略特:诗歌和戏剧的解读》,外语教学与研究出版社。

张琼著《矛盾情结与艺术模糊性:超越政治和族裔的美国华裔文学》,复旦大学出版社。

张晓东著《生命是一次偶然的旅行:日瓦戈医生的偶然性与诗学问题》,黑龙江人民出版社。

张跃军著《美国性情:威廉·卡洛斯·威廉斯的实用主义诗学》,安徽文艺出版社。

章汝雯著《托妮·莫里森研究》,外语教学与研究出版社。

赵慧珍著《加拿大英语女作家研究》,民族出版社。

郑克鲁著《法国文学纵横谈》,上海文艺出版社。

郑永旺著《游戏·禅宗·后现代:佩列文后现代主义诗学研究》,人民文学出版社。

钟玲著《史耐德与中国文化》,首都师范大学出版社。

周建新著《艾米莉·狄金森诗歌文体特征研究》,广西人民出版社。

朱建刚著《普罗米修斯的“堕落”:俄国文学知识分子形象研究》,人民文学出版社。

朱宪生著《走近紫罗兰:俄罗斯文学文体研究》,上海文艺出版社。

朱宪忠著《跨越时空的对话——福克纳与莫言比较研究》,武汉大学出版社。

朱新福著《美国文学中的生态思想研究》,苏州大学出版社。

朱逸森著《契诃夫(1860—1904)》,华东师范大学出版社。

朱振武等著《美国小说本土化的多元因素》,上海外语教育出版社。

2007 年

9 月 21 日

波兰外长福蒂加在波兰华沙的贝尔维德宫向北京外国语大学教授、波兰文学翻译家和研究家易丽君教授颁发推广波兰文化杰出贡献奖。

10 月

南昌召开“首届叙事学国际会议暨第三届全国叙事学研讨会”。来自美国的知名叙事学家詹姆斯·费伦(James Phelan)、布莱恩·麦克黑尔(Brian McHale)、彼得·J. 拉宾诺维茨(Peter J. Rabinowitz)、布莱恩·理查森(Brian Richardson)、罗宾·沃霍尔(Robyn Warhol)、桑吉塔·雷(Sangeta Ray)等出席本次会议并做重要发言。西方叙事学名家与中国叙事学研究者开始了面对面的交流。

朱生豪故居修复开放仪式暨莎士比亚学术研讨会在其故乡浙江嘉兴隆重举行。 11月20日—22日

北京大学举行“中国外国文学学会英语文学研究分会成立会议暨第一届全国英语文学论坛”。在这次大会上，“中国外国文学学会英语文学研究分会”正式宣布成立。 12月

浙江传媒学院与浙江莎学会在杭州举办“中国话剧影视与莎士比亚”学术研讨会。 9月

上海师范大学比较文学与世界文学研究中心由著名外国文学史家朱雯教授、朱乃长教授等奠定根基。近十年来，该中心所依托的比较文学与世界文学专业，经过比较文学专家孙景尧教授、外国文学史家郑克鲁教授、东亚文学关系专家孙逊教授所率领之学术团队的共同努力，于2007年10月成为教育部认定的国家重点学科。北京师范大学、复旦大学、南京大学因中国语言文学一级学科属于国家重点学科，“比较文学和世界文学”专业也涵盖其中。

《圣经文学研究》创刊。梁工主编，常设“旧约研究”“新约研究”“专题论述”“圣经与文学”“圣经与翻译”“圣经与史学”“圣经与神学”“圣经阐释学”“圣经修辞学”“认识名家”“青年之页”等栏目。

白春仁著《融通之旅：白春仁文集》，黑龙江人民出版社。

曾利君著《魔幻现实主义在中国的影响与接受》，中国社会科学出版社。

陈爱敏著《认同与疏离：美国华裔流散文学批评的东方主义视野》，人民文学出版社。

陈才宇著《古英语与中古英语文学通论》，商务印书馆。

陈方著《当代俄罗斯女性小说研究》，中国人民大学出版社。

陈建华等著《走过风雨：转型中的俄罗斯文化》，重庆出版社。

陈建华主编《中国俄苏文学研究史论》（共四卷），重庆出版社。

陈建华著《跨越传统碑石的天才：陀思妥耶夫斯基传》，重庆出版社。

陈建华著《人生真谛的不倦探索者:列夫·托尔斯泰传》,重庆出版社。

陈建华著《阅读俄罗斯》,上海文艺出版社。

陈良梅著《当代德语叙事理论研究》,河海大学出版社。

陈众议著《西班牙文学大花园》,湖北教育出版社。

陈众议著《西班牙文学——黄金世纪研究》,译林出版社。

程倩著《历史的叙述与叙述的历史——拜厄特〈占有〉之历史性的多维研究》,人民文学出版社。

程正民著《程正民自选集》,山东文艺出版社。

程志敏著《荷马史诗导读》,华东师范大学出版社。

代显梅著《亨利·詹姆斯笔下的美国人》,中国人民大学出版社。

戴从容著《自由之书:〈芬尼根的守灵〉解读》,华东师范大学出版社。

杜慧敏著《晚清主要小说期刊译作研究(1901—1911)》,上海书店出版社。

杜平著《想象东方:英国文学的异国情调和东方形象》,上海外语教育出版社。

范伯群、朱栋霖主编《1898—1949 中外文学比较史》(上、下卷),江苏教育出版社。

范伯群著《中国现代通俗文学史》,北京大学出版社。

范捷平主编《奥地利现代文学研究——第十二届德语文学研究会论文集》,浙江大学出版社。

方成著《美国自然主义文学传统的文化建构与价值传承》,上海外语教育出版社。

方汉文主编《世界比较诗学史》,西北大学出版社。

冯亚琳著《德语文学与文化——阐释与思辨》,重庆出版社。

冯玉芝著《帕斯捷尔纳克创作研究》,人民文学出版社。

傅俊著《傅俊文学选论》,复旦大学出版社。

高莽著《白银时代》,中国旅游出版社。

辜正坤著《中西文化比较导论》,北京大学出版社。

谷裕著《现代市民史诗——十九世纪德语小说研究》,上海书店出版社。

郭宏安著《从蒙田到加缪：重建法国文学的阅读空间》，生活·读书·新知三联书店。

韩捷进著《“人类思维”与苏联当代文学》，湖北人民出版社。

何成洲主编《易卜生与现代中国》（英文），意大利都灵大学出版社。

胡翠娥著《文学翻译与文化参与——晚清小说翻译的文化研究》，上海外语教育出版社。

胡俊著《非裔美国人探求身份之路：对托妮·莫里森的小说研究》，北京语言大学出版社。

胡亚敏著《文学批评与文化批判》，华中师范大学出版社。

胡燕春著《比较文学视域中的雷纳·韦勒克》，社会科学文献出版社。

胡振明著《对话中的道德建构——十八世纪英国小说中的对话性》，对外经济贸易大学出版社。

胡志明著《卡夫卡现象学》，文化艺术出版社。

户思社著《玛格丽特·杜拉斯研究》，复旦大学出版社。

姜智芹著《傅满洲与陈查理——美国大众文化中的中国形象》，南京大学出版社。

蒋承勇、项晓敏、李家宝主编《20 世纪欧美文学史》，武汉大学出版社。

雷敏、王丽蓉发表《“经典”重读——波德莱尔在中国》，《作家》第 12 期。

冷满冰著《宗教与革命语境下的〈卡拉马佐夫兄弟〉》，四川大学出版社。

李俊清著《艾略特与〈荒原〉》，人民文学出版社。

李萌著《缺失的一环：在华俄国侨民文学》，北京大学出版社。

李明滨著《托尔斯泰与雅斯纳亚·波良纳庄园》，山东友谊出版社。

李小均著《自由与反讽：纳博科夫的思想与创作》，百花洲文艺出版社。

李小鹿著《〈克拉丽莎〉的狂欢化特点研究》,北京大学出版社。

李正栓、陈岩著《美国诗歌研究》,北京大学出版社。

李志清、卡里纳·特雷维桑主编《20世纪法国文学》,北京大学出版社。

梁工著《圣经视阈中的东西方文学》,中华书局。

梁坤著《末世与救赎:20世纪俄罗斯文学主题的宗教文化阐释》,中国人民大学出版社。

梁展著《颠覆与生存:德国思想与鲁迅前期的自我观念(1906—1927)》,上海锦绣文章出版社。

廖昌胤著《悖论叙事:乔治·爱略特后期三部小说中的政治现代化悖论》,中国社会科学出版社。

刘登翰主编《双重经验的跨域书写:20世纪美华文学史论》,上海三联书店。

刘锋著《〈圣经〉的文学性诠释与希伯来精神的探求》,北京大学出版社。

刘洪涛著《荒原与拯救——现代主义语境中的劳伦斯小说》,中国社会科学出版社。

刘宁著《俄苏文学、文艺学与美学:刘宁论集》,北京师范大学出版社。

刘文飞、陈方著《俄国文学大花园》,湖北教育出版社。

刘增杰等撰《中国近世文学思潮》,文史哲出版社。

柳鸣九著《法国文学史》(修订版),人民文学出版社。

陆薇著《走向文化研究的华裔美国文学》,中华书局。

罗念生著《罗念生全集(第八卷)论古典文学》,上海人民出版社。

马建军著《乔治·艾略特研究》,武汉大学出版社。

苗福光著《生态批评视角下的劳伦斯》,上海大学出版社。

淼华编《20世纪世界文化语境下的俄罗斯文学》,外语教学与研究出版社。

聂珍钊等著《英国文学的伦理学批评》,华中师范大学出版社。

聂珍钊著《英语诗歌形式导论》，中国社会科学出版社。

欧茵西著《俄罗斯文学风貌》，书林出版有限公司。

庞好农著《文化移入碰撞下的三重意识：理查德·赖特的四部长篇小说研究》，上海大学出版社。

钱理群著《丰富的痛苦——堂吉诃德与哈姆雷特的东移》，北京大学出版社。

申富英著《英美现代主义文学新视野》，山东大学出版社。

史锦秀著《艾特玛托夫在中国》，河北人民出版社。

宋炳辉著《弱势民族文学在中国》，南京大学出版社。

孙宏著《中美两国文学中的地域主题研究》，外语教学与研究出版社。

孙妮著《V. S. 奈保尔小说研究》，安徽人民出版社。

谭得伶著《谭得伶自选集》，上海人民出版社。

王邦维主编《东方文学学科：建设与发展》，北岳文艺出版社。

王滨滨著《黑塞传》，华东师范大学出版社。

王逢振著《美国文学大花园》，湖北教育出版社。

王宏志著《重释"信、达、雅"——20世纪中国翻译研究》，清华大学出版社。

王敏琴著《亨利·詹姆斯小说理论与实践研究》，湖南人民出版社。

王诺著《生态与心态：当代欧美文学研究》，南京大学出版社。

王霞著《越界的想象：纳博科夫文学创作中的越界现象研究》，上海大学出版社。

王向远著《中国题材日本文学史》，上海古籍出版社。

王向远著《中日现代文学比较论》，宁夏人民出版社

王颖著《十九世纪"另类"美国作家研究》，山东教育出版社。

王志冲著《还你一个真实的保尔：尼·奥斯特洛夫斯基评传》，上海人民出版社。

卫景宜主编《跨文化语境中的英美文学与翻译研究》，暨南大学出版社。

吴岳添著《法国现当代左翼文学》,湘潭大学出版社。

夏祖焯编《近代外国文学思潮》,台北联合文学出版社。

肖四新著《莎士比亚戏剧与基督教文化》,巴蜀书社。

肖霞著《日本近代浪漫主义文学与基督教》,山东大学出版社。

徐凯著《孤寂大陆上的陌生人:帕特里克·怀特小说中的怪异性研究》,上海社会科学院出版社。

许钧、宋学智著《20世纪法国文学在中国的译介与接受》,湖北教育出版社。

薛玉凤著《美国华裔文学之文化研究》,人民文学出版社。

杨彩霞著《20世纪美国文学与圣经传统》,中国人民大学出版社。

杨芳著《仰望天堂——陀思妥耶夫斯基的历史观》,中山大学出版社。

叶隽著《史诗气象与自由彷徨——席勒戏剧的思想史意义》,同济大学出版社。

余中先著《法国文学大花园》,湖北教育出版社。

查明建、谢天振著《中国20世纪外国文学翻译史》,湖北教育出版社。

张德明著《流散族群的身份建构著当代加勒比英语文学研究》,浙江大学出版社。

张和龙著《后现代语境中的自我——约翰·福尔斯小说研究》,上海外语教育出版社。

张捷编《当代俄罗斯文学纪事(1992—2001)》,人民文学出版社。

张捷著《当今俄罗斯文坛扫描》,人民文学出版社。

张玉书著《茨威格评传:伟大心灵的回声》,高等教育出版社。

张竹明、王焕生译《古希腊悲剧喜剧全集》(共八卷),译林出版社。

张祝祥、杨德娟著《美国自然主义小说》,复旦大学出版社。

赵红著《文本的多维视角分析与文学翻译》,复旦大学出版社。

赵振江、滕威、胡续冬著《拉丁美洲文学大花园》,湖北教育出版社。

周春著《美国黑人女性主义批评研究》,四川大学出版社。

周晓风发表《新中国文艺政策的形成及其演变》,《重庆师范大学学报(哲学社会科学版)》第2期。

祝远德著《他者的呼唤——康拉德小说他者建构研究》,人民出版社。

2008年

北京师范大学中国儿童文学研究中心和天津理工大学外国语学院主办的多丽丝·莱辛科幻小说学术研讨会在北京举行。 **3月16日**

第一届全国英语诗歌学术研讨会在河北师范大学举行,是中国英语诗歌教学与研究界的学术盛会。 **4月18日—20日**

全国莎士比亚研讨会在广西北海市召开。 **5月15日—17日**

法兰克福大学与中山大学在法兰克福合作举办"法兰克福学派在中国"国际学术研讨会。会议的论文集《法兰克福学派在中国》(阿梅龙、狄安涅、刘森林主编,社会科学文献出版社,2011年)收录了中国学者10篇论文,涉及法兰克福学派的批评理论在中国的接受史、启蒙和批判之间的现代中国、中国公共领域的结构转型、法兰克福学派的文化和艺术理论。这些论文展示了中国学界在法兰克福学派理论引进与研究上的最新研究成果。 **9月**

中国比较文学学会第九届年会暨国际学术讨论会,主题为"多元文化互动中的文学对话",充分体现出文学研究的"人类学转向"特色:以追问文学的文化多样性和社会功能为问题取向,突出地方性知识的特殊视角。 **10月**

全国英国文学学会主办、杭州电子科技大学外国语学院承办的全国英国文学学会2008年"英国文学教学"专题研讨会。 **10月31日—11月1日**

武汉大学外语学院英语系主办的莎士比亚国际学术研讨会。 **11月15日—16日**

11月29日—30日

《开放时代》杂志联合云南大学在云南大学召开"古典西学在中国"的论坛。论坛部分成果以"古典西学在中国"为题刊登在2009年第1期和第2期《开放时代》。

曾繁亭著《文学自然主义研究》,中国社会科学出版社。

陈黎明著《魔幻现实主义与新时期中国小说》,河北大学出版社。

陈庆勋著《艾略特诗歌隐喻研究》,上海人民出版社。

陈正发主编《二十世纪大洋洲文学研究》,安徽大学出版社。

陈中梅著《神圣的荷马:荷马史诗研究》,北京大学出版社。

程曾厚著《程曾厚讲雨果》,北京大学出版社。

代迅著《西方文论在中国的命运》,中华书局。

邓丽丹译马塞尔·雷蒙《从波德莱尔到超现实主义》,河南大学出版社。

丁超著《中罗文学关系史探》,人民文学出版社。

丁林棚著《加拿大地域主义文学研究》,北京大学出版社。

丁世忠著《哈代小说伦理思想研究》,巴蜀书社。

杜家利、于屏方著《迷失与折返:海明威文本"花园路径现象"研究》,中国社会科学出版社。

段丽君著《反抗与屈从:彼得鲁舍夫斯卡娅小说的女性主义解读》,黑龙江人民出版社。

范劲著《德语文学符码和现代中国作家的自我问题》,华东师范大学出版社。

方文开著《人性·自然·精神家园:霍桑及其现代性研究》,上海外语教育出版社。

冯茜著《英国的石楠花在中国:勃朗特姐妹作品在中国的流布及影响》,中国社会科学出版社。

逄珍著《加拿大英语诗歌概论》,民族出版社。

高玉发表《本土经验与外国文学接受》,《外国文学研究》第4期。

葛桂录著《跨文化语境中的中外文学关系研究》,上海三联书店。

龚觅著《佩雷克研究》,上海外语教育出版社。

谷裕著《隐匿的神学——启蒙前后的德语文学》,华东师范大学出版社。

郭乙瑶、王楠、姜小乙等译克林斯·布鲁克斯《精致的瓮:诗歌结构研究》,上海人民出版社。

韩一宇著《清末民初汉译法国文学研究(1897—1916)》,中国社会科学出版社。

何绍斌著《越界与想象:晚清新教传教士译介史论》,上海三联书店。

何肖朗著《后现代主义视角中的现代美英非虚构文学》,厦门大学出版社。

胡家峦著《文艺复兴时期英国诗歌与园林传统》,北京大学出版社。

胡强著《康拉德政治三部曲研究》,中国社会科学出版社。

胡亚敏、袁英发表《马克思艺术生产理论的当代价值》,《华中师范大学学报(人文社会科学版)》第3期。

胡艳主编《美国文学精要》,冶金工业出版社。

胡荫桐、刘树森主编《美国文学教程》,南开大学出版社。

江宁康著《美国当代文学与美利坚民族认同》,南京大学出版社。

姜宇辉译吉尔·德勒兹《普鲁斯特与符号》,上海译文出版社。

姜智芹著《镜像后的文化冲突与文化认同:英美文学中的中国形象》,中华书局。

蒋欣欣著《托尼·莫里森小说中黑人女性的身份认同研究》,湖南人民出版社。

焦小婷著《多元的梦想:"百衲被"审美与托尼·莫里森的艺术诉求》,河南大学出版社。

金衡山著《厄普代克与当代美国社会:厄普代克十部小说研究》,北京大学出版社。

靳涵身著《重写与颠覆:约翰·厄普代克"〈红字〉三部曲"之互文研究》,四川大学出版社。

蓝仁哲、韩启群译帕米拉·麦考勒姆、谢少波选编《后现代主义质疑历史》,中国社会科学出版社。

李辉凡著《俄国“白银时代”文学概观》,中国社会科学出版社。

李建刚著《高尔基与安德列耶夫诗学比较研究》,中国社会科学出版社。

李美华著《英国生态文学》,学林出版社。

李维屏著《英国小说人物史》,上海外语教育出版社。

李文俊编《福克纳的神话》,上海译文出版社。

李应志著《解构的文化政治实践:斯皮瓦克后殖民文化批评研究》,上海三联书店。

李增主编《主要英语国家文学简史》,河南人民出版社。

林元富著《论伊什梅尔·里德后现代主义小说的戏仿艺术》,厦门大学出版社。

刘明厚主编《不朽的易卜生——百年易卜生中国国际研讨会论文集》,中国戏剧出版社。

刘文荣著《英国文学论集》,上海文艺出版社。

刘小枫选编《古典诗文绎读·西学卷·古代编》(上、下),华夏出版社。

刘玉著《文化对抗:后殖民氛围中的三位美国当代印第安女作家》,厦门大学出版社。

柳鸣九著《我所见到的法兰西文学大师》,人民文学出版社。

柳鸣九著《自我选择至上:柳鸣九谈萨特》,东方出版社。

卢敏著《美国浪漫主义时期小说类型研究》,上海人民出版社。

毛明著《跨越时空的对话:美国诗人斯奈德的生态诗学与中国自然审美观》,光明日报出版社。

倪正芳著《拜伦与中国》,青海人民出版社。

潘志明著《作为策略的罗曼司》,外语教学与研究出版社。

裴程译亨利·古耶《卢梭与伏尔泰:两面镜子里的肖像》,华东师范大学出版社。

乔国强著《美国犹太文学》,商务印书馆。

乔国强著《辛格研究》,上海外语教育出版社。

秦海鹰等著《马尔罗与中国:国际学术研讨会论文集》,上海人民出版社。

申迎丽著《理解与接受中意义的构建:文学翻译中“误读”现象研究》,上海译文出版社。

石海军著《后殖民:印英文学之间》,北京大学出版社。

石坚、王欣著《似是故人来——新历史主义视角下的20世纪英美文学》,重庆大学出版社。

宋学智发表《现代翻译研究视阈下的傅译罗曼·罗兰——纪念傅雷先生诞辰100周年》,《外语与外语教学》第3期。

孙胜忠著《美国成长小说艺术和文化表达研究》,安徽人民出版社。

谭桂林著《本土语境与西方资源——现代中西诗学关系研究》,人民文学出版社。

童真著《狄更斯与中国》,湘潭大学出版社。

汪介之著《流亡者的乡愁:俄罗斯域外文学与本土文学关系述评》,广西师范大学出版社。

汪小玲主编《纳博科夫小说艺术研究》,上海外语教育出版社。

王恩铭著《美国反正统文化运动:嬉皮士文化研究》,北京大学出版社。

王尔勃、周莉译雷蒙德·威廉斯《马克思主义与文学》,河南大学出版社。

王建平著《约翰·巴斯小说研究》,上海外语教育出版社。

王敬民著《乔纳森·卡勒诗学研究》,中国海洋大学出版社。

王诺著《欧美生态批评——生态学研究概论》,学林出版社。

王松林著《康拉德小说伦理观研究》,华中师范大学出版社。

王晓英著《走向完整生存的追寻——艾丽丝·沃克妇女主义文学创作作研究》,苏州大学出版社。

王彦秋著《音乐精神:俄国象征主义诗学研究》,北京大学出版社。

王卓著《投射在文本中的成长丽影:美国女性成长小说研究》,中国书籍出版社。

温玉霞著《布尔加科夫创作论》,复旦大学出版社。

吴晓樵著《中德文学因缘》,上海外语教育出版社。

谢春艳著《美拯救世界:俄罗斯文学中的圣徒式女性形象》,人民文学出版社。

徐枫著《探寻人的新型面貌:马尔罗〈人的境况〉解读》,云南大学出版社。

徐颖果著《跨文化视野下的美国华裔文学:赵健秀作品研究》,南开大学出版社。

徐颖果著《文化研究视野中的英美文学》,人民文学出版社。

徐真华、黄建华著《20 世纪法国文学回顾——文学与哲学的双重品格》,上海外语教育出版社。

杨仁敬、杨凌雁著《美国文学简史》,上海外语教育出版社。

杨正先著《托尔斯泰研究》,中国社会科学出版社。

叶隽著《德语文学研究与现代中国》,北京大学出版社。

尹锡南著《英国文学中的印度》,巴蜀书社。

袁俊生译让-吕克·斯坦梅茨《兰波传》,上海人民出版社。

袁筱一著《文字·传奇:法国现代经典作家与作品》,复旦大学出版社。

翟世镜、任一鸣著《当代英国小说史》,上海译文出版社。

张广奎著《大众诗学:卡尔·桑伯格诗歌及诗学研究》,中国社会科学出版社。

张泽贤著《中国现代文学翻译版本闻见录(1905—1933)》,上海远东出版社。

章燕著《多元·融合·跨越——英国现当代诗歌及其研究》,人民文学出版社。

赵莉编著《托妮·莫里森小说研究》,东北林业大学出版社。

郑克鲁著《法国文学史教程》,北京大学出版社。

朱立元主编"耶鲁学派解构主义批评译丛",天津大学出版社。其中包括保尔·德·曼《阅读的寓言》(沈勇译)、J. 希利斯·米勒《小说与重复》(王宏图译)、哈罗德·布鲁姆《误读图示》(朱立元、陈克明译)、杰弗里·哈特曼《荒野中的批评》(张德兴译)。

邹建军著《“和”的正向与反向:谭恩美长篇小说中的伦理思想研究》,华中师范大学出版社。

2009年

北京外国语大学华裔文学研究中心再次与中央民族大学外国语学院、北京语言大学外国语学院联合主办2009亚裔美国文学研讨会,就亚裔美国文学批评与理论、亚裔文学作品中的女性主义、亚裔美国文学教学与翻译以及其他族裔的美国文学展开交流和讨论。 6月19日

武汉大学发起“‘保罗·克洛代尔与中国’国际研讨会”。 10月16日—18日

“家园意识、种族政治与现当代英语文学的流变”全国学术研讨会在浙江师范大学(浙江金华)举行。 10月17日—19日

第七届全国戏剧文学研讨会暨中外戏剧与莎士比亚研究论坛在四川外语学院(重庆)举行。 10月30日—11月1日

中国外国文学学会英语文学研究分会首届专题研讨会在苏州大学举行,会议的主题为“20世纪世界英语文学”。 11月20日—22日

复旦大学外文学院举办“文本与视觉的互动:英美文学电影改编的理论与教学学术研讨会”。 4月23日—26日

上海外国语大学英语学院主办“中国英美文学教学与研究30年”国际研讨会。 5月22日—24日

匈牙利罗兰大学与北京外国语大学在布达佩斯联合举办“中国与中东欧文化交流的历史与现状国际学术研讨会”。 5月28日—29日

全国英语文学学会第七届年会在河南大学召开,年会主题“中国视野下的英国文学”。 5月7日—10日

昂智慧著《文本与世界:保尔·德曼文学批评理论研究》,上海人民出版社。

曹波著《人性的推求:18世纪英国小说研究》,光明日报出版社。

岑玮著《女性身份的嬗变——莉莲·海尔曼与玛莎·诺曼剧作研究》,山东大学出版社。

陈惇、刘洪涛编《现实主义批判——易卜生在中国》,江西高校出版社。

陈国恩等著《俄苏文学在中国的传播与接受》,中国社会科学出版社。

陈建华编《文学的影响力:托尔斯泰在中国》,江西高校出版社。

陈建华著《从革命到共和——清末至民国时期文学、电影与文化的转型》,广西师范大学出版社。

陈茂林著《诗意栖居:亨利·大卫·梭罗的生态批评》,浙江大学出版社。

陈思和发表《翻译学与比较文学:两个相切相重的学科》,《中国比较文学》第2期。

陈中梅著《荷马的启示——从命运观到认识论》,北京大学出版社。

成梅著《小说与非小说:美国20世纪重要作家海勒研究》,中国社会科学出版社。

程虹著《宁静无价:英美自然文学散论》,上海人民出版社。

戴桂玉著《后现代语境下海明威的生态观和性属观》,中国社会科学出版社。

淡修安著《普拉东诺夫的世界:个体和整体存在意义的求索》,世界知识出版社。

邓艳艳著《从批评到诗歌——艾略特与但丁的关系研究》,中国社会科学出版社。

董强著《插图本法国文学史》,北京大学出版社。

董晓著《理想主义:激励与灼伤——苏联文学七十年》,上海人民出版社。

杜青钢著 *Entre Orient et Occident Michaux et le vide*,法国 GLOBE 出版社。

段怀清编《新人文主义思潮——白璧德在中国》,江西高校出版社。

樊星著《中国当代文学与美国文学》,中国社会科学出版社。

伏爱华著《想象·自由——萨特存在主义美学思想研究》,

安徽大学出版社。

高玉发表《中西文化交流与现代汉语体系的形成》,《学术研究》第9期。

耿海英著《别尔嘉耶夫与俄罗斯文学》,上海书店出版社。

耿力平等译威·约·基思《加拿大英语文学史》,北京大学出版社。

顾钧著《鲁迅翻译研究》,福建教育出版社。

顾正祥编著《歌德汉译与研究总目(1878—2008)》,中央编译出版社。

郭宏安译安托瓦纳·贡巴尼翁《反现代派——从约瑟夫·德·迈斯特到罗兰·巴特》,生活·读书·新知三联书店。

何成洲著《对话北欧经典:易卜生、斯特林堡与哈姆生》,北京大学出版社。

何宁著《现代性的焦虑——菲茨杰拉德与1920年代》,南京大学出版社。

贺昌盛著《想象的"互塑"——中美叙事文学因缘》,南京大学出版社。

胡亚敏著《美国越南战争:从想象到幻灭——论美国越战叙事文学对越战的解构》,复旦大学出版社。

黄桂友、吴冰主编《全球视野下的亚裔美国文学》,外语教学与研究出版社。

季水河著《回顾与前瞻:论新中国马克思主义文艺理论研究及其未来走向》,中国社会科学出版社。

姜秋霞著《文学翻译与社会文化的相互作用关系研究》,外语教学与研究出版社。

蒋芳著《巴尔扎克在中国》,中国社会科学出版社。

金亚娜著《期盼索菲亚:俄罗斯文学中的"永恒女性"崇拜哲学与文化探源》,人民文学出版社。

赖骞宇著《18世纪英国小说的叙事艺术》,中国社会科学出版社。

李兵著《现代戏剧之父——易卜生心理现实主义剧作研究》,四川大学出版社。

李德恩、孙成敖编著《插图本拉美文学史》,北京大学出版社。

李莉著《威拉·凯瑟的记忆书写研究》,四川大学出版社。

李萌羽著《多维视野中的沈从文和福克纳小说》,齐鲁书社。

李毓榛著《萧洛霍夫的传奇人生》,北京大学出版社。

李树欣著《异国形象:海明威小说中的现代文化寓言》,中国社会科学出版社。

李伟民著《中西文化语境里的莎士比亚》,上海外语教育出版社。

李艳梅著《莎士比亚历史剧研究》,中国社会科学出版社。

李永毅著《卡图卢斯研究》,中国青年出版社。

李峥著《美国早期戏剧与电影中的中国人形象》,上海交通大学出版社。

刘锟著《东正教精神与俄罗斯文学》,人民文学出版社。

刘润芳、罗宜家著《德国浪漫派与中国原生浪漫主义——德中浪漫诗歌的美学探索》,中国社会科学出版社。

刘文杰著《德国浪漫主义时期童话研究》,北京理工大学出版社。

刘小枫著《昭告幽微——古希腊诗品读》,牛津大学出版社。

刘小枫著《罪与欠》,华夏出版社。

龙瑜宬、彭姗姗译胡缨《翻译的传说:中国新女性的形成(1898—1918)》,江苏人民出版社。

卢岚著《巴黎读书记》,中央编译出版社。

罗小云著《美国西部文学》,安徽教育出版社。

马庆红著《英美文学中的中国文化》,中国戏剧出版社。

马卫红著《现代主义语境下的契诃夫研究》,中国社会科学出版社。

梅晓云发表《举意与旁观——论张承志与 V. S. 奈保尔的伊斯兰写作》,《外国文学研究》第 5 期。

蒙兴灿著《五四前后英诗汉译的社会文化研究》,科学出版社。

聂珍钊、罗良功编《20 世纪美国诗歌国际学术研讨会论文集》,华中师范大学出版社。

彭少健著《米兰·昆德拉小说:探索存在生命的艺术哲学》,东方出版中心。

彭修银、皮俊珺等著《近代中日文艺学话语的转型及其关系之研究》,人民出版社。

钱林森编《和而不同——中法文化对话集》,南京大学出版社。

邱运华著《俄苏文论十八题》,安徽教育出版社。

任淑坤著《五四时期外国文学翻译研究》,人民出版社。

单德兴著《故事与新生:华美文学与文化研究》,南开大学出版社。

申丹著《叙事、文体与潜文本——重读英美经典短篇小说》,北京大学出版社。

史忠义译热拉尔·热奈特《热奈特论文选批评译文选》,河南出版社。

宋德发著《厄普代克中产阶级小说的宗教之维》,湘潭大学出版社。

苏忱著《再现创伤的历史:格雷厄姆·斯威夫特小说研究》,苏州大学出版社。

孙有中著《解码中国形象:〈纽约时报〉和〈泰晤士报〉中国报道比较(1993—2002)》,世界知识出版社。

孙玉华、王丽丹、刘宏著《拉斯普京创作研究》,人民文学出版社。

孙致礼主编《中国的英美文学翻译:1949—2008》,译林出版社。

谭少茹著《纳博科夫文学思想研究》,湖北人民出版社。

田全金著《启蒙·革命·战争——中俄文学交往的三个镜像》,齐鲁书社。

田亚曼著《母爱与成长:托妮·莫里森小说》,中国社会科学出版社。

王蕾著《安徒生童话与中国现代儿童文学》,华东师范大学出版社。

王卫新著《福尔斯小说的艺术自由主题》,复旦大学出版社。

王予霞著《苏珊·桑塔格与当代美国左翼文学研究》,中国社会科学出版社。

王祖友著《后现代的怪诞:海勒小说研究》,厦门大学出版社。

卫岭著《奥尼尔的创伤记忆与悲剧创作》,中国人民大学出版社。

魏啸飞著《美国犹太文学与犹太特性》,广西师范大学出版社。

吴冰、王立礼主编《华裔美国作家研究》,南开大学出版社。

吴笛著《哈代新论》,浙江大学出版社。

吴刚著《王尔德文艺理论研究》,上海外语教育出版社。

吴兰香著《性别·种族·空间:伊迪斯·华顿游记作品研究》,东南大学出版社。

吴岳添、王芳发表《法国文学研究六十年》,《法国研究》第4期。

夏光武著《美国生态文学》,学林出版社。

肖明翰著《英语文学传统之形成:中世纪英语文学研究》(上、下),社会科学文献出版社。

谢建文著《现代与后现代之间的文明批判——博托·施特劳斯作品研究》,上海外语教育出版社。

谢昭新著《中国现代小说理论发展史》,人民出版社。

谢周著《滑稽面具下的文学骑士:布尔加科夫小说创作研究》,重庆出版社。

徐葆耕著《叩问生命的神性:俄罗斯文学启示录》,广西师范大学出版社。

徐和瑾发表《杜拉斯在中国的接受》,《社会科学报》9月16日。

徐继增译朗松《朗松文论选》,百花文艺出版社。

许光华著《法国汉学史》,学苑出版社。

许志强著《马孔多神话与魔幻现实主义》,中国社会科学出版社。

杨春著《汤亭亭小说艺术论》，外语教学与研究出版社。

杨金才著《美国文艺复兴经典作家的政治文化阐释》，上海外语教育出版社。

杨莉馨著《20世纪文坛上的英伦百合：弗吉尼亚·伍尔夫在中国》，人民出版社。

杨义主编《二十世纪中国翻译文学史》（共六卷），百花文艺出版社。连燕堂著《二十世纪中国翻译文学史（近代卷）》；秦弓著《二十世纪中国翻译文学史（五四时期卷）》；李今著《二十世纪中国翻译文学史（三四十年代·俄苏卷）》；李宪瑜著《二十世纪中国翻译文学史（三四十年代·英法美卷）》；周发祥、程玉梅、李艳霞、孙红、张卫晴著《二十世纪中国翻译文学史（十七年及"文革"卷）》；赵稀方著《二十世纪中国翻译文学史（新时期卷）》。

杨正润、刘佳林著《外国传记鉴赏辞典》，上海辞书出版社。

杨正润著《现代传记学》，南京大学出版社。

殷企平著《推敲"进步"话语——新型小说在19世纪的英国》，商务印书馆。

虞建华著《杰克·伦敦研究》，上海外语教育出版社。

曾传芳著《叙事策略与历史重构：威廉·斯泰伦历史小说研究》，四川大学出版社。

曾思艺著《丘特切夫诗歌美学》，人民出版社。

曾艳兵著《卡夫卡研究》，商务印书馆。

张德明著《西方文学与现代性的展开》，中国社会科学出版社。

张鸿年著《列王纪研究》，北京大学出版社。

张丽著《莎士比亚戏剧分类研究》，中国社会科学出版社。

张玲著《旅次的自由联想：追寻美英文学大师的脚步》，中央编译出版社。

张琼著《从族裔声音到经典文学——美国华裔文学的文学性研究及主体反思》，复旦大学出版社。

张铁夫等著《普希金：经典的传播与阐释》，湘潭大学出版社。

张晓东著《苦闷的园丁——"现代性"体验与俄罗斯文学中

的知识分子形象》,人民文学出版社。

张源著《从“人文主义”到“保守主义”:〈学衡〉中的白璧德》,生活·读书·新知三联书店。

赵文书著《和声与变奏——华美文学文化取向的历史嬗变》,南开大学出版社。

赵杨著《颠覆与重构:论俄罗斯后现代主义文学的反乌托邦性》,黑龙江人民出版社。

赵毅衡著《重访新批评》,百花文艺出版社。

智量著《论19世纪俄罗斯文学》,复旦大学出版社。

中国外国文学学会编《走近经典:中国外国文学学会第九届年会论文集》,外语教学与研究出版社。

钟玲著《中国禅与美国文学》,首都师范大学出版社。

周湘鲁著《俄罗斯生态文学》,学林出版社。

朱安博著《归化与异化:中国文学翻译研究的百年流变》,科学出版社。

朱栋霖主编《1949—2000中外文学比较史》(上、下卷),江苏教育出版社。

朱丽田著《文学想象与文化美国——美国独立革命时期诗歌研究》,东南大学出版社。

朱宁嘉著《艺术与救赎:本雅明艺术理论研究》,上海人民出版社。

2010年

中国社会科学院研究生院、复旦大学、中山大学、四川大学、北京师范大学、黑龙江大学、南开大学、厦门大学、东北师范大学、华东师范大学、山东大学、湖南师范大学、清华大学、浙江大学、北京语言大学、中国人民大学、同济大学、上海交通大学、湖南大学、武汉大学获外国语言文学一级学科博士学位授予权。

契诃夫诞辰150周年之际,“契诃夫与我们”和“契诃夫与中国”国际学术研讨会,都引发了人们对契诃夫研究的关注。

陈弘著《走向人性的理想和自由:论帕特里克·怀特小说中的性》,上海三联书店。

陈杰著《本真之路:凯鲁亚克的"在路上"小说研究》,四川大学出版社。

陈世丹著《冯内古特的后现代主义小说艺术》,外语教学与研究出版社。

陈世丹著《美国后现代主义小说详解》,南开大学出版社。

陈燊主编《费·陀思妥耶夫斯基全集》(共22卷),河北教育出版社。

陈小红著《加里·斯奈德的诗学研究》,中国社会科学出版社。

陈中梅著《荷马史诗研究》,译林出版社。

程爱民、邵怡、卢俊著《20世纪美国华裔小说研究》,南京大学出版社。

逄珍著《加拿大英语文学发展史》,上海外语教育出版社。

傅星寰著《现代性视阈下俄罗斯思想的艺术阐释:俄罗斯文学五大题材研究》,吉林人民出版社。

高文汉、韩梅著《东亚汉文学关系研究》,中国社会科学出版社。

郭勤著《依存与超越——尤金·奥尼尔隐秘世界后的广袤天空》,上海译文出版社。

韩加明著《菲尔丁研究》,北京大学出版社。

何辉斌执行主编《外国文学研究60年》,浙江大学出版社。

何庆机著《自我与信念:罗伯特·弗罗斯特诗歌研究》,科学出版社。

胡燕春著《"英、美新批评派"研究》,中国社会科学出版社。

户思社、王长明、黄传根译让·瓦里尔《这就是杜拉斯》,作家出版社。

黄晞耘、何立、龚觅译奥利维耶·托德《加缪传》,商务印书馆。

黄源深著《对话西风》,上海外语教育出版社。

贾植芳等著《中国文学史资料全编(现代卷):中国现代文学

总书目·翻译文学卷》,知识产权出版社。

江宁康著《天下与帝国:中美民族主体性比较研究》,南京大学出版社。

金莉等著《20 世纪美国女性小说研究》,北京大学出版社。

李美芹著《用文字谱写乐章:论黑人音乐对莫里森小说的影响》,浙江大学出版社。

李尚宏著《田纳西·威廉斯新论》,上海外语教育出版社。

李岩、徐健顺、池水涌、俞成云著《朝鲜文学通史》(上、中、下),社会科学文献出版社。

李逸津著《两大邻邦的心灵沟通:中俄文学交流百年回顾》,黑龙江人民出版社。

廖七一著《中国近代翻译思想的嬗变——五四前后文学翻译规范研究》,南开大学出版社。

刘芳著《翻译与文化身份——美国华裔文学翻译研究》,上海交通大学出版社。

刘建军著《欧洲中世纪文学论稿(从公元 5 世纪到 13 世纪末)》,中华书局。

刘建华著《危机与探索——后现代美国小说研究》,北京大学出版社。

刘建喜著《从对立到糅合:当代澳大利亚文学中的华人身份研究》,天津大学出版社。

刘明翰主编《欧洲文艺复兴史》12 卷出齐,人民出版社。

刘文飞编著《插图本俄国文学史》,北京大学出版社。

刘小枫著《重启古典诗学》,华夏出版社。

龙娟著《美国环境文学:弘扬环境正义的绿色之思》,外语教学与研究出版社。

陆人豪著《回眸:俄苏文学论集》,苏州大学出版社。

罗良功著《艺术与政治的互动:论兰斯顿·休斯的诗歌》,上海外语教育出版社。

马剑著《黑塞与中国文化》,首都师范大学出版社。

淼华编《当代俄罗斯文学——多元、多样、多变》,外语教学与研究出版社。

莫光华著《歌德与自然》,外语教学与研究出版社。

聂军著《当代自然观与文化反思——奥地利当代文学中的自然概念》,中国社会科学出版社。

聂珍钊发表《文学伦理学批评:基本理论与术语》,《外国文学研究》第1期。

聂珍钊主编《外国文学史》(共三卷),华中师范大学出版社。

邱运华、林精华主编《俄罗斯文化评论》(第2辑),首都师范大学出版社。

任光宣等著《俄罗斯文学的神性传统:20世纪俄罗斯文学与基督教》,北京大学出版社。

任子峰著《俄国小说史》,北京大学出版社。

沈默撰《高贵的言辞——索福克勒斯〈埃阿斯〉疏证》,华东师范大学出版社。

舒笑梅著《从"人的心灵"到"杰作"——格特鲁德·斯泰因的创作思想和实验艺术研究》,中国传媒大学出版社。

孙晓青著《文学印象主义与薇拉·凯瑟的美学追求》,河南大学出版社。

唐蔚明著《显现中的文学:美国华裔女性文学中跨文化的变迁》,南开大学出版社。

田全金著《言与思的越界——陀思妥耶夫斯基比较研究》,复旦大学出版社。

汪介之著《文学接受与当代解读——20世纪中国文学语境中的俄罗斯文学》,北京师范大学出版社。

王烺烺著《托妮·莫里森〈宠儿〉、〈爵士乐〉、〈天堂〉三部曲中的身份建构》,厦门大学出版社。

王青松著《纳博科夫小说:追逐人生的主题》,东方出版中心。

王晓姝著《哥特之魂:哥特传统在美国小说中的嬗变》,知识产权出版社。

王晓元著《翻译话语与意识形态:中国1895—1911年文学翻译研究》,上海外语教育出版社。

韦清琦著《绿袖子舞起来:对生态批评的阐发研究》,南京师范大学出版社。

卫茂平主编《德语文学辞典:作家与作品》,复旦大学出版社。

温玉霞著《解构与重构——俄罗斯后现代小说的文化对抗策略》,中国社会科学出版社。

吴雅凌撰《神谱笺释》,华夏出版社。

吴勇立著《青年穆齐尔创作思想研究》,复旦大学出版社。

肖小军著《深入内在世界——罗伯特·勃莱“深层意象”诗歌研究》,中山大学出版社。

徐东日著《朝鲜朝使臣眼中的中国形象——以〈燕行录〉〈朝天录〉为中心》,中华书局。

徐颖果、马红旗主撰《美国女性文学:从殖民时期到 20 世纪》,南开大学出版社。

许钧、宋学智发表《超现实主义在中国的译介》,《当代外语研究》第 2 期。

阎景娟著《文学经典论争在美国》,社会科学文献出版社。

杨海鸥著《辛克莱·刘易斯小说的文化叙事研究:以〈大街〉等四部小说为例》,中国社会科学出版社。

叶隽著《歌德思想之形成——经典文本体现的古典和谐》,中央编译出版社。

袁霞著《生态批评视野中的玛格丽特·阿特伍德》,学林出版社。

袁晓玲著《桑塔格思想研究——基于小说、文论与影像创作的美学批判》,武汉大学出版社。

张东燕编著《解读西尔达·杜丽特尔》,武汉大学出版社。

张弘、余匡复著《黑塞与东西方文化的整合》,华东师范大学出版社。

张玉红著《佐拉·尼尔·赫斯顿小说中的民俗文化研究》,河南大学出版社。

郑意长著《近代翻译思想的演进》,天津古籍出版社。

中国社会科学院文学研究所编《现代美英资产阶级文艺理论文选(上、下编)》,知识产权出版社。

仲跻昆著《阿拉伯文学通史》(上、下卷),译林出版社。

周小仪著《从形式回到历史——20世纪西方文论与学科体制探讨》,北京大学出版社。

朱达秋等著《知识分子:以俄罗斯和中国为中心》,安徽教育出版社。

朱景冬著《何塞·马蒂评传》,社会科学文献出版社。

朱小琳著《回归与超越:托妮·莫里森小说的喻指性研究》,中国社会科学出版社。

2011年

上海外国语大学举行以"都市·生态·身份"为主题的英美文学国际研讨会。 4月27日

中央民族大学与中国社科院外国文学动态杂志社联合主办了"英美文学最新动态"学术研讨会。 6月25日

海明威逝世50周年,多家报刊发表许多纪念文章。《文艺报》刊登杨仁敬的《作家要敢于超越前人》(11月2日);《外国文艺》刊载杨仁敬的《用"画家的眼睛"观察生活,表现生活——纪念美国小说家海明威逝世50周年》(第6期)。

美国艺术与科学院院士、美国现代语言学会前主席J.希利斯·米勒教授应扬州大学和南京大学的邀请进行了第14次中国讲学之行,分别在两校做了两场学术报告,并在扬州大学参加了"历史文本·文学理论"国际高峰论坛。 5月29日—6月4日

陈福康著《日本汉文学史》(上、中、下),上海外语教育出版社。

陈建华主编《俄罗斯人文思想与中国》,重庆出版社。

陈思和著《中国文学中的世界性因素》,复旦大学出版社。

陈晓兰著《外国女性文学教程》,复旦大学出版社。

陈志章著《美国文化管窥》,吉林大学出版社。

陈中梅著《宙斯的天空——〈荷马史诗〉里的宙斯、阿波罗和雅典娜研究》,北京大学出版社。

陈众议主编《当代中国外国文学研究1949—2009》,中国社会科学出版社。

陈众议著《塞万提斯学术史研究》,译林出版社。

程殿梅著《流亡人生的边缘书写:多甫拉托夫小说研究》,中国社会科学出版社。

高歌、王诺著《生态诗人加里·斯奈德研究》,学林出版社。

胡洪庆译埃里克·马尔蒂《罗兰·巴特:写作的职业》,上海人民出版社。

江山著《德语生态文学》,学林出版社。

宁梅著《生态批评与文化重建——加里·斯奈德的地方思想研究》,南京大学出版社。

谭晶华著《薇拉·凯瑟的生态视野》,北京师范大学出版社。

屠友祥著《索绪尔手稿初检》,上海人民出版社。

王德威著《写实主义小说的虚构:茅盾·老舍·沈从文》,复旦大学出版社。

吴琳著《美国生态女性主义批评理论与实践研究》,人民出版社。

曾利君著《加西亚·马尔克斯作品的汉译传播与接受》,中华书局。

曾思艺著《俄苏文学及翻译研究》,中国社会科学出版社。

朱世达著《当代美国文化》,社会科学文献出版社。

2012年

6月7日 清华大学比较文学与文学研究中心主办了首届跨民族的美国研究研讨会。这是中美两国学者合作,首次将美国研究和美国文学研究两个学科融为一体综合研究的尝试。

6月30日 中国人民大学外国语学院与美国加州大学洛杉矶分校(UCLA)联合举办了"美国文学与变动中的世界"国际学术研讨会。

12月21日—23日 "第二届文学伦理学批评国际学术研讨会:理论探索与批评实践"在宜昌三峡大学召开,是中国的文学伦理学批评走向国际的标志。来自中国以及挪威、爱沙尼亚、葡萄牙、美国、韩国、日本、新加坡和马来西亚等国的170余位专家、学者参加了此次研讨会。在这次会议上,学者们既回顾和总结了文学伦理学批评已经取得的成果,又从理论和实践方面进行了新的探索。

12月1日 《外国文学研究》编辑部主办了"当代美国文学中的创伤主题研究"国际学术研讨会。

1月 广东花城出版社有限公司推出"蓝色东欧"丛书。该丛书由高兴主编,规划出版秀欧国家近百部经典文学作品。

7月15日—18日 为推进中法文学与文化关系研究和纪念卢梭诞辰300周年,全国法国文学研究会、湛江师范学院人文学院、广东外语外贸大学西语学院、山东大学(威海)新闻传播学院和武汉大学外国语学院在湛江联合举办了"'中法文学与文化关系暨卢梭诞辰300周年'学术研讨会"。会议就"中法文学与文化关系""卢梭思想和法租界研究"等议题展开了热烈的讨论。

白爱宏著《抵抗异化:索尔·贝娄小说研究》,中国社会科学出版社。

白斯日古愣著《普希金研究》,中央民族大学出版社。

曹顺庆主编《中外文论史》,巴蜀书社。

程虹译西格德·F.奥尔森《低吟的荒野》,生活·读书·新知三联书店。程虹翻译的"美国自然文学经典译丛"还包括2004年出版的约翰·巴勒斯《醒来的森林》、2007年出版的亨利·贝斯顿《遥远的房屋:在科德角海滩一年的生活经历》、2010年出版的特丽·威廉斯《心灵的慰藉:一部非同寻常的地域与家族史》。

段汉武执行主编《新世纪外国文学:传承与发展》,海洋出版社。

郭宏安译夏尔·波德莱尔《对几位同代人的思考》,上海译文出版社。

何家炜译帕斯卡尔·皮亚《波德莱尔》,上海人民出版社。

和静著《寻找心灵的家园:陈染和谭恩美小说比较研究》,对外经贸大学出版社。

胡全章著《晚清小说与文学转型》,中国社会科学出版社。

怀宇译埃尔韦·阿尔加拉龙多《罗兰·巴尔特最后的日子》,中国人民大学出版社。

黄薇薇编译阿里斯托芬《〈阿卡奈人〉笺释》,华夏出版社。

金惠敏著 *Active Audience: A New Materialistic Interpretation of a Key Concept of Cultural Studies*, Transcript Verlag。

金亚娜、刘锟主编《俄罗斯语言文学与文化研究》(第1辑),北京大学出版社。

赖国栋译吕西安·费弗尔《16世纪的不信教问题:拉伯雷的宗教》,上海三联书店。

李公昭著《美国战争小说史论》,北京大学出版社。

刘青汉主编《生态文学》,人民出版社。

刘小枫著《普罗米修斯之罪》,生活·读书·新知三联书店。

刘小莉著《史沫特莱与中国左翼文化》,浙江大学出版社。

柳鸣九主编《一本书搞懂法国文学》,北京理工大学出版社。

马骏著《日本上代文学"和习"问题研究》,北京大学出版社。

孟昭毅、黎跃进编著《简明东方文学史》,北京大学出版社。

邱运华、林精华主编《俄罗斯文化评论》(第三辑),首都师范大学出版社。

容新芳著《I. A. 瑞恰慈与中国文化:中西方文化的对话及其影响》,商务印书馆。

盛澄华著《盛澄华谈纪德》,广西师范大学出版社。

施蛰存主编《中国近代文学大系1840—1919(第26—28卷)翻译文学集(1—3)》,上海书店。

孙超著《当代俄罗斯文学视野下的乌利茨卡娅小说创作:主题与诗学》,黑龙江大学出版社。

孙建、弗洛德·赫兰德主编《跨文化的易卜生》,复旦大学出版社。

孙伟红译茨维坦·托多罗夫《脆弱的幸福:关于卢梭的随笔》,华东师范大学出版社。

汪介之著《伏尔加河的呻吟:高尔基的最后二十年》,译林出版社。

王宏志编《翻译史研究：2012》(第二辑)，复旦大学出版社。

王向远译《日本古典文论选译》[古代卷(上、下)、近代卷(上、下)]，中央编译出版社。

王一川等著《西方文论中国化与中国文论建设》，经济科学出版社。

卫茂平主编《阐释与补阙：德语现代文学与中德文学关系研究》，上海外语教育出版社。

吴宝康著《论帕特里克·怀特四部小说的悲剧意义》，上海外语教育出版社。

吴嘉佑著《屠格涅夫的哲学思想与文学创作》，人民出版社。

吴晓樵著 *Komik, Pantomime und Spiel im kulturellen Kontext. Clemens Brentanos Lustspiel „Ponce de Leon“ im Lichte chinesischer Theatertraditionen*, ERICH SCHMIDT VERLAG。

吴赟著《文学操纵与时代阐释：英美诗歌的译介研究(1949—1966)》，复旦大学出版社。

肖飚著《在流散空间凸现道德意识：论辛西娅·欧芝克小说中的犹太性》，厦门大学出版社。

肖厚国著《古希腊神义论：政治与法律的序言》，上海人民出版社。

杨慧林著《在文学与神学的边界》，复旦大学出版社。

杨令飞著《法国新小说发生学》，人民文学出版社。

杨仁敬著《海明威：美国文学批评八十年》，上海外语教学出版社。

恽律主编《俄罗斯文学：传统与当代》，北京大学出版社。

曾桂娥著《乌托邦的女性想象：夏洛特·帕金斯·吉尔曼小说研究》，上海大学出版社。

曾利君著《马尔克斯在中国》，中国社会科学出版社。

张建华、王宗琥主编《20世纪俄罗斯文学著思潮与流派(理论篇)》，外语教学与研究出版社。

张杰著《走向真理的探索：白银时代俄罗斯宗教文化批评理论研究》，北京大学出版社。

张俊才、王勇著《顽固非尽守旧也——晚年林纾的困惑与坚守》,山西人民出版社。

张龙海著《哈罗德·布鲁姆的文学观》,上海外语教育出版社。

张卫晴著《翻译小说与近代译论:〈昕夕闲谈〉研究》,中国社会科学出版社。

赵稀方著《翻译现代性:晚清到五四的翻译研究》,南开大学出版社。

郑燕虹著《肯尼斯·雷克思罗斯与中国文化》,外语教学与研究出版社。

2013年

5月8日—10日 中国外国文学学会第十二届年会在南昌大学举行。

5月16日—20日 《当代外国文学》编辑部主办、河北师范大学承办的2013年当代外国学术研讨会在石家庄召开。会议强调,21世纪以来外国文学研究依然保持了发展的势头,用不同的视点观照文学作品和文化现象已经成为当代外国文学研究的主流趋势,文学伦理学批评实践在这方面做了贡献。此次学术会议表明文学伦理学批评已经成为我国学术研讨会关注的问题之一。

7月23日—27日 由中国俄罗斯文学研究会主办,山东大学外国语学院承办,哈尔滨师范大学俄罗斯文化艺术研究中心、山东省俄罗斯文学研究会协办的"俄罗斯文学:传承与创新"国际学术研讨会暨中国俄罗斯文学研究会年会在山东大学威海校区召开。

8月15日—18日 中国中外文艺理论学会、湖南师范大学主办的"中国中外文艺理论学会第十届年会暨文学理论研究与中国文化发展学术研讨会"在长沙举行。此次会议选举产生了以高建平教授为会长的新一届理事会成员。来自全国各高校和科研院所的400多位专家就"文学基础理论研究的困境与出路""中外文论交流与当代文化建设""本土文艺理论建设的意义与途径"等议题进行了广泛的讨论。

德语文学研究会第十五届年会暨德语文学研讨会在上海召开，会议由中国外国文学学会德语文学研究会与同济大学外国语学院联合举办，来自全国各高校、研究所的近百名专家学者参会。本届研讨会的主题为“启蒙的艺术抑或启蒙的贫困：启蒙语境与德国文学”，主要关注德意志文学与启蒙运动的错综关系。

10月24日—26日

全国英国文学学会第九届年会暨学术研讨会在长沙召开，会议由湖南师范大学外国语学院承办，湖南师范大学出版社、上海外语教育出版社、高等教育出版社、北京大学出版社、湖南文艺出版社、南开大学出版社协办。

11月8日—10日

常耀信主编《英国文学通史》(共三卷)，南开大学出版社。

陈雪莲等译高尔基世界文学研究所编撰《世界文学史》(共八卷)，上海文艺出版社。

代显梅著《超验主义时代的旁观者：霍桑思想研究》，社会科学文献出版社。

冯亚琳等著《德语文学中的文化记忆与民族价值观》，中国社会科学出版社。

谷裕著《德语修养小说研究》，北京大学出版社。

荒林(刘群伟)著《日常生活价值重构：中国当代女性主义文学思潮研究》，北京大学出版社。

蒋承勇、武跃速、史永霞、王一平、高毛华、马翔著《20世纪西方文学主题研究》，中国社会科学出版社。

赖大仁著《当代文学批评的价值观》，社会科学文献出版社。

喇卫国翻译帕特里斯·伊戈内《巴黎神话：从启蒙运动到超现实主义》，商务印书馆。

刘波、尹丽著《波德莱尔十论》，中国社会科学出版社。

刘小枫编修《凯若斯：古希腊文读本》(增订版)(上、下册)，华东师范大学出版社。

龙云译德尼斯·贝尔多勒《萨特传》，人民文学出版社。

麦永雄著《德勒兹哲性诗学：跨语境理论意义》，广西师范大学出版社。

庞好农著《非裔美国文学史(1619—2010)》，中央编译出版社。

尚必武著《当代西方后经典叙事学研究》,人民文学出版社。

王宏志编《翻译史研究:2013》(第三辑),复旦大学出版社。

王诺著《生态批评与生态思想》,人民出版社。

王志耕著《圣愚之维:俄罗斯文学经典的一种文化阐释》,北京大学出版社。

吴建广发表《德意志浪漫精神与哲学诠释学》,《中国社会科学》第9期。

吴兴明等著《比较研究:诗意论与诗言意义论》,北京大学出版社。

熊辉著《外国诗歌的翻译与中国现代新诗的文体建构》,中央编译出版社。

徐扬尚著《比较文学中国化》,中央编译出版社。

许志强、葛闰著《布尔加科夫魔幻叙事传统探析》,人民文学出版社。

薛小惠著《美国生态文学批评研究》,北京大学出版社。

杨柳、王守仁等著《文化视域中的翻译理论研究》,人民文学出版社。

叶隽著《歌德学术史研究》,译林出版社。

叶胜年主编《殖民主义批评:澳大利亚小说的历史文化印记》,上海外语教育出版社。

殷企平著《“文化辩护书”——19世纪英国文化批评》,上海外语教育出版社。

余匡复著《德国文学史》(修订增补版)(上、下卷),上海外语教育出版社。

袁进主编《中国近代文学编年史:以文学广告为中心(1872—1914)》,北京大学出版社。

张变革著《精神重生的话语体系》,北京大学出版社。

张祖建译菲利普·罗歇《罗兰·巴尔特传:一个传奇》,中国人民大学出版社。

赵毅衡著《广义叙述学》,四川大学出版社。

郑体武主编《俄罗斯文学辞典:作家与作品》,复旦大学出版社。

钟志清著《变革中的20世纪希伯来文学》,中国社会科学出版社。

周启超著《开放与恪守——当代文论研究态势之反思》,河北大学出版社。

邹建军、胡朝霞编著《文学地理学视野下的易卜生诗歌研究》,世界图书出版公司。

2014年

5月17日

中国西班牙葡萄牙拉丁美洲文学研究会举办的“加西亚·马尔克斯与中国高端研讨会”在北京外国语大学外语教学与研究出版社举行。多位知名学者和资深翻译家出席了会议,对马尔克斯在中国的译介及其作品的影响力等问题做了发言。

8月15日—19日

中国中外文艺理论学会、河南大学主办的“中国中外文艺理论学会第十一届年会暨面向时代的文学理论与批评国际学术研讨会”在河南开封举办。本次会议的主题是“文学理论与批评的传承与创新”,议题包括学科理论范式的建设问题、西方话语与中国话语建构问题、(西方)马克思主义文论建设问题、全球化和本土化问题等。

9月18日—21日

中国比较文学学会第十一届年会暨国际学术研讨会在延边大学举行,主题为“比较文学与中国:百年回顾与展望”。大会由中国比较文学学会主办,延边大学与吉林省比较文学学会共同承办。

10月17日—19日

中国文艺理论学会第十二届年会暨“百年文学理论中的中国话语”学术研讨会在北京召开。此次会议由中国文艺理论学会主办、北京师范大学文艺学研究中心承办,来自全国各高校及科研单位的200多名学者参加了会议。

10月24日—26日

全国美国文学研究会第十七届年会在苏州召开,主题是“全球化语境中的美国文学研究:理论与实践”。会议由中国人民大学承办。

10月25日—26日　中国外国文学学会法国文学研究会和浙江越秀外国语学院联合举办的"法国文学研究会2014年度学术讨论会"在绍兴浙江越秀外国语学院举行。

曹顺庆著《南橘北枳:曹顺庆教授讲比较文学变异学》,中央编译出版社。

陈大康著《中国近代小说编年史》,人民文学出版社。

陈世丹著《后现代人道主义小说家冯内古特》,南开大学出版社。

陈寿朋、邱运华著《高尔基学术史研究》,译林出版社。

戴卓萌、郝斌、刘锟著《俄罗斯文学之存在主义传统》,中央编译出版社。

方汉文主编《世界文学史教程》,北京师范大学出版社。

方幸福著《幻想彼岸的救赎:弗洛姆人学思想与文学》,中央编译出版社。

冯玉芝著《〈癌症楼〉的文本文化研究》,中国社会科学出版社。

傅修延著《济慈诗歌与诗论的现代价值》,北京大学出版社。

高黎平著《传教士翻译与晚清文化社会现代性》,重庆大学出版社。

江宁康著《美国文学经典与民族文化创新(1945—2010)》,人民出版社。

梁工著《当代文学理论与圣经批评》,人民出版社。

刘建军主编《继承与创新:新世纪以来外国文学研究和教学——中国高等教育学会外国文学专业委员会2013年年会论文集》,吉林大学出版社。

刘淑梅著《贵族的文明俄罗斯的象征——布宁创作中的庄园主题研究》,黑龙江大学出版社。

刘婷主编《21世纪世界文学的新视野与新观念》,江西教育出版社(中国外国文学学会第十二届年会论文集)。

刘亚丁等著《肖洛霍夫学术史研究》,译林出版社。

龙迪勇著《空间叙事研究》,生活·读书·新知三联书店。

聂珍钊著《文学伦理学批评导论》,北京大学出版社。

王宏志著《翻译与近代中国》,复旦大学出版社。

王丽丽著《多丽丝·莱辛研究》,社会科学文献出版社。

王向远主编"比较文学与世界文学名家讲堂",中央编译出版社。其中收录有陈建华著《丽娃寻踪——陈建华教授讲中俄文学关系及其它》、刘建军著《圣俗相依——刘建军教授讲基督教文化与西方文学》等20部当代研究者的著作。

王希悦著《阿·费·洛谢夫的神话学研究》,商务印书馆。

王晓平著《中日文学经典的传播与翻译》,中华书局。

吴元迈著《俄苏文学及文论研究》,中国社会科学出版社。

袁进主编《新文学的先驱——欧化白话文在近代的发生、演变和影响》,复旦大学出版社。

张亚婷著《中世纪英国文学中的母性研究》,中央编译出版社。

张政文、施锐、杜萌若著《康德文艺美学思想与现代性》,人民出版社。

赵杨著《当代俄罗斯文学中的乡土意识与民族主义——以拉斯普京创作为例》,南京大学出版社。

周平远著《从苏区文艺到延安文艺:马克思主义文论中国化历史进程》,社会科学文献出版社。

2015年

国务院总理李克强在苏州太湖国际会议中心与中东欧16国领导人共同出席第四次中国—中东欧国家领导人会晤。与会各方制定《中国—中东欧国家合作中期规划》,发表《中国—中东欧国家合作苏州纲要》,支持中国与中东欧国家开展文学作品互译出版合作项目,2016年被确定为"中国—中东欧国家人文交流年"。 **11月24日**

中国外国文学学会第十三届年会在成都举行,主题为"外国文学与国家认同"。会议由中国外国文学学会主办,四川大学外国语学院、当代俄罗斯研究中心承办,来自全国60余家高等院 **5月30日—31日**

校和科研机构的150余位学者参加了年会,提交论文120余篇。大会还进行了中国外国文学学会理事会的改选,选举陈众议研究员为会长,聂珍钊、王守仁、申丹、郑体武和蒋洪新为副会长,吴晓都和朱振武分别任学会秘书长和副秘书长。

8月17日 中国高等教育学会外国文学专业委员会成立30周年纪念大会在东北师范大学举行。来自全国各高校的160余名专家、学者参加了会议。该学会宗旨是加强全国高校外国文学教师的学术联系,促进高校外国文学教学与研究的发展,推动国内外学术研究的交流。学会包括了综合性大学、师范大学、理工大学中的外文系、中文系的外国文学教研室,以及外国文学的研究机构和杂志。学会自成立以来,始终坚持开展学术活动,并通过组织青年教师外国文学讲习班、青年学术讲演等大力培养青年人才。

10月16日—18日 全国英国文学学会第十届年会暨学术研讨会在山东济南隆重举行,会议由中国外国文学学会英国文学研究分会主办,山东大学外国语学院承办。来自全国各地的近400位学者参加了会议。

10月24日—25日 中国中外文艺理论学会、湖北大学文学院举办的中国中外文艺理论学会第十二届年会暨“当代中国文论的话语体系建构”学术研讨会在武汉举行。来自全国各大科研机构的300多名学者围绕“中国当代文论的话语体系建构”问题展开讨论。

曹波著《贝克特“失败”小说研究》,商务印书馆。

陈礼珍著《盖斯凯尔小说中的维多利亚精神》,商务印书馆。

陈思红著《论艺术家—心理学家陀思妥耶夫斯基》,北京大学出版社。

胡亚敏主编《西方文论关键词与当代中国》,中国社会科学出版社。

李常磊、王秀梅著《镜像视野下威廉·福克纳时间艺术研究》,外语教学与研究出版社。

李岩著《朝鲜文学的文化观照》,商务印书馆。

刘文飞著《俄国文学的有机构成》,东方出版社。

马小朝著《走出存在迷宫的阿莉阿德尼金线:哲学价值论转向中的西方现代主义文学》,中央编译出版社。

祁晓冰著《新疆少数民族文学与俄苏文学关系研究》,知识产权出版社。

钱林森、周宁主编,《中外文学交流史》,山东教育出版社。周宁、朱徽、贺昌盛、周云龙著《中外文学交流史:中国—美国卷》;叶隽著《中外文学交流史:中国—北欧卷》;丁超、宋炳辉著《中外文学交流史:中国—中东欧卷》;刘顺利著《中外文学交流史:中国—朝韩卷》;王晓平著《中外文学交流史:中国—日本卷》;葛桂录著《中外文学交流史:中国—英国卷》;钱林森著《中外文学交流史:中国—法国卷》;李明滨、查晓燕著《中外文学交流史:中国—俄苏卷》;齐宏伟、杜心源、杨巧著《中外文学交流史:中国—希腊、希伯来卷》;郅溥浩、丁淑红、宗笑飞著《中外文学交流史:中国—阿拉伯卷》;赵振江、滕威著《中外文学交流史:中国—西班牙语国家卷》;郁龙余、刘朝华著《中外文学交流史:中国—印度卷》;张西平、马西尼主编《中外文学交流史:中国—意大利卷》;卫茂平、陈虹嫣等著《中外文学交流史:中国—德国卷》;郭惠芬著《中外文学交流史:中国—东南亚卷》;梁丽芳、马佳主编《中外文学交流史:中国—加拿大卷》;姚风著《中外文学交流史:中国—葡萄牙卷》。

钱兆明著《中华才俊与庞德》,中央编译出版社。

阮炜等著《英国跨文化小说中的身份错乱:奈保尔、拉什迪、毛翔青小说研究》,上海三联书店。

申丹、王邦维总主编《新中国60年外国文学研究》(六卷七册),北京大学出版社。

沈素琴著《中国现代文学期刊中的外国文论译介及其影响:1915—1949》,北京语言大学出版社。

孙郁著《鲁迅与俄国》,人民文学出版社。

童道明译著《可爱的契诃夫:契诃夫书信赏读》,商务印书馆。

王宏志编《翻译史研究:2014》(第四辑),复旦大学出版社。

王宏志编《翻译史研究:2015》(第五辑),复旦大学出版社。

王友贵著《20世纪下半叶中国翻译文学史:1949—1977》,人民出版社。

王卓著《多元文化视野中的美国少数族裔诗歌研究》,中国社会科学出版社。

薛家宝著《唯美主义与中国现代文学》,中国社会科学出版社。

叶隽著《德国精神的向度变型——以尼采、歌德、席勒的现代中国接受为中心》,中央编译出版社。

虞建华主编《美国文学大辞典》,商务印书馆。

张鑫、聂珍钊著《玛乔瑞·帕洛夫诗学批评研究》,商务印书馆。

朱建刚著《十九世纪下半期俄国反虚无主义文学研究》,北京大学出版社。

本卷后记

本卷最初由笔者与王钢、刘一羽、周桂君各自负担1840—1918年、1919—1948年、1949—1978年、1979—2015年间的索引编纂，篇幅为现稿的三分之二。统稿以后发现了不少疏漏之处，笔者对各个部分予以较大的补充，达到现稿的规模。最后必须要交代的是，我们力所能及地查找现有能查阅到的资料，但是受编者精力以及学术视野之限制，难免挂一漏万或信息讹误，疏漏之处还请方家一一指正。

袁先来